魅丽文化

心晴坊 女性新阅读

一片冰心在玉壶

全2册

蓝色狮——著

下册

江苏凤凰文艺出版社
JIANGSU PHOENIX LITERATURE AND ART PUBLISHING

第五章

三日后，辽国萧太后出殡，葬于庆云山望仙殿。

为尽礼数，赵渝自然是得前去送殡，展昭带数名侍卫随之。赵渝本欲让莫研同行，可莫研一听说是出殡，双脚就已经开始发软，立时躲得远远的，抵死不去。赵渝无奈，虽然不明缘由，也只好放过她。

“公主，你又不能上街去，到时候就让我替您到街上转转，买些这里好玩的玩意带回来给你瞧瞧。”莫研讨好地朝赵渝道。

“你说，那个萧观音会不会去？”赵渝心中烦闷，虽然知道多此一问，可有个人能说说总是好的。

莫研耸肩：“太后是她们萧家的人，她定是要去的，加上她家里头爹、娘、哥哥、姐姐、弟弟、妹妹、姑姑、婶婶、叔叔、舅舅……公主，她们人多，咱们可比不过，您可别惹她们。”

“废话，我哪里还会主动去……”赵渝带着恼意，斜睨她一眼，烦躁道，“可她们若来惹我，可也难办得很。”

“这个……”莫研挠挠耳根，突然眼睛一亮，“有法子了，不是送殡吗，您就哭！”

“哭？”

莫研笑眯眯地点点头：“对，哭！哭得越伤心越好。她们萧家的人死了，您这么伤心，她们想找碴也没话说。”她眼珠子又转了转，“不过老是哭也挺累的，您干脆这样，在众人面前哭一会，然后就哭昏过去，这才干脆利落。”

“哭昏过去？”

“嗯，昏过去才好，到时候往马车里一躺，睡睡觉也成，发发呆也成，由外面折腾去。虽然闷是闷了点，可总不会有人还跑到马车里来找麻烦吧。”

赵渝迟疑道：“这样行吗？”

“这有何不行，哭丧的时候哭昏过去几个，这在咱们大宋是常事。”莫研理所当然道。

“这倒也是。”赵渝点点头，却又有些犹豫，“只是，我和萧太后素未谋面，哭成这样是不是过了些？旁人看了只怕奇怪得很。”

“这有何难，就让几位侍女侍卫逢人就说，公主您对萧太后十分钦慕，神交已久，甚是盼望能够早日相见，不想却只差一步便已天人永隔。诸如此类的话，公主您肯定比我会说呀。”

“说这些好听的话倒不难，可人家信吗？”

莫研摇头晃脑：“说的人多了，自然就会有人信的。说起来，这招还是公主您的皇叔宁王教我的。”她想起同宁晋和白盈玉在回京城时发生的事情。

“小皇叔？”赵渝一愣。

“嗯，现在想想，他倒是挺聪明的，要是他也来辽国定然好玩得很。”

此时，远在千里之外，正在清韵山庄喝茶的宁晋突然打了几个喷嚏，茶碗没端稳，晃出些许水珠在衣袍上。

他放下茶碗，不在意地掸了掸衣袖，伸手拈起一块糕元宝送入口中。身后的吴子楚看着桌上的粉嫩娇黄的糕元宝、牙白香糯的方头糕、细长绛红的条头枣糕、宽大粉白的条半糖糕，在心里长叹了口气。自己三天两头便得跑到州桥年糕店去买年糕，这倒没什么，只是这般甜的东西，殿下究竟何时才会吃腻呢？

到了出殡之日，天还未破亮，耶律菩萨奴便已敲开了大同馆的门，他是奉命前来接赵渝。

侍女将他迎入大堂，奉上茶水。可他坐都不坐，茶碗碰也不碰一下，只冷冰冰道：“公主还未起身吗？这种日子还睡着，未免对皇太后不敬吧。”

他话音刚落，便见赵渝自堂后款款转出，全身素白，装扮齐整，身畔展昭等众侍卫亦均身穿白袍。

“皇太后大殡，我岂敢有丝毫怠慢。”赵渝轻轻淡淡道，面无表情盯了他一眼，心中却暗自庆幸展昭想得周全，鸡鸣时分便唤众人起身准备，方才不至于在辽人面前失了礼数，落下话柄。

耶律菩萨奴丝毫没有任何歉意，从头到脚打量了一遍赵渝，发觉她穿戴甚是谨慎，素服不提，发上不戴金钗，青丝履不镶珍珠，确实无可挑剔之处。看他眼神透着鄙夷，无礼之极，赵渝暗恼，展昭适时地上前一步，拱手微笑道：“有劳副使大人引路。”

“马车已在馆外候着了。”耶律菩萨奴这才道，话未说完，人已径直出门去。

银牙紧咬，赵渝狠狠地瞪向他的背影，却不得不暂且忍了这口恶气，侧头瞥了眼旁边的展昭。后者淡然一笑，他何尝不知赵渝之委屈，只是人在屋檐下不得不低头，比起日后的风浪，此人的恶言恶行实在算不得什么。

“公主，请。”展昭轻声道。

赵渝深吸口气，举步向前，心中暗自道：看这情形，出殡时是决计不会有什么好事，倒还是昏过去还妥当一点，起码眼不见为净。只是难为展昭要辛苦些，忙前忙后，与人解释，难免要费些口舌。罢了罢了，谁让他是展护卫呢，自己暂且也管不了那么多了，回去后再重重赏他便是。

上了马车，一行人在晨曦中离开，大同馆内顿时安静下来。内院的某间厢房内，有一人尚搂着被衾，甜甜而睡，好梦犹酣，丝毫不问外间之事。

此人不用说，正是莫研。

四处静悄悄，她一直安然睡至日上三竿，方才睁开眼，望着窗外的日光发呆。昨日自己躲开那箭之时，自然，当时那箭本来就不是朝她而来的，不过这不是重点。重点是墙头上一晃而过的人影，隐约觉得有几分似曾相识，只是模模糊糊，却始终想不起来究竟在何处见过。

干躺在床上想了许久，也不得其解，她只好起身，腹中饥饿难耐，心想着等吃过早食，兴许能想出一点眉目也说不定。

到了厨房，随便找了些糕点填肚子，什么线索也没想起来，却又想起前日答应赵渝替她买些新鲜玩意回来，忙找厨子打听了中京繁华热闹之处，便施施然地上街而去。

因皇太后驾崩，辽国国丧，店铺都挂出白幡以示哀悼，且有不少店铺皆关门歇业。莫研看着满街在日光下飘来飘去的白布条子，浑身上下不舒服起来，勉勉强强走到朱夏门附近，埋头就进了起首尚开着门的店铺，进去之前甚至连什么店铺名也没瞧清，更不用说卖什么的。

待进门之后，她才瞧见这是一家绸缎庄，各色绫罗绸缎琳琅满目，色彩繁多，煞是好看。只是上前一问价钱，却是比中原要贵上了许多，莫研连连咂舌道："缎子这般贵，哪里有人肯买？"

老板也不恼，笑道："客官是中原人吧，第一次到中京来？"

莫研点点头。

"那就难怪了，中原的布匹价钱自然是要便宜许多，可运到中京来，再买一样的价钱，那我这生意不做也罢了。不瞒姑娘说，我这家店的价钱已是这条街上最便宜的了，不信的话，姑娘您就是走完整条街，包您还得回来。"

"这料子……"莫研随手翻看，猛然想起昨日那裹在箭上的布条，飞快改口道，"这料子也不错，不过我喜欢玉色刻花的，你这里可有？"

"玉色刻花，"店老板沉吟片刻，"这玉色上染不易，独江南天青坊雪绣坊两家可染，可惜小店未有这两家货色。"

"那不知别家可有？"

将生意拱手往外送，店老板颇有些不情愿，劝道："其实小店之中，也有甚多上好货色，姑娘不妨多挑挑。"

不买几尺布，看来这店老板始终是不情愿松口，与其自己一家一家去找，倒还不如干脆买点布，做身衣裳也是好的，当下她便笑吟吟地问道："我想给我大哥做身衣裳，他不喜张扬，你瞧瞧什么料子好？"

店老板忙寻了几匹适合男装的布料给她挑选，莫研左看右看，挑了款天青色，又比画了半晌。

"姑娘好眼力，这款料子是上月才进来的，颜色正，又清雅，想来应该很适合你大哥。"店老板见她还在犹豫，便从旁笑着劝道。

"我大哥穿什么都好看。"莫研更正他。

店老板连连点头："那是那是。"

"就要这布吧。"

想象着展昭穿上身的模样，莫研就喜滋滋的，让店老板将布包好，却在掏银子之际缓了缓，笑问道："那玉色刻花的，不知哪家店有卖，您可知道？"

"知道知道，街尾那家绣庄的老板娘就是你们中原人，她常进天青雪绣两坊的料子。姑娘若只要玉色刻花的，恐怕全中京城里，只有她的绣庄里才找得到。"店老板笑呵呵的，手已自自然然地伸了出来。

莫研爽快地银子往他手中一放，好奇道："原来绣庄老板娘是中原人？一个女人家跑这么远来做生意，当真不易呀。"

"可不是嘛，"店老板把银子放入钱柜中，满意地听见叮咚之声，口中不停道，"我瞧她生意也不怎么好，何苦来，非在这里苦撑着。"

"生意不好？"

"唉，姑娘可莫以为我们容不下她，她一个妇道人家也不易，只是她实在不大会做生意，店里一年到头都是冷冷清清的，赚不到什么银子。"

莫研似听非听地点了点头，心中却怎么也想不明白：一个女人来辽国开绣庄，能发财也就罢了，偏偏又发不了财，这是何必呢？

拿了布，谢过店老板，莫研抬脚便往街尾的绣庄走去，不想到了绣庄前才发觉绣庄亦关门歇业。她站在绣庄前打量许久，方才返身回了大同馆。

此时的庆云山脚下，林林总总的随葬物品已都搬入陵墓，正送萧太后棺木入陵，众人立在陵前，哀声四起。

在人群中，赵渝已然哭得梨花带雨我见犹怜，引得不少辽人侧目，难得的是，她身为公主自小所受的端庄礼仪在此时显露无遗，她哭起来的模样风流婉转，甚是美丽。辽人之中年轻后生，竟有盯着她看得目不转睛，浑然忘记身在何处，这其中便有萧观音的哥哥萧信。

"哥哥！"

萧观音见哥哥如此失态，心中恼怒，暗中拧了他一下。见他回过神来，她方才低低问道："那个南蛮子当真生得很美吗？"

萧信低低回道："宋国女子我也见过不少，不过这公主到底是公主，哭起来也和别人不一样，真是难得的美女。"虽然是萧观音的哥哥，但他年纪不过二十上下，偏偏性子又直率莽撞得很，说起话来也不管妹妹听了心里是否舒服，只是实话实说。

听得不快，萧观音本还欲说话，却见扶棺入陵的人都已退了出来，顿时关切地望去。

耶律洪基白袍白靴走在最后，脚步凝重而缓慢。陵内灯光昏暗，出来只觉日光刺目，他不禁深闭上眼睛，再睁开时正好看见赵渝垂泪的娇柔模样，不由得心中一动，忍不住走到她身边，柔声道：“我皇祖母若见到你，定然会很喜欢你，可惜……”

他一径说着，赵渝表面上虽然低垂着头轻点，心里却冷笑道：“你皇祖母是萧太后，她要是会喜欢我，那恐怕也当不上太后了。”

看不见她表情，对于赵渝此时所思所想浑然不知，耶律洪基沉沉地叹了口气，余光瞥见萧观音，便没再说下去，转而道：“过了晌午还要‘烧饭’，公主身子娇弱，到时还是歇歇吧。”

“我不要紧的。”赵渝声音低柔，婉言道。

耶律洪基却不容她拒绝：“待会我会派侍卫过来领公主去歇息的牙帐。”说罢，不待赵渝抬眼，他便已大步走开。赵渝颦眉，暗哼了声，举袖拭泪，微侧了脸望了展昭一眼，示意他近前来。

展昭一直在距离赵渝丈许之处静静守候，他耳力甚好，耶律洪基对公主所之话自然都听得清清楚楚，此时见赵渝示意，便上前几步，微垂了头候命。

“展护卫，何为‘烧饭’？”

赵渝悄声问道。来时她只大概学了些辽国风俗，细细看的是婚娶风俗，却怎么也想不到来了辽国之后，先需用的竟是丧葬风俗。

“烧饭就是生焚太后所宠奴婢、所乘鞍马以殉之，还有祭祀的饮食之物也尽焚之，故而叫烧饭。”来辽国之前，展昭时曾用了许多时间认真详读过与辽国有关的书册，都是公孙策特地选出给他，甚是详尽，自然难不倒他。

“生焚！”

听得这二字，赵渝忍不住倒抽口气，果然是蛮夷之地，竟然还有将人生焚之举。这种场面，自己是看了，恐怕就是要真的昏过去了。

“公主不妨就依殿下所言，到牙帐中歇息便是。”展昭道。

赵渝点了点头：“也只好如此了。”这般惨烈场面，非她不愿，而实在是不能，若然萧氏一族之人要拿此事来找她麻烦，也只好认了。

过了一会，果然有耶律洪基的侍卫奉命前来引赵渝往牙帐。

未免失礼，当着旁人的面，赵渝朝展昭道："展护卫，我身子弱见不得血，你就替我去吧。"

"展昭领命。"展昭恭敬道。

安排了其他几名侍卫随侍在赵渝身边，展昭方才辞过赵渝，整理衣袍，往祭坛而去。

赵渝随着侍卫往南面牙帐而去，才行一半便碰见了从另外方向而来的萧观音，及其兄萧信，与他们一起同行的正是她见了便想皱眉的耶律菩萨奴。

能碰见赵渝，萧信显然很是欢喜，也不理妹妹直扯他，上前就大大咧咧道："公主可是往殿下的牙帐？同我来便是，我是萧信。"

这番没头没尾的话听得赵渝一头雾水，萧观音也忍不住暗自直摇头，仅耶律菩萨奴仍是面无表情，盯着赵渝，目光冰冷。

"你不认得我？"看赵渝没反应，萧信好奇道，挠挠头后又笑道，"你来的日子短，以后就认得了。殿下便同我大哥一般，你便是我的嫂嫂。"

被他弄得更糊涂了，赵渝仍在发愣。

此时，耶律菩萨奴方才缓缓开口道："这位是睿祥郡主的胞兄，琪亲王萧信。"

原来是萧观音的哥哥，多半是来者不善，赵渝本能地起了戒心，淡淡道："恕我失礼，原来是琪亲王。"

萧信对于这位大宋公主并没有如妹妹一般的敌意，见赵渝生得娇弱，楚楚可怜，与大辽女人的美截然不同，凭空地便对她生出好感来，只觉得她生来就让人怜惜的。

在他盛情之下，就差伸手拽着她走，赵渝也只好与他们同行。可还未走出两步，便听见萧观音轻轻柔柔地开口了。

"公主与皇太后素未谋面，可方才竟也如此伤心，当真是不易啊。"

此问早就在自己预料之中，赵渝平静回答道："萧太后母仪天下，我钦慕已久，却未想竟无缘相见，这几日来每每想起，都禁不住悲从中来。"说着她举袖拭泪，娇娇柔柔，直看呆了萧信。

"真没想到，原来你们宋人对我们辽国太后也会有钦慕之情。"萧观音冷眼瞧她，淡淡道，"不明白公主的人，只怕还以为公主是在做戏，为了讨查剌哥哥欢心。"

做戏是真，不过还真不是为了讨耶律洪基的欢心，赵渝在心中暗道，正想反唇相讥，萧信却已经开口道：“妹妹你也想得太多了，人家只会说公主心地善良，哪里会往做戏那面想去。”

这个傻哥哥，连心眼都不长一个，萧观音是恨不能堵上哥哥的嘴。而赵渝只道萧信说的是反话，他兄妹二人一唱一和，是存了心地想羞辱自己。她抿唇不答，只顾往前走去，此处都是草地，她根本走不惯，又心中郁闷，没留神脚底下，被草丛中的石头滑了下，身子顿时向后仰去，眼看就要摔个面朝天。

还好，她跌入一个宽阔的胸膛之中，赵渝庆幸地抬眼，正对上那双冷冰冰的眼睛，顿时垂下眼来。与其让此人帮忙，她宁可摔下去算了。

耶律菩萨奴将她扶稳，无事一般继续往前走去。赵渝本以为他定会趁机出言相讥，却没料到他竟什么都没说，大大出乎她的意料。方才他的手扶在她腰上的位置，似乎余温犹在，只觉得热热的，她的脸陡然间发烫起来。

祭台上的“烧饭”正在进行中。

两匹白骆驼被牢牢捆住，并排屈膝跪着，它们曾为萧太后拉过无数次车，而眼下所以它们则须得殉葬。似乎明白即将到来的命运，白骆驼逆来顺受地安静跪着，那身雪白的皮毛在日光下光洁得刺目。

祭司念完繁长的祭文，号角声呜呜地被吹响，骆驼被突如其来的响声惊得颤抖了一下，眼睛不安地四下张望着，在它们看不到的身后，一把镶满华贵宝石的匕首被祭司高高捧起，刃锋雪亮。

祭台下，展昭微微垂下双目，不欲再看。他的剑下虽也曾杀过人，却不曾有过这般无辜的生灵。

刀划过骆驼脖颈时，他听到极轻微的撕裂声，像是风快捷无比地刮过的声音，却转而被一种响亮的悲鸣声掩盖住。

是祭台上白骆驼在悲鸣，如泣如诉。

顿时，四下里的其他骆驼、马匹听到这悲鸣之声，亦鸣叫长嘶起来。里里外外的马嘶驼鸣，如一曲凄厉的挽歌，几乎将人群淹没。

祭台上的柴堆高处，被绑在木柱上等待被焚烧的人神情呆滞，恍若犹在梦中，那是几名容貌姣好的辽人侍女，伺候萧太后多年，而今也不得不随太后而去。随着火堆被燃起，惨叫声撕心裂肺，直刺向人心。

祭台下无人出声，展昭低着头，袖中的手却紧握成拳，几乎要攥出水来，只恨自己身为宋人，连说法的余地都没有，根本无力阻止。可周遭这些辽国贵族高官，竟然无一人开口。畜生尚且有怜悯之心，而人……

此时此刻，他突然希望莫研就在自己的身边，就算不能将她搂在怀中，但就算能够握住她的手，对他而言，也是无比的安慰。转念又想，这样的场面，她还是不在更好些。她就在中京的大同馆中，好端端的，自己只要回去就能见到她了。

他情不自禁地微微叹口气：她和他在一起，没有比这更好的事了。

虽然隔得远，而且尚在牙帐之中，可那些驼马的嘶鸣之声却是挡也挡不住，穿透厚厚的毡布，清清楚楚地传到每个人的耳中。

赵渝和萧观音表情都有些不自在。萧信侧耳细听，半晌叹了口气："可惜了那两匹白骆驼，那可是日行八百的天山雪驼，我记得还是南院大王三年前费尽周折寻来的，是吧？"

耶律菩萨奴面无表情地点了点头，并不多言。

"可惜，真是可惜。"萧信又摇摇头，叹气道，"当初还不如给了我。"

萧观音听他说起来没完没了，恼道："哥哥你又胡说什么，白骆驼给太后殉葬，是无上荣耀，何来可惜。你再胡说，我就告诉阿爹，让他罚你不许出门。"

"本来就是可惜嘛。"萧信话说一半，看见妹妹脸色，只好连忙道，"好好好，不说就不说了。"

赵渝自进帐后就一直沉默不语，听着隐隐的悲鸣，饶是已是初夏，还是觉得寒意渗人，拢了拢领口，才低首端起茶碗。茶是乳茶，由茶、乳加盐煮成，奶香扑鼻，此时喝来，倒有定人心神之效。自打来了辽国，这还是她所吃之中，唯一不反感的辽国食物。她一小口一小口地专心喝着，极力不去听帐外的声响。

"公主，你喜不喜欢射鹿？"萧信根本就闲不下来，又转向赵渝，笑问道。他因见赵渝饮茶模样斯斯文文，便如小时候看过的仕女图上的人儿一般好看，忍不住想和她说话，却又不知道该说什么，只好没法找话。

“我从未射过鹿。”赵渝简短冷淡地回答，期望这样的态度可以隔开两人距离。

萧信却非察言观色之辈，闻言，反倒眉飞色舞起来，兴致勃勃道：“原来你从未射过鹿，那一定要去试试。现在正是射鹿的好时节，用白桦树做成的木哨子，能吹出雌鹿鸣叫的声音，引诱雄鹿过来，围而射鹿，好玩得很。下次我们狩猎，你可要一同来，保证你大开眼界。”

遇见这热情得过了头的萧信，赵渝点头也不是，摇头也不是，只得垂目微微一笑，敷衍过去。

萧信还欲再说下去，忽得帐帘被掀起，侍女捧着大壶进来。

“这是天山雪驼的血，殿下命我送来与诸位。”侍女躬身禀道。

萧信眼睛一亮，笑道：“天山雪驼的血，对身子可是大有益处，难得查剌哥哥还记着，特地叫人送来给我们喝。”

自侍女捧壶进屋来，一股血腥味便在帐内弥漫开来，赵渝几欲呕吐，未免失礼，都强制忍住，又听见萧信说此物竟是用来喝的，立时感到阵阵眩晕。

“掺在酒中还能盖着些腥气，妹妹，你身子骨弱，可得多喝些。查剌哥哥定是想着你，所以特地命人送来。”萧信想到什么就说什么，自顾自说着，没看见萧观音亦是一脸为难的神色。

赵渝闻言，眩晕之余，倒也没忘在心中冷哼：这萧氏一族的人，果然时时不忘记要踩低自己一阶。

辽人嗜酒，牙帐内酒坛子倒是现成的，萧信命侍女倒好酒，然后亲自捧壶慢慢将驼血掺入酒中。他自己先行饮了一大口，咂着嘴道：“果然是真正的雪驼，这血比起寻常驼血，更热更燥。

酒碗端到耶律菩萨奴面前，他淡瞥一眼，端起一饮而尽。

酒碗端到萧观音面前，她颦眉欲躲开，但思量到这是耶律洪基的好意，她还是勉勉强强地将它喝了下去。

酒碗端到赵渝面前，她鼓起勇气看了一眼，看见浓稠的血在酒中缠绕着，浓重的腥气直冲鼻端。

她吭也没吭一声，直接晕过去了。

见状，帐中其余三人面面相觑。

萧观音迟疑道：“难道这酒里有毒？”

“我可没下毒。”萧信急道，想想不对，又道，“她压根还没喝呢，怎么会中毒？”

见他二人不动弹，耶律菩萨奴只好起身淡淡道：“是晕血。”他先扶起赵渝，又命侍女取来清水为赵渝拭面，他持起她的右手，用力掐她的虎口。

疼痛之下，赵渝悠悠转醒，睁眼便看见耶律菩萨奴正抱着自己，慌忙挣扎起身。耶律菩萨奴也不勉强，当下便松了手，面无表情地仍回去坐下。

“多谢。”她自然知道是他相救，赵渝轻声朝他道。只是她贵为公主，何曾与男子如此亲密，今日竟然一连两次被此人触碰，却是平生未有，不免浑身不自在起来。

“公主不必客气。”

耶律菩萨奴淡淡道，低头喝他的酒。

中京，大同馆，后院的厢房中，上灯时分。

床上，布料七零八碎摊开着，是折腾了大半日的成果；椅子上，莫研操着一把剪刀端坐着，若有所思地盯着布料。这个姿势，她已然保持很久。

原本以为绣花已是够难的了，可眼下她才发觉，原来做衣裳也是极不容易的事情，更可悲的是，在布料已经被剪得七零八落之后，她才发觉这个事实。原来在蜀中时，整日不是习武，便是烧饭做菜，拿针捻线的事情都是师姐在做，早知道也该学学才是。现下，想给大哥做件衣裳也这么难。

她习惯性地想挠挠耳根，忘了手上还握着剪刀，被轻戳了一下，立时懊丧地把剪刀丢掉。起身收拾了床上的布料，她寻思着大概还是得找件展昭的衣裳来，比画着方才好裁剪。

忽然听见前面有人声喧哗，应是去出殡的人回来了，生怕被人看见笑话，她飞快地将布料收回衣箱关好，才快步往前面去。

“大哥！”

即使人再多，她第一眼看见的永远是展昭，说话间人已到了他身边，笑盈盈地。他们身侧，侍女已扶着刚下马车的赵渝回房中休息。

待公主转过内堂，展昭才低头朝莫研暖暖一笑，不避嫌地握了她的手往内院走去，轻声道：“公主不舒服，所以我们先行回来了。”

“啊！公主不舒服？是不是晕过去了？”

展昭好奇道："你怎么知道？"

"这是我给她出的主意，"莫研得意扬扬道，"我怕萧氏一族的人找公主的麻烦，就教她一直哭一直哭，直到哭晕过去。等晕过去了，自然什么都不怕了。"

展昭哭笑不得，却也不得不承认虽然是个馊主意，但用起来却有效得很："你这法子，倒是妙得很。不过公主不是哭晕过去，而是晕血。"

"晕血？"莫研瞠目结舌，语气也有些发抖，"又死人了？"

"是骆驼血。"展昭握她的手安慰般紧了紧，笑道，"耶律洪基送了天山雪驼的血给公主喝，哪知公主一见就晕过去了。"

莫研挠挠耳根，迟疑了一会，才叹口气道："当公主真够可怜的，大哥，要是咱们能想个法子，让公主不是公主就好了。"

已到了屋前，展昭推门而入，口中笑道："又说傻话，公主自生下来便是公主，又如何能不是。她们身为皇族，享尽富贵的同时，也有着自己的责任和无奈，这本就不是她们可以选择的。"

"可是，如果可以选择，那该多好啊。"

莫研随他进屋，转念间想起件要事，神情肃然地低声道："对了，大哥。我今日上街去，向绸缎庄老板打听，才知道原来那日箭上的布条，极可能是一家绣庄的货色。而且那家绣庄的店家是个宋人，还是个女人。一个女人跑到中京来开绣庄，生意又不好，你说怪不怪？"

展昭听罢，沉吟片刻：难道海东青竟是女子？

"小七，那日你可看见射箭之人是男是女？"

"样貌没瞧见，可肯定是男子。"莫研斩钉截铁道。

莫研的观察力远远超过常人，她既然如此说，定然不会有错。展昭微颦起眉，如果不是海东青，那么想用这布条引起自己对绣庄注意的人，究竟又有何目的呢？

莫研在旁自言自语道："难道是这绣庄老板娘想结识我们，招揽生意，所以让店里的伙计来射这一箭。"她抬眼望他，嬉皮笑脸道，"这辽国招揽生意的法子倒是有趣得很。"

展昭无奈一笑，知道她是存心逗他，也不接话，半晌才道："那箭的事情暂且搁一搁，你莫要去探那老板娘的口风。"

“哦，可是……”

“此事不可透露半点，无论是谁。”他正色道，“你千万记住了。”

“哦。”

见他神态凝重，莫研只好应道。

展昭缓缓坐到桌旁，看着她掏出火石噼里啪啦地点灯。

“大哥，你的指甲有些长了。”她点燃灯，拢上罩子，目光落在他交握在桌面上的双手。

展昭回过神来，低头望去，指甲确实有些长了。他素性喜洁，当下便要取小刀修剪。

“现在可不能修，日头都落下去了，等明日再修吧。”莫研拦了他的手，忙道。

展昭好奇道：“为何现在不能修？”

莫研认真道：“你没听说过吗，日头一落下去，人的三魂七魄就都躲到指甲里，你这时候修指甲，不仅害得他们在指甲里挪来跳去，而且要是伤着他们怎么办？”

“你从哪里听来的？”展昭好笑，不明白她怎么会有那么多稀奇古怪的说法。

“我们家那边的人都这么说。”她显然很相信，“大哥你可别不信，万一伤了魂，可是不得了的事情，待明日我来给你修，好不好？”

展昭微笑道：“明日我自己修便是。”

“那你早些歇着。”见他面有倦容，心事繁重，莫研不欲打扰，站起身来，忽然又想起一事，笑道，“大哥，你取件干净袍子借我几日，可不可以？”

“自然可以。”

他起身从衣箱中取了件递给她，笑问道：“你拿它做什么？”

“过几日你便知道了。”

她嘻嘻笑道，转身欲走。

“小七！”展昭唤住她。

“嗯？”

展昭顿了顿，海东青之事此时还不便告诉她，依她的性格，定然按捺不住，非要查个水落石出不可，那么她多知道一分便多一分危险。

“没什么，你也早些歇着。”他柔声道。

“好。”

莫研嫣然一笑，替他掩好门，脚步渐远。

独自在房中，展昭凝视着灯火，若有所思，久久不动。

自昨日皇太后出殡归来，被那杯驼血一吓，赵渝整日都食欲不振，连带人也恹恹地提不起精神。

“公主，您尝尝这桂花糕。”侍女端上尚冒着热气的糕点，好言劝道。

轻轻摇了摇头，赵渝倦倦地靠在竹榻上，看着池水中鱼儿嬉戏逐闹。真是难为辽人，明明是在蛮荒之地，偏偏还能一样不差地照着中原的庭院格局在这里建这么一座大同馆，若不出门去，她倒是可以自欺欺人地骗自己尚在大宋，并未孤身远嫁他乡。

连秋千架都一应俱全，果真是细致入微，她心中叹道：物件齐全又有何用，自己身在他国，苦闷不堪，哪里还会有荡秋千的心思。

不期然间，某个冷冰冰的眼神似乎在看着她，带着毫不掩饰的厌恶。赵渝猛地从榻上挺起身子，悚然而惊，这几日自己究竟是怎么了，怎么老是想到那个讨厌之极的人。

“公主，您怎么了？”

莫研也不知从什么地方冒出来，正探头探脑地看着她，几乎贴到她脸上来。

“你退开点，我晕……”赵渝有气无力道，同时挥手让旁边的侍女退下去。

“您病了？”

“没。”

“听说是晕血，是吧？”

赵渝没好气地抬眼看她：“你没看见那血，若是你，说不定也得晕。”

莫研赞同地点点头：“那肯定，听说驼血又腥又臊，还得被人逼着喝，倒不如晕了得好。”

看她一脸坦诚，并无瞧不起自己的意思，赵渝方才示意她坐下。

没坐竹榻边的石凳，莫研直接坐在了秋千上，拿了块桂花糕先塞嘴里，也怅怅然地望着池水。

“怎么，你也有心事？”甚少看她没精神的模样，赵渝好奇道。

“没事，就是一点小事。”莫研敷衍笑道，她在房中与衣料折腾了许久，几乎想把展昭的袍子拆来瞧瞧，“公主，您会做衣裳吗？”

赵渝斜眼瞪她，微微挑眉：“你觉得我会吗？”

“看来是不会。”莫研挠挠耳根，又塞了块桂花糕，“公主，那您有什么心事？”

“我……”

赵渝欲言又止，轻咬了半日嘴唇，发觉在此地除了莫研，自己还真是找不到别人诉说心事。

莫研歪着头，安静地等着她的下文。

“你……还记得那位南院枢密副使吗？”

“记得，就是和展大哥比试箭术的那人，表情永远像别人欠了他十万两银子一样。”莫研耸耸肩道。

“你觉不觉得他好像特别厌恶……厌恶咱们宋人？”她颦眉道。

闻言，莫研无所谓地点点头：“这不奇怪，他是耶律重光的人，当然会看我们不顺眼。”

“那也不该如此嚣张啊！”

想起他面无表情的样子，赵渝不禁有些气恼，看莫研径自吃得香甜，便也拿了一块紧咬了几口。

“可他要如此，只得由着他，我们也没法子。”

莫研继续耸肩，晃啊晃得在秋千上荡起来，她对不相干的人向来不在意：“对了，公主，您和耶律洪基的大礼得拖到什么时候？”

“我也不知道，”想到此事，赵渝突然又没了胃口，倦倦地放下桂花糕，低低叹道，“永远拖下去才好。你别荡了，我晕。”

“总拖着也不好。”莫研只好停下来，挠挠耳根，心里想的是公主之事反正是板上钉钉，自己纵然同情她，却也不能拿国事当儿戏，而自己和展昭的亲事也不知要拖到何时，当真是愁人。

赵渝不满地瞪她：“你急什么？”

“我当然不急，我是替公主你着急。”莫研面不改色心不跳，随口道，“早日成亲，免得萧氏一族觉得有机可乘，总找麻烦。”

“你以为行过大礼我就有好日子过，到时候我就真正成了他们的眼中钉肉中刺了。”

莫研不知道该说什么，只好不吭声，想了半日，赔笑道：“公主，天天闷在这里也难受得很，要不我陪您上街逛逛去。”她想着正好陪公主散散心，自己顺便再扯几尺布回来。

“这里能有什么好玩的？哪里比得上京城。”

“虽然及不上京城，不过也挺有意思的，而且听说还有不少宋人在这里开店铺，您出去走走，也算是体察民情。”莫研替她找好借口。

“展昭在何处？”

“展大哥用过早食就被叫走，现下还未回来呢。”

虽然展昭不在，但被她说得有些心动，赵渝思量了一会，迟疑道：“我能出去吗？万一被认出来怎么办？”

“有何不能，换身衣衫便是了。”莫研未想太多，理所当然道。

半个时辰后，赵渝与莫研皆扮成寻常辽国女子的模样，慢条斯理地走在中京最繁华的朱夏门附近。昨日皇太后大殡，许多店铺皆关门歇业，今日亦都开张了。虽然白幡未撤，但幡下的生意仍旧是热热闹闹。

莫研拉着赵渝先进了她曾到过的绸缎坊，按日前买的衣料又扯了好几尺。店家自是笑得合不拢嘴，直问她是不是衣料太好，故而又来买与其他人。

随便敷衍了店家两句，莫研就抱着布跑了。路上，赵渝斜眼睇她，轻讽道：“你是想给展昭做衣裳吧？”

见被看破，莫研笑生双靥，连连点头，顺口夸道：“公主，您可真聪明。”

赵渝显然不领情：“傻子都能猜出来，除了展昭，你还能给谁做衣裳。”

“公主，您可千万别告诉展大哥！”莫研又央求道。

“怎么？你还想吓他一跳？”

“什么叫吓一跳，是给他个惊喜。”

赵渝白了她一眼，提醒道：“现下可是初夏，你这衣裳要是做到冬至才做好，可不就是吓他一跳吗。”

莫研挠挠耳根：“不至于吧。”

“这谁能知道。”

赵渝学她的模样耸耸肩，然后继续往前逛去。

两人在街上兜了又兜，挑了家书铺进去翻翻检检，入目处却无甚可看之书，只得出来。又进了家刀剑铺，辽人所用刀剑均与汉家不同，因惯常在马背上讨生活，兵器也以弯刀为主。莫研习剑，对刀总无兴致，略看了几眼就兴趣索然；倒是赵渝细细看了又看，良久之后，挑中了一把小如匕首的弯刀。

"怎么样？可好看？"赵渝叫莫研过来观赏。

莫研接过弯刀，飞快抽出插入，如实道："不怎么样，比起我师姐的那柄刀可差多了。"

赵渝复取回刀，不理她的话，便向店家问价。偏偏此刀还颇贵，莫研身上银子不够，赵渝自然是没带银两，只得吩咐店家明日将此刀送至大同馆。

出了刀剑铺，莫研好奇道："公主，为何非要买那把刀呢？那么贵，又不一定好用。"

"用不上才好。"

赵渝只淡淡道，便再也不愿多解释半句了。

再往前行去，莫研一眼便瞥见"琳琅绣庄"的匾额，记起展昭的吩咐，便预备目不斜视地直接路过，殊不料赵渝却扯住了她：

"有家绣庄，看样子应该是宋人开的，咱们进去瞧瞧。"

"公主，我对刺绣没什么兴趣……"

莫研话未说完，便看见赵渝已迈腿进去，无奈之下她也只好跟进去。

绣庄内果然甚是冷清，店里点了檀香，香气浓郁，兼有定神之效。在檀香之中，一位妇人，年纪大约四十左右，坐在绣架之后，正全神贯注地在刺绣，虽有客人进来，她却是连头也不抬一下。

赵渝打量身遭绣品的时候，莫研已暗暗将那妇人打量了几遍，从发丝到露在绣架外的绣鞋，最后落在那妇人的双手上——手白皙纤细，不似惯用兵器之人般骨节突出。可惜瞧不见手心，否则也能根据指茧的位置来判断此妇人。

"你是宋人吧？"赵渝看罢绣品，朝那妇人问道。

妇人这才抬起头来，微笑道："是啊，难道姑娘也是宋人？"

赵渝笑着点点头。在他乡遇见家乡之人，不由得生出几分亲切之意，加上赵渝又是公主，看见宋人在辽国做生意，总忍不住要关心一下。

“绣品倒是还不坏，怎的好像生意不太好？”她看有些绣品都落了层灰。

那妇人只是笑了笑，并不作答。

赵渝了解的叹口气：“也难怪，对于刺绣，辽人之中哪会有几个识货的。”

那妇人见赵渝叹气，笑道：“其实还好，虽然寻常百姓甚少来买，不过常有些官家来定货，倒也还维持得下去。”

“这店里……就你一个人？”莫研在旁，貌似随意问道。

妇人点头。

赵渝好奇道：“那你夫君呢？”

闻言，妇人面色黯淡了几分，低低道：“我家相公多年前就过世了。”

赵渝轻叹口气，同情道：“没想到你竟然是一个人在这里做生意，一个妇道人家，当真不易。”她拉过莫研，吩咐道，“以后咱们用的绣品就都从这里买，回馆后吩咐下去，让其他人的也都来这儿买。”

莫研不好说什么，只能点点头，心中叹道：你如此一说，这妇人再笨也知道你定然身份尊贵。

妇人听见，虽不点破，但朝赵渝恭敬鞠礼道：“多谢姑娘。”

“何必言谢，咱们都是宋人，身在异国他乡，帮忙原本就是应该的事。”赵渝笑道。

几乎同时，莫研已抢上前一步，双手轻托，将妇人扶起，口中笑道：“快起来吧。”说话间，她的手已轻握住妇人的手，抽回之际，自然而然地从手心至指尖滑过。

掌中无茧，而指尖有茧，此人当真只是个绣娘？她心中疑虑更深。

“明日你送些绣品到大同馆来，我且细细挑选。”赵渝朝妇人笑道，“对了，还不知道怎生称呼？”

“我夫家姓方。”

“原来是方夫人。”

两人谈话时，莫研低首垂目，貌似在观赏绣架上的绣品，忽然留意道绣架旁的小竹篮中摆着针墩、几条丝帕，在丝帕下隐隐可看见一块皮革模样的东西，但却分辨不出究竟是何物。

若要假装摔倒，来撞翻绣架，未免痕迹太重。她心思转了几转，展大哥叮嘱过不可轻举妄动，眼下情况不明，自己若露了痕迹，恐怕会坏了展大哥的事，还是暂且不动为上。

正径自想着，突然进来了六名大同馆内的侍卫，也不管赵渝身穿便服，齐齐朝她施礼，朗声道："属下恭迎公主回馆。"

"原来是公主，民妇万死！"方夫人慌忙跪下。

"不知者不罪，快快起来。"赵渝忙道，朝莫研使眼色，示意她上前扶起方夫人。

无奈莫研丝毫没有接收到她的眼色，正径自扯了名侍卫到旁边，低声询问道："谁叫你们来的？怎么找到我们的？"

那侍卫瞪了她一眼："大同馆的人全出来了，光是我们这队，就找了六条街。"

"辛苦辛苦。"

莫研赔笑，暗道不妙，自己与公主是偷溜出来没错，不过逛逛也就回去了，用不着这么大阵势吧。

在侍卫的护送下，两人灰溜溜地回到了大同馆。

刚迈进大堂，迎面便看见展昭，莫研上前刚叫了声"大哥"，被展昭厉眼一扫，顿时没了下文，轻手轻脚地站到一旁。

展昭朝赵渝恭敬施礼，语气却甚是严厉："此处非我大宋疆土，人地生疏，而公主千金之躯，如此轻率出游，万一生变，如何对得起圣上所托。"

难得听到展昭说这般重话，加上身遭的人全是一副黑脸，显然皆是找她找得十分心焦，赵渝不由地理亏了几分，只道："我知道了。下次……罢了，不会有下次。"

虽气难平，但公主毕竟是公主，无法过分苛责，何况赵渝也已当众做出保证，展昭语气放缓："请公主回房歇息。"

赵渝略略颔首，飞快地在侍女簇拥下进去了。其余侍卫们也尽皆散去，各司其职。片刻工夫，堂内只余下展昭与莫研二人。

"大哥……"莫研深知展昭怒气未消，试探地叫了声。

展昭看也不看她，沉声道："你随我进来。"

"哦。"

莫研乖乖地跟着展昭身后，左拐右拐，右拐左拐，一路到了后院厢房中展昭的屋内。

进屋的同时，展昭的怒气似乎也升到了顶点，一把将尚在门口犹豫的莫研拽进屋来，再砰的一声用力关上门。

“大哥，你要不要先喝杯茶？”莫研直奔到桌前，殷勤倒茶，却悲哀地发现茶壶里一滴水都没有，“要不，我去烧水？”

展昭压根没答话，目光盯着她，直看得她浑身发毛。

“是你，撺掇着公主出门的吧。”他开口道，不是提问，而是陈述。

莫研缩缩脖子，赔着笑道：“公主心情不好，我想让她散散心，所以……”

“那为何要去那家绣庄，而且还带着公主一起去？”

“我不想进去的！”她忙解释道，“可公主说看上去绣庄像是宋人开的，非要进去看看，我没办法，所以……”她继续赔笑脸。

“你根本就不应该带公主去那条街上，不对，你根本就不应该带公主出门。”

“这个……中京其实挺没意思，跟咱们京城没法比，热闹点的地方也就是那条街，不去那里的话，我也想不出该去哪里了。”

听她句句狡辩，展昭心中越发恼怒，她根本就意识不到此举是多么危险的事情。绣庄店主身份诡异，是敌是友尚且不知，她与公主莽莽撞撞地送上门去，若出什么事情，后果将是他无法想象的。

莫研看他半日不语，小心翼翼道：“大哥……”

展昭仍旧不语。

“大哥，”莫研试图转移他的怒气，“我摸过那老板娘的手，手心无茧，而指尖有茧，倒真像是个绣娘。”

展昭听见这话，面色微变，眉头皱得更紧，不过总算是又开口了，问道：“你还摸了她的手？”他生怕莫研此举打草惊蛇，若然这老板娘非善类，岂非让她发觉已有人注意到自己的身份。

“她向公主行礼，我搀她起身时握了她的手，并不着痕迹，她断然不会留意到的。”莫研何等聪明，立马明白展昭的顾虑，急急解释道。

展昭这才面色微缓，眉头却仍未松开。

“不过我在她绣篮中看到丝绢下有一小角皮革模样的东西，现在想来，很有可能是鹿皮手套。”莫研声音放沉，低低道，“若真是鹿皮手套，那么这位老板娘便可能会用毒。”

“用毒！”

展昭身体骤然一僵，突然扣上莫研的脉门——

“大哥，我没中毒……”莫研老老实实地让他把着脉门，口中嘀嘀咕咕道，“她怎么可能对寻常上门的顾客也下毒呢。”

脉象平稳，并无异常，看来确实没有中毒，展昭暗松口气，却是怒气又起。

“此事你以后不可再插手！”他严厉道，“绝不可以再踏入那家绣庄，也不许暗中调查那位老板娘，否则就给我回大宋去。”

莫研被他的话吓了一跳：“大哥！”

“你可记下了？！”他未有丝毫让步。

莫研咬咬嘴唇，只能道：“记下了。”

听她应允，展昭这才未再说什么，垂目见莫研蔫头耷脑地站在自己跟前，前几日额头上撞的伤还赫然在目，不由得伸手抚上她的额角。

“还疼吗？”他问。

听他语气放和缓，莫研暗松口气，抬头朝他笑道：“疼倒不疼，就是结了痂有点痒。”

“那就好。”他叹息道，语气突得一转，立即又严厉起来，“你轻功和剑法的底子都不错，但是疏于练习。从明日起，每日鸡鸣时分起床，我会与你一共练功。”

莫研彻底傻眼了：“大哥，我觉得功夫够用就行了。”

展昭在她额头上轻敲一记，毫不留情道：“这也叫够用？”

“这是意外。”

莫研有气无力地反驳，静等着展昭的取笑。

展昭却沉默了下来，良久，才听见他长长地叹了一口气，仿佛是自言自语道：“不能再有意外了，任何意外都不能有。”

看着展昭的神色，莫研终于察觉出了什么：“大哥，你是不是有什么事瞒着我？不仅仅是公主的事情那么简单，对不对？”

“没有。”展昭转开身子，淡淡道，“哪里还会有别的什么事。”

莫研拽着袖子，扯过他：“不对，如果单单是公主的事情，对方几乎都在明处，你不会如此紧张，一定还有别的事。”

展昭暗叹口气，仍坚持道：“没有，我何时曾骗过你……”他话音刚落便已想起，自己确实是骗过莫研，说此话无异于搬起石头砸自己的脚。

莫研自然也想到了，正笑嘻嘻地瞧着他。

清风明月，水声淙淙。

黑箭在肩，危悬顷刻。

他却引着她在念词：

“念去去、千里烟波，暮霭沉沉楚天阔……”

此时想起当日情形，犹在眼前，展昭心中暖意上涌，禁不住与莫研相视而笑。

好不容易看见他的笑容，莫研不管不顾地上前搂住他，笑眯眯道：“大哥，你看着像不会骗人的模样，可骗起人来当真厉害得很。”

展昭轻轻抚摸着她的发丝，含着笑，静静不说话。

“所以你莫再骗我了！我知道你肯定有很严重的事在瞒着我。”她眷恋地深埋在他怀中，并不抬头看他。

等了许久，她才听到展昭低低道：

“小七，此事关系过于重大，我现在还不能告诉你！”

莫研有些气恼地抬起头：“为什么？难道你不相信我？”

展昭摇摇头：“只是现在还不是时候。”

“大哥！”

莫研并非气恼展昭对自己的不信任，而是恼他遇上危险的事便要独自面对。展昭愈不告诉她，就说明此事愈危险，她也就愈担心他。

“你若不告诉我，我可就恼了。”

她从展昭怀中脱出来，紧抿嘴唇，立在当地，试图威胁他。

展昭苦笑，只能道：“我只能答应你，到了需要你帮忙的时候，我自然会告诉你。”

在莫研听来，这话等于没说：以展昭的性格，到了需要自己帮忙之时，多半就是他已受重伤，实在无能为力之时。

“那我走了！”

她负气转身就走，只听身后展昭唤住她：“小七！”

以为展昭终于回心转意，她停下脚步，等着他说出实情。

“明日莫忘了鸡鸣时分起床。”

莫研气呼呼地走了。

目送她背影消失，展昭无奈一笑，忽又好笑起来，明明开始是自己在恼她，怎的最后变成她恼自己，还十足有理。

入夜，大同馆内除了值夜的侍卫，众人都已各自睡下。

展昭循例巡查过馆内四处，方才回房，吹熄了灯，正欲歇息，却忽然听见有人敲门。

只是几下敲门声，展昭却心中一紧，来人无声无息，以自己的耳力，居然未听见任何脚步声，足见功夫已在自己之上。

“来者何人？”

他沉声问道，这般功夫，此人自然绝不会是大同馆中的人。

“怒而飞，翼若垂天之云。”

低低沉沉的声音，听在展昭耳中却犹如雷鸣，是海东青，这个他等了许久的人终于出现了。

刚拉开门，那人闪身进来，先道：“不必点灯。”

展昭微点下头，借着窗外的微弱月光，他能看见海东青身穿寻常胡服，脸上戴着皮革面具，显然是不欲显露身份。

海东青也不解释，丝毫不客气地往桌旁一坐，自己倒了杯茶，又朝尚立在原地的展昭招呼道：“坐，咱们俩还客气什么。”

展昭依言坐下。

海东青一径地喋喋不休：“唉，这些年把我给累的，话都说不利索了。你来了就好，来了就好，包拯总算给我派了个能说话的人过来。你多大了？今晚月色好，要不咱俩先拜个把子，你觉得如何？”

展昭一时说不出话来，实在是因为不知道该说什么。好不容易才见到的人，原以为会有要事相告，怎么也没想到居然先要拜把子。

“展某二十有三。”半响，展昭才道。

“太好了，我虚长你五岁，我是大哥。”他伸手用力拍拍展昭肩膀，不客气道，“老弟，大哥可想死你了！”

“……”

“老弟名气不小，可谓是名满江湖，这许多辽人都听说过你。如今我当了你大哥，将来……”他顿了顿，眼中的光彩似乎也黯淡了下，却立马又亮起来，“将来人家知道我是你大哥，定然羡慕得很，哈哈哈。”

展昭微笑道:“大哥在辽国忍辱负重多年,能得此大哥,是展某之幸才对。”

似乎没想到展昭会如此说，海东青沉默了一瞬，方笑道：“有你南侠这句话，老哥我这些年也不算是白熬。原先早些来见你的，不过你知道的，碰上皇太后大殡，事情实在太多，脱不开身。而且，”他目光注视着他，面具后的脸似乎笑了笑，“而且我还想多试试你。”

展昭不惊不怒，淡淡笑道：“大哥谨慎行事，情理之中。”

“你明白就好，像我做这行当，不谨慎些不行。不过你小子倒真是把我给吓了一跳，怎么把公主给弄到那家绣庄去了，若是真的出了什么事，可是不得了。”

展昭没有辩解，只暗叹口气。无论如何，若是出事，自己都难辞其咎，何况莫研闯的祸，自己承担也毫无怨言。

海东青接着轻松笑道：“这可是招险棋，你小子胆子倒大！不过这么一来，想必她也不会疑心到你头上。因为你若对她心怀忌惮，就绝对不会让公主去她的店内。要知道，她可是位用毒高手啊！”

“用毒高手！”展昭抚杯的手一紧，莫研的猜测没错，那女子果然用毒。

“不错，此女子善用毒，我就曾吃过她的亏，不可不小心。”海东青的语气渐沉，“我在耶律重光身旁探查多年，一直想查出大宋之内将军情传递于他的人究竟是谁。查了许久才在偶然间发觉，这家绣庄隔几个月便会送绣样入府，大宋朝政军情便夹带在绣样中传递给了耶律重光。”

“此女子每年都回两趟大宋，我也曾派人跟踪过她，结果都是有去无回，至今尸骨难寻。后来我好不容易找了个机会，自己跟踪了一趟，也着了她的道。”

他说起来轻描淡写，但在展昭听来，却知道有了前车之鉴，海东青定然是谨慎万分，以他的功夫也会着了道，想来当时情形必定凶险万分。

“所以咱们能用的日子不多了。”海东青笑着说道，声音里却似乎带着某种挥之不去的苦涩。

展昭不解其意。

"总之，咱们得抓紧查出与此女子接头的人究竟是谁。以我这些年的观察，最迟下个月，此人就会到边境进货丝绸。这趟，无论如何，我们都得将与她接头之人查出来。"

"大哥的意思是，我们去跟踪她？"

海东青缓缓抬头盯住他："不是我们，是你！"语毕，他静静看着展昭，在等着展昭问他为什么。

展昭向来不是一个习惯解释的人，同样也不习惯向别人要解释。尤其面对这样一个值得他敬重的人，他更不会去追问。所以他只是点了点头，说道："好。"

显然没想到他如此干脆利落，海东青愣了愣："你就不问我，是不是我贪生怕死，所以不敢去了。"

"大哥不会是这样的人。"展昭淡淡笑道。

海东青似乎笑了笑，然后跷起左腿，弯腰脱下了靴子，挽起裤腿。

借着微弱惨白的月光，出现在展昭眼前的那条腿令他悚然而惊，自膝盖以下，整条腿都呈乌黑色，显然是中毒已深。

"我替你运功把毒逼出来。"展昭马上做出第一反应。

海东青拦住他，道："太迟了，这毒早已深入骨髓。"

"解药！我们可以逼她拿出解药。"

"此毒无药可解。"海东青慢条斯理地穿上鞋子，望着默然不响的展昭，笑着拍了拍他肩膀，"没必要愁眉苦脸，老哥我运气算好的，把毒都逼到左腿，否则这条命都没了。"

展昭已明白了一切，明白了他为何说"咱们日子不多了"。像他这般将毒逼到腿上，能硬撑到现在已是不易，却也撑不了太久，迟早有一日，毒性蔓延，他要么废掉左腿，要么就得送命。而此二者，都会使他身份暴露。

他们能用的日子，确实不多了。

"至于具体跟踪之事，咱们还得细细谋划谋划，今日是来不及了，我还得赶回去，被人发现半夜溜出来可了不得。改日我寻个空子再来找你。"海东青起身，伸了个懒腰，"累死我了，三年都没说过这么多话。"

"老弟，自个儿小心些。"

他最后又拍拍展昭肩膀，展昭点点头，看他出门而去，轻纵身躯，眨眼间已是人影无踪，唯见月光清冷，四下寂静一片。

中毒如此之深，竟还能施展出这般轻功，若非隐姓埋名藏身辽国，此人定能扬名江湖。展昭心中默默想着，钦佩之余，竟又生出了几分惭愧之情。

接下来的日子过得甚快，除了偶尔被耶律洪基邀请赴宴，公主每日里都老老实实地待在馆中，事实上如果可以，她连宴席都不想去。辽人酗酒成性，每每到了宴席最后，大部分人皆烂醉如泥丑态百出，实在有碍观瞻。

莫研亦老实了许多，展昭认为她闲着也是闲着，太闲还容易生事，而习武强身健体，还能以备将来不时之需，有百利而无一害。故而她每日被他逼着鸡鸣时分起床练功，练过功才能用早食，待用过早食，便得接着再练，轻功、内功、剑法轮番上阵，一天下来累人只想着吃饭睡觉，决计生不出别的花花心思。

这日，赵渝在廊下乘凉，百般同情地看着正在烈日中挥汗如雨辛苦练剑的莫研，不禁摇头叹气。惹火了展昭，确实不是什么好事情。

好不容易莫研收了剑，回到廊下稍事休息，抹抹汗，又连喝了几杯茶水，方才气息稍平。

“展昭又不在这里，你不用这么拼命。”

莫研一脸无奈：“不拼命不行，明日早起，若我接不住他十招，那估计连饭都吃不上了。”

“展昭也太狠了吧。”赵渝实实在在地同情她。

“谁说……不是呢。”

莫研懊恼地挠挠耳根，之前也没想到展昭不仅说到做到，而且变本加厉，大有要将她练成一代宗师的架势。

“他这么对你，你还想着给他做衣裳吗？”赵渝摇头问道。

“那当然了。”莫研仰仰头，“衣裳自然还是要做。”

正说着，有人通报，说有人正在馆外求见赵渝。

这个人就是萧信，莫研虽没见过他，可他带来的邀请当即让莫研对此人产生了好感。

他是来邀请赵渝同往伏虎林狩猎。

第六章

原是让侍女先在大堂招待萧信，却不料萧信是个性急之人，居然就大大咧咧地随着侍女进了内院，直接便到了赵渝面前。若非周遭侍卫甚众，赵渝还真是要被他惊着。

待他说明来意，赵渝理所当然的反应就是拒绝。

“我对狩猎……一点都不懂，而且近来身体也不是太好……”赵渝装模作样地咳了两声，她显然不想去，和萧氏一族的人同去狩猎，除非她是个傻子。

“可是，是皇上和殿下都去。”

“都去？”赵渝有点微微吃惊，“那中京岂非无人了。”

萧信不在意道：“对，这是常事。皇上和殿下一年四季都几乎在外，待在中京的日子很少。”契丹人一直以来都以狩猎为生，故而辽朝建立之后，辽国皇帝依然离不开渔猎。春日，在鸭子河起牙帐，凿冰钩鱼，直到冰冻化解；夏日，多在吐儿山，与北、南臣僚议国事，暇日游猎；秋日，于伏虎林纳凉处起牙帐，入山射鹿及虎；冬日，与广平淀，会议国事，时出校猎、讲武。故而便是一年四季不回中京，亦是常事。

赵渝与莫研对视片刻，皆觉得与大宋比起来，辽国皇帝可谓甚是逍遥自在。

萧信只当赵渝是胆子小，满心只想着鼓动她：“到时候公主若害怕，只管跟着我，狩猎我可是出了名的好手，包你大开眼界。”

见萧信对自己莫名其妙的热情，赵渝着实有些吃不消，却又不得不敷衍他，只得道：“多谢琪亲王。”

听她谢自己，萧信十分欢喜，又兴致勃勃地说起一大堆关于狩猎的事情，莫研虽听得颇有滋味，而赵渝却是不堪其扰。听到最后终于还是忍不住打断他，有礼道：“我近来身体不太好，吹不得风，有些头疼，恐怕得回屋去，还请琪亲王见谅。”

“啊，”萧信呆了呆，忙起身道，“你早说啊，走走走，咱们进屋去说！”

如此没眼力的人赵渝还是头遭碰到，轻扶着额头，隐隐觉得头还真的疼起来，只得细声细气道：“可是，我想上床歇息。”

“啊……哦……”萧信失望之意表露无遗，“那好吧，我改日再来就是。”

正在此时，前院又有人来报，睿祥郡主来访。

“妹妹也来了！”萧信好奇道。

她来做什么？——赵渝心里直打鼓，面上仍旧若无其事，吩咐侍女招待萧观音到内堂稍候。

萧观音正是刚从耶律洪基那里过来。原本耶律洪基要亲自过来告之赵渝下月将至伏虎林狩鹿打虎，请她做好出行准备，但恰好耶律宗真召他有事，萧观音在旁主动承了下来，替他跑这趟。

没料到居然在此处看见萧信，她与赵渝互相见过礼，便转向萧信，亦是好奇道：“哥，你怎么会来这里？”

“下月我们不是要去伏虎林狩猎吗，我来邀公主一同前往。”萧信倒是坦荡荡。

若在别处，她一定直斥哥哥多事，但碍于赵渝在场，只好暂且忍住，淡淡笑道：“这么巧，查剌哥哥也是让我来告诉公主，下月往伏虎林狩猎，请公主做好准备。”

她的口气已非相商的口吻，而是告之，且又是代耶律洪基而来。赵渝已无思量余地，只能点头。

萧信听罢，乐道：“原来殿下早有安排，我白跑了。”他没长什么心眼，凡事只求欢喜好玩，自然也不会想太多，只要赵渝去就行了。

“多谢郡主，天气炎热，还特地劳烦郡主跑这趟。”赵渝转头唤侍女端上冰镇酸梅汤给两位。

“不算什么，查剌哥哥的事就是我的事。”萧观音笑道，一语双关，语气间丝毫不把赵渝这个差半步就是太子妃的人放在眼中。

面对萧观音如此态度，赵渝丝毫不放在心上，此时的她对于自己与耶律洪基这段姻缘已完全看成是父皇所交代的任务，她只需本本分分地在辽国活下去就行，至于耶律洪基喜欢谁亲近谁偏袒谁，她是半分也不在意。

此时的萧观音自是将她看作与自己争抢耶律洪基的人，却不知她早已无意于此，这些日子闲来思量，倒觉得若能与萧氏和睦共处，一来减少自己的危险，二来自己远嫁只为两国和睦，意义也会更大些。

故而当下她仅是微微一笑，平静道："郡主与殿下青梅竹马，感情笃深，令人羡慕。"

这话听得萧观音一怔，以为赵渝是故意讥讽，待抬眼望去，只见赵渝毫不避讳地与自己目光相接，眼神真挚而不带丝毫敌意。

堂中静默片刻。

萧信三口两口喝完了自己那碗冰镇酸梅汤，刚放下碗便看见赵渝微垂着头，静静不语，忙道："公主若是头疼得厉害，回去休息便是，我同妹妹改日再来。"

"公主头疼？"萧观音好奇道。

赵渝微笑以对："大概是方才在日头下晒久了，所以有些眼晕，应该不妨事的。"

"日头下晒久了？"萧观音轻轻一笑，"查剌哥哥平日最爱骑马狩猎，公主身子如此娇弱，可怎么办才好？"

"我本来不会狩猎，就算是去也不过是应景罢了。听说郡主箭法不错，而且殿下狩猎郡主向来随行，有郡主陪着殿下，不是更好吗？"

萧观音怎么也想不到她竟然会如此说，话中之意无异于将耶律洪基拱手相让。

萧信却已在旁哈哈笑道："我妹妹的箭法也就唬唬你们这些不懂的人，真到了狩猎的时候，她能射中一只两只野鸡野鸭也就不错了。"

"哥！"见萧信丝毫不顾场合说话，萧观音有些恼怒，偏偏萧信是个石头脑袋，油盐不进，怎么教也没用，她只好恹恹道："既然公主欠安，让咱们走吧。"

两人正欲起身，前院却又有人急急来报，南院副使大人已在前堂等候。

副使大人，耶律菩萨奴——赵渝暗自叹口气：回头得去查查皇历，今儿究竟是什么日子，怎么一个接一个，全凑到这里来了。

到了前堂，耶律菩萨奴已是满脸不耐，其实从侍卫通报到赵渝迎出来，总共还不到半炷香，可瞧他的模样倒像是已经等了大半个时辰一般。

见到萧氏兄妹二人也在此地，他似乎没有料到，草草与他二位见过礼，方才朝赵渝道："我是奉南院大王之命而来，素闻展昭展护卫武功高强，在中原颇有名气，故而想请展护卫来我南院大王手下的铁骑营，指点指点，不知公主可否愿意放人？"

赵渝怎么也没想到他竟然是来借人的，别人倒也罢了，偏偏是展昭，她自然是不愿意，当即道："曾听闻铁骑营骁勇善战，马上功夫更是出神入化，"天晓得铁骑营是怎生回事，她只得顾名思义，随口胡诌，"展护卫虽说功夫还过得去，可毕竟都是中原的粗浅拳脚功夫，我想于骑兵，大概没有太多益处。"

耶律菩萨奴冷冷一笑，连句多余话都不说，直接问道："公主的意思是，不肯？"

直接说个不字，对于历来习惯了委婉说话的赵渝着实有些难度，心中虽暗骂此人怎的如此不识相，可口中还得笑道："自然不是。只是，不知需要展护卫去多久呢？"

"不会太久，也就个把月吧。"

赵渝心中思量一下，自己下月便得随耶律洪基往伏虎林，此时已是下旬，若展昭去铁骑营个把月，便无法随自己前去狩猎。

"此事恐有不便，方才郡主才告之，下月我们将往伏虎林狩猎，展护卫若了铁骑营，这个……"她做为难状，相信下面的话不用自己多解释，耶律菩萨奴也能明白。

耶律菩萨奴淡淡道："这有何难，我调十名身强力壮的勇士过来，个个都是狩猎好手，公主就不必为护卫之事犯难。"

赵渝被他说得语塞，虽想拒绝，一时却也想不出话来。心想要是莫研在就好了，依她维护展昭之心，说不定能想出什么好借口来回绝，只可惜此时莫研仍在后院为了温饱而刻苦练剑，丝毫不知道前堂发生的事情。

目光冷冷扫过，将赵渝的不豫之色尽收眼底，耶律菩萨奴复开口道："难道公主是觉得我大辽的勇士比不上你们宋人？"

"怎么会呢。"被他堵到这般田地，赵渝也只好道，"大人尽可将展昭借去，也不必调人过来如此麻烦，我身边的侍卫还够用。”

耶律菩萨奴没有丝毫客气，仅仅道：“多谢公主。”再不多说一句，向众人略略行礼，转身大步离去。

他背影还未消失，赵渝便听见萧信懒洋洋道：“不过就是耶律重光身旁的一条狗，有什么好嚣张的！”

闻言，耶律菩萨奴脚步一滞，身形微顿，显然是听到了。

“哥！”萧观音轻声制止哥哥。

“怕他做什么！”萧信天生一副找麻烦的性子，见树还要踢三脚，岂听得进妹妹的劝，当下声音扬得更高，“有种到了猎场上较个高低！”

耶律菩萨奴也不回身，一径往前走去，遥遥传来他的声音:“自当奉陪！”语音未落，人影已消失。

“哥！你惹他做什么，他可是耶律重光手下的第一勇士，在咱们大辽也是数一数二的，你和他置什么气。”萧观音不禁有些恼怒，她因心仪耶律洪基，连带着对耶律重光也不满起来，但也知道这耶律菩萨奴不是好惹的人物。

萧信冷哼：“什么第一勇士，我看不过尔尔。待到了猎场，公主，你看我怎么给你出气！”

赵渝哭笑不得，心中只盼他千万消停些，便是要惹祸也别打着为自己出气的旗号。

萧观音看自己这个傻哥哥居然是为了赵渝出气，又好气又好笑，起身拉了萧信道：“走吧走吧，公主不是说头疼吗，我们赶紧走，让她歇着吧。”

萧信一面被妹妹扯着走，一面还朝赵渝回首笑道：“我改日再来看你！”

直至两人身影转出门去，摆脱萧信这个麻烦，赵渝才长松口气。随侍在她身边的侍女亦撑不住笑出声来，被赵渝白了一眼，方才敛容屏气。

赵渝回到后院时，烈日炎炎，她心中亦是烦热难当，侍女端上的冰镇酸梅汤她三口两口就喝下一碗，却仍然觉得暑气未消，连声唤她们再端上来。

“那个郡主是不是来找麻烦的？”瞧她烦躁的模样，莫研抹抹汗，凑上去好奇道。

赵渝不耐烦地摇头，斜瞥她：“刚才又来了个人，要把展昭借走。”

“借展大哥？借去做什么？”

"说是给南院的铁骑营指点指点，大概要个把月。"

莫研倒是一点都不急，轻松笑道："这些辽人倒也有眼光，知道大哥功夫了得，就巴巴地求上门来。"

"你还笑得出来！"赵渝没好气道，"下月我就得去伏虎林，展昭若去了铁骑营，便无法同行，那该如何是好。"

"说得也是。"莫研挠挠耳根，"要不咱们就别理那个什么亲王，伏虎林还是别去了。"

"伏虎林不能不去，方才萧观音就是来替耶律洪基传话的，让我先做好准备，下月出发。"

"那，让展大哥装病，别去铁骑营。"

"你觉得展昭肯吗？"

"应该肯吧，让公主您自己去狩猎，展大哥肯定放心不下。"莫研对这点很确定。

赵渝叹口气："装病也不是什么好法子，那人、那人……罢了，等展昭回来再与他商量吧。"

不多时，展昭归来，跨入后院，恭敬向公主行礼。

赵渝忙将事情告之他，问道："展护卫可有良策？"

"展昭愿往铁骑营。"

展昭一开口，赵渝就愣住了。旁边莫研正小心翼翼如履薄冰地端了碗满得快要溢出来的酸梅汤要递给展昭，闻言，亦定在当地。

"那我去伏虎林怎么办？"呆了一瞬之后，赵渝几乎跳起来。

"副使大人不是说会派十名勇士来护卫公主吗，想来不会有问题的。"

赵渝是真的恼了："展昭！你……"

展昭仍平心静气道："公主，此事亦非展昭所愿，但既然耶律重光开了这个口，若是我们回绝他，只怕为日后生隙埋下祸根。"

"可无论如何，我去伏虎林，身边总不能连个靠得住的人都没有。"赵渝烦躁道，"难道就没有两全其美之策吗？"

听她话中意思，显然是没把自己看成靠得住的人，莫研皱皱眉，无意识地先饮了一大口酸梅汤，转而意识到这碗是要端给展昭的，忙递给他。

“不如我去铁骑营吧，让大哥陪你去伏虎林，好歹我学的也是中原功夫，说不定也能指点指点他们。”她出主意道。

展昭和赵渝不约而同地看向她，目光中的含义惊人地相似——你去，人家要吗？

莫研只好耸耸肩：“那就算了，其实我也不想去。”

“公主放心，展昭虽然不在，但自会安排妥当，保证公主无忧。”

展昭微笑，转头看见莫研满头是汗，便将未饮的酸梅汤复递给她，方才起身告退。

望着展昭离去，赵渝深觉无力：“他就这么乐意去铁骑营？”

“大哥，好像有点奇怪。”

莫研也有些不解，展昭向来以公主安危为首位，孰轻孰重，他没道理撇下公主而去铁骑营。

夜晚的凉意还未散去，四周弥漫着薄薄的晨雾。

“六、七、八……十！”

莫研挡开展昭的最后一剑，精疲力竭地站在原地，呼呼地喘着气。

不待她气喘匀，展昭便道：“还算勉强，你力道不足，就需得在速度上弥补，七日后试试能否接我十二招。”

“哦……”

这十几天下来，莫研已经学会了不和展昭讨价还价，他虽然看上去很和气，但脑筋绝对是玄铁制成，他若说十二招，那便是实打实的十二招，便是过招间盼他能手下留情一些她也想都不要想。

“怎么眼睛这么红？昨夜里没睡好吗？”瞧她无精打采的模样，展昭好奇道。

莫研倦倦打了个呵欠，提溜着剑就想回房：“没事，大概是天太热了，老是犯困，我再去睡会儿。”她自然不能说自己是为了做衣裳折腾到三更。

“你不用早食了吗？”

“不。”莫研刚走了几步，突然想到一事，困意顿消，急急转身折回来，“大哥，有件事我不太懂。”

“何事？”

“你为何非得去铁骑营呢？是不是有什么苦衷？”

展昭微笑着摇摇头，将剑擦拭好，收回鞘中。

莫研看他不说话，满头雾水，挠挠耳根问道：“可公主去了伏虎林，你当真放心？”

“不是还有你吗？”展昭笑道。

莫研愣了一下，恍然大悟道：“难怪大哥你最近拼命逼我练功，原来是为了这个。不对啊，你怎么可能那么早就猜到你得去铁骑营？”

见展昭往屋里走，她滴溜溜地跟在他身后，满脑子疑问，却是拿展昭一点办法也没有。

“大哥，你有什么事非得瞒着我？”

展昭自顾取了面巾浸在水中，转头看见莫研亦是汗水涟涟，便拧干递给她，示意她擦擦。

莫研接过，胡乱擦了擦又递还回去，还是坚持问道：“大哥，究竟是什么事？你就不能告诉我吗？”

伸手替她细细抹去额头、鬓角的汗水，展昭收回手，笑道：“你记得照顾好公主，我回来之后自然会寻个恰当的时候告诉你。”

“恰当的时候？”莫研狐疑地盯着他，显然不太相信他的话。

展昭不答，只笑问道：“你不是困吗？怎么现在又精神起来了？”

“是挺困的，可我一想到你这事……”

“快去睡会儿吧。”

莫研看他顾左而言他，急起来道：“你不说，我就不走！”

“那你就在这里睡会儿也行，正好我得出去。”

展昭丝毫不以为忤，一面说着，一面披上外袍，居然就真的走了。

莫研呆呆地看着他掩门而去，愣了好一会，先是有些气恼，转而忽又想到可以在展昭房中休息，唇角的笑意就忍也忍不住地绽开。

屋外的展昭直到转过假山，确定莫研不会追上来，才暗松了口气。莫研的心情他很是明白，所以一点都不会怪她，只是此事太过凶险，她又是心思缜密之人，露出一星半点的痕迹都有可能让她推断出真相。故而不管她怎么问，他都只会三缄其口。

他也不知道伏虎林之行会发生些什么事情，但既然那人答应过会保证公主周全，孰轻孰重，他也别无选择了。

“展昭什么都没说？”

赵渝甚是失望道，看向莫研的表情却是一副我早就料到你套不出他的话来。

莫研笑嘻嘻地挺挺胸：“大哥说，还有我在！”

“是啊，”赵渝叹气，如实道，“你是在，可有你没你，和有展昭没展昭，区别还是很大。”

“公主……”

莫研被她说得有些懊丧，但拿自己和大哥相比，几斤几两她还是有数得很，所以很识相地不去反驳。

两人正相对默然，有侍女来报：耶律洪基遣人送来良驹若干只，展大人请公主前去试骑。

马厩内，赵渝缓缓扫了遍十几匹马，最后走向一匹通体雪白的马儿，它体型健硕，皮毛光亮，看着就让人喜欢。

莫研兴致勃勃地抚摸着身旁的一匹黑马，笑着对展昭道：“大哥，都说关外没有中原好，倒也不尽然，这真正的好马可都在关外，中原的马再好也比不上。”

展昭笑而不答。

听了莫研的话，赵渝也不由点头赞同，这样的马儿在大宋可是千金难求啊。

旁边的马夫见赵渝挑中，忙备好鞍，请赵渝上马。莫研与展昭各自挑了马匹，自备好鞍，等候赵渝。

赵渝却不急着上马，朝展昭慢吞吞道：“展护卫，上哪里遛马想必你也有主意了，还是请你在前面带路吧，我可不敢轻率行事。”轻率二字，被她咬得特别重。

“公主言重，展昭岂敢。”展昭道，莫研在旁偷笑。

懒得再说，赵渝用手点点，示意他领路，遂才翻身上马。

三人并六七名侍卫一道策马出中京北门，翻过一座小山坡，众人勒马，面前赫然是一大片绿茵茵的草原，直直地延伸到天边。正值夏日，草长莺飞，小花朵朵点缀其间，蝴蝶追逐嬉戏，热热闹闹，美不胜收。

莫研最先叹道："看来着关外的好处，也不仅仅是马。中原有中原的景致，可关外的景致竟是一点都不差。大哥，咱们寻到这么一处终老之地，倒是好得很。"

听她又在说傻话，展昭只是微笑，道："你喜欢就好。"

赵渝听罢，长长叹了口气，策缰奔出，惊起几处鸦雀乱飞。此处视野开阔，展昭知道赵渝心情不畅，故而并未亲身跟上，只示意几名侍卫远远跟随。他自己下马来，随意在草地上坐下，由着马儿在旁闲散踱步。

莫研溜了几圈马，尽了兴，便复回到展昭身边，挨着他坐下。

"这马，可还好？"展昭问她。

"简直好得不得了。"她笑道，"跑起来像飞。大哥，你怎么不去试试？"

展昭笑了笑："看着，就知道是好马。"

忽然有人从背后冷冷淡淡道："殿下出手，自然都是好马。"

被吓了一跳，莫研腾地起身回头，便看见耶律菩萨奴正站在他们身后不到五步的地方，怒瞪了他一眼。

展昭并不回头，淡淡地温和笑道："想不到副使大人也有空来此处赏景。"

耶律菩萨奴没理莫研的眼神，缓步上前直到展昭身旁才停住，极目远眺，望着草地深处犹在奔驰的赵渝，半晌摇头道："这哪里是在遛马，我看根本就是马在遛人。你们中原人骑马，还真是令人不敢恭维。"

"那没法子，架不住我们中原人命好，成日里轿子坐着，马车乘着，犯不上非在马背上折腾。"莫研本就看耶律菩萨奴不顺眼，想都不用想就顶了回去。

耶律菩萨奴仍旧没理她，连看都没看她一眼，那副姿态显而易见：你一个小丫头片子，还不配与我说话。

遇上个不吭声的主，莫研无法，愤愤地依旧坐下，自拔了根野草叼在口中，也不吭气了。

远处的赵渝缓下速度，似乎正侧头往这里看来。耶律菩萨奴双手环胸，面无表情，立在当地，两人遥遥相对，彼此其实都看不清对方神情。不知为何，赵渝的心里却被他弄得无端地有些慌乱起来，缰绳在手中不知不觉绕了几道，掉转了马头，朝这里驰来。

待到了近前，赵渝翻身下马，眼睛却故意不看耶律菩萨奴，只对展昭道：“展护卫，我瞧这马还不错，你觉得如何？”

“是匹好马。”展昭微笑道。

赵渝点点头：“那我就挑这匹了。”她目光越过耶律菩萨奴又看向莫研：“你那匹马如何？”

“好得……”莫研刚开口，忽想起方才耶律菩萨奴的话，转而慢条斯理道，“勉强还可以骑吧。”

并不知道之前的对话，赵渝奇怪地多瞧了她两眼，方才分明还看她在马背上兴奋得很，怎的转瞬就一副好像看不上眼的模样。

耶律菩萨奴此时方才冷冷插口道：“若然瞧不上眼，不如还送给我铁骑营的弟兄们，也不算糟蹋了这些马。”

闻言，赵渝暗中银牙紧咬：要了展昭还不够，居然连马都想要走。心中虽恼，但面子上却还得死撑，她淡淡笑道：“副使大人喜欢，本来也无不可。只是这马是殿下所赠，若转赠他人未免辜负了殿下的一番好意，所以还请副使大人见谅。”

耶律菩萨奴冷哼一声：“不是我想夺人所好，只是说起来有个误会。殿下送来的这十六匹马，都是从于丹马场所挑选，而这其中原有六匹是南院大王早先就定下的，今日去取马，才知道这马被送到公主这里来了。”

“你的意思是？你是来要马的？”赵渝语气已带上恼意。

莫研腾地跳起来，搂住马脖子，急道：“我这匹可不行。”赵渝转头白她一眼。

此时展昭方才开口，不急不缓地问道：“既然是南院大王预先就定下的，我们自然不便夺人所好。只是不知此事，副使大人是否已告之殿下？”

“等我回去之后，自然会告之殿下。”

展昭微笑道：“这，只怕欠妥吧？”

耶律菩萨奴丝毫不让：“我是奉南院大王之命而来。”他的言语间，倒有几分若不给就只能生抢的意思。

“那就该让你们南院大王先和殿下说明白，”莫研怒道，“你一句话就把马牵了走，回头我们公主如何向殿下解释？”

“我只负责将马带走，其余事与我无关。”

“你……”

莫研很想往那张棺材脸上踹上两脚，展昭瞥了她一眼，微不可见地摇了摇头，示意她少安毋躁。

“那请副使大人在此稍候片刻，我去去就来。”展昭很快做了决定，此事是耶律重光与耶律洪基之间的矛盾，公主没理由傻乎乎地当炮灰，让耶律洪基来处理此事显然更为妥当。

“怎么？想去告状？”耶律菩萨奴微微挑眉，不待展昭开口，即道，“尽管去便是，南院大王是殿下的叔叔，难不成叔叔向侄子要几匹马，还有不给的道理。”

展昭不欲与他做口舌之争，向公主略一拱手：“也请公主稍候，展昭即刻便回。”

赵渝颔首。

“大哥，我……”莫研急急开口。

“你留下来。”

不必等她说完，展昭便打断她，翻身上马，朝城内疾驰而去。

莫研扁扁嘴，好奇道：“大哥怎么知道我也想去？”

“这有何奇怪的，你连辽国都跟来了，但凡展昭去的地方你还有不想去吗？”赵渝摇摇头。

莫研似乎半点也没听出赵渝是在取笑她，叹口气道：“可惜铁骑营我去不了。”转而想到耶律菩萨奴就在旁边，顿时把方才对他的恼意都抛到了九霄云外，满脸堆笑地问道，“其实我的功夫虽然比展大哥略差些，可在中原也是数一数二，不如你也让南院大王将我请了去铁骑营吧。”

望着这个没骨气的家伙，赵渝气得说不出话来，手暗暗伸到莫研的后腰处，用力一拧。莫研龇牙咧嘴地痛叫出声，转头见赵渝横眉立目地瞪着自己，自知有些不够义气，只好又朝耶律菩萨奴讪讪改口道：“算了算了，我忙得很，估计也没空去，还是别让你们家大王请我了。”

这话说毕，她后腰处的那只手才收了回去，莫研暗吐口气，估计腰上已是青紫。

“莫姑娘的功夫，在中原数一数二？”

耶律菩萨奴直到此时才开口，语气平板，却怎么听都透着古怪的味道。

“当然。”

显然，莫研是想蒙辽国这些没到过中原的人，赵渝在旁翻白眼。

听她答得干脆利落，耶律菩萨奴平静地点了点头，道：“难怪听闻大宋无人，看来果真如此。”

“你……”

莫研没料到他在此处等着，气得咬牙切齿，还想说话，耶律菩萨奴却已迈步向前，去挑选马匹，没再理会她。

“公主，这口气我得讨回来，要不然，他不是连展大哥都一起骂吗？”她气呼呼地朝拉住自己的赵渝道。

虽说赵渝也恼，不过倒还算冷静：“做这些口舌之争有何用，你消停会儿吧，打又打不过，说又说不过，这个人就是比你高一个段数，你不忍还能怎么样？”

莫研耷拉下脑袋，委屈道：“公主，您何故要长他人志气灭自己威风呢？”

“别傻了，咱们哪里还有什么威风，就剩下和风了。”

“和风？”莫研不解。

“和和睦睦，一团和气，和气生财，懂不懂？”赵渝突然很想敲她脑袋，“这些日子，我算是想明白了。咱们要在这里长长久久地待下去，就只能守，不能攻，能平平安安地过下去才是正道。”

莫研似懂非懂：“哦，您的意思就是装孙子？”

赵渝不满地瞪她：“以后这种大白话还是别说出口。”

在前面距离她们几十步远的耶律菩萨奴背对着她们，正抚摸着马背，莫名其妙地，唇角不知不觉地泛出一丝不易察觉的笑。

“公主，他要是看上你这匹马，你给不给？”

莫研眼看着耶律菩萨奴一匹一匹地挑过去，已选出三四匹马出来。

“不给！”赵渝想都不想道。

莫研扭头看她，好奇道：“您方才不是还说的以和为贵吗？”

赵渝迟疑了片刻，微微沮丧道：“他应该看不上我那匹马吧？”

“我看难说得很，他好像又过来了。”莫研压低声音，戒备地盯着复走回来的耶律菩萨奴。

他笔直地朝着赵渝挑中的白马而来，赵渝狠狠地把马缰攥紧，挪了几步，与马贴得更近些。

“我记得公主方才就夸这马不错。”耶律菩萨奴已走到马跟前，掰开马嘴看它的牙，一副公事公办的姿态。

赵渝恨不能咬掉自己舌头：“我不过是随口说说，其实也一般。”

“哦？”声音低低沉沉，却不像是问句，倒更像是戏谑。

耶律菩萨奴将脸转向赵渝，目光毫无顾忌地直落在她脸上。此时两人仅仅隔半个马身不到的距离，赵渝被他看得一怔，猛地想起那日他抱住自己的情形，双颊赫然飞红，不由退了几步。为了避远些，她索性连马缰都松开了，信步行到一旁，佯作欣赏花花草草的模样。

见她脸红，耶律菩萨奴不明原因，不禁也有些奇怪，顿了顿才将目光转移到马匹上。

莫研在旁，一样不明赵渝心事，只暗自摇头道：“公主也不用这样吧，让人看着也实在太窝囊了。”同时拉着自己的马退后两步，暗自希望他可不要看上自己这匹马。展大哥还未回来，此人若硬是要牵了走，名正言顺的，还真是拿他没办法。

好在，在耶律菩萨奴盯上她的马之前，展昭回来了，随行而来的还有耶律洪基。

“此等小事居然还劳烦殿下亲跑一趟，我真是过意不去。若不是怕辜负了殿下的好意，我绝不会让展护卫去打扰殿下。”赵渝盈盈上前，朝耶律洪基温柔笑道。

耶律洪基忙道：“是我的疏忽，公主多包涵才是。”

他抬眼望向耶律菩萨奴。

“殿下。”耶律菩萨奴按规矩上前行礼。

“几匹马的事情，叔叔居然还让你亲自出马，看来这几匹马当真是叔叔的心头肉啊。”耶律洪基朝他笑道。

耶律菩萨奴静静而立，不笑亦不答。

旁边，莫研闲闲地靠在展昭边上，欣赏此两人狗咬狗。

“只是这几匹马我已经送与公主，此番确实是得对不住叔叔。你就且先回去吧，将我的话转告叔叔便是。”

耶律菩萨奴纹丝不动，平平道：“卑职奉命而来，空手而回，只怕难以复命。”

“那你就把我的马牵了去吧。”耶律洪基笑道，笑容已毫无温度。

“卑职不敢。”仍旧是平平的语气。

耶律洪基又是一笑，上前拍拍耶律菩萨奴的肩膀，笑道：“我也知道你的难处，罢了，也不为难你。改日我定将再去挑选几匹好马，亲自送到叔叔府中，给他赔罪。另外，我有一柄上好的乌木弓，一直找不到主人，想来想去良弓配英雄，在你手上最合适不过。今晚我就派人送去。”

“多谢殿下，卑职先行告退。”

耶律菩萨奴躬身略行一礼，转身上马离去。仿佛送瘟神一般，旁边众人皆松了口气。

直到见他身影远去，赵渝朝耶律洪基歉疚道：“为了送我这几匹马，还害殿下与叔叔起了隔阂，这如何是好？”

“公主言重，这不过是场误会。”耶律洪基笑道，朝耶律菩萨奴的背影努努嘴，“像这等小人，给他点好处，也就能打发了。”

老实说，见耶律菩萨奴如此干脆利落地走了，丝毫没有再纠缠，莫研还真是有些奇怪。这人平常看上去冷漠得很，像是什么都打动不了的样子，却没想到耶律洪基只是许了好处，他居然就真的应允了。

赵渝心中所想与莫研一样，虽然面上不动声色，可不知怎的，总有股说不出的怅然若失在心头缓缓弥漫开来。

不知何时，耶律洪基已将白马牵了过来，朝赵渝笑道：“这匹马公主可喜欢，这可是我看中的第一匹马，连一丝杂色都没有。”

赵渝笑道：“多谢殿下，方才我已骑过，确实是匹好马。”

闻言，耶律洪基似乎非常欢喜：“公主喜欢就好。待到了伏虎林，围猎射鹿，公主骑着这匹马定能收获不少。”

赵渝笑颜相对。

展昭和莫研已在他二人不知不觉之中退开，莫研尚能隐约听见耶律洪基的话，心道：这人嘴可真甜，要是大哥什么时候也这么絮絮叨叨地说上一大堆好听话，那该多好啊。想到此处，不由抬头偷眼看向展昭，正好展昭也低头看她，两人相视一笑。莫研抿着笑，复低下头来，顿时转念道：耶律洪基的嘴便是再甜上十倍，也及不上大哥的一个笑容；大哥便是不笑，只要他轻轻看一眼，便也胜过那耶律洪基百倍了。

这边莫研一径地胡思乱想，那边赵渝为了保持微笑，几乎弄得脸都发僵了。

耶律洪基犹在喋喋不休地说着客套话："来了辽国这些日子，也不知公主可还习惯？因皇祖母去世，宫中事务繁忙，对公主照顾不周之处，还请公主多多见谅才是。"

"殿下说的哪里话，大同馆中东西一应俱全，再是周到不过。"

"对了，前日我特地遣人送去的驼肉，公主可爱吃？"

"多谢殿下，味道很好。"而实际上当日赵渝听到个"驼"字，立刻想到之前喝的驼血，几乎立刻呕出来，驼肉连看都没看一眼，就命侍女撤下去了。

耶律洪基笑得越发开怀："公主喜欢就好。"话锋一转，他突然道，"有一事，我一直踌躇不知该如何向公主开口才好？说了又生怕公主不快。"

"殿下有何事但说无妨。"

"我皇祖母去世，按制应守孝三年，可是我与公主原定在下月举行大礼，如此一来……唉，此事实在是两难啊。"耶律洪基叹气道。

"殿下不必为难，百行孝为先，自然是应按制守孝，将大礼推迟便是。"

耶律洪基闻言，顿时朝赵渝施礼道："多谢公主顾全孝义。我还有个不情之请，请公主亲笔书信，向您父皇解释此事，不知可否？"

"殿下放心，我自当向父皇解释此事。"

"多谢公主。"

"殿下不必客气。"

见赵渝答应得爽快，耶律洪基了却心中一事，暗松口气，又东拉西扯地说了些风土人情，方才借口尚有公事处理，离去回城。

展昭与莫研复上前，见赵渝方才满脸的温柔笑意却已换成了冷笑。

"我说怎么突然好心好意送这些马来，原来就是要推迟婚期，又怕我父皇生气，减了岁贡，所以特地来讨好我。"赵渝冷冷道。

"推迟多久？"展昭问道。

"三年。"

众人皆默然，半晌莫研才耸耸肩：“反正婚期也是要推迟，这些马不收白不收。”

“说不定此时在他眼中，我也是个小人，给点好处就能打发了。”赵渝轻咬贝齿，突然发现自己越发讨厌耶律洪基起来。

展昭凝眉，面沉如水：“公主如此轻易就应允推迟大礼，似乎不妥。”相对于寻常而言，面对公主，他这话说得有点重。

接下来的三年苍苍茫茫地扑面而来，多少未知的和已知的危险潜在其中，赵渝又何尝不懂，故而她只是不答，返身走到马匹旁，上马策缰，箭一般地射出去。

见状，展昭低低叹了口气。

“大哥，公主不喜欢耶律洪基，自然盼着越迟越好，莫说是守孝三年，便是十年，只怕公主也会答应的。”莫研轻轻挽住他的手，安慰他道，“她着实可怜得很，你莫要怪她。”

“不行大礼，始终是名分未定，将来的日子只怕是不好过。”

“怕什么，总归有我们陪着她，怎么样也不能让她叫别人欺负去便是。”

展昭闻言，微微一笑，事已至此，再担忧亦是徒劳，唯有走一步看一步了。

“你说得对。”他道。

莫研嘻嘻一笑，忽然又想起一事，笑容褪去，些许紧张地拉住展昭，正色道：“大哥，那咱们的亲事呢？你不会也要等上三年吧？”

展昭怔了怔。

莫研瞧他神色，顿时懊丧道：“你当真也要等三年后才肯和我成亲吗？”

展昭不忍见她失望，笑道：“不用等那么久，待我从铁骑营回来，咱们就成亲，可好？”

“当真？”莫研喜道。

“自然当真。只是我们身在异邦，亲朋好友皆无法到场，亲事也难免简陋些，你可会怪我？”

莫研不在意地挥挥手：“这有何妨。以前我二哥哥见人家成亲敲锣打鼓大宴宾客，他就摇头说，成亲本就两个人自己的事情，就要两人安安静静地守在一起才好，弄得吵吵嚷嚷不堪其烦的都是些傻子。”

展昭微微一笑：“你二哥哥说话虽有偏颇之处，不过细细想来，却也不是全无道理。”

“那当然，我二哥哥很是聪明，说出来的话自然是很有道理。”莫研点头道，又欢喜道，“到时候我托人送信给他们，他们若知道我与你成了亲，定然欢喜得很。”

“是我们。”

“嗯？”

展昭微笑道：“应该是‘我们’托人送信才对。”

莫研怔了一怔，转而灿烂笑开，笑容中难得地带上了几分羞涩之意。

深夜，莫研仍在灯下认认真真地一针一线地缝制着袍子。

日间展昭的话犹在耳边，闹得她时不时就忍不住欢喜得想笑，睡也睡不着，便索性也不睡了，全心全意缝制袍子。

大概是人欢喜的缘故，平日艰难的针线也分外听话起来，原以为还要缝上两三晚的活计，竟在不知不觉间已近完工。

缝好最后一针，打结，凑到唇边咬断线，她喜滋滋地展开袍子欣赏，心中十分满意：针脚虽然有些粗糙，但只要不看细处，猛地打量上去倒也发觉不出什么毛病来。

“不知道大哥喜不喜欢？”

她搂着袍子想着，又开窗探头望去，此时月将西移，想是已过了三更天了。

“不如我偷偷将袍子放到他床边，明日他起来时一眼便可看见，岂不是好！”她越想越觉得是个好主意，特别是想到展昭看见袍子的神情，便禁不住要笑出声来。遂叠好袍子抱在怀中，又熄了灯，悄悄出了屋，往后厢房的展昭屋中溜去。

负责巡视的侍卫自然都认得她，况且她并非往公主处去，故而并不上前询问，只含蓄笑笑便让她过去了。

展昭屋内黑漆漆的，显然是已经睡了。

莫研暗自一喜，摸到门边，自怀中掏出银簪子想去拨门闩，一拨两拨三拨，皆拨了个空。她心中奇怪，手轻轻一推，方才发觉门根本就没有闩，而是仅仅虚掩着。

“咦？大半夜的，大哥不在吗？”

她满肚疑惑，悄然闪身进门，打量屋内，内里床幔半垂，隐约可以看见展昭的身影在上面。

莫研抿嘴一笑，暗道："原来大哥是忘了闩门。"她蹑手蹑脚走到床边，可看见展昭双目合拢，呼吸浅浅，显然睡梦正沉。在窗外微弱皎洁的月光下，越发衬得他眉目如画，清秀俊朗，她偏着头，伸出手指沿着他的眉眼虚描。因生怕吵醒他，故而不敢久待，她笑盈盈地看了一会儿，便悄悄将新制的袍子放到他枕边，这才复掩好门离去。

听见她脚步声离去，原本应是熟睡的展昭才睁开双目，缓缓坐起身来，伸手拿过枕边的袍子。

另一人由梁上翻下，身法翩然如燕，无声无息地坐到桌旁，笑道："你这小媳妇倒有意思，大半夜地还跑来瞧你，多半是想你想得睡不着觉。"

之前他二人正在商议事情，突然听见莫研的脚步声，海冬青来不及离开便直接翻到梁上躲起，而展昭则装睡。因海冬青内功深厚，呼吸声极轻，故而莫研丝毫未曾察觉屋内居然还有第三个人。

面对海东青的打趣，展昭只淡淡一笑，手摩挲过新袍子，接缝处针脚粗糙的触感从指腹擦过，他忍不住微笑。莫研不善针线，为了做这袍子定然费了不少心思，难怪总是见她睡不够的模样，这段时间自己日日逼她练功，她大概只有夜里才能得空来做衣裳。

"唉！真好，还有小媳妇给你做衣裳。"海东青酸酸道，"可怜我孤家寡人一个，也不知道我媳妇出娘胎了没有。这么好的小媳妇，你准备什么时候与她成亲？"

"我答应过她，等我从铁骑营回来便成亲。"

海东青点点头，半晌道："路上一定要小心，我交代你的那些事情千万注意，我还等着喝你的喜酒呢。"

展昭微笑着点点头。

"我也有一事要请大哥帮忙。"

"说。"

"此事我一直没有告诉她，所以若是此番我回不来，请大哥替我……"

他话未说完，海东青便连连摆手："别找我，别找我！报丧这种事情我可不干，小媳妇眼泪一掉，你让我拿她怎么办？"

“大哥……”

“你最好还是自己回来和她说吧。”

展昭没法子，想了想道：“这样吧，我先写好一封信，若然当真回不了，你什么都不用说，替我把信交给她就成。”

饶是他如此说，海东青还是犹豫了半天，才不情不愿道：“行行行，不过你还是回来得好。”

展昭笑道：“不过是为了以备万一，大哥交代得如此详尽，我自会当心。”

“你知道就好，”海东青长吁口气，“此次任务能成功查出那人的话，我这条腿也算废得不冤枉。”

展昭隔日就去了铁骑营，走时并无太多话交代，莫研小声地问他袍子合不合身，他也只是微笑，轻抚了下她的脸，转身上马离去。

马驰，风起，袍角翻飞。

莫研眼尖地瞥见他外袍下一方熟悉的衣角，展颜笑开，转而又挠挠耳根：大哥怎么想的？穿就穿了，偏偏还穿在里头。

展昭走后没多久，莫研便陪着赵渝一起去了伏虎林。

伏虎林的西北面人声鼎沸，马嘶驼鸣，安营扎寨，忙个不停。因为来的人实在太多，又皆是辽国皇家贵族，牙帐直绵延了几里。

待一切安置妥当，莫研靠在帐外观赏落日时，不禁要摇头：这辽国皇帝，日子过得真逍遥，想住哪里就住哪里，也没听说朝中有谁又拦又劝的。要是仁宗也想这么折腾小半年，包拯的唾沫星子不知道又得喷多少到他脸上。

“咳！”

猛然有人在她旁边用力咳嗽了一声，把出神的她吓了一跳，抬头望去，耶律菩萨奴正冷漠地盯着她，身后不远处还立着十名辽国彪形大汉。

如此阵仗，不管是何事，起码气势上绝不能示弱，莫研声音腾地顿时比平时提高一倍：“副使大人，你带这么多人来有何事？”

“嚷什么嚷什么！”耶律菩萨奴不耐烦地喝住她，朝后微一招手，那十名大汉齐刷刷地上前一步，“这是我答应过展昭的事，从铁骑营挑了十个人过来。骑马射猎，他们样样精通，你们就看着使吧。”

原来如此，莫研眼睛一亮："你是说这些人随便怎么使都行？"

"他们只负责护卫一职。"

"哦。"莫研的声音透着明显的遗憾，敷衍地点点头，"我会回禀公主的。"

"那就好。"

耶律菩萨奴冷冷盯了她一眼，又朝她身后公主的牙帐望了望，什么都没说，转身走了，留下十名大汉与莫研立在当地，彼此大眼瞪小眼。

莫研挠挠耳根，一时也不知道该让他们去做些什么，只能朝他们道："你们且等等，我向公主回禀此事，看她有何吩咐。"

那十人皆不吭声，漠然地看着她，神情简直与耶律菩萨奴如出一辙。

莫研无法，勉强笑了笑，闪身进了赵渝的牙帐。

"公主……"

她刚开口，赵渝便已打断她："我在帐内都听见了，是那人又来了吧？"

"那人……"莫研愣了愣，随即明白，"嗯，不过又走了，留个十名铁骑营的人来护卫公主，听说个个是狩猎好手。他们现在就在帐外，不知公主做何安排？"

赵渝倦倦道："先让他们歇着去吧。虽说是来当护卫，但毕竟是辽人，咱们也不能当真差使他们。"

"就这么供着，也太便宜他们了。"莫研撇嘴，"展大哥现在为了教那些人，一定辛苦得很。"

"那也是展昭自己愿意。"

赵渝至今还对展昭撇下自己去铁骑营而心中愤愤。

莫研轻轻叹口气，低声道："大哥也是为了大局着想，我想他心里未尝愿意。"

赵渝瞥了她一眼，本想说什么，却终是没有开口。

她们却都没有想到，此时的展昭已借口前往伏虎林与公主会合而离开了铁骑营，他悄悄尾随着绣庄方氏，一路往边境而去。

一直以来，去铁骑营都不过是个障眼法，只是为了让展昭可抽出身来跟踪方氏。以展昭的轻功，去边境往返不过三五日既可，到时再回伏虎林，神不知鬼不觉。便是略迟些，也可说是人生地不熟，多走了些冤枉路，亦是情有可原。

“若是十日后，我未回来，”展昭淡淡一笑，“只怕以后就帮不上大哥的忙了。”

“你可不能不回来，老哥我的腿已然如此，你若不回来，我这些年可就白挨了。”海冬青大力拍拍他肩膀，“千万记住，那女子的毒针十分厉害，特别是她手中的玄色针筒，内中玄机可堪比当年江湖上颇负盛名的暴雨梨花针，万不得已，切莫与她交手。”

——可堪比暴雨梨花针！

海东青的话犹在他耳畔，他的腿就是中了毒针。而据展昭所知，暴雨梨花针所用并非毒针，因为针筒发射时，对手已避无可避。而那女子针上施毒，只能说明，针筒仍有破绽。

边塞小镇，名副其实的小镇，人却多且杂。

辽人和宋人在镇上皆可见到，吵吵嚷嚷地讨价还价，彼此交换着物品。皮毛、绸缎、大豆、野味……在他们脏兮兮的手上递来递去。在这里因一言不合而打架斗殴是常有的事，官府的官差挎着朴刀逛来逛去，却从来不管。

日近西沉，又有一人进镇来。是个脏兮兮灰蒙蒙的辽人，留着络腮胡子，牵着一匹瘦马，马背上托了大量的皮货。

这个卖皮货的辽人进了小镇仅有的客栈，要了房间，却不急着上去，坐在大堂又要过酒肉，大口大口地吃喝起来。

一整盘牛肉见底，那人抹抹嘴上的油，大声又叫了一盘，自顾自又倒了碗酒喝。大部分辽人皆嗜酒，如此情景在此地随处可见，一点都不足为奇。

方夫人进门的时候，正好店小二正给那辽人端上牛肉，见到她来，忙将油腻腻的手在衣衫上使劲蹭了下，笑着迎上前去：“方夫人，天字上房正好空着，您是先上去歇歇还是先用饭？”

方夫人每年都要来此地几番，因人生得斯文秀气，对小二又极客气有礼，打赏的银子也比寻常客人多，故而店小二对她印象极好。

“要间房歇息，再劳烦小二哥把饭菜热水送到我房中。”

“好嘞！您随我来，走好，小心台阶。”

店小二忙殷勤引着方夫人往楼上去，还伸手欲接过她手中的包袱。可惜此举有些殷勤过头，方夫人略侧了身躲过，仍将包袱牢牢搂在手中，店小二讪讪笑了笑，只得继续抬脚往前。

底下，正大块吃肉的辽人目中寒光闪过，将此幕尽收眼底。

在伏虎林驻扎下来的众人，稍事休息了两三日，各路人马便开始陆续进山狩猎。

耶律宗真虽是辽国皇帝，对狩猎却是极感兴趣，迫不及待地率先进了山。耶律洪基不仅长相与其父十分相似，性子爱好也差不多，见父皇进了山，也准备着次日就进山去。

整个营中，对狩猎最无兴趣地大概就是赵渝了。

如果可以选择的话，赵渝哪里也不想去，只想留在牙帐中休息。只可惜耶律洪基已派人来邀她入山，且还有萧信也来过几次，她心知推托不过，只得答应明日一早随他们同行。

进山狩猎不比其他，不仅随身所带物品有限，便是赵渝随身所带的人也有一定的限制。毕竟身份不比耶律洪基，耶律洪基随身侍从可逾百人，且皆是狩猎好手，而赵渝身旁除了那十名辽人外，只可再带数人。她从大宋带来的侍女皆不会骑射，故而全都留下，只有莫研还能随在身侧，另外再带数名宋人侍卫随行。待出发时，她不留痕迹地扫过众人，并未看见耶律菩萨奴，暗松了口气，再望向远处，忽然看见那人正好从帐中出来，忙收回目光，定定心神，随大队前行。

耶律宗真往北面狩猎，遂耶律洪基决定往东南面而去。

前一日便有人提早进了山，知殿下将至，在山中敲锣打鼓，将鹿群撵了出来。一行人刚拐过山坳，便看见远处大队鹿群奔涌而下，于密林间穿梭，粗粗瞧去足有上千头。

莫研是头一遭看见这么多鹿，兴奋不已，恨不得立时立刻就能靠近鹿群，开始狩猎。她旁边的赵渝亦是头遭见到如此壮观的景象，勒缰立马，屏气而观。

耶律洪基却似乎颇不满意，皱眉问身旁的侍卫："怎么又是这套，回回都这样，猎鹿还有什么意思。你去让他们撤了，别来添乱。"

侍卫策马飞奔而去，不一会儿，果然锣鼓声停，鹿群也渐渐缓下速度。

萧信轻策缰绳，踱到耶律洪基身旁，笑道："还是跟着殿下狩猎有意思，我也最不爱他们来添乱。上回我好不容易找到一头吊睛白额虎，跟了大半日，就快得手的时候偏偏让他们给吓跑了，你说气不气人？”

耶律洪基淡笑，一扯缰绳：“咱们这趟就打只老虎回去！”

萧信面露喜色：“殿下好兴致，那咱们就得往深里去，被他们这么一闹腾，估计这些个畜生都猫起来了。”

“走！”

耶律洪基显然兴致极高，率先骑马奔出，就是往深山里去的方向。他手下人虽然心知以世子之尊，进深山涉险着实不妥，但他嗜好狩猎无人不晓，便是劝也无用，只得打叠起精神，加倍小心。

萧观音狠狠瞪了眼哥哥的背影，暗怪他煽风点火，弄得查剌哥哥要往深山里去。她自己并非喜欢狩猎，虽做出极有兴趣的模样，不过是为了陪着耶律洪基罢了，当真去深山中狩虎猎熊，她亦是心存忌惮。

“公主，是猎虎，我们要去猎虎！”莫研激动得声音都有些发颤，她玩心颇重，听闻能去狩猎老虎自然兴奋不已。见赵渝淡淡的，她转而一想，不禁又有些失落：“可惜大哥不在这里，不然他一定也喜欢。”

赵渝始终都是淡淡的，因为她对此事一点都无所谓。

反正都出来了，猎鹿还是猎虎对她而言毫无区别，终归都得等耶律洪基溜达够了才能回去，所以去哪里都一样。

一行人轻装策马，往密林深处而去。

萧观音自然跟在耶律洪基左右，赵渝本就不欲与她争抢，此时自然更不会计较，只与莫研默默行在队伍末梢。

萧信回头时瞧见赵渝等人落在后面，以为赵渝是心中胆怯，便回马至她旁边：“公主，你不用害怕，山里头我常来，熟得很。除了虎熊，就是狼，咱们人这么多，也没什么可怕的。”

闻言，赵渝脸上虽然报以微笑，心中还是不由有些担心起来。他说的这三种畜生，活生生的她还一次都未见过。

“还有熊？！”莫研兴奋异常，“多不多？这次能碰见吗？”

“熊自然是有，不过可不容易遇见，我进山那么多次，也才碰见过一次而已。那东西狡猾得很，生性又凶残，便是四五个人，也未必对付得了。”

赵渝暗叹口气：不容易遇见就好，最好是什么都别碰见，转一圈就早早回去。

愈往密林深处，便越发阴凉起来，迎面吹来的风都带着森冷的湿意，众人行在其中，话也越发得少，似乎觉得任何一点响声都会惊动什么。

鸟叫，蝉鸣，偶尔还有马喷着响鼻的声音。

耶律洪基似乎发现了什么东西，翻身下马，身后众人不知何事，也纷纷下马。只见他往左侧走了两步，蹲下身子，专注地在一棵桦树的树干上查看。

“萧信，你来看。”他声音压得低低的，朝萧信招招手。

萧信快步上前，亦蹲下身子细看，又起身往四周张望了下，朝西北面跨出几步，俯身笑道：“殿下，没错，瞧这脚印还新鲜着，这两日内这虎肯定经过这里，往西北面去了。”

听他如此一说，莫研明白是发现虎的踪迹了，上前也看了虎留下脚印和爪痕。她本就擅长追踪术，虽然老虎她未曾见过，但看了脚印和爪痕，也能大致猜出此虎的大小。

“这可是个大家伙，逮到了可了不得。”她悄悄朝赵渝道。

赵渝倒抽口气，终于觉得有点害怕了：“真是虎？”

“脚印像猫，不过比猫大多了，应该就是虎。何况他们都说是，肯定就是了。”莫研摇头晃脑，手上捻着一小撮不知是她从哪里捡来的毛，“公主，你看这个，像不像虎毛？”

赵渝嫌恶地躲开：“快拿开，这么脏的东西。”

“这虎掉毛这么厉害，看来年纪也大了。”莫研缩回手，把那撮毛凑到眼前端详，摇头叹气。

“它年纪大不大，和我们有什么关系？”

“年纪大的畜生走起来就慢，而且也会懒一些，咱们要追它也就容易些。”

“容易就好。”赵渝一心就只想着早些回去。

莫研接下来又道：“不过也不一定，越老就越狡猾，说不定它聪明得很，反而很难猎到。”

“若是它以前被人猎过，想必还会更难些。”莫研还在说，身旁赵渝闷闷地牵着马越过她，“公主，你等等我。”

赵渝头都不回，遥遥道：“你先把那撮毛扔了。”

“哦。”

莫研抖抖手，把毛扔掉，见自己已经是掉在了队伍最后，忙追上前去。

边塞小镇，破旧的客栈。

那位卖皮货的辽人已在此地待了三四日，来时他手中的皮货皆已卖得差不多了，又买了些米面准备带回去，此时正在向店家退房。

方夫人坐在桌边，有一口没一口地喝着茶，比起往日，此番来与她接头的人已是迟了两日，她不免心中有些焦切，不时往门口张望着什么。

辽人退了房，复回到桌边坐下，米袋面袋就放在脚边上。他掂掂钱袋，显然颇重，遂又换来店小二上酒上肉，吃饱了再上路。

正吃着，门口匆匆路过一位身穿粗布袍子且用黑巾蒙了头脸的女子，塞外风沙大，在此地用巾蒙面倒也不算什么稀罕事，故而店内并无人在意。只有方夫人，一见那女子走过，不动声色地起身出门，往那女子行的方向信步而去。

见她身影转出，那辽人猛地把碗中酒一饮而尽，抛了碎银在桌上，将米袋面袋扛上肩膀，大步出了客栈。

街上人来人往，十分热闹，那辽人在距离方夫人七八丈远的地方不紧不慢地走着，间或着还低头瞅瞅路两旁的货品。塞外的风颇大，且夹杂沙尘，那辽人虽然乱发遮面，但抬手拂去尘土时，俊朗面容隐约可见，正是展昭。

展昭在客栈时所住房间便在方夫人隔壁，这些日子来他几乎没有好好睡过，特别是之前尾随方夫人身后，谨慎万分，不能远不能近，亦不能露出丝毫马脚。在断定方夫人确实是朝小镇而来，他又绕路抢先到了此处客栈，如此这般才不至于让她疑心自己。在客栈时一直留意着方夫人的动静，想探知与她接头的究竟是何人。直等到今日，皮货都已卖完，再不离开恐要露出马脚来，他才迫不得已退房，欲蛰伏在暗中继续探查，却未曾想到终于在离开前等到了来人。

更未想到的是，来人竟然也是名女子。展昭远远地望着前方一黑一白两个身影，绝不敢有丝毫小看她们。连海东青那般武功，遇上方夫人都不慎身中毒针，他自知功夫及不上海冬青，故而更需加倍小心谨慎。

人烟渐少，展昭放缓脚步，不敢跟得太近。那蒙面女子一直走到处看似无人居住的破旧房屋，顾盼左右，趁着无人注意之际，闪身入内。方夫人紧走几步，亦进了那屋子。

远处，展昭虽看得分明，却不欲入内。一来屋内情况不明，且地方狭小，对方是又高手，极易被发觉。据海冬青所说，他当时便是仗着艺高人胆大，欲偷听她们的谈话，不想被察觉，与方夫人缠斗间，海东青虽占了上风，但却空间局限，方夫人发射针筒时令他施展不开，所以中了毒针，以至于功亏一篑；二来，自己此行是为了查出接头人究竟是谁，也就是查出蒙面女子的身份，以及她背后的主使。为免另生枝节，稳妥起见，他遂决定只留在外间等候。

眼角一扫，他挑了棵附近最高的树，神不知鬼不觉地跃上树，隐在枝叶间，由高至低将那屋子收在眼底。如此一来，便是待会蒙面女子从屋子后院或是越墙而出，他都能看得清清楚楚。

足足过了将近两个时辰，看见方夫人自屋中出来，依旧从方才的门离去，四处张望了下，才款款自原路往回走。

再过得一会儿，那蒙面女子也自屋中出来，果然未走前面，而是从后院的门离开。展昭瞥见方夫人的背影消失在街角，应该未发觉自己，这才悄然跃下树来，遥遥地跟上蒙面女子。

跟了段路，展昭心中不禁疑惑，那蒙面女子似乎身上并无功夫，走路且有弱柳扶风之姿，若不是身穿粗布出现在这塞外荒凉之地，看上去倒像是大户人家的小姐一般。

那蒙面女子走到了镇外荒凉之处，一辆平平无奇的马车静静地栖息在半人高草丛中，车夫见她归来，忙躬身掀开车帘，请她上车。

展昭低伏在草丛间，看着马车从身侧不远驰过，所行之路，绕过小镇，正是往雁门关而去。他施展轻功，一路追踪马车。

小镇口的城楼上，一抹纤细身影立在上面，遥遥望着马车卷起尘嚣，目中满是不舍之色。马车里有她的恩人，相公的大仇得报，全因有恩人相助，此恩此德她今生都难以回报。

马车渐远，她正欲收回目光，突然瞥见一人影于草丛中若隐若现，轻功卓绝，她目光一凛，也顾不上是否会暴露自己的身份，只知道恩人的身份是千万不能让人看见。众目睽睽之下，她从城楼上一跃而下，抢了路人的马，风驰电掣般朝马车追去。

展昭万没料到方夫人居然还会立在城头上目送此人，只听见身后马蹄声急，不似寻常路人，回首望去，方夫人已距离他不到十丈远。

“糟了，她如何会追来？”

行踪显露，展昭暗暗叫苦，只是眼下情形也来不及再让他多想，唯有加快脚步，先追上马车方是正事。

提气疾行，几纵几落，他落到马车之上，正欲掀开车帘，身后劲风来袭，他不得不侧身避开。

方夫人已追至马车后，口中呼喊：“夫人小心，有人跟踪！”手上也不停，一边策马，一边素手微扬，几枚毒针直奔向展昭门面。因怕误伤恩人，她出手谨慎，亦不敢用上针筒。

躲开几枚毒针，对展昭而言并非难事，但却阻得他无法探身入车内。

车夫有些慌乱，驾着马车偏离正道，车轮连着磕在好几块石头上，整辆马车弹跳了不已，车内传来女人的惊呼声。

生怕恩人受伤，方夫人心中焦急，大声喊道：“夫人莫怕，我在这里！”

话音未落，车轮狠狠地撞上了块大石，马车几乎飞到空中，再落下时，不仅车夫被颠到一旁，头正敲到石头，晕了过去。车内的女子也被骨碌碌地颠了出来，摔在旁边的草丛中。

“夫人！”马匹还未勒住，方夫人便已跃下马来，担心恩人受伤。

展昭亦抢上前，欲伸手扯开那女子的蒙面黑巾，

“快杀了他！”那女子在地上连连后退，朝方夫人厉声喝道。

“夫人快走，此处有我。”

方夫人劈向展昭后颈，被他低头闪过，反手以小擒拿手抓她手腕，亦被躲过。方夫人功夫虽略逊展昭，但因她掌中夹针，展昭忌惮几分，两人缠斗不休，一时间分不出高下。

见久战不下，方夫人便欲伺机掏出针筒，展昭见她探手入怀，便知她要取针筒，连连攻出几招，逼得她不得不格挡。

针筒拿了一半，被展昭一逼，不慎掉落在地。

那女子眼尖，趁着他二人打斗，都无暇分出手来，飞快地将针筒拾到手中，对准展昭。

针筒的机括被拨开，极细微的咔哒声。

“夫人……”

方夫人只来得及说出这两个字，眼瞳内只能看见迅速放大的细针。

展昭倒了下去，一切突然归于平静。

一阵风穿林而过，莫研只觉得后颈凉飕飕的，忍不住打了个寒战。

“怎么了？”赵渝见她神色不对，出言询问。

莫研挠挠耳根，朝四周望了望，皱眉道：“不知道，就是觉得有点怪。”

赵渝奇怪地瞥了她一眼，没再问下去，在密林中行了许久，她的心里也不禁有些胆怯。

而天色，已渐渐暗沉下来。

“殿下，日头沉下去，咱们找个地方过夜吧。”萧信策马上前，向耶律洪基提议道。

耶律洪基沉吟片刻，依他性格，其实还想再走一段，但回首时将同行的几名女子皆面露倦乏，只好点头赞同。

萧信笑道：“殿下不必担心，我瞧脚印，那畜生定然就在附近，不会太远了，说不定明日便可追上。”

他的话，只说对了一半。

那畜生就在附近倒是没错，可到了次日他们也未追猎到它。这只年纪颇大的老虎正如莫研所说，非常非常狡猾，几乎成了精，它在深山密林中与这群人兜起了圈子。

直折腾了三日，他们永远只能找到它的脚印，和些许虎毛，甚至还有他啃剩下的鹿骨头，可始终没能逮住它。

莫研所习的追踪术遇到如此高手，虽然是只畜生，可她反倒愈加兴奋，连着几日的风餐露宿，她也毫不介怀。只是赵渝又累又乏，只盼着能早日回到营地，好好沐浴一番。

这夜，众人围坐在火堆旁歇息。

莫研串了只不知名的鸟，鸟肚子鼓鼓的，在火堆上翻来覆去地烤，待烤得金黄，香气溢出，才拿下来吹了吹，撕了只翅膀递向赵渝。

赵渝摇摇头，示意自己没胃口。

“公主，你尝尝，我塞了些果子在鸟肚子里，所以肉里有果汁的香味，一点不腻。”莫研好言相劝，展大哥可交代过她要照顾好公主的。而赵渝这两日吃得甚少，她看在眼中，也有些着急，生怕公主饿出病来。

犹豫片刻，赵渝才接过来，吃了几口，发觉味道甘美细嫩，确实好吃。

“好吃吧！”莫研笑盈盈道，干脆把整只鸟都递了给她。

“都给我，那你吃什么？”赵渝问道。

莫研无所谓道：“我再烤一只。”

萧观音坐在火堆另一头，见赵渝吃得香甜，微微拧眉侧过头，靠在树干上闭目养神。她虽是契丹人，可自小也是锦衣玉食，这几日亦是被折腾得够呛。

稍远，耶律洪基与萧信两人低低说话。前者拿了根树枝在地上划来划去，划出这几日来他们所走过的路，狠狠地咬牙道：“这该死的畜生，拿我们当猴耍呢！”

萧信也气道：“就这么个老东西，我就不信逮不住它。”

耶律洪基沉吟片刻，树枝在地上点了点，道：“明日，咱们分三路走，由三面合围。”

“分三路？”

“嗯。”

耶律洪基有力地点头，他心中已厌烦同行的女人，虽然面上未曾表露，但总是认为若不是为了迁就她们，他早就能逮住那只畜生。此时此刻，萧观音与赵渝便是生得再倾国倾城，对他而言也是徒劳无用。

“怎么分？”

“你我分两路，再让经验老到的侍卫另带一路人。”

“那妹妹，还有……”

“她们都跟你走。”耶律洪基理所当然道，说罢才发觉萧信有些发愣，又解释道，“观音儿是你妹妹，自然是跟着你方便些。至于公主，让她们女儿家在一起也好有个照应。”

听上去似乎挺有道理，虽然也嫌带着女人是个累赘，可萧信提不出异议。

“那就这样。”

耶律洪基招手换来侍卫，与他商量分配人手的事宜。而萧信转到妹妹身边，将明日分道之事告诉她。

“哥，我要跟查刺哥哥在一起。”刚听罢，萧观音立时急道。

萧信耸肩：“这是殿下的安排。”

“可是……”萧观音一听说是耶律洪基的安排，声音便小了些，目光瞟向赵渝，“那，那位宋国公主呢？”

“她也同我们一起走。”

听哥哥如此说，萧观音方才稍稍宽心，至少查刺哥哥并非撇下自己而带上那位宋女。

萧信又绕过火堆，向赵渝告之此事。

听罢，赵渝只是温顺地颔首，微笑道：“只要能早点找到那畜生，怎么样都好，我自然听从殿下的安排，只恨自己帮不上更多的忙。”这话倒也不算全是假话，她确实是恨不得耶律洪基快些逮到老虎，好不用再陪着他在这山里头转悠，只是换了种方式说出来罢了。萧信听罢顿时觉得还是宋朝姑娘温婉可人、善解人意、懂得替人着想。

莫研探头过来：“分三路可妥当？那虎可狡猾得很。”

没料到一个小丫头会质疑殿下的安排，萧信瞥了她一眼，见她其貌不扬，便不愿再多看，随口道：“狩猎你们不懂，跟着我就行了。”

莫研耸耸肩，与赵渝对视一眼，未再多言。

次日清晨，莫研赵渝便随着萧信单走一路，从西南面包抄过去。

分三路后，人更少了，加上连日劳顿，未有收获，人人都有些烦闷，亦无心情闲聊说话。

唯独萧信一人，在赵渝旁边喋喋不休，连莫研都不堪其扰，避在一旁而行。萧观音拿哥哥无法，远远走在前头。

萧信从自己儿时第一次狩猎说起，然后是第一次猎鹿，第一次猎狼，第一次猎鹰……直听得赵渝头昏脑涨，巴不得能那虎能快快出现，把旁边这人虏了去，给她份清净才好。

一阵风过，似乎带着某种危险的讯息，马匹似有所感，队伍最后的几匹马立身长嘶，貌似受了惊吓。

萧信乍然住了口，回首环顾，他们身后不远处的草丛轻微晃动了一下，复归于平静。此时已无人敢说话，经验老到的侍卫缓缓抽箭搭弓，做好随时出箭的准备，然而半晌过去，四周仍是静得出奇，甚至能听见身旁人的呼吸声。

“畜生！”萧信狠狠骂了句，放下手中的弓箭。

几乎是在同时，一个庞然大物从他身侧的草丛猛然扑出，萧信来不及反应，一只巨大的虎爪已重重拍上他的脑袋，足有千斤之力。他只觉得脑袋嗡得一声巨响，眼前天旋地转一般，身子已砰然从马背上摔下。

“哥！哥！”是萧观音声嘶力竭的尖叫声。

事发突然，猛虎陡然出现，使马匹受了巨大的惊吓，四下逃散，一时间众人乱成一团。侍卫们又要控制住马，又要去救萧信，还有不少人被马颠下马背，摔在地上。

莫研的马受惊不小，径直载着她狂奔了出老远，山路崎岖，莫研被它又颠又甩，好不容易才稳住它。她心里记挂着赵渝，赶紧就想策马回来，偏偏那马被吓怕了，凭她生拉硬拽，怎么都不肯回去。无奈之下，她只好丢下马，独自疾步赶回去。

远远尚能听见呼喝的人声，虎啸隐隐，她心中越发焦急，生怕赵渝遇上不测。

待回到当地，老虎已不见踪影，萧观音跪坐在萧信身旁急切地想唤醒她，周遭围了一圈的侍卫，皆紧张地看着萧信，不知他是否有性命之危；另有一些侍卫仍在四处警戒，提防那只老虎再次来袭；受了伤的人正相互包扎伤口。

莫研的目光在众人中搜寻了一圈又一圈，却始终没有发现赵渝的身影。

“公主呢？公主了？”她上前揪起一个宋人侍卫问道。那人被受惊的马甩下来，伤了胳膊，正被莫研拽住受伤的那只胳膊，疼得龇牙咧嘴。

那侍卫先格开莫研，才吃力道：“公主的马受了惊，他们已经出去找她。”

“往哪个方向去了？”莫研急问。

那侍卫沉着脸地摇摇头，“当时太乱，根本没人看清楚。”

“那……那你说他们已经出去找她，是往哪个方向找？”

侍卫指了指东西方向：“东面和西面都有人去。”

“不够不够，万一公主去了别的方向，这深山老林里，她又不熟悉。”莫研咬咬嘴唇，转向萧观音那边，恭敬施礼道：“郡主，公主下落不明，可否借我几人往林中寻找？”

萧观音只焦切注视着萧信，对她的话根本置若罔闻。

"郡主！"

莫研提高嗓门，虽然知道不合时宜，可眼下也是形势所迫。近身的几名辽国侍卫恶狠狠地瞪她，她装着没看见，这些人她差遣不动，只能请萧观音开口。

"郡主！郡主！"她一声比一声高。

萧观音抬起头来，怒瞪她："你究竟有何事？难道比我哥哥性命还重要吗？"

"公主下落不明！我需要人手到四处寻找。"莫研飞快道，"郡主可否派几名侍卫……"

"你！"

萧观音虽然不喜欢赵渝，但也知若宋国公主突然出事，耶律洪基定然无法向宋国交代；何况赵渝是与他们同行，到时候诸般猜疑定都会落到自己身上，自己岂非百口难辩。只在电光火石间，她就想了许多，随即朝旁边道："阿拓，你带几个人随她去。"

莫研一喜，瞥了眼地上的萧信，朝后退了几步，低低道："他还活着吧？"

"当然活着。"萧观音怒答道。

莫研赔着笑退开，口中叨叨着："吉人天相，大富大贵……"待人走远还能听见她了一句，"百子千孙！"

萧观音在心里低低咒骂了一句，低头继续观察哥哥的神色。此时萧信虽然尚有气息，可却一直没有转醒的迹象，看来继续等下去也不是办法。

"得把哥哥送回大营。"她心里乱得像麻一样，"可查刺哥哥那边怎么办？还得派人去告诉查刺哥哥才对。公主能找回来吗？找不回来怎么办？"陡然间这些事情全部落到了她头上，在这乱七八糟的局面里，逼得她无所适从起来。

地上，平躺着的萧信低低地呻吟了一声。

众人皆是一喜，萧观音急忙俯下身去，唤道："哥！哥！你听得见我说话吗？"

之前的重击之下，萧信两眼充血肿胀，几乎睁不开，勉强撑开一条小缝，看见萧观音双目含泪，好奇道："你哭什么？"他双手撑地，就想坐起来。

旁边的侍卫忙七手八脚地把他扶起，半坐在地上。

萧信四下环顾，最后目光落在萧观音身上，迷茫道："我这是在什么地方？妹妹你怎么在这里？"

"哥，你怎么忘了，我们在伏虎林，是出来狩猎啊。"

"狩猎？"萧信奇怪道，"狩猎我怎么会带着你？"

萧观音摸摸他的头，担忧道："哥，你是不是把头摔坏了？咱们是跟着查刺哥哥一起出来的，你忘了吗？"

萧信摇头："我就记得殿下刚送了我一把镶嵌猫眼的匕首，还送了你簪子，怎么突然就来了伏虎林了？"

闻言，萧观音欲哭无泪："哥，那都是前年的事了。你不会是当真摔傻了吧？"

"去年的事？"萧信茫茫然。

萧观音长吐一口气，摇头急道："这样不行，你快起来，咱们得赶紧回大营去，找御医瞧瞧。"她示意侍卫扶起萧信，萧信摇摇晃晃地站不稳，只得将他架上马背，与一名侍卫共骑。这样他也可以半靠在侍卫身上歇息。

另外她又派两人去告之查刺哥哥，另外留下两人在原地等候赵渝及那些去寻找赵渝的人。安排妥当之后，她便护着哥哥往大营处而去。

并不知道他们已折返大营，莫研仍在密林中寻找着赵渝的踪迹，地上的马蹄印交错纷沓，且无明确方向，很难分辨出到底赵渝究竟被马匹带往了何处。

"千万别出事，千万别出事！"莫研在心里反复默念，懊恼当时马受了惊，自己就应该不管不顾地跃下马背，不应被它带出老远。

天一点一点地暗下去，仍旧没有发现任何一丝赵渝的踪迹。她只好复回到原地去，先前几路往另外方向寻找的人也陆续回来了，皆无所获，又听说萧观音等人已撇下他们先回了大营。虽然口中不说，但宋人侍卫的神色都有些不好看。

最后一路回来的四人，是铁骑营的辽人，他们亦是一无所获。

日光逐渐微弱，然后从树缝中消逝，沉沉的夜幕重重地向众人压了下来。

"还是应先回大营禀报。"有人提议。在此间的人，身份地位都差不多，况且如此大的事情，谁也不敢说自己说了算。

莫研当即反对："郡主已经回去，我们没必要再跑这趟。再说皇上和殿下都不在大营，只怕就是回去也作用不大。我们还是应该继续在附近寻找。"

"可现在天都黑了！在这深山之中想找人本就是难事，何况是在夜间。"开口是之前萧观音派他随莫研一同寻找赵渝的阿拓。

莫研冷眼看他："夜间可以点火把。"

"姑娘休要说此等大话。"阿拓冷笑道，"这山里，豺狼虎豹伏潜其中，就是三十年的好猎手也绝不敢说能在夜间穿行于林中，何况你我，弄不好人找不到，还把命搭上去。"

阿拓是辽人，对伏虎林来过好几遭，听他此话，其他辽人也有意无意地点着头，附和着他的话。旁边的宋人侍卫听了，心里也不免有些没底。

莫研怒道："所以公主现在的处境非常危险，我们更要尽快找到她。"

"连她在什么地方都不知道，怎么找？"

"就是不知道，所以要找！"莫研怒极，"若今日是你们郡主失踪，又或是你们殿下失踪，我就不信你们还会站着这里说这般话。"

"姑娘此言差矣！"阿拓嗓门也高起来，"我们都是侍卫，原就该听上头的安排，此时情况不明，连郡主也不在此地，我们岂可自行做主。"

"你……"

莫研咬咬牙，话说到这分上，论起身份官阶，自己都指使不动他们，便不欲再与他们多言。

"回大营确实慢了些，来回耽搁太久，"另一名辽人道，"我们还是应先找到殿下，听候殿下安排。"

闻言，宋人侍卫都不说话，各自相看几眼，便在近旁砍下粗枝，布条上浇上火油缠绕到粗枝上，燃起火来。

莫研默默地接过其中一人递过的火把。大家简单分配了一下方向，因为人太少，只有六人，几乎没有什么可考虑的余地，两人一队，莫研自告奋勇独行，遂众人往四个方向而去。

尚在原地的辽人见宋人沉默离去，均面面相觑，似乎未曾想到这些平日里斯斯文文的人竟然如此无畏。半晌，阿拓也跨上马："走吧，我们找殿下去。"

由铁骑营过来的四名辽人却不动，相商片刻，朝阿拓道："我们奉命保护宋国公主，如今公主失踪，我们亦有责任。你们去寻殿下禀报此事，我们几人还是决定继续寻找宋国公主。”

“如此也好。”阿拓点点头，“你们自己小心便是。”说罢，两路人马分道扬镳，各自隐入夜色之中。

独自在密林中走了一段路，回首时再也看不见其他人的火光，莫研心中才隐隐有些怕起来。虽说在家时成日里在山中跑，可顶多碰见野鸡野鸭，不像这里，豺狼虎豹样样俱全。方才太逞强，只说多一路人便多一分找到公主的机会，却完全没想到若是连自身难保，哪里又谈得上去找人。

远远地传来几声狼啸，吓得她拿火把的手软了软，慌忙复紧紧握住。其实之前几夜也都曾听见过狼啸，不过那时人多，且又燃着篝火，所以也不觉得害怕，此时孤身行走在林中，

“公主——公主——你在的话应我一声。”莫研瞪大眼睛，极力想从黑暗中看出什么来。

一片寂然。

生怕赵渝晕了过去，听不见自己的声音，莫研下马慢行，继续往前走，同时不忘用火把照亮四周。

火把再亮，在如此暗黑的林中也十分有限，走了一阵子，她仍然没有发现赵渝的踪迹。直走到一处山坳，马匹不适地打着响鼻，前蹄烦躁不安地踢踏，似乎不愿再往前走，凭莫研生拉硬拽，就是不肯再挪动。

“乖，天亮后我就找好吃的给你，咱们再往前走走，说不定马上就要找到公主了。”拽不动它，莫研好言相劝。

马儿显然不为所动，反而越发退得厉害，直把莫研往后拖去。又要拿着火把，又要拽着马匹，莫研手忙脚乱。正在这刻，原本好端端的火光突然飞快地黯淡下来，在她还未反应过来之际，腾地灭了。

一阵细小的阴风卷着林中湿气掠过，莫研似被骇住，在突如其来的诡异黑暗中呆若木鸡，除了眼珠子，身体其他部位连动都不敢动一下。

过了好一会，没有任何状况出现，她才长吐口气，松开缰绳，从怀中掏出火石，咔咔咔地打火。也不知为什么，连打了几次都未点燃，倒弄得她越发紧张。

老也打不着火，她正有些不耐烦，突然听见前面黑暗中的枝叶似乎被什

么东西晃动了下，她来不及多想，迅速抽出腰间银剑。

“拿那么一把破铜烂铁，你以为能挡得住什么。”冷冷的嘲讽的声音从黑暗深处传来。

是人，而且还是活的。

确定了这两点，莫研就松了口气，压根没去理会他说的是什么。

一个人缓缓从暗黑之中显出来，她借着树缝间落下的微弱月光看清了他的脸——耶律菩萨奴。

“你怎么会在这里？”她好奇道。

“这话该我来问。”耶律菩萨奴冷漠道，“你不是那位宋国公主的侍女吗？怎么会闯到这里来？知不知道再往前走有什么？”

“我家公主不见了，我正找她呢。”莫研如实道，随口又问，“你见着她了吗？”

耶律菩萨奴眼睛闪过一道异色：“公主不是和殿下在一起吗？怎么会走失？”

“说来话长，不过简单说就是老虎把马惊了，马驮着公主跑了，所以公主就丢了，”找到现在，莫研也有些垂头丧气，“找到现在都没找到，也不知道公主是不是掉下山去了。”

耶律菩萨奴沉默了片刻，退后几步消失无踪，大概过了一炷香工夫，他复回来，手中拿着一个不知道从什么地方捡来的残破马鞍，递给莫研。

“是她的马鞍吗？”

莫研心中一紧，忙接在手中，虽然已有残缺，但马鞍上的皮革花纹她还记得，赫然就是赵渝所用的马鞍。

“公、公……公主……”摸得出马鞍上残破之处是野兽所啃咬，她结结巴巴地说不出话来。

他的声音千年不变的阴冷，在此时却显得分外平静：“马已经死了，就在前面。”

“死了……”

想当然得以为赵渝也已经遭遇不幸，莫研呆愣片刻，泪唰地淌下来，哗啦啦直流：“都是我不好，公主，公主……”她越哭越大声，听得耶律菩萨奴直皱眉头。

“死了一匹马，你至于哭成这样吗？”实在听不下去，他开口喝住她的眼泪。

“你不是说公主、公主她……”莫研已经泣不成声了。

“我是说公主的马已经死了！”

耶律菩萨奴不耐烦地又重复了一遍。

莫研抹抹眼泪，瞪大眼睛：“唔？那……公主没事？”

“我怎么知道，我又没看见她。”

虽然如此，莫研还是看到了一星希望，直接便要往前闯去：“那就是说公主很可能就在这附近？”

耶律菩萨奴拉住她：“她不会在前面，我刚从那边过来。马尸周围也没有人的脚印，恐怕她早就被马甩下来了。”

听到一个“尸”字，莫研脸色就有些发白，但还是硬道：“我得去看看，说不定有什么线索。”

耶律菩萨奴没有异议，稍稍侧身一让，示意她过去，但他自己却站着不动。

“你，不去看看？”莫研赔笑道。

“马尸有什么好看的。”他冷冷道。

“那你略等等，我马上就回来。帮我看着马。”

见耶律菩萨奴不吭声，她就当他是答应了，快步往前走去，身后传来他的声音：

“东南方向，十五步。”

莫研头探回来：“你有火吗？”

耶律菩萨奴不回答，索性连脸都转开，半仰着头看枝缝间的夜空。见状，莫研悻悻地闭上嘴，摸黑朝东南方向而去。

过了半盏茶工夫，她踉踉跄跄地回来，脸皱成一团，泫然欲吐。那马已然让野兽分撕，血腥扑鼻，甚是可怖，她勉强探身查看，看残骸之中并未有任何人肢或是衣衫碎片，才放下心来。看来在这马遇上野兽之前，赵渝已经与它分开，只是究竟是被马甩落或是自行下马就不得而知了。

“找到线索了？”看到她的模样，耶律菩萨奴冷冷问道。

莫研暗中横了他一眼，才道：“我想公主应该在之前就落马了。”

她所说的似乎耶律菩萨奴早就知道了，只是淡淡地哼了一声，抬腿往北而行。

“你……去哪里？”

“马蹄是自北而来，北面山路崎岖，且有多处断崖。”

“你是说，公主可能掉崖了？”莫研倒吸气。

耶律菩萨奴仍旧很平静：“我可没说，是你说的。”

被他说得心中越发担忧，一想到赵渝现在可能就躺在山崖下面，也许缺胳膊断腿，也许气息全无，莫研就直发慌，无心多言，扯了缰绳便走。

他二人沿着北面山路蜿蜒而上，路不熟且甚是难走，加上没有火把，莫研几乎是亦步亦趋地跟在耶律菩萨奴身后。

没有火光，以莫研的目力，根本看不了多远，她只能一路边喊边走，怕把野兽招来，声音也不敢太大。

耶律菩萨奴仍旧如平日一般，静静而走，只是一双眼睛精光四射，要较寻常犀利许多，状似随意地往四周扫视。

他们走得很慢，直至月上中天，耶律菩萨奴陡然停了停，然后大步朝左侧走去。因是夏季，各种各样不知名的树木野草长得极茂盛，陡峭的坡直延展下去。

莫研目力及不上他，并未看出异端来，待小心翼翼走近时才看见有些杂草有被折断的迹象，伏下细看，还有一部分草倒伏在地，明显是被重物压过。

耶律菩萨奴却已经沿坡而下，断断续续拉着身侧的树木减缓冲力——坡底，一个纤细的人影一动不动地软伏在杂草间，气息微弱。

“公主！”

莫研本是跟在他身后，见到伏地人影的穿戴忍不住惊呼出声，手顾不上拉住两旁的树木，飞快地直冲下去，直奔到赵渝旁边。

“千万不要死！千万！千万！”她在心里叨叨地默念着，同时伸出手将赵渝翻过身来，手探向鼻息处。

鼻息浅浅。

“公主还活着！”她欣喜若狂，转头朝耶律菩萨奴喊道。

他表情仍旧很冷淡，慢慢地走下来，似乎赵渝是死是活，他压根就没放在心上。

莫研轻轻拍拍赵渝的脸，唤道：“公主，公主……醒醒，醒醒……”

仿佛听见她的声音，赵渝皱紧眉头哼了两声，面色煞白，似乎很痛苦，却始终没有睁开眼睛。

“是不是哪里受伤了？”赵渝的衣衫是石青掐线，加上深夜，就是有血迹也看不清楚。莫研能闻见丝丝血腥味，却找不到伤口在何处，干脆托起赵渝，抱着她脑袋一通乱摸，没发现伤口也没发现肿块，松了口气，转而又开始检查身体其他部位。

见她解开赵渝外衫，尽管坡底甚是昏暗，一直静静立在旁边的耶律菩萨奴还是背转过身去。

前胸后背，肩膀胳膊，莫研一路检查下去，禁不住连连倒吸气，赵渝胸前似乎是肋骨骨折，而且裙下的右小腿硬硬地顶出一块来，黏稠的血顺着一直流到鞋上，大概也是断了。

奇怪的是，血流得并不多，而且已经止住了。莫非有人比他们先来过，莫研心中疑惑，张望下四周，目光所及，除了自己和耶律菩萨奴外，并无多余的脚印。

应该是不可能，否则来人没道理替她止了血却把她扔在这里不管不顾。赵渝本来就会些功夫，莫研只能想她是自己点了止血的穴道，然后因为伤势过重体力不支而昏倒。

“公主胸前断了两根骨头，小腿骨也断了。”莫研紧张地回头朝耶律菩萨奴道。

他似乎又哼了一声，声音轻得让人听不清。

“你会接断骨吗？我只会接脱臼，断骨可不会，怎么办？”

这下耶律菩萨奴转过身来了，几乎是恶狠狠地盯着她：“你好歹也是习武之人，怎么会连接骨都不会！”

莫研小声道：“习武又不是学医，再说师父也没教这个。”

被她一气，耶律菩萨奴原地不动，也不作声，脸上难得见到的阴晴变化不定，良久之后才道：“我可以替她接，只是事后你只能对她说是你接的，而且今后对任何人都不能说出实情。”

“这是为何？”

“男女有别，何况公主与殿下尚未举行大礼……”他说到一半，突又猛地收住，冷冷看着莫研，显然不愿过多解释。

不需他说完，莫研已经笑道：“看不出你还是个好人。”

“哼！”赵渝伤重，他不欲多言，便直截了当朝莫研道，“你先把她衣衫脱下来。”

虽然知道此举不妥，可在眼下这种情况，实在也没有别的办法，莫研让赵渝靠在自己身上，生怕碰到她伤口，尽量轻手轻脚。在她替赵渝解衣衫的时候，耶律菩萨奴仍是背过身去，直到她出声示意他时才复转身走过来。

淡淡月光下，少女的胸脯乳酪般洁白无瑕，他不敢直视，手在半空顿了顿，薄唇紧抿。

“喂！我可在这里看着，你不可对公主有轻薄之意！否则、否则……”莫研一时也想不出什么法子来。

耶律菩萨奴横了她一眼，不理会她，亦不再迟疑，手伸向赵渝，摸到胸前断骨，咔嚓两下，随即飞快用衣衫掩上，再往下接好她的小腿骨，他的手法极快，莫研还未看清楚，他已将三处断骨解好。

随即他又用匕首将自己的披风割成布条，递给莫研，让她替赵渝将胸部的伤包扎起来。接着他又寻来结实的粗树枝，一分为二，夹紧赵渝的小腿，伤口上撒上金创药，再用布条密密实实地扎紧。

“行了。”

他站起身，狠狠长吐口气，如果此时莫研仔细看的话，还能看见他额头冒出细碎的汗珠，连与展昭比箭时他都未如此紧张过。

“她还未醒，不会有事吧？”莫研担忧道。

“得尽快送她回大营。”

因为赵渝胸骨断裂，初初接好，生怕颠簸触动伤处，耶律菩萨奴又寻了几根粗枝固定在赵渝胸前背后，用布条扎好，然后才看向莫研。

“你来背她！”

莫研倒是没二话，上前就把赵渝负在身后，无奈山势陡峭，饶是她轻功虽佳，可负人而行也得大打折扣。她背着赵渝勉力往上爬去，却是看得底下的耶律菩萨奴连连皱眉。

直到莫研脚下一个打滑，手忙脚乱地抓住旁边的树，又差点把背上的赵渝甩下，他才上前稳稳托住赵渝，将她从莫研背上接了过来。

“难得公主大难不死，若是死在你手上也太冤了。”他面无表情道。

依莫研本来的性格，听了这话，免不了要顶撞他几句，但此刻公主全赖他所救治，他又肯背着公主回营，感激尚且来不及，便是他再刻薄些，她也能笑颜以对。

看她满脸赔笑，耶律菩萨奴冷冷地哼了哼，也懒得再说她，负着赵渝往上行去。他的功夫要高出莫研许多，莫研徒手攀爬，竟也落在他身后。

不多时，两人便回到了坡顶，莫研牵过马来，想将赵渝驮在马上，被耶律菩萨奴狠瞪了一眼。

“她胸骨断裂，怎经得起马匹颠簸。”

“那你一直背着公主？徒步的话，此地距离大营只怕有三四日路程。”莫研担忧赵渝身子难以支撑，就算是耶律菩萨奴轻功卓绝，但背负一人，且身处密林，轻功难以施展不说，要连续急奔两三日亦不太可能。

“走山路回大营起码要四五日，我们先从南面下山，到附近的小镇找药材，同时租马车回大营。”

“这样是不是绕远？”

“路虽长些，但比起走山路要快，而且她的伤也可以在镇上稍作处理上药。”

他虽说得有理，可莫研仍有些犹豫，舍近求远究竟是否可行，若是公主有失又该如何是好。

“殿下应该距离此处不会太远，若我们先去找他，是不是……”

话未说完，便被耶律菩萨奴冷笑着打断：“殿下嗜猎，众所周知，前年太后抱恙，殿下且半月方返，你觉得在殿下心中，公主与太后，孰轻孰重？”

莫研挠挠耳根，想想耶律洪基确实是靠不住，倒不如听耶律菩萨奴的话，先从南边下山再说，横竖下了山行事便方便得多。

“那我们还是先下山吧，你带路！”

耶律菩萨奴不再多语，仰头看了看枝叶间隙中的星光，辨别下方向，又侧头细听下赵渝的呼吸声，才举步往前行去。莫研舍不得将马匹留在深山中，虽然麻烦，却仍然牵着它，紧紧跟在他身后。

一直行到天亮时分，两人才稍做歇息。莫研给仍在昏迷中的赵渝喂了些水，耶律菩萨奴又在附近寻来草药，用石头捣得稀烂，命莫研替赵渝敷上。

莫研敷药时，他又寻来几枚不知名的鲜红浆果，递给莫研，让她挤出汁水来给赵渝服下。

举起果子对着日光左看右看，那果子圆润光滑，晶莹剔透，甚是惹人喜爱，莫研好奇问道："这是什么果子？"

"怎么，怕有毒？"耶律菩萨奴远远地坐在石上，拿着块乳酪羊饼一口一口地干啃，冷然道。

和此人还是不说话为妙，莫研暗自撇撇嘴，将果汁滴入赵渝口中，轻托起她颈部，助她咽下。

刚喂完，就听见耶律菩萨奴起身道："走吧，天黑前说不定就能到山脚了。"

"我还没吃呢。"莫研提醒他，她一直忙着给赵渝喂水敷药，又喂果子，连烙饼也顾不上啃一口，倒是见他在旁吃了个饱。

耶律菩萨奴扫了她一眼："你连边走边吃都不会吗？"

"会。"莫研只得道。

这日一直走到天色暗沉，才总算是到了山脚下，两人皆是徒步而行，途中只休息过两三次给赵渝喂水。莫研见耶律菩萨奴将公主稳稳负在身上静静行了这么许久，心中甚是钦佩，之前对此人的不满亦烟消云散。

耶律菩萨奴深喘了口气，暗中咬牙，将重心移至右腿，让左腿稍稍放松。他负着赵渝疾行了一天一夜的山路，着实有些疲惫。

莫研在旁见他脸色微微发白，不由道："不如让我来背一会，你可以歇歇。"

"往东南再行三里地，就有小镇。"

淡淡说罢，他便继续往东南方向行去，莫研无法，只得跟上。

平地较之山路，自然是好走许多，行了一段，远远地已能看见小镇隐隐的黑影，耶律菩萨奴本想发力疾奔，怎奈发力瞬间突感左腿剧痛，脚一软，险些跌到，咬着牙硬是站稳身体，赵渝仍旧稳稳地被他负在背上。

"怎么了，你不舒服？"莫研关切问道。

左腿处传来的钻心剧痛令他几乎说不出话来，直挺挺地立在原地，因疼痛而扭曲的面容骇得莫研一时不敢开口。

过了半晌，才听见他极低地哑声道："我必须歇一下，你扶公主下来。"

“好。”

不知道他究竟出了什么事，莫研只看到他脸色差到极点，一听此言，忙不迭把公主自他背上扶下来。

耶律菩萨奴当即席地坐下，开始运功打坐。

虽不明白他何处受伤，但也知运功之时不可上前打扰，莫研只得待在一旁，给赵渝喂喂水，时不时地望向耶律菩萨奴。马匹百无聊赖地啃着草，草丛中蛐蛐叫声响亮。

足足过了半个时辰，耶律菩萨奴才长吐口气，将置于胸前的双手放下。

莫研刚欲开口询问，他便对她做了个噤声的手势，微微侧耳，似乎听见了什么奇怪的声音。学他的模样细听，可除了蛐蛐的叫声，和马儿嚼草的声响，莫研并未听到其他动静。

“有人在附近。”他朝她低低道，“就在你左侧二十步左右。”

莫研伸长脖子朝左边望去，月光下，草茂繁密，并未看见任何人：“没人啊！”

“这么重的呼吸声你都听不到。”他不耐道，“你过去看看，不用担心，那人气息不稳，一定是受了重伤。”

被他说得心中好奇，莫研遂轻轻放下赵渝，起身拨开杂草，蹑手蹑脚地朝草丛深处一步一步探去。走了十七八步，果然见到一人面朝下伏在草中，契丹衣袍装扮，露在外的手背呈紫黑色，甚是怖人。

既然耶律菩萨奴还能听得见呼吸声，起码此人还活着。莫研蹑足上前，想试着将那人翻过身来。猛然间那人所着的契丹衣袍下一方熟悉的衣角，瞬间撞入她的眼中，手脚霎时冰冷一片。

“大哥！”

第七章

耶律菩萨奴听见莫研这声惊叫，心中一震，也顾不得左腿，急掠过来，正看见莫研将地上的人抱起，那人虽然发须散乱面色紫黑，却仍旧看得出正是展昭无疑。

“大哥，大哥，大哥！”

不明白展昭怎么会身中剧毒躺在此处，对毒物不甚了解的莫研虽然极力想镇定心神，查看大哥的伤势，可解展昭衣衫的手不由自主地微微颤抖着。

展昭中毒的状况一映入眼中，耶律菩萨奴顿时升起一股寒意：这毒，毒性之霸道，自己与它共处这么久，最是熟悉不过了。

“让开！他身上有毒针！”他来不及多想，一把推开莫研，随即自己动手剥开展昭衣衫。

除了被毒针射中，展昭胸口处还有一处刀伤，从伤口处可看出用刀手法十分拙劣，多半是个外行。展昭中毒后能撑住性命至今，想来还得多谢这一刀。此伤虽令他失血过多，却也恰恰替他放掉了不少毒血，使他不至于中毒太深。

中毒针之处，由于毒性过强，周遭肌肤反而微微泛出白光，莫研屏住呼吸，月华如水，她能清清楚楚地看见展昭究竟中了多少毒针。

“这针如此歹毒！大哥怎么会……”她怎么也想不明白，展昭明明是去了铁骑营，怎么会身中剧毒躺在此地，而且身上还是辽人平民打扮。

耶律菩萨奴略略一扫，落入眼中的大概有十二三针，大部分都打在展昭右半边胸前，还不算太糟糕，比起上次打在他自己身上的针少了一半。

“你扶好他，我替他把毒针逼出来！”他沉声道。

饶是心乱如麻，莫研也知道当务之急是须得逼出展昭体内的毒，二话不说便扶着展昭让他盘膝坐下，背朝向耶律菩萨奴。

耶律菩萨奴调息片刻，双手贴上展昭后背，生怕他此时体弱，先将内力缓缓输入他体内，大约过了半晌，才猛然发力，展昭身上的十几支毒针激射而出，落入旁边的草丛。展昭的身子随之前倾，莫研急忙扶住他，见他呕出几大口鲜血，血皆呈暗黑色，人却仍在昏迷之中。

“大哥他……毒针逼了出来，他就不会有事了，对吧？”她尽力镇定自己，沉声问耶律菩萨奴。

方才那一击，似乎耗去耶律菩萨奴不少气力，他的脸色微微有些发白，低低道：“不一定，此毒霸道得很，要逼出不易。”

紧紧地搂住展昭，莫研咬咬嘴唇：“就算不易，我也一定要救大哥。”

闻言，耶律菩萨奴盯住她片刻，面上浮现出难得一见的淡淡笑意。

“你居然还幸灾乐祸？”莫研怒瞪他。

“他们两人现在都动不了，而且以展昭目前的状况，回大营难免会迎来他人猜疑，也不能住客栈。待天亮后，你先到城里小镇租间房子布置好，再租一辆马车到这里来接我们。”

虽然是在差遣自己做事，但听他所言有理，莫研亦没有异议，只问道：“是否还需要买什么药材吗？这小镇上，解毒的药材只怕难找。”

“他所中之毒根本无药可解。”

莫研闻言，几乎要跳起来，双目紧紧盯住他：“怎么会无药可解，你认得这种毒？”

“三年前，我曾有一位朋友身中此毒……”耶律菩萨奴的脸隐在月光的阴影之中，让人看不清他的神情。

“他……死了？”莫研颤声问道。此时，她的一只手就紧紧贴在展昭胸口处，感觉着他的心跳。展昭在她怀中，呼吸轻得若有似无。

耶律菩萨奴却不答，平平道：“我亲眼看着他试遍各种药材，甚至连大辽皇宫珍藏的药材也一一服下，结果毒还是解不了。”

“后来呢？”莫研只想知道此人死没死。

“后来他就认命了。”

“死了？”

耶律菩萨奴似乎轻轻笑了笑，然后才道：“没有。”

莫研顿时松了口气，喜道："那么还是有办法解的！"

他却又摇了摇头："无法可解，只是好在他功夫还算不错，硬是把毒压了下来，拖得一日是一日。不过，我瞧他是拖不过明年冬天了。"

虽听他如此说，莫研却没有气馁："总是能找到法子的。我师父曾说，天底下的东西，都是一物降一物。有毒药自然就会有解毒的方子。"

"那我问你，鹤顶红可有解药？"耶律菩萨奴冷哼。

莫研语塞，半晌才道："我想，终归是有的，只是还未找着而已。"

他干脆仰头大笑起来，笑声在空荡荡的旷野上分外清晰响亮，半晌才停歇，转向莫研笑道："展昭找了你这么个傻丫头，倒还真是走运！只可怜我，不知道哪一年才能等到我小媳妇。"

见他言语轻狂，与寻常判若两人，莫研皱眉，暗自心道："难不成此人也中了什么毒，以至性情大变，当真奇怪。"

似乎看出她心中疑惑，转瞬间，耶律菩萨奴翻书一般，腾地又换回了原本那张冷漠的脸，不再理会莫研，起身将赵渝背至近处柔软草丛中躺下，他自己便在原地运功调息起来。

莫研低头看向怀中展昭，轻轻挪了挪身子，让他枕在自己腿上。展昭双目紧闭，虽在昏迷之中，却仍看得出他忍受着巨大的苦楚，眉头紧紧打着皱，她轻轻抚了抚，怔怔着就要坠下泪来，忙又强自忍住。

"大哥不会有事的，我哭什么！真是没出息！"她暗自骂了自己一句。

见展昭头发蓬乱打结，想他素性喜洁，莫研便掏出随身的碧玉梳子，替他梳理起头发。她的手极轻极缓，再纠结的发丝，也慢慢地解开、梳通，生怕弄痛展昭一星半点。

耶律菩萨奴本是合目养神，其间睁眼，见到莫研专心致志地在替展昭梳头，不由自主地叹了口气，复合眼休息。

待将头发全部梳理好，莫研用发带替他整整齐齐地束起。再用绢帕沾了水，细细地擦净他的脸，看着他英俊迫人的眉目慢慢显现出来，唇角才柔柔地泛出一丝笑意。

此时的天边，已蒙蒙地泛出白光。

耶律菩萨奴给的银两不少，莫研在小镇中以最快的速度租下了一处小院，又将多许了房东银两，央他在一个时辰之内替她打扫干净，再差人置齐物件，大到桌椅板凳、床铺被褥，小到锅碗瓢盆、油盐酱醋都要置办齐整。房东见莫研出手却大方得很，笑逐颜开，当下便爽快答应。

接着莫研又赶忙上街去租了配有帘幔的马车，驾车到城外将他们三人接来。

小院中仅有两屋再带一小屋当灶房，自然没什么麻烦就分配好了，赵渝与展昭各自伤重，两人各住一屋。至于自己与耶律菩萨奴，莫研倒没想过睡哪里，反正床褥都有，随便在地上一铺便可以了。

由于耶律菩萨奴不愿露面，只管给赵渝和展昭疗伤，买菜买药的事情全都落在莫研一人身上，加上烧饭做菜洗衣，纵然她担心展昭担心得要命，却总是难以时时守在他身边。

先熬了些米粥，她端了一碗到展昭屋内，看耶律菩萨奴仍在给大哥运功疗伤，只得悄然退出来，将粥端到赵渝屋内。赵渝胸前和腿上的伤都已重新换过药，小镇上虽药材有限，但此处打猎的人多，跌打骨折的药材倒是常年必备的。

赵渝昏昏沉沉地发着烧，意识模糊，莫研半扶起她，勉强喂她吃了些米汤进去，又烧了热水替她擦了身子，重新换过干净的衣衫。

在院中将一大盆换下的众人衣衫都洗净、晾上，虽然没什么胃口，但莫研自己还是盛了碗粥急匆匆地吞咽下去，再守到展昭门边等着。

又等了半个时辰，才见耶律菩萨奴缓步走出来，脸色憔悴，显是功力耗损甚巨。

“大哥他……”莫研满心担忧，却也不知道该怎么问。

“再过得一个时辰，他大概就能转醒。”耶律菩萨奴淡淡道，“相对我朋友而言，他中的毒还算是轻，我想先试着把他的毒凝到一处，能逼出来也不一定。”

莫研闻言，喜不自禁道：“真的能把毒逼出来？”

“那就得看他的造化了。”他走向灶屋，问道，“肚子饿了，可有饭菜？”

“有有有，我这就给你炒几个小菜。”莫研口中连声应道，眼睛却直往展昭屋内探去。

看她模样，耶律菩萨奴不耐烦道：“急什么，他还得过一个时辰方能转醒，你赶紧做菜去。对了，公主醒了没有？”

莫研恋恋不舍地折回身子，随手拔了几根原来屋主种在院子角落的小葱，快步走进灶屋，声音从里面夹着油烟飘出来：“公主还没醒，我给她喂了点米汤喝下，不过她好像又发起烧来了。”

耶律菩萨奴拧眉，发烧就意味着伤口已经发炎，自己虽然已经拼命赶路，终究还是无法避免。他本来已经要进灶屋，又转身朝赵渝屋内走去。

过了半晌，莫研炒好三道香味四溢的小菜，在灶屋小桌上摆好，探头欲叫耶律菩萨奴来吃饭，却并未在院中看见他，找了一圈才发现他仍在赵渝房中。身旁放着才打上来的一桶井水，他正浸湿绢帕敷在赵渝额上。

这人看上去虽是个五大三粗的汉子，做起事来倒真是细心。想来他饿时自然会去灶屋找吃的，莫研也不唤他，一溜烟跑去展昭所住之屋。

到了门口便放缓脚步，莫研轻手轻脚走进去，入目处展昭静静卧在床上，阳光自窗口洒入，映着她再熟悉不过的眉目。让人大概由于之前耶律菩萨奴为展昭凝毒的原因，四肢及面容上的紫黑都褪得淡了些，莫研看了不免心中暗喜，恨不得立时就把耶律菩萨奴再拖回来，让他大展神功，今日就把展大哥身上的毒全逼出来才好。

莫研搬了个凳子，在他床边坐下，怔怔地看着他，等着他醒过来。连着两夜未睡，加上奔波劳累，此时的她早已疲惫不堪，不知不觉间靠着床边浅浅睡去。

待莫研再醒来时，屋内已是一片昏暗。

初初醒来，她的脑子尚是糊里糊涂，不解周围如何是暗黑的，心中只记挂着展昭，下意识伸手探向床上：“大哥，大哥！”

有人抓住她的手，温柔地握住，同时一个声音传过来：“小七，我在这里！”

“大哥！你醒了。”双目堪堪适应黑暗，莫研看见展昭半靠在床上，含笑注视着自己。

展昭微笑着点点头。其实他早就醒了，只是想莫研能多睡一会，故而一直未唤她。

“大哥，你……”她心中本来有千百个问题要等着展昭醒来问他，可到了此刻，却又觉得那些问题一点都不重要，眼睛只紧紧地盯住他。

“你身子可还难受？”

“还好。”

“伤口疼得厉害吗？”

“还好。”

“你饿不饿？我去热碗米粥来。”

“我吃过了。”他微笑道，“你不用忙。”

“副使大人说你中了很厉害的毒药，和他的一个朋友一样，他朋友还活着呢。他说有法子先将毒凝到一起，再把毒逼出来。所以你莫要担心。”

知道她急急地要自己宽心，展昭又含笑着点点头，还在莫研睡觉之时，耶律菩萨奴也已来过，所以所有事情的来龙去脉他也都已知晓。

“大哥……”莫研其实很想抱住他，可是展昭胸口有伤，她又怕碰到他的伤口。

知道她这些日子不易，又有很多事情是必须瞒着她，展昭心中对她愧疚甚多，将她小手合在掌中，柔声安慰她：“我没事，你莫要怕。”

莫研点点头，烦恼地挠挠耳根，似乎不知道该怎么说：“我知道，我只是想，大哥，我们现在就成亲，好不好？”

展昭怔住，在这种状况之下，叫他如何能答应。

“我想，等我伤好。”他缓缓道。

莫研打断他的话：“大哥，你曾经答应过我，从铁骑营回来便和我成亲，是不是？”

“是，可是我现在……”

“虽然我不知道你究竟是去了哪里，可现在你总算回来了。”想起昨夜见到他的情形，她眼圈红了红，用力咬咬嘴唇，硬是把眼泪再逼了回去，“除非你反悔了，不想和我成亲了。”

“小七，我没有反悔，只是我想等伤养好之后再成亲不迟。”

“我师姐和姐夫成亲时，我姐夫的病也没有好，是不是？”她直直地看着他，昏暗中的双眸亮得出奇。

展昭语塞。

耶律菩萨奴斜倚在窗边，从这里能看见莫研刚刚掩上院门出去，她是被他打发出去买菜买药的。又过了片刻，他才转头望向半靠在床上的展昭，似笑非笑道：

“你答应她了？”

展昭怔了一下，才明白他所指何事，轻摇了下头，淡淡笑道：“还没有。”

“难得有这么个小媳妇对你死心塌地的，你就娶了她吧，我在旁边干看着都替你着急。”

“我眼下这状况，如何能谈婚事。”展昭摇摇头，不欲再谈此事，“大哥，此间都是自己人，你可想将你的真实身份告知她们？”

闻言，耶律菩萨奴，也就是海东青，不置可否：“告诉她们毫无用处，反添麻烦。再说他日还得相见，若是她们一时失察，露出马脚来，我岂非是自讨苦吃。”

见他不愿，展昭自然不会勉强，知道此事仍旧不可告诉莫研，她若问起，自己还须得想法子与她解释才行。眼下，他心中沉甸甸压着的，却是另一件事：

“可惜我始终没有看到那女子的面容。”此行功败垂成，终未能查出叛国者的身份，展昭心忧不已。

耶律菩萨奴静默片刻，走到桌旁倒了杯水递给展昭，朝他笑道：“来日方长，咱们慢慢再想办法。”

展昭知道他是在宽慰自己，摇头道：“方夫人已死，这条线一断，要再接起来，已然不易。”

那日他与方夫人缠斗在一起，旁边的蒙面女子伺机发射针筒，因她不是习武之人，对针筒又不甚熟悉，发射之时，大多数毒针都打在了方夫人身上。展昭中的毒针虽不多，但因针上毒性霸道，虽他已当即护住心脉，却无法阻止毒性蔓延，四肢发麻僵硬，如死人一般动也动不了。那蒙面女人恐他不死，又拔出匕首在他胸前补上一刀，方才离去。大概是天意，恰恰是这一刀，放出许多毒血，救了他的性命。他醒后，见旁边的方夫人早已断气，从她身上也找不到解药，他强提口气，骑了马往伏虎林方向而来，勉力行至天黑，终是无力再支撑，滚落马背，昏迷在草丛之中。

“你小子能在那针筒下捡回这条命回来就不错了！眼下莫想那些烦心事，好好养伤。”耶律菩萨奴拍拍他肩膀。

展昭勉强微笑：“我内力修为不济大哥，要压下这毒只怕不易。”

“怕什么！有大哥我在，我先想法子看能不能逼出来，实在不行……”他略顿了顿，转而又爽朗笑道，“反正我有法子，你放心便是！”

虽只是一顿，展昭微愣，电光火石间却已明白他所说之意，不由得心中大震，急忙道：“大哥，展昭的命微不足道。若是因此害大哥伤残或是丧命，展昭宁可自行了断。”

瞧他着急的模样，耶律菩萨奴胸中暖意滚滚，口中却嘲笑道：“急什么急什么！跟老包待久了你，这么迂！你这毒还没那么严重，放心吧。对了，我还得去隔壁看看公主醒了没有。你自己休息一下，切记莫要运功，我已将你心脉经络悉数打通，你一运功，毒入心脉，可就回天乏术了。”

展昭点头，又问道：“公主伤势可无碍？”

“还有点发烧，她的伤不是什么大事，断了几根骨头而已，发烧是寻常事，和你比起来，不过是小菜一碟。”他轻巧道，“加上你那小媳妇照顾得不错，过些日子回了大营，找些宫里养生之药再好好调养调养就行了。”

“多谢大哥，此番若非大哥在，公主险矣。”

耶律菩萨奴不在意地摆摆手，起身往门外走去，走了一半，又停住脚步，转头笑道：“听大哥一句话，和小媳妇把事办了，免得日后想起来后悔。”

展昭闻言，只是微微笑着微垂下头，不知在想什么。

莫研回来时候，两手提的全是东西，左手菜篮里满满的菜，右手居然拎着一笼子的鸽子，粗粗数去足有七八只。

“我叫你买一只鸽子回来熬汤，你买这么多做什么？”耶律菩萨奴听到院门动静，自赵渝房中出来，盯着她手中的笼子好奇道。

“多买些，养着也好，每日还有鸽子蛋可以吃，多好。”莫研笑眯眯道。

耶律菩萨奴瞧她简直就是一副在这里过日子的模样，只顾摇头，不再多言，转身复进屋去，声音传过来：“公主醒了，你做完饭记得过来替她换药。”

“哦。”

莫研口中应着，人已走到展昭屋半开的窗前，朝里探去：“大哥，你饿不饿？”

瞧她笑脸如花，展昭微笑着摇摇头：“我还不饿，你先进来歇歇再做饭也不迟。”

“好。”

话音未落，莫研已绕到门口，转瞬就出现在他面前。

“大哥，你猜我买了什么！”她放下篮子，从里面掏摸了一会，摸出一样东西，手背在身后，笑盈盈地瞅着他。

“是什么？”展昭笑问道。

“你猜猜呀！”

“簪子？”

“不对。”

“脂粉？”她的心思千奇百怪，展昭着实想不到，只知往女儿家物件上猜。

“不对不对。”她的头摇得像拨浪鼓一样，神情越发得意。

展昭笑道：“我猜不到。”

莫研得意扬扬地从身后缓缓伸出手来，手中赫然是一对描金龙凤红烛。

一见此物，展昭当即呆住。

“我找了好久，才找到这么一对。”莫研亲亲热热地挨着他坐下，献宝一样道，“落了好多灰，像是有些年头了，我在店里把灰都抹干净，你看喜不喜欢？”

说不出别的话，展昭只能说：“喜欢。”

“我也喜欢得很。”莫研喜滋滋道。

“你……”展昭欲言又止，“你当真……”

“嗯？”

他迟疑了片刻，还是问道：“你……这蜡烛，你准备什么时候用？”

“当然今晚就用。”莫研想当然道。

这是个完全没有料到的回答，展昭呼吸一下子急促起来。

“莫姑娘，公主唤你。”

耶律菩萨奴鬼魅一般出现在门口，猛地出声把两人都吓了一跳。

“啊！公主怎么了？大哥，我去去就来。”莫研忙起身，把红烛往展昭手中一放，就急急忙忙地奔出去了。

耶律菩萨奴半靠在门槛上，目光落在展昭手中的红烛上，嘴角顿时透出一丝促狭的笑。

“看不出这丫头还挺合我口味的，越是大事越干脆利落。”他压低声音，低沉沉地笑道。

展昭摇头笑笑，他此时是一个头两个大，自己伤势未稳，可不知该如何向莫研推托才不会伤她的心。

“怕什么！男子汉大丈夫还怕成亲。”耶律菩萨奴幸灾乐祸地踱过来，头一低，凑上前低道，“莫非你是怕有伤在身，不能洞房？”

展昭俊脸立红，心中知他是故意拿自己开心：“大哥何必取笑我，替我想个法子才是。”

“这种好事，我求都求不来，你老弟居然还往外推。”

“我身中剧毒，若是此时成亲，万一……岂非是害她一生。”展昭低低叹道。

闻言，耶律菩萨奴褪去笑意，目光落在窗外院中的鸽笼上，半晌才道：“我想，她正是因为如此，所以才更想要与你成亲。”

“我何尝不知。”展昭沉声道，“所以我就更不能答应她。”

听见莫研脚步声已步出赵渝所住之屋，耶律菩萨奴再不多语，快步走了出去。

莫研替赵渝换下一身汗湿的衣裳，抱到院中放入木盆内，抓紧时间洗出来晾上。再赶着去炖汤熬粥。粥熬好，炒几个清淡的菜，留好饭菜放在桌上给耶律菩萨奴吃。其他的盛在托盘中给展昭端去，陪着他吃完，收拾好出来。再将熬好的鸽子汤盛出，端到赵渝房中喂她喝下。喂完赵渝出来，自己马马虎虎地把剩菜剩饭吃完，收拾好碗筷，再抓了把米去喂鸽子。

“咕咕咕咕咕……”她蹲在鸽子笼前，逗弄着其中最胖的一只。

耶律菩萨奴慢吞吞地踱过来，亦在她旁边看了半日鸽子，突然没头没脑道：“你当真今夜要和展昭成亲？展昭那身子，说不定连……拜天地都不成。”他本想说“连洞房都不成”，话到嘴边，生生又给咽了回去。

莫研奇怪地转头望他：“那就不拜天地，有什么关系呢。”

“不拜天地，那还算什么成亲。你以为点两根蜡烛就是成亲了？”

“我二哥哥说，那些都是庸人弄出来的繁文缛节，两个人成亲原就是两个人的事，何必又拜天又拜地，还要拜什么长辈，都是多此一举的事情。”

被她抢白一通，还被说成庸人，耶律菩萨奴冷哼道：“既然如此，你还买红烛做什么，岂非也是多此一举。”

没想到他也看到那对龙凤红烛了，莫研脸微微泛红：“我觉得红烛很喜气，让人看着心里就欢喜，所以就特地买了一对。”

耶律菩萨奴没话说，抬头瞥了眼展昭屋内，忍不住又问道：“什么东西都没有，你究竟……打算怎么成亲？”

“成亲又不需要多少东西，”莫研直起腰来，好奇道，“两个人住到一块儿，不就是成亲了吗？”

他总算有点了解她的想法了：“你的意思是说今晚？”

“今晚我和展大哥一个屋。”

莫研脸红扑扑的，却是欢喜大于羞涩。

耶律菩萨奴无言走开，心中暗道：“老弟，我本想尽力阻挠，可她根本无招无式，我无从挡起，你还是认命吧。”

夜色将沉，莫研忙完灶间里的事，又烧了一大锅热水。因赵渝喜洁，替她换过药后，莫研又给她擦过身子换身衣衫。

“大哥！你也擦擦身子，换身衣裳吧。”

她端了热气升腾的铜盆进展昭屋内，朝他笑道。

“好，你放在凳子上，我自己来。”展昭微微探过身子，牵扯到胸口的伤，疼痛难忍，眉头禁不住皱了皱。

莫研放下铜盆，急道：“你别动，万一伤口裂开怎么办。”

“那，你还是劳烦副使大人过来吧。”

“这点小事，麻烦他做什么，我来就行了。”

她边说边上前，展昭还未及反应，她手一伸已开始解他的衣衫。展昭本就仅着深衣，解下来便是赤膊，他虽待莫研不同别个，但像是这般赤膊相见，要似她那样坦坦然然他也做不到。

莫研倒未想太多，目光落在他伤口上，眉头皱了皱，咬牙切齿道：“下手这么狠，我定饶不了她。”转身拧了布巾，在展昭背上细细擦拭，也不敢用大劲。

展昭本来心中又是温暖又是尴尬，猛然听见她自言自语的话，自相遇以来莫研从未问过自己遇险之事，如何谈得上去找人报仇。他想了想方觉不妙，转首问道：“你方才说饶不了谁？”

“自然是伤你的人。”

“你知道是谁？”

“肯定和绣庄的方夫人脱不了关系。”莫研缓缓道，“你虽不愿告诉我，可看你身上中的毒，难道我还猜不出来吗？”她低头复拧了一把，开始擦他的肩膀胳膊。

“小七，我不说，是因为此事关系太大，还不到能说的时候。你可会恼我？”

“我若恼你，你会说吗？”她笑着反问他。

此时窗外细细沙沙作响，下起雨来，展昭听着雨声，涩然一笑，摇摇头，

停下手，莫研偏头瞧了他半晌，突然笑着凑上前亲了亲他的唇，道：“我自然不会恼你。我知道，这些事你不得不瞒着，心中定比我还难受，所以不管怎么样，我都不会恼你。”

“小七，”展昭望着她，什么话都说不出来，半晌才道，“你也莫要去找方夫人报仇，她已经死了。”

“死了？你杀了她？”

“不是我，”展昭按住她的手，“总之此事尚未了结，你千万不可莽撞行事。”

“哦。”莫研只得应了，重新拧了热巾，弯下身子，低着头替他擦拭前胸。

她发丝轻轻在他胸前撩过，少女体香萦绕在鼻端，弄得展昭又酥又痒，又觉方才她嘴唇的余温似乎尚在唇边，不由心驰神荡。他受伤后本就定力大减，加上莫研又是自己深爱之人，一时间竟不能自持，伸手搂她入怀，向她脖颈中亲去。

“大哥，蜡烛还没点上呢……”莫研被他亲得迷迷瞪瞪的，身子软软地靠着他，口中低低喃喃，不由自主地亲回去。

雨声淅淅沥沥，下得越发大起来，似乎除了雨声就只能听见彼此的呼吸。两人意乱情迷，缠缠绵绵，不知不觉间展昭愈亲愈低，而莫研领口渐松，他的手抚上她的肩头，滑入衣衫之中……莫研只觉浑身无力，伸手攀住他，不慎正碰上他胸前伤口。

疼痛闪电般传遍四肢百骸，展昭忍痛闷哼一声，神志骤然清醒了过来，

连忙推开莫研，又伸手替她掩好衣衫。

“对不起，我……”展昭顾不得疼痛，伸手扯过衣衫急急穿起来，暗自对自己的轻狂举动懊恼不已。

被他推开，莫研有些失落，却也心疼着展昭的伤，道：“大哥，等你伤好了，你再像这般亲我，好不好？我心里喜欢得很。”

展昭心中感动，握了她的手，微不可见地点了点头。

“对了，那对蜡烛！”莫研笑盈盈地跳起身，点上红烛。展昭本欲开口阻止，看着她因这几日劳累而消瘦的身形，终是未能说出口。

莫研点好，小心翼翼地摆到背风处，回首朝展昭笑道：“大哥，好看吗？”

“好看。”展昭微笑，带着淡淡的苦涩。

莫研嫣然一笑，正欲回他身旁，突然听见耶律菩萨奴自隔壁屋传来的声音，不大不小，正好清晰地送入耳中：

“下雨了，还不出来收衣裳！”

雨沿着屋檐流下来，在窗前形成一道水帘，耶律菩萨奴立在窗前，自喊完那一嗓子，他就一直静静地站在那里。看见莫研箭一样冲出来收衣裳，又飞快地跑了回去，尚能看见莫研的身影在晃动，似乎是抱了被衾铺在地上。他们屋内的烛火暖暖地透出来，在雨夜中显得分外明亮。

耶律菩萨奴暗自叹了口气，复坐回椅子上，手边亦没有热茶，便随意持杯发呆。幸而赵渝住的这屋隔着里间和外间，否则今夜只怕自己就得在灶房待一晚了。

卧在里头的赵渝因白日里睡得多了，现下反而睡意全无，又因胸骨受伤，故而也不能半靠在床上，只能直直地躺着，听着窗外雨声淙淙。

耶律菩萨奴喊那嗓子时，她自然是听见了，那时她才惊觉在与自己同在一屋的不是莫研而是他。莫研奔到院中的脚步溅着水花，她也听见了，可之后这个脚步声并未进屋，她又等了许久，始终未听见莫研进屋的声响，心中不由又恼又羞，自己尚是未嫁之身，暗骂莫研如何能将自己与另一男人独处。

赵渝尚在发呆，突然听见近处传来滴水声，循声望去，才发觉屋顶有处地方开始漏水，偏偏很不巧的，雨水正滴在她的脚边。她僵卧在床，动弹不得，又不愿唤耶律菩萨奴进来，心中暗暗叫苦，只能盼着雨快些停才好。

天不从她愿，雨非但没有要停的趋势，反而越下越大。不多时，她的脚边被衾已经濡湿了一大摊，丝丝冰凉渗入体内，她虽然看不见，却也能感觉到凉意一直蔓延到了小腿伤口处。

看来是没法再忍耐下去了，她轻咬下嘴唇，小小声道："耶律大人，你能进来一下吗？"

说罢，她等了一会，外头静悄悄的没动静。

她只好略提高声音："耶律大人，你在外面吗？"

仍旧没人进来，外头静悄悄的，就像没人一样。

没法子了，赵渝深吸口气，亮着嗓子喊道："有人在外面吗？"

这下，外间终于有动静了，帘子被掀开，耶律菩萨奴探了个头进来，漠然问道："公主有事？"

"屋顶漏雨。"与他不会有多余的话，赵渝尽量简明扼要道。

他抬头扫了眼屋顶，再低头瞧向被衾，面容一沉："被子全都湿了，怎的早不说？"其实之间赵渝两遍叫唤，他都听见了，只是若应声而入，未免显得自己过于关切，故而特地装成第三遍时才听见。此时见到被褥湿透，又恰在伤腿的位置，他忍不住就想出言相责。

赵渝紧抿着唇不说话，微垂的眼中隐隐有光华闪动，自小在宫中娇生惯养的她何尝受过这个：身受重伤不能动弹，流落荒野小镇，住在漏雨的破屋之中，这些都是她从前想也未曾想过的事情，现在加上还要被一个契丹人训斥，她心中的委屈忍也忍不住地涌出来。

尽管烛火昏暗，耶律菩萨奴还是看见了她眼中打着转的泪花，为了不让它落下来给大家平添尴尬，他硬生生把到了嘴边讥讽的话咽了回去。

"伤口不能沾水，我再替你换一次药。"平平的语气。

赵渝很想说请他把莫研叫过来，可是耶律菩萨奴一闪身又出去了，抱了他自己的被衾进来铺在地上，然后将赵渝抱起放上去。

"床湿成这样，不能睡了，还请公主今晚委屈一下。"他面无表情道。

赵渝轻点下头，表示睡地上也不打紧，犹豫了一下仍是问道："嗯。莫研在哪里？"

耶律菩萨奴本已伸出手来，准备替她换药，闻言又停下手："她今晚和展昭成亲，你要我去叫她吗？"

突闻此事，赵渝不禁吃惊：“她和展昭成亲？展护卫不是受了重伤吗？”

“他是伤得很重，”他顿了顿，才道，“所以，我想这就是她一定要和展昭成亲的缘故。”

闻言，赵渝久久未语，心中波澜起伏：这几日来，自己一直躺在床上自怜自哀，莫研在身畔来来往往，端茶送水换药换衫，自己却完全没有留意过她。展昭是她心爱之人，不明不白地受了重伤，她的心里也不知如何担忧，自己竟是连安慰都未曾安慰过她。难得她竟有如此勇气，在此时此地与展昭成亲。此时方才察觉，自己虽然贵为公主，可却是比不上她。

“公主，可否要唤她过来？”

耶律菩萨奴耐心地等着她怔怔出了半日神，才又开口问道。

赵渝摇摇头：“不，别唤她，就让他们安安静静地待着吧。”她在心中叹了口气，相比起他们，自己能为他们做的竟如此之少。

耶律菩萨奴默然不语，低下头开始解开包扎她腿部的布条，替她换药。他毕竟是男子，手脚自是比莫研要重许多，阵阵疼痛如波涛般涌上来，她苍白着脸，死死地咬着嘴唇，生怕自己痛呼出声。像是察觉到什么，他的手略停，不动声色地瞥了她，雷声滚滚从屋顶碾过，闪电间或将屋内照得煞白，她毫无血色的脸映入眼中。他暗叹口气，动作转而轻柔。

又是一道闪电劈下来，紧随着便是一声炸雷，声响巨大，雨也随之越发大起来，噼里啪啦的落雨声将屋子密密地包裹起来。

因白日极累，莫研睡起觉来也颇沉，尽管巨雷就在近处炸响，但她也只是低低咕哝了一声，扯着被子蒙住头接着睡去。

倒是展昭被惊醒，此时屋中油灯虽灭，那两根红烛虽仍旧燃着，烛泪低垂，火光明亮。他半撑起身子，探头望了望地上的莫研，忍不住低低叹了口气。

屋子漏雨，莫研半边身子的被衾早已湿透，难得的是她居然无知无觉径自熟睡，倒真是不容易。

“小七，小七……”他轻声唤她。

他声音自然比不上雷声震耳欲聋，莫研却腾的一下坐了起来，惊望着道：“大哥，你怎么了？是不是不舒服？”

“我没事。”展昭忙柔声道，“这屋子漏雨，你看看，你的被子是不是湿了？”

莫研这才低头摸了摸被子，果然是湿的，她懊恼地抬头望了望屋顶，还好，就自己这处漏雨。“这破屋子，明日我得找房东好好说道一番。”她倦倦地打了哈欠，又挠挠耳根，将被子掉了个头，居然就准备躺下去接着睡了。

展昭暗叹口气，又把她唤起来：“小七，看看身上衣衫湿了没有，莫要着凉了。还要，被衾都湿了，如何能再睡的。”

“衣衫还好，就湿了肩膀一部分。”莫研不在意道。

“快些换了。”展昭催着她。

“哦。”她只好起身取来干净衣衫，刚想要换衣裳，突然愣了一下，望着展昭，脸唰地红了，“大哥，你把脸别过去好不好？”

其实不用她说，展昭早已要转开头去，只是听她一说，他不由脸也有些微微泛红，口中催道：“快些换了，莫要受凉。”

莫研应了，红着脸飞快地换了衣衫。

被衾湿了不能再睡，她随手拿了件袍子权当被子来盖，和衣一滚，便躺了下去。

展昭见了，不禁心疼，想不了许多，自然而然道：“小七，地上凉得很，你上床来睡。”

莫研却有些犹豫：“可是，你的伤……”

“不碍事，你睡在右侧便是。”他胸口的伤在左侧。

“好。”

莫研爬上床来，挨着展昭躺下，她的手在被衾中与他的手交握着。两人就这样静静躺着，听着窗外的暴雨狂雷，心中均是一般平安喜乐。

良久、良久。

莫研轻声道：“大哥，你睡着了吗？”

展昭亦轻声答道：“还没有。”

“大哥。”

“嗯？”

“成亲真好。”

“是啊。”

清晨，展昭醒来时，莫研已不在身畔。雨不知何时已经停歇，他隐隐能听见她在灶间忙碌的声音，然后又听见她在院中咕咕地喂鸽子，他突然有种恍若在梦中的感觉。

想起昨夜的言语，他不由得苦笑，如此稀里糊涂地，两人便算是成了亲，这种事也只有莫研才做得出来。自己与她同榻而眠一夜，虽无夫妻之实，但自己又如何能够再次拒绝她。

只要自己的伤能好，成亲大概也不是什么坏事，展昭自我安慰道。

“大哥，你醒了！”

莫研笑盈盈地端了碗冒着热气的白粥进屋来，口中抱怨道：“我本想熬碗鸡粥给你吃，可耶律大人说你伤口未愈，不能吃鸡，所以只好作罢。吃了几日的清粥小菜，你该饿坏了吧？”

展昭微笑着摇摇头：“有粥就很好。”

“大哥……”她本想说什么，唤出声来又顿了顿，转而道，“我现在该唤你什么才好，叫夫君、相公，还是官人？”说罢，她挠挠耳根，颦眉自言自语道，“这些称呼听着可都别扭得很。”

“你喜欢怎么唤我便怎么唤我就是。”展昭笑道，“我们成亲都未拘泥形式，又何必计较如何称呼呢。”

莫研闻言，欢喜笑道：“说得是，我还是喜欢叫你大哥，你说好不好？”

“你喜欢，自然就好。”

莫研微笑，又想起方才要说的话：“我还不会梳鬟，只得编了辫子盘起来，你瞧是不是很奇怪？”

她侧头让展昭瞧她脑后，窗外透入的阳光散落半身，脸庞和秀发罩在一层朦胧的光芒之中，令人微微炫目。展昭望着她一径出神，笑意含在唇边。

“大哥？”

“我也不懂，不过你这样梳好看得很。”

莫研心满意足地笑了笑。

接下来的日子过得甚快，展昭因与莫研成了亲，心中便想着无论如何不能拖累她，一定须得治好伤才行。加上耶律菩萨奴日日为他运功凝毒，不过短短数日，他四肢处的紫黑皆已褪尽，毒已然凝成，接下来便是须得将毒逼出体外。

赵渝的伤也好了许多，有时竟还能与莫研说说笑笑，与前些天日日忧愁的模样大相径庭。

这日，莫研买了菜回来，蹲在院中地上择菜。

耶律菩萨奴替展昭运过功出来，瞧她择菜时，菜叶菜梗全都混丢在一处，便知她心不在焉。

“喂，展夫人，就算这菜你家展大人不吃，你也不能这样糟蹋吧。”他用脚踢踢篮子。

莫研被他一打岔，方回过神来，才发觉全都弄混了，忙快手快脚地重新择好。对于耶律菩萨奴，她感激他替展昭疗伤还来不及呢，自然不会生气。

“对了，耶律大人，咱们现在住的这个小镇是在你们辽国境内吗？”她仰头问道，对于辽国的地界，她也不是很明白。

耶律菩萨奴不置可否地点了点头，像看白痴一样看着她。

“哦。”莫研若有所思地复低下头去，却什么都不再说。

“怎么了？”他只好问道。

莫研挠挠耳根，才道：“我今日在街上看到一些人，觉得有些奇怪。”

“什么人？”

“我觉得应该是宋人。”

耶律菩萨奴皱眉：“什么叫作你觉得？”

“因为那些人都穿着辽人的衣裳，好像是想装扮成贩卖皮货的辽人。”

“你怎么看出来的？”

“看他们脸上和手上的肤色就不像常年在山中打猎的人，加上他们虽然换了衣裳，可没给马换行头，马匹所用的马鞍明显是宋国之物。”

耶律菩萨奴虽然已是心中大疑，口中仍淡淡道：“也许是在宋境买的马鞍，这不算稀奇。”

莫研摇摇头：“我曾观察过你们辽人系缰绳的绳扣，与我们宋人习惯的系法不同，那些人若是辽人，不会连绳扣系法都不一样的。”

“他们有多少人？”

“人倒不多，我所看见的大概就五六人而已。”

“往何处去了？”

“好像是往北边去了。”

耶律菩萨奴沉思一瞬，抬脚往门外走去：“我去去就来。”话音刚落，他人已经不见。

展昭在屋内，将他们的对话听得一清二楚，对于莫研的性情他再了解不过，听她言语间似乎保留，猜她是有所顾忌，当下即唤她进屋来，询问此事。

“大哥，那些人像是官府中人。”这是方才莫研不敢对耶律菩萨奴说的事，毕竟两国局势微妙，宋朝官兵擅自入辽境，这可是会引发两国交战的大事。

展昭心中一紧：“竟然是官府中人。”对于莫研的观察能力，他全然不疑，不会去问她是如何看出。

“你说官府派人乔装打扮到这里来做什么？”莫研想不明白。

展昭不答反问：“你瞧那些人功夫如何？”

“功夫倒寻常，看脚步身形，并无高手。”

展昭脑中急速运转着：官府中人，人不多，五六人而已，寻常功夫，扮成辽人，往北边去。五六人，寻常功夫，不足以成大事，所以不会是暗杀行刺之事。若是打探消息，则人嫌太多，若说是寻人寻物，倒是有此可能。

官府中人，会是哪个官府的手下？距离辽境最近的便是河间府，会是河间府尹李奇高派来的人吗？

若是寻人，会是找谁？

若是寻物，又会是在找什么物件？

一时间脑中千头万绪，他无从着手，也理不出一条线索来。

“大哥，你伤还未好，莫要伤神。”

看到他眉头越颦越紧，莫研顿时后悔自己将此消息告诉他。

“我不要紧。”展昭拍拍她的手背安慰她，目光却透过窗子盯着院门，自己虽然忧心忡忡，却苦于有心无力，也许等到海东青回来，就会有个答案。

他们等了约莫一盏茶工夫，便看见耶律菩萨奴闪身进来。

“收拾东西，我已雇好马车在外面，我们走。”他一面走进来，一面匆匆道，手指向正欲张口询问的莫研，“你，什么都别问，快去替公主收拾好东西。”

“可是……”不明不白的，莫研迟疑。

展昭冲她点点头：“小七，快去。”

连展昭神色都很凝重，莫研点点头，一溜烟跑出去。

此时展昭方才转向耶律菩萨奴，低声问道：“大哥，究竟出了何事？”

“我太大意了，”耶律菩萨奴眉毛打了个结，“我们应该早点回大营，而不该在这小镇上住这么久。我猜，这些人极有可能是来找你的，他们没找到你的尸首，生怕你还活着，所以开始到处找你。”

“他们是来找我的？！”展昭一惊，忙道，“小七说他们是官府中人。”

“官府中人。”

两人对视，心中所想皆是一样：若这些人真是为了寻展昭而来，只要查出这些人的来历，便可知道那幕后之人究竟是谁了。

“出什么事了？”

赵渝望着身畔忙碌收拾的莫研，有些紧张道。

莫研手中不停，口中道：“我也不是太明白，不过镇上来了些奇怪的人，耶律大人出去转了转，就说他已雇好了马车，要我们赶紧走。”

“是些什么人。”

莫研迟疑了一下：“好像是乔装打扮过的大宋的官兵。”

赵渝奇怪道：“大宋的官兵怎会出现在此地？”她的第一反应便是父皇听闻到自己失踪之事，派兵前来寻找，转而又觉不对，便是辽国有人快马送信回京城，时间上也绝对来不及。

莫研用力扎紧包袱，牢牢地打了个结，才摇摇头：“我也不知道。”

“我们虽然落难于此，但我好歹是大宋公主。他们既然是大宋官兵，我们为何要逃？”

莫研还是摇头，示意不知。

瞧她一问三不知的模样，赵渝微恼：“什么都不知道，难道他叫我们走我们就得走吗？我再不济也是大宋公主，他们既然是宋人，有何可怕的。”

“可是，展大哥也是这个意思。”莫研道。

赵渝心中越发狐疑，见莫研手脚不停，沉声吩咐道，“你去把耶律大人叫来。”

“哦。”

莫研正抱着两个包袱想送到门外马车上，顺口应了，快步出门去。

片刻之后，耶律菩萨奴疾步进来，看屋内莫研都收拾得差不多了，压根连听都没听赵渝一连串急促的问话，俯身抱起她就往外走。

“你、你把我放下来。”

“公主伤口未痊愈，最好别乱动，否则再接一次骨头，你麻烦我也麻烦。”耶律菩萨奴此时心中存着事情，只盼她快快安静下来，莫要再添事端。

“你……”

赵渝还未来得及反应，已被他放入马车中的软褥之上，他摔下车帘，将她独自留在车内。她越发气恼，突又想起他方才的话“……否则再接一次骨头，你麻烦我也麻烦。”呆了一瞬，顿时又羞又恼起来。

又过得一会，莫研扶着展昭进车来，让他半靠着车壁坐下，复欲返身出去驾车，却被赵渝叫住。

“小七，你说实话，我的伤，究竟是不是你替我接的骨头？”赵渝紧紧盯住她。

“公主，这个，谁接的不都一样吗，反正把骨头接好是最重要的。”莫研赔着笑脸，不等她再问，嗖的一下就溜了出去。

其实不用再问，赵渝也明白了，除了小腿，自己胸前尚有一处骨折，竟也是那人所接起。想到接骨之时，身子被他看了去，她脸上红一阵白一阵，忙强迫自己忘记此事，不敢再深想下去。

外间耶律菩萨奴低声交代莫研：“出了小镇，大营就在西北方向，你往那边直走就行了。若认不得路，就绕着山脚走，不会错的。”

“哦。”

“还有，”他声音压得更低，“展昭体内的毒已经聚在一处，你万不可让他运气动武，否则毒入心脉。”

莫研闻言一凛：“我明白。”

耶律菩萨奴复望了马车，尽管车内尽是他放心不下的人，但眼前的事关系更为重大，由不得他再迟疑，他朝莫研点点头，示意她快走。

随着莫研一声轻叱，马车缓缓驶动，因为车内有伤者，她驾车非常小心，亦不敢扬鞭催促，马车只是徐徐而行。

赵渝本以为那人会上车来，等了许久，直到车轮频频碰到石子微微颠簸，知道已经到了镇外，却始终没有见他上车来。她在心中按捺了又按捺，极力要自己压制住想询问的欲望，终还是忍不住朝展昭开口问道：“耶律大人呢，怎么不见他？”

耶律菩萨奴的另一身份不便对赵渝明说，自然他去追踪那些宋朝官兵亦不能说，展昭只道：“耶律大人觉得与我们一起同回大营，多有不便，故而他已先行一步。”

“他走了……”

赵渝微微讶异，黯然垂下双目，心中说不清是失落还是恼怒：他竟连说都未与自己说一声就这么走了。

展昭见赵渝模样，以为她心中不满，解释道：“南院大王耶律重光本命他守住北面熊窟，而耶律大人为我们耽搁数日之久，还请公主体谅他才是。”

“那……为何镇上来了大宋官兵，他就要我们赶紧走呢？”

对于她此一问，展昭早有对策，对答如流道：“那些人乔装打扮，来辽境不知所为何事，若是生事，让人知道公主恰好在镇上，只怕难逃干系。耶律大人也是为了公主着想。”

赵渝虽然觉得他所说有理，但却似乎还是难以说服她，想了片刻，还欲再问，却见展昭咳了几声，盘膝闭目调息，她也只得不再问了。

马车直行了一天一夜，因莫研不敢让马车疾驰，但又想早些到达大营，好让大哥和公主妥善休息，故而连夜里她也不休息，一直在赶路。

天初初亮时，她才停下来休息，借着曙光，大家各自吃了些水和干粮。

“还有多久才能到大营？”

赵渝让莫研扶起她，朝车帘外望去。清晨的薄雾飘来散去，朦胧中隐约能看见远远的伏虎林西侧山壁上的玄色巨石，在一片郁郁葱葱的密林中分外显眼。

“我记得那块石头，”莫研想起，“我们来时我就曾看见，应该不远了，大概再行半日便能到达大营。”

赵渝轻舒口气：总算快到了，虽然是辽国大营，但不管怎么说，大营内起码有大宋的侍女侍卫，能见到他们，对于此时的她来说也是份安慰。还有一点是她不禁要去想的，那人是不是早已回到了大营。

莫研饮下一大口水，随意抹了抹嘴，便预备到外面继续驾车，却被展昭唤住。他递过件外袍，柔声道：“清晨雾气潮湿，你先拢在身上，待日头出来再脱也不迟。”

“好。”莫研接过穿上，朝他一笑，才掀帘出去。

赵渝将这一幕收在眼底，忽又想起自己在京城时见他俩的情形，当时她就觉展昭对莫研十分亲密，此时他俩果真成婚，她想来不由有几分怅然。她自己经历了这许多，生生死死也过来了，深知身份权贵的脆弱和两情相守的可贵。

“展护卫，”她轻声道，“若是早知你与小七如此情深，我就不该硬要你随我来辽国。”

“公主……”展昭不知她怎的突然说起这话，一时也不知该如何回答。

“我回去后会修书与父皇，让你仍回开封府供职。待你伤好了之后，就带着小七一起回去吧。”赵渝淡淡笑道。

“公主何出此言，”展昭忙道，“展昭护卫公主终身，绝无后悔之意。”

“我知道，我也是为小七考虑。”赵渝微微一笑，“你们现在成了亲，将来还会有娃娃，难道你让孩子也在辽国长大吗？”

展昭一怔：“是不是内子说了什么？”

赵渝摇头道：“小七怎么会说这些，我瞧她只要能和你在一起就欢喜得很，她那里还会在乎其他的。”

展昭垂目涩然苦笑，只听见赵渝幽幽地叹了口气，两人都未再说话了。

行至日头渐烈，草尖上的露珠也消失无踪，莫研坐在车辕上，望着远处山顶的玄色巨石愈来愈近，心情也愈加轻松起来。她心中想，大哥中毒，身体定然损伤甚巨，要多给他补补身子才是。耶律宗真此行定然带了不少珍稀药材，待回了大营，想法子或偷或骗，弄一些出来才好。

晨雾散尽，一行辽人骑着马正迎着他们过来，莫研定睛望去，瞧见为首的辽人正是之前受了伤的萧信。

原来，萧信被送回大营诊治，因他伤在脑部，辽国太医瞧了半天，不出个所以然来。他自己倒是生龙活虎地吃吃喝喝，除了对近两年的事记得不太明白外，并看不出有任何异常。太医仅能猜测，他脑袋被虎爪重击后，脑内可能存有瘀血，故而暂时失忆，假以时日瘀血化尽，他自然而然便能记起。

萧观音见哥哥并无大碍，便留他在营中休息，再三叮嘱他不可再上山去，她自己却带了些侍卫沿着原地去寻耶律洪基。只是这萧信岂是闲待得住的人，虽不上山去，便自行带了一行人，在四周溜达着，追追野兔他也开心。

“你们是何人？”

眼见莫研他们马车驶过来，萧信立马拦在车前，斜睇她问道。他虽然不认得这些人，但这些日子大营无人，他闲得发慌，见他们似乎是往大营而去，看上去又不是贵族，干脆先拦下来为难为难再说。

为免引人侧目，莫研他们一行人此时所穿衣衫都是在小镇上所买的寻常辽人粗布衣袍，莫说萧信此时根本记不得她，便是记得，只怕乍看之下也认不出来。而萧信所带的这些侍卫都是刚从亲王府中调来，皆与莫研等人素未谋面。

“琪亲王！”莫研跳下马车，“我们是护送公主回来的。”

见这个其貌不扬的契丹平民丫头居然认得自己，萧信狐疑地侧头看她：“你说……什么公主？”

“大宋公主，公主跌下山，受了重伤，就在车里头躺着。”

“大宋公主……”萧信听萧观音抱怨了不止一次，他遇虎袭时，赵渝在山中失踪。他想想不对，若是公主受伤也应该从山中出来，而眼前这人衣着崭新，显然不像是从山中而来。

“把车帘掀开给我瞧瞧。”萧信疑心大起。

莫研无法，只得掀开车帘一角，让他看到里面的展昭和赵渝。赵渝卧在软褥上无法起身，见萧信探头进来张望，恼他无礼，故而装作闭目休息。

“那男的是谁？”萧信好奇道。

展昭闻言，暗叹口气，忍住胸前伤口的疼痛掀帘下马车来，莫研欲要上前扶住他，却被他以目光制止。

“展昭参见琪亲王。”他从容施礼。

萧信一怔：“展昭？展昭又是谁？”他侧头问身侧侍卫，侍卫忙上前附耳禀报，他渐渐眯起双眼，目光不善地盯住展昭。

“你说你是展昭？可是，你可知道，真正的展昭此时应该在铁骑营。”萧信冷笑，“你们究竟是何人，有何企图，还不快老实招来。”

此时展昭与莫研心下皆是奇怪之极，他二人都曾与萧信见过面，就算萧信不记得他们，也该认得车内的赵渝，可萧信完全是一副与他们素不相识的模样。他们自然都想不到萧信会有失忆一事，还以为这当中又发生了什么蹊跷之事。

虽然心中疑虑重重，展昭还是有礼道："展某已从铁骑营回来，现护卫公主回大营。"

萧信冷哼一声："你说什么我就信什么，你当我是傻子吗？"

车内的赵渝听到此处，忍不住低声唤了莫研进去，命她将自己扶起，再将车帘掀开。

"琪亲王，展护卫确已从铁骑营归来，与我们在途中相遇。"赵渝看着萧信，缓缓道。

萧信狐疑地眯起眼睛："你……当真是大宋公主？有何证据？"

赵渝愣住，一时语塞，以为萧信是故意为之，半晌咬牙道："你的意思是，我试图假冒公主？"

萧信捋着缰绳，往近处走了几步。赵渝一脸病容，身上穿得又是寻常百姓衣袍，纵然是个美人，此时望去也只让人觉得憔悴不堪，全无半分公主风姿。萧信皱眉，遂道："我如何能仅听你片面之词，你须得拿出证据来才行。"

莫研在旁不禁好奇道："琪亲王，你当真不认得公主了？我们前几日还一起在山中狩猎，怎么转眼你就好像不认得我们了？"

若要说出自己失忆之事，萧信觉得太丢脸，也不许手下侍卫插口，硬是仰头道："谁说我不认得了，只是公主是在山中失踪，而你们却是自大路而来，谁知道会不会是有人趁机乔装易容，企图扮成大宋公主，混入大营之中。"

赵渝以为他存心刁难自己，怒气渐升，唤莫研道："小七，把我那对同心玉佩给他看，那是宋朝皇家之物，断然假冒不得。"

莫研依言自包袱中取出玉佩，递与萧信，萧信拿在手中，他平日只专心于骑马射猎，这玉佩究竟是不是皇家之物他也不懂，把玩片刻，仍旧还了回去。

"营内还有随我们自大宋而来的侍女侍卫数人，待他们与我们相见，自然可辨真伪。"展昭温和朝萧信道，他看着莫研愤愤将玉佩放回包袱，轻按了下她的手，示意她莫要动气。

萧信略略迟疑，饶他也想不出其他法子，只得点点头："我跟着你们去，莫要想耍花招。"

莫研闻言，翻了个白眼，仍扶赵渝躺好。展昭却不入车内，他不欲让这些人看出自己受伤，随莫研坐在车辕上。莫研留神看了下他扶在车上的手，指节微微泛白，知他定是因车辕颠簸而导致胸前伤口疼痛，心中疼惜，却又无法，唯能将马车行得慢之又慢。

萧信等人便紧随在马车后，见马车行得如此之慢，不禁心中生疑。旁边一侍卫附耳来言："听闻展昭在宋朝又被誉为南侠，武艺超群，依属下愚见，您……不妨试他一试。"

闻言，萧信心中一动，他本身好玩好武，加上素日性情便是见树还要踢三脚，无风也起三层浪，这侍卫所言正中他下怀，也想不了太多，他立时低低吩咐："你们分两边抄上去，试试他功夫，那个小丫头似乎也懂些拳脚，车里头的人可千万别动，万一真的是什么公主就不好了。"

"是。"

领了萧信的命，低下的辽人侍卫莫不摩拳擦掌，他们久闻展昭之名，只道是中原人夸大其词，甚想杀杀其威风，一直苦无机会，今日倒真是天赐良机。

听见后面马蹄声猛地急促起来，展昭心中一紧，已有不好的预感，正欲与莫研说话，便听见莫研一手紧紧拽住他的胳膊，口中急急道：

"大哥，待会不管何事，你千万不可运气。"

展昭还未来得及回答，马车左右两侧越上前来的辽人侍卫突地同时发难，拔出腰间佩刀朝他二人砍来。银光一闪，莫研不知何时已抽出腰间，替他挡开一刀，顺势俯身躲过砍向自己的那刀。

"好不要脸！"待辽人一缓，莫研口中怒骂道，手中不停，挥鞭策马，马车腾地窜了出去。

趁着辽人拍马追赶之际，莫研快手快脚地推展昭入马车内去："大哥，你且进去，我自有法子对付他们！"

"小七！当心！"展昭虽不放心，但知道自己此时在外，反而碍手碍脚，引她分心，遂入马车之中，但手紧紧撩着车帘，若莫研遇险，好随时跃出。

马车自是比马匹累赘得多，不过片刻，那些辽人便已追了上来，两边各有五六人，挥着明晃晃的刀就攻过来。莫研暗自咬牙切齿，这些辽人虽然功夫不算是上乘，若是以一敌一，倒也无人是她对手，只是眼下她需得一手驾车，一手持剑，要迎战两边辽人，甚是吃力。

方才对展昭说她自有法子，不过是句大话罢了，眼下这情形当真是难对付得很。莫研脑筋急速转动，猛然想到怀中一物，心中大喜，立时收剑，将那物掏摸出来。

嗖、嗖、嗖……数十支绣花针自她手中扬出，纷纷打在辽人身上。

“针上有毒！”她勒马朗声道。这使针作为暗器的手法，她不甚懂，扬出去的绣花针虽多，劲道却小，更别提打穴位了。大多数针都是碰到人身上便掉落在地，刺破点皮，蚊子咬般的疼痛，若不说有毒，断断是唬不住人的。

听见个“毒”字，那些辽人果然被吓住，原不过是想试试展昭功夫，赔上一条命可不划算，已有人停马，拔下尚钉在衣衫的绣花针细看。

莫研见他们神色，忙接着道：“这毒无色无味，中后人也不会觉得疼痛。只不过三日之后便会浑身起红疹，再三日后出脓水，再再三日后全身溃烂，直至人断气为止。所以这毒便叫桃花三日。”

信口胡诌本是莫研的拿手好戏，毒性毒名她张口就来，连想都用不着想。那些辽人见她说得极顺口，自然不疑有他，当下便信以为真，忙各自下马来，朝莫研抱拳急急道：“姑娘千万手下留情，把解药给我们，此事根本是一场误会。”

“你们偷袭我们，刀刀砍来，还敢说是误会！”莫研怒道。

后面的萧信也赶上前来，侍卫忙告之他此事，他方知自己是搬了石头砸自己的脚。

此时他们已距离大营不远，营内有侍卫看见这里的骚动，部分侍卫赶了过来。莫研一眼瞥见其中一人正是随他们从大宋而来的侍卫，忙高声唤道：“公主受了伤，快去唤人来！”

那人也认出了莫研，又瞥见车内的展昭和赵渝，再无迟疑，连忙回身去叫人来。不一会儿工夫，被赵渝留在营中的侍女侍卫便都赶来了。

“琪亲王，这些人都是原本在营中的，你且问问他们，究竟认不认得我们是谁。”莫研仍以为萧信存心为难他们，不依不饶道。

被这么个小丫头质问，萧信原想端出亲王的架势来压压她，但手下数名侍卫都身中剧毒，由不得他不理，只好道：“我也是谨慎起见，听说展昭功夫了得，想试试他以辨真假，并无伤人之意。”

见他毫无悔意，莫研怒目而视，好在大哥并未出手，否则毒入心脉，回天乏术，到时难道他还能以命相抵不成。

“小七，想来确实是场误会，我们也莫再追究，先送公主回营休息要紧。”展昭知她心中愤愤，从车内探出头来低低道。

莫研回首看见他脸色煞白，额上汗珠滚滚而下，心中一紧，知道定是方才马车疾驰触动了他的伤口，顿时顾不上其他，急步回身，便欲送他回营内去。

“姑娘，我等的解药……”

莫研眼睛只望着展昭，头都懒得回：“急什么，待回了大营，我自会调制给你们。”

听她如此说，那些辽人侍卫都暗自松了口气，既然有解药，早些晚些他们也能忍了，横竖莫研就在大营里跑不了。

在侍女请来了辽国太医为赵渝诊治时，莫研正在另一顶牙帐内替展昭小心翼翼地重新包扎伤口。

方才已经有人告之了他们萧信失忆之事，两人听后，又是好气又是好笑，原本对萧信的疑心也顿时烟消云散了。

“我说他被老虎拍了一爪子怎的一点事都没有，原来是失忆了。”莫研细心扎好布条，替展昭披起衣袍来，笑道，“要是被拍成个傻子，我们可就拿他没法子。”

展昭半靠着软垫上，挽了她的一只手，微笑问道：“对了，你怎的带了那么多针？”

“你身上的毒不就是被毒针打的吗，我看好像很厉害的样子，在镇上买东西时就顺便买了几包绣花针，想闲的时候也练练，可一直也不得空。”她嘻嘻一笑，“没想到第一次使，就有这么大用处。”

“倒真是凑巧了。”

“可不是吗，若当真让他们得逞，逼得你动手，岂非糟糕之极。”莫研想起仍然心有余悸，长长地舒了口气，“总算是有惊无险。”

展昭轻轻掠过她的发丝，笑道：“对了，你信口胡诌的毒，打算怎么给他们调制解药？莫要再捉弄他们就是了。”

莫研原就存了心要好好捉弄下那些人，现听展昭如此说，只好笑道：“那我随便给他们喝点姜汤水，你看可好？”

展昭笑着点点头："这法子好得很。"

两人说说笑笑，刚经历过一番惊险，此时回到大营，身心皆放松了许多。莫研驾车一夜未眠，不知不觉间倦乏涌上，连连打了几个哈欠，索性缩上软榻，挨着展昭浅浅睡去。展昭本就虚弱，遂取过身畔薄毯替她盖上，自己也躺下合目休息。

小睡了一个多时辰，莫研隐隐听见帐外有人说话，睁眼侧耳听去，不由皱紧眉头：原来又是萧信手下的那些侍卫，大概是等不及了，前来讨要解药，所以宋人侍卫前来通报。

展昭不知何时已醒来，低低笑道："看来，他们被你吓得不轻。你还是快些将他们打发了吧，他们这么一闹，倒让别人觉得是你在故意为难他们，于日后不好。"

确实被他们弄得不耐烦，莫研只得起来，回身时看见展昭也随之坐起，且拿了外袍披上身，好奇道："大哥，你也出去吗？"

"我得去公主帐中走一遭，不然恐怕别人疑心我受了伤。"

莫研挠挠耳根："让辽人知道你受伤，有什么关系吗？"

展昭笑而不答，只道："他们还是不知道的好。"

莫研轻叹口气，没再问下去，知他抬手时会拉扯到伤口，便取出怀中的小梳子替他将头发梳理整理，用发带悉心束好。

"伤口还会疼吗？"她复收好梳子，关切地问道。

展昭微笑着摇摇头，手指轻轻朝帐外的方向点了点。莫研无法，心不甘情不愿地掀帐走出去，展昭随在她身后出帐。

为了方便展昭养伤，他们故意挑了一处最偏僻的牙帐，因地形的关系，与其他牙帐距离较远，掩在树林之中。此时已是午后，烈日当头，云朵在天空中缓缓地挪动，林风时有时无，四周的蝉叫得闹哄哄的。莫研一出帐就皱了皱眉，隐隐能听见那些辽人侍卫就在不远处喧闹，不由得越发心绪烦躁起来。

她朝前走了几步，不放心，又返身去看展昭。后者步伐略慢，朝她微微一笑。

骤然间，一声细小如弦丝般的兵刃出鞘之音传入她耳中，莫研尚未来得及反应，便看见一人影自旁边树丛扑出，刀锋闪出的寒光微微炫目，直取展昭而去。

“大哥，小心！”

她惊呼出声的瞬间，展昭已侧身退开一步，险险避过那一刀。他不能运气，身法自是大打折扣，这一退虽然避开，却甚是侥幸。

那人第二刀紧随而上，却不料自旁有把银剑刺出，蛇般绕上刀身，一时竟摔脱不掉。

“你是何人？又是萧信让你来的不成？”莫研喝道，看此人一身辽国侍卫打扮，黑巾蒙面，自然而然就又怀疑到萧信身上去。

那人冷冷一哼，莫研只觉一股劲道自剑身上传来，排山倒海般，虎口被震得发麻，竟连剑也握不住，脱手而出。她顿时心中大骇，此人功夫远在她之上，绝不是之前那些不入流的侍卫可比。

“小七！”展昭见她剑被震飞，恐她受伤，便欲急切地抢上前来。

“大哥，快走！”

莫研虽手中无剑，也明知自己不是那人对手，但为了护住展昭周全，也顾不得许多。拳脚呼呼，抢上前直取那人要穴，她连着几招都是攻势，只求拖住此人，门户却是破绽甚多，顾不及护住。

那人的目标是展昭，见莫研碍事，心中甚急，刀势越发凌厉，杀招接连而至。莫研功夫本就远远不及他，被逼得手忙脚乱，狼狈避让。刀光阴寒，由刺转劈，莫研右臂眼看就要被砍下，突有一人从旁伸手，以指扣刀，刀身巨震，几乎飞了出去。

同时莫研被人拉开，她脚步踉跄，双目盯住拉开她的人，紧紧地，几乎要滴出血来。

因为拉开她的人正是展昭。

那人本以为展昭受伤定然功力大损，本想要他性命，岂料在几招之后便发觉自己仍旧不是展昭对手，不欲恋战，却因展昭逼得甚紧而脱不开身。展昭素来宽厚，此时却不知为何，招招取他要害，显然是欲将其毙于掌下。

那人见一时占不了上风，又恐附近侍卫赶来，更加走不脱，心下焦急，余光瞥见莫研呆呆愣愣地立在树旁恍若神游太虚，立时心生一计，也不躲展昭的攻势，重重一掌朝莫研拍去。

展昭果然中计，折身来救，他趁机脱出困境，飞身跃入近旁树丛，几个腾挪之后便消失无踪。

眼见那人身影遁去，展昭却再无力追赶，方才的一番打斗引得胸前伤口迸裂，丝丝血迹渗出衣袍。他斜靠在帐上，微微喘息着，眼睛只瞧着莫研。

附近侍卫此时方赶来，见除了展昭莫研，此处并无他人，好奇道："方才好像看见有人在此打斗？"

"是我在和内子切磋武艺，惊扰各位，甚是抱歉。"展昭勉强淡淡笑道。

"哦，是这样。"

那些侍卫笑了笑，原还想打趣一番，但见莫研失魂落魄的样子，终是没说出口，随意客套了几句便走了。

侍卫的脚步声消失后，除了蝉声，四周静得出奇。

风从林梢轻掠而过。

云缓缓地撕裂再聚拢。

他二人相隔不到一丈，却如相隔千山万水一般痴痴相望，仿佛尘世的喧嚣都已离他们而去。

莫研眼中无泪，透着比伤心更甚的悲恸。

她试着张了张口，却发不出声音来，只觉胸中气血翻滚，这些日子来的愁苦欢喜齐齐涌上，"哇"地呕出一口血来，身子摇摇欲坠。

"小七，你……"展昭见状，抢上前扶住她，不舍地用衣袖擦拭她唇边血迹，却不知道该说什么来安慰她。

莫研的头深埋在他怀中，身子颤抖不停，展昭紧紧搂住她，想到二人成亲不过短短几日，自己却伤她至深，黯然神伤，竟不由自主地滴下泪来。

之前来催解药的侍卫又过来，见二人模样不解，轻咳了两声才问道："琪亲王的属下又来催问，莫姑娘何时能将解药调制给他们？"

莫研本来在展昭怀中一动不动，听到琪亲王三字却骤然抬头，目中杀气凌厉，知她如展昭，随即低低在她耳边道："不是他，不会是他。"

她迅速转头，紧紧盯住他："那会是谁？"

展昭静默了一瞬，摇摇头："我也不知道。"

"大哥！你一定知道！"莫研恨展昭竟然到了此时此刻都要瞒着自己。

"不，我不知道。"

在那人出手时，展昭便已认出他所使得是中原功夫，心中已猜出此人极有可能是蒙面女子在辽国内的细作，故而他招招取要穴，就是希望能杀了这个人，不至于让他再给海东青添麻烦。

此事却不能告诉莫研，他不能让她为了替自己复仇而卷入。

这日夜间，赵渝本已睡下，确又听说展昭在帐外求见，不得不又起身，命侍女传他进来。

“展昭冒昧，还请公主恕罪。”展昭近前施礼道。

赵渝知他素来持重，此时求见必有要事，微微笑道：“你又何必多礼，究竟有何事，但说无妨。”

展昭却不语，抬眼看了看左右侍女。赵渝明白他的意思，遂挥手让侍女都出去，且无她召唤不得入内。

见她们退下，展昭这才从怀中取出一封书信，呈与赵渝，沉声低低道：“此信请公主代交副使大人。”

赵渝一怔：“这信是……”

展昭退开一步，单膝跪下，拱手肃容道：“今夜之后，展昭不能再护卫公主左右，望公主恕罪。”

赵渝被他唬得一惊，欲伸手拉他起来，无奈身上有伤，动弹不得，只得急道：“究竟出了何事，你倒是说清楚，你是不是要走？小七呢？”

事到如今，对赵渝已是无法再瞒，展昭便原原本本将事情原委告之与她。“……那细作尚在营中，海东青须得防他。我已将那人身形特点武功路数写在心中，公主交与他便可。”

听罢他的话，赵渝尚在震惊中不能恢复，这些日子与耶律菩萨奴相处的点点滴滴浮现在脑中，她知道他虽外表冷漠，但实则对她甚是照顾，可怎么也想不到他竟然是大宋潜伏在辽国的间人。

“他、他……是宋人？”她迟疑问道。

展昭点头：“海东青这些年忍辱负重，非常人所能为，公主虽已清楚他的身份，但言语行为间万不可露出痕迹，否则……”

“我明白。”赵渝打断他的话，她当然明白自己些许疏忽而可能带给海东青的危险有多大。对她而言，作为她的救命恩人，他的安危自然是件极要紧的头等大事。

展昭微微一笑，他看得出赵渝已不再是那个会偷溜出宫玩耍的公主了。

“那你呢？”

“展昭今夜就要走了。”

“这又是为什么？难道包大人有令让你回去？”

“展昭身中剧毒，今日与那细作交手，毒入心脉，已是垂死之人。”展昭平静道，“展昭只有一个请求：请公主放小七回大宋，她一个人留在这里，我实在放心不下。”失去他，小七定然伤心欲绝，若她回了大宋，那里繁华热闹，又有她的师兄师姐，怎么说都对她好些。

“你……难道没有法子解毒吗？”乍然听闻展昭如此说，赵渝震惊莫名。

展昭淡淡一笑，摇摇头：“毒入心脉，无法可救。”

“怎么会这样……小七怎么办？她怎么办才好？”赵渝眼眶立湿，连声问道。

展昭垂目不语，半晌方才抬头艰涩笑道：“小七最怕见到尸首，我不想吓着她，所以我会离开这里，远远的，到她找不到的地方去。”

赵渝静默良久，抹去泪水，哽咽道：“你放心，我一定回让小七回大宋去。”

“多谢公主。”

展昭再施一礼，起身道：“那么展昭就此别过。”

赵渝深闭下眼，重重地点下头去，只听见帐帘轻微地掀动一下，再抬头时，他早已不见了。帐中烛火无风而摇，各种摆设巨大的影子在帐壁上晃动着，赵渝的目光长久地盯在帐帘上，良久良久。

骤然间，她猛地扬声唤道：“来人！快来人！”

侍女匆匆忙忙进来：“公主有何吩咐？”

“快去把莫姑娘叫来！”赵渝急道。

出了大营，展昭骑了一阵子马，终是体力不支撑，不得已下马来步行。此时的他也不知道自己究竟该往何处而去，只是信步而行，走到哪里躺了下来便算到哪里罢了。

苍穹间，星光闪耀，那般明亮，让人的心会骤然地软下来。

他忍不住会想起些旧事，想起家乡夏夜里的萤火虫，想起哥哥的软语责备，想起包大人书房的烛火。

风从身侧掠过，他踉跄了一下，紧攥住缰绳才没有摔倒，胸口的伤口一阵一阵的疼痛涌上来，他没去管它，接着往前走去。

他咬着牙不让自己回头去，因为似乎总有一双眼睛，一双灿若晨星的眼睛在背后望着他。

那个人，那是他在这世间唯一的牵挂。

也是唯一的歉疚。

不知道是由于风愈来愈大，还是夜愈来愈凉，他的身体开始无法自持地发起抖来，似乎连血液都开始变冷。他仍旧坚持在往前走，腿却已经站不稳了，斜斜地软下去，他几乎要整个人扑倒在草地上。

急促的马蹄声自他身后传来，转瞬即到了身侧，马未停稳，便有人翻身下马，一把扶起他，声音微微颤抖着：

“大哥，大哥……”

展昭视线已有些模糊，看不清她的模样，心中又喜又愁：“你又追来做什么？也不让人陪着你，待会吓着了怎么办？”

听他如此说，莫研带着隐忍的哭腔恼道：“除了你，我才不要别人陪着。你就是死了，我也陪着你一起死。”

“又胡说了。”展昭勉力站直，艰涩笑了笑，打趣道，“你当我是这蛮荒之地的人吗，死了还要找人陪葬。”

莫研紧紧抱着他不撒手，脸埋在他怀中，瓮瓮道：“总之你去哪里，我就去哪里，一步不离。”

展昭摸了摸她的头发，长叹口气，半晌才问道：“我不是点了你的睡穴吗，你怎么会追来？”

“是公主，公主找人解了我的穴道，告诉我你居然撇下我一个人走了。”莫研气呼呼地抬头看他，突又想起一事，忙松了手，自怀中掏摸出一个小瓷盒，“公主说这是她父皇在来时给她的九转清心丸，说是珍奇得很，能治好多病，说不定也能解毒。大哥，你服下试试。”

毒入心脉，任凭再服下任何药物，也如隔靴搔痒，展昭心里自是知道这个道理，可是怕伤莫研的心，并不说什么，顺从地服下。

莫研的心里也没底，干脆把所有药丸都倒了出来，兜在展昭手中：“大哥，一气全吃了吧，说不定效果会更好。”

展昭微微一笑，依言全部服下。

把小瓷盒往旁边随手一丢，莫研怔怔地瞧着展昭，不知道接下来自己还能做什么。

“走吧。”展昭朝她柔声道。

“去哪里？”

展昭想了想：“向西走吧，西边有大漠，听人说大漠落日极美，我也想去瞧瞧。”

“好，我们就向西去。”

莫研点头，将展昭扶上马背，她在前牵着缰绳缓缓而行。

“大哥，以后你都不许点我的睡穴。”

“好。”

莫研侧头望了望他，又接着回过头来烤兔子。他二人就在这荒野之中慢吞吞地向西而行，并不拘什么，累了就坐下来歇歇，饿了便抓只野兔或是逮了野鸟来吃。

夜风微凉，展昭倦倦地半靠在石上，看着漫天星光，闻着烤肉的香味，低低笑道：“小时候，我和哥哥偷了别人田里的地瓜，烤了吃，现在想起来，那味道真是香得很。”

莫研回眸一笑，伸手来刮他的脸：“原来南侠也会偷东西，而且还是偷吃的东西，没羞，没羞！”

展昭握了她的手，直起身子来，微笑道：“那你小时候偷过什么？”一问出口即后悔，生怕引她想起不快之事，又改口问道，“对了，你师父究竟是何人？我瞧你二哥哥的功夫很好，那你师父的功夫肯定更了不得。”

莫研摇头道：“师父平常懒得很，从来不练功。他除了陪师娘，就是喜欢到处逛，他功夫好不好我也不怎么清楚。”

“原来你还有师娘，怎么从未听你提起过？”

“师娘我也没见过。”莫研将烤好的兔子撕下一条腿来递给给展昭，“我们住的地方，后面有片很安静的树林，我记得小时候里头有一间小竹屋，师父常常去那里煮茶听雨，说师娘就在里面，可不管我们什么时候去都从来没有见过她。”

展昭先是听得有些糊涂，接而一想，问道：“想来，是你师娘早已登仙境。”

“大哥，你怎么知道？真是聪明。”莫研笑道，“我以前一直以为师娘定是武功登峰造极，来无影去无踪，一点痕迹都未留下。有一次我足足在林子里守了三天，就想看一眼师娘的模样。后来二哥哥骂我笨，说师娘在很早很早以前就死了，除非我能看见鬼。”

说到“鬼”字时，她不由自主地缩了一下，展昭瞧在眼中，心中暗叹口气。

莫研接着又道：“原来，师娘曾经在那间竹屋里住过，所以师父舍不得离开，就在旁边又另外修了房子住了下来。后来竹屋禁不住风吹日晒，有些烂了，我们又常常在屋子里嬉闹，师父怕屋子突然倒下来伤了我们，索性就把竹屋拆了。那时，我以为拆了竹屋，师父一定会很伤心，可是他却一点都没有伤心的模样，还笑眯眯地到林中弹琴唱歌，说是在陪师娘。”

展昭听到此处，点头叹道：“因为你师娘就在他心里，竹屋在不在又有什么关系。”

莫研好奇道：“大哥，你怎么会知道我师父所想？我二哥哥也是这么说，还骂我总是被俗物牵绊，愚不可及。”

展昭微微一笑，其实他也不过是将心比心罢了，若是自己，也会将深爱的人深藏在心中，终其一生，亦不会相忘。

“你师娘走了那么久，你师父还时时念着她，她若地下有知，心里必定欢喜。”他平平道，似乎在说一件极平常的事情，“若我走了之后，你若也像你师父这般快快活活的，我也会欢喜得很。”

猛然间听他这么说，莫研仿佛被大锤重重敲了一记，怔了半天未说一语，良久才道：“大哥，难道你不喜欢我陪着你吗？”

展昭微笑道：“你现在不就陪着我吗？咱们若都活得好好的，我自然喜欢你陪着我，可我不要你陪着我死。”

“我不怕死。”莫研直直地望着他。

“我知道。”展昭柔声道，“可是你若死了，这世上便没有人会像你那般想着我，念着我。”

莫研一怔：“还有包大人、公孙先生、王朝、马汉、张龙、赵虎、公主……”

“他们都不是你。”展昭打断她，温言道，“我只想你一个人念着我，就够了。”

莫研怔怔地望着他，呆愣了许久，眼中滚下泪来。展昭用衣袖替她擦去，强忍住苦涩，口中笑道：“乖，不哭。你以前不是说过吗，人总是要死的，就算活不了多久，那也是多一日便欢喜一日。”

“我现下才知道，这种事轮到了自己身上，原来这么难受。”莫研哽咽道，“大哥，你服了公主给的药，不一定会死，对不对？”

展昭又是好笑又是心酸，只能道：“是啊，不一定会死，可也说不准。所以，这些日子咱们才非得快快活活地过。”

莫研眼眶尚红，抿着唇用力点了点头。

已是展昭和莫研走后的第三日了，赵渝没有他们的丝毫消息，也不知道耶律菩萨奴在何处。她因伤未愈，不能出帐，又恐引人怀疑，也不敢派人去打听耶律菩萨奴是否已回到大营。

这日夜间，赵渝心中甚是烦闷，将侍女都赶了出去，独自持卷而读，眼睛却只盯着烛泪点点滴滴，心思早已不知在何处。

一声极轻微的撕裂布帛之声自身侧不远传来，她回过神，转头望去，只见一黑影自牙帐缝隙飞快穿插进来，正待张口呼救，那人已揭下低低兜在头上的斗篷，露出脸来。

“是你！”赵渝极力按捺住心跳，让语气显得平静。

耶律菩萨奴却顾不得与她说话，箭步上前吹熄了蜡烛，帐内顿时陷入一片黑暗之中。

若在往日，此时赵渝定要大声尖叫，将帐外侍卫唤入。可此时她却仍旧安安静静地半靠在榻上，没有丝毫慌乱，使得耶律菩萨奴捂住她嘴的动作显得十分多余。

他讪讪松开手，压低声音道：“情非得已，还请公主恕罪。”

“不要紧。”

他手掌的余温尚在脸颊上，赵渝脸有些红，庆幸在暗中他看不见。

“展昭怎么不在营中，是不是出什么事了？”他紧接着问道。

赵渝深吸口气，将事情原原本本告之他，并摸黑自枕下取出展昭的信递给他。

“这个家伙！怎么不等我回来。”耶律菩萨奴听罢，忍不住低低咒骂道。他明白，展昭离开大营，亦是为了怕连累自己。

“展护卫走了已有三日，我不知……”她咬咬嘴唇，“我不知道他此时是否还尚在人间。”

“我得马上去找他，再迟，恐怕就来不及了。”他草草施了一礼，“这些日子，我碍于身份，对公主多有得罪，还请公主多多包涵。”

“我明白，你……你自己也要小心。”赵渝低声道，语气甚是轻柔。

耶律菩萨奴点了点头，迟疑一瞬又问道：“公主，你的伤可好些了？”

“已经好多了，你不用担心。”赵渝在黑暗中轻咬着嘴唇，“倒是你，要当心展昭所说的那个细作。”

“嗯。”

帐内安静地仅能听见二人的呼吸声，他在原地立了片刻，终是不知道该说什么，返身自缝隙中飞快离去了。

帐内，赵渝也不点灯，维持着同一个姿势，静静地靠着。

这是位于大漠边缘一间极荒凉的客栈，不算上来往在此歇脚的商旅和刀客，整个客栈只有掌柜兼伙计兼大厨的雷子，加上他年岁已大双目失明的母亲。

展昭和莫研自来到这家客栈，已住了两日，每日里打扫整理房间，做饭做菜都是莫研自己在做。最近这段日子，客栈生意冷清，没有别的客人，雷子也乐得清闲。

午后，莫研煮了茶，又蒸了甜糕，端来与展昭一同坐在窗下。

也许是因为日光有些炫目，展昭微眯起眼睛看窗外，莫研循着他的目光望去：窗外是雷子和他娘两人在井边剥豆角。雷子年纪不过二十出头，生得又黑又壮，打着赤膊，剥着小小豆角，看上去倒有几分滑稽。

“雷子，”莫研喊出去，“厨房里有我做的一些甜糕，还热乎着呢，你端些给你娘尝尝。”

“成，我待会就去。”雷子转头，咧开一口大白牙朝她二人笑了笑。

雷子他娘也笑道：“展夫人，你的手可真巧，什么都会做。昨儿你烧的牛肉羹汤，又香又烂乎，连我这老婆子都喝了一碗。”

莫研笑了笑，并不接话，昨日的牛肉羹汤做得多了些，便将多出来送于他娘俩吃，倒不是特地为他们做的。她转头看向展昭，光影映衬下，他的肤色苍白得似乎有些透明，眉宇间淡如远山，沉静似水。

这些天来他消瘦不少，虽然她做的饭菜他都尽力想多吃些，但却看得出其实他是无甚胃口的。她一直提心吊胆地怕毒性发作，但几日来除了气力不足，展昭一直未显出其他迹象。

莫研咬咬嘴唇，朝展昭问道："大哥，今日可有觉得哪里不舒服？"

"没有。"展昭收回视线，垂目微微一笑。

"真的，你莫瞒我。"

"真的。"

莫研松了口气，突又喜道："肯定是那些九转清心丸起了效验，说不定那些药真有解毒的奇效，能把你身上的毒都解了。"

展昭微笑道："莫忘了，你答应过我，不管能不能解毒，咱们都得快快活活地过。"

"是啊，我……"莫研忙朝他一笑，"大哥，今儿夜里咱们到大漠里去溜达一会再回来，好不好？我听雷子说，在大漠中看星辰，满天满地得落下来，像是伸手就能抓一大把。"

"好啊，那一定得去瞧瞧。"展昭温和笑道。

莫研替他将茶斟满，伸手放到他桌前，突又发觉里头不知何时掉了只小飞虫，忙复拿回来，欲将茶水倒掉。这边，展昭听见茶杯碰到桌子的声音，已伸手去拿茶杯，一拿之下发觉拿了个空，心中一紧，忙急急缩回手来，生怕被莫研发觉。

终是迟了些，莫研已然尽将这幕收在眼底，又是吃惊又是悲伤。

"什么时候开始的？"她问。

展昭暗叹口气，只得如实道："昨日早间起床，便觉得不太对劲。"他朝她的方向笑了笑，安慰她道，"不要紧，日头大的时候，还能模模糊糊看见些影子，也挺有趣的，像在看皮影戏一样。"

莫研一丝一毫也笑不出来："还有别的地方吗？"

"就是手指头和腿都有些发麻，别的就没了，真的。"展昭故作轻松道。

眼盲、四肢发麻，这些都表明毒入心脉，这些经络已经开始慢慢被毒性侵蚀，莫研仅存的一线希望破灭，呆若木鸡地坐在他对面，不经意间已是泪流满面。

展昭听不见她说话，亦不再掩饰，起身摸索着走到她身畔，蹲下身子，手抚上她的脸庞，湿意冰凉。

他轻叹口气，用自己的脸贴上那片冰凉，亲了亲她："乖，就算我不能陪着你看星星，也不用哭啊。"他故意取笑她，心中却衷心道：终有一日，会有个人陪在你身边，他会尝你做的菜，会陪着你看星星，却不会让你流泪。

这日到了近黄昏时，来住店的人陡然间多了起来，雷子里里外外地跑，忙得脚不沾地。展昭与莫研便回了房中，不喜让人打扰，故而也一直没出来。

直到上灯时分，雷子送热水来房中，展昭才奇怪问道："今儿怎么有那么多人投店，可是出了什么事？"

"没事、没事。"雷子忙道，"只是看天象，今夜里要起大风，这些人走不了，所以只好全都住下来，等明日沙暴过去再出发。"

"沙暴？"莫研好奇道。

"是啊，大漠里要是起大风，就有沙暴，铺天盖地的，可了不得。人和牲畜若是在外头，就得被活埋了。"

莫研骇了一跳，惊道："活埋？这么厉害。"

展昭点头笑道："我以前也听人说过，是挺厉害的。"

雷子放下热水，又匆匆出去给别的客人送水。莫研忙碌着替展昭擦身换药，展昭也笑着由她，过了半晌，他突然道："小七，我想喝点酒，你可愿陪我？"

"酒？"莫研愣了愣，立时反对，"你身上有伤，不能喝酒。"

"少喝一点不妨事。"

"不行不行，等你好了再……"莫研说到此处，突然语塞。

展昭装着不在意，笑道："我可等不了那么久。你去找雷子拿俩坛子酒来，再弄些你爱吃的菜，不知真的，想到有酒，我的胃口突然有些好起来了。"

莫研只得道："那好，你等会，我很快就回来。"

不一会工夫，莫研果然弄了酒菜上来，展昭兴致勃勃地拉着她在桌边坐下，请她给两人都斟上酒，笑道："你可还记得，在清韵山庄的时候，你一气连喝三杯的事。”

“记得。”在此刻想起，恍若隔世一般，莫研叹口气，“当初，我以为你只把我当妹妹，自然伤心得很。”

展昭想起她那时的模样，心中暖暖的，将杯中酒一饮而尽，诚恳歉然道：“那时，是我太糊涂了。”

莫研本就心绪烦愁，便也陪着他一饮而尽，又给他夹了菜，再为两人各自斟上酒。两人回忆起以前在京城里的事情，一斟一酌，说说谈谈，不知不觉间已是深夜，菜肴冰凉，酒坛空空。

几日来皆睡不安稳，亦没有好好休息过，莫研本就不盛酒力，加上此间的酒甚烈，她酒意上涌，口齿已有些含糊，只是为了陪展昭而强撑着不让自己睡去。

展昭仍在侃侃而谈，直至良久听不见莫研的声音，才闭口不语，涩然苦笑，起身摸索着将莫研扶至床上休息。

“我答应过你，不再点你的睡穴。”他轻柔地为她盖上薄被，在心中道，“以后，我都不会再骗你了。”

房内烛火被吹熄。

风渐起，一个人影步履蹒跚地独自走向大漠深处。

尾声

“别找了，找不到的。”瞎眼的老太太扶着井栏，双目无神地盯着茫茫黄沙，“在这大漠里，起一阵风，连一炷香的工夫都用不着，人就让沙子埋了。雷子他爹也是进了这片大漠，就再也没回来……”

雷子他娘絮絮叨叨地说着，莫研径自面无表情地往骆驼背上装水囊，进一次大漠，起码要带够三天的水和干粮。这些日子下来，她早已被大漠上的烈日烤得又黑又瘦，只余那双眼睛在消瘦的脸庞，却越发亮得出奇。

距离展昭离开的日子，已是整整三个月了。

这三个月来，已经数不清多少次，她进大漠中寻找他，多少次又都是无功而返，她甚至曾经跟着商队在沙漠中来回折返，却依然一无所获。

蔓延千里的大漠，入眼处千篇一律的黄沙，苍凉寂然，莫研从心底里咬着牙淌着血地恨这片黄沙，恨双手不能将这铺天盖地无穷无尽的沙子都搬走，让她挖出底下的那个人来。

“娘，你别说了。”雷子从灶间走出来，手里的油纸包里裹了十几个面饼，一并塞进骆驼上的褡裢，什么也没对莫研说，沉默着又回去了。

他曾经劝过，也发觉了自己根本就劝不住她。

莫研牵着骆驼往外走，眼前苍苍茫茫，除了无边无际的沙子，再看不见其他。

刚走出七八步，忽然有人从骆驼的另一边用力拽住了缰绳，那骆驼甚是高大，莫研一直也看不见那人样貌，只能看见那人一双靴子和衣袍下摆，是袭中原人打扮。

“大哥，是你吗？你回来了是不是？”莫研身子动也不动，眼睛紧盯着那衣摆，口中喃喃自语。

那衣袍的主人缓缓走了过来，一直走到她的面前，她却迟迟不愿抬眼，只低低笑着，含含糊糊道：“大哥，我知道你一定会回来……”

那人长叹口气：“丫头，你怎么把自己折腾成这样？”

莫研恍若未闻，仍然做梦般在咕哝：“你饿不饿，我煮饭给你吃，你想吃什么？”

“丫头！”那人抓住她肩膀，用力晃了晃她，“我不是展昭，你看清楚了！”

莫研终于停了口，慢吞吞地仰头看上来，脸上一丝表情也没有，过了半晌，扯过骆驼的缰绳绕过他继续往前走。

那人赶上来拦在她面前，怒道：“你要去哪里？”

“我要去找展大哥。”说这句话时，她口齿很清晰。

“展昭已经死了。”

“没有。”

“他死了。”

“没有。”

“他毒入心脉，无药可救。”

“不是……”

“丫头，你醒醒！”宁晋忍无可忍地攥着她往回走，大声道，“走，跟我回去。你不能在这鬼地方再待下去了。”他听说赵渝写给仁宗的信中提及的展昭之事，便马不停蹄地赶到了大辽，见过赵渝之后得知了展昭毒入心脉无药可救而独自一人远走，而莫研只身去追他。他找了大半个月才听人说似乎在此处见过她，匆匆忙忙赶来，终于见到了莫研。

莫研用力挣脱，淡淡道：“我要去找他。”

“他已经死了，你去哪里找？”看到她把自己折磨成这样，宁晋怒不可抑，“难道你想陪着他一起死不成？”

听到这里，莫研一呆，停住脚步，似乎想起什么——“你若死了，这世上便没有人会像你那般想着我，念着我。”她怔怔立在原地，一动不动。

“丫头，跟我回去。”宁晋放低声音，极力柔声道。

回去？回什么地方去？莫研茫茫然地想，那里都没有大哥的身影，自己究竟能回到哪里去？

雷子他娘拄着拐杖咚咚咚地从旁边走过，口中絮叨道："快把她带走吧，她这么日日不歇地找，她男人躺在黄沙底下也不得安生……"

"不得安生"——莫研被这四个字弄得一惊，心头似有千百般情绪涌上来，双膝一软，几乎跪倒在地：大哥，你当真如此不愿见我？我这般找你，你当真会不得安生吗？

见她神情凄凉，摇摇欲坠，宁晋急步上前扶住她。立在一旁的吴子楚本想上前帮忙，犹豫了一下，仍退了回去。

莫研挣脱他，用力拉住缰绳站稳身子，倔强地转过身，朝大漠走去。她虽然在迈腿，可脑子里却是乱七八糟地嗡嗡乱响，像是有几千把小锤子在里面不停地敲打，已听不见任何声音。

她微微仰起头，日光直刺下来，只觉得眼前天旋地转，然后迅速地暗了下来。

她似乎做了一场很长很长的梦。

有时轻飘飘仿佛飘浮在空中，有时浑身冰凉仿佛置身冰天雪地，又有时口干舌燥仿佛在大漠之中暴晒……

"爹爹，救我救我……"

儿时的情景犹如最深最黑的梦，在脑中飞旋。

"大哥，你在哪里？"

她在迷雾中行走，却不管她如何大声喊叫，都无法见到那个人。

睁开眼睛时，她觉得自己果然做了一场梦，眼前的人如此熟悉，似乎她从未去过京城，也从未去过辽国。

"二哥哥。"她轻声唤道。

萧辰自桌前转过身来，朝着她躺的方向走过来，手准确地探上她的额头试了试："烧都退了，你醒了就好。"

似乎是因为听见屋内的声音，有人推门进来，走到莫研旁边，用帕子替她擦了擦额头上的汗，柔柔笑道："你总算是醒了。"

莫研盯着她，迟疑半晌，才道："白小姐，这么说不是梦？"

白盈玉不明白她在说什么，扶起她道："渴了吧，要不要喝口水？"

"不是梦？"莫研仍旧在喃喃自语，"白小姐在这里，大哥呢？大哥……"

“展昭死了，是宁王把你送了回来，你已经病了大半个月，一直昏昏沉沉的。”萧辰淡淡道。

大哥真的死了，是真的。她逐渐恢复了意识。

“我们才成亲没多久。”她半靠在床上，平平静静地叙述给萧辰听，“可他知道自己会死，又知道我害怕尸首，就一个人走得远远的，不让我找到他。”

说到这里，她居然还微微笑了笑，然后轻叹口气：“不管怎么样，我都不会怪他的。可是，二哥哥，你说，他是不是做得不对？”

萧辰喉头哽咽了一下，平静道：“是，他不应该这样对你。”

闻言，莫研呆愣了许久，突然“哇”的一声哭出来，扑在萧辰怀中，哭得稀里哗啦。这还是展昭走后，她第一次哭。

萧辰什么都没再说，像哄小孩一样轻轻拍着她的背。立在旁边的白盈玉看着心中难受，轻掩着口，极力抑制住哭声。

哭了许久许久，莫研才慢慢止住了抽泣。

“在家里好好歇着，过些日子，师父也该回来了。”萧辰淡淡道。

莫研摇摇头：“我要去京城，我还想在开封府里当捕快。”

萧辰沉默半晌，没再说什么。

莫研抬头再看白盈玉，这才发现她梳了妇人发髻，再看她瞧萧辰的目光，顿时了然。

“二嫂嫂，你教我梳发髻好不好？”她朝白盈玉微微笑道。

白盈玉羞涩回道：“好，等你身体好些了，我就教你。”

第三卷 似是故人来

楔子

阴暗的石室中，仅燃着壁上的一盏油灯，微弱的火光明灭不定地摇晃着。室内物件亦是单调到了极致，仅一床一桌一椅尔尔，皆是石制。

石床靠墙而设，铺着简单的被褥，一个人就半靠在上面，面容因为常年不见阳光而显得异常的苍白，他的左腿自膝盖以下已全然不见，衣袍下就这么空荡荡地缺了一方。

偏偏他还在微微笑着，风轻云淡，满不在乎。

石桌旁另坐了个人，面上层层白布蒙眼，似乎是个瞎子。这人的表情与断腿人截然相反，郁郁沉沉，甚是凝重。

“你的眼睛再过几日就能恢复，你不用太着急。”断腿人出言安慰，又笑道，“只是好了之后，你便有得忙了，可过不了我这般清闲日子。”

听了他的话，瞎子摇了摇头：“我死不足惜，大哥何必舍命救我，若不是为了救我，你也不会险送性命，自断一腿才堪堪救回，还弄得武功全失。”

“就算我不救你，这腿早晚也是废，不过是早一日晚一日罢了，有什么要紧的。”断腿人轻轻一笑，语气转沉，“只是那件事还须费些时日，我们还得好好筹划筹划才是。”

“你……现下这般模样，如何在耶律重光身边再待下去？”

“不是还有你吗？反正我这些年都是易容，你我身高体格都差不多，你比我略瘦些而已，这倒不成问题。我再教你发声的技巧就可以了。”

瞎子愣住许久，才道：“大哥的意思是……”

“从今以后，你就是我。我没做完的事情，就得劳烦你了。”

第一章

皇佑六年，寒露，开封。

“莫捕头，我家婆娘这几日就快生了，我想……能不能把我的巡班调成白日里，夜里放她一个人在家，我实在不放心。”

莫研拿着巡班表来回看了几遍，近来她手底下调了好几个专门去查米铺失盗的案子，人手确实有些紧，怕是抽不出人来与他调班。

“行，那你就巡日班吧。”既然无人可用，那么只得她自己来巡夜班了。

“多谢，多谢！”捕快连连作揖，欢喜朝门外而去。

“等一下！”

“还有吩咐？”

“咱们这里人手不够，叫你老婆快点生。”莫研咬牙切齿，交代道。

“是，是。”

虽然不明白有什么办法才能让老婆快点生，他还是连连应了才出门去。

巡捕房内，莫研歪在椅子上，瞅了眼窗外淅淅沥沥的秋雨，长叹口气，伸手取了旁边的茶壶倒水喝。茶水刚碰到嘴唇，冰冷一片，竟是连杯热茶都没得喝，她懊烦放下。

正自在炉子上滚了水，马汉顶头进来，蓑衣上挟着一身的雨珠子。

摘下斗笠挂到墙上，他又脱下蓑衣用力抖了抖。莫研远远地闪到炉子后面去，捅捅炉子，口中问道：“那无头尸首的案子查得怎么样了？”

“别提了，今儿又去了趟城郊，”马汉脱下湿漉漉的靴子，在炉子边一边烘着，一边唉声叹气，“在河边转了一溜够，也没发现什么线索，要是展大哥在的话……”说到此处，他猛然停住口，瞥了眼莫研，见后者正低头揭盏瞅水，神情并无变化，像是根本没留意他所说的话。他才放下心来，又接着道："对了，你大嫂让你待会过去吃饭，莫忘了。"

"我晚上要替人巡街，怕是吃不成了。"

莫研百般无奈道，拎着铜壶给自己和马汉各倒了杯水，复放回炉子上，手捧着杯子缩回椅子上。

"怎么又要夜巡，我记得你已经连着四五天都是夜班了。"马汉好奇道。

"谁说不是呢，"莫研倦倦地打了个哈欠，"现在人手实在不够用，要不你调几个人给我？"

马汉虽然很同情她，不过也无能为力："我们这里也没多的人。"

"那你替我向大嫂说一声。哦，对，"她弯腰从椅子后面拖出两大条熏鱼，递给马汉，"人家送的，你替我给大嫂带去吧。"

马汉下意识地接了过来，拿在手中才意识到不对，左顾右盼想找个地方将鱼藏起来，不安地絮叨道："你居然还收人东西，这要是让包大人知道了，可了不得。"

"放心吧，我给了银子的。"

莫研不耐地挠挠耳根，起身穿了自己的蓑衣，取下斗笠，径自走入雨中。因为是阴雨天，天色暗得比平日还要早些，酉时才刚过，已是黑沉沉地压了下来。她缓缓地走在街市上，好几家店铺已点了灯，隔着雨雾望去，朦朦胧胧，分外明亮。

眼睛有些酸涩，她深闭了几下，耳边仿佛听见有人在喊她：

"小七，小七。"

她回过头去，灯火阑珊处，恍恍惚惚仿佛看见一袭红衣温暖如火，那人眉目沉静如水，温温柔柔的笑意在他唇边。

明明知道是幻觉，她还是眨也不眨地盯着。

"总算见着你了，你们开封府就忙成这样，"拢着斗篷的宁晋顶着雨珠子走过来，一脸不满，"前几日差人找了你几趟，总说不在，最近有那么多贼要抓吗？"

莫研回过神来，手指了指附近，示意他到店铺的廊下说话。

"我穿着这样，你都能认出来。"她摘下几乎遮住大半个脸的斗笠，抖抖上面的水珠，又随意捋了下鬓角有些散乱的发丝。

宁晋傲然撇撇嘴，一脸理所当然的表情。

看他斗篷也都湿了七八分，莫研轻叹口气，道："不知宁王殿下有何吩咐？时辰不早了，我马上还得巡街去。"

才初初碰见她，还未说上两句话她就一副要走的模样，宁晋微恼道："你都是捕头了，怎么还要巡街啊？你手底下的人都干什么去了？"

"没法子，最近人手不够，米铺失盗，那店老板不依不饶的，只好调了几人替他守着。加上有的差役娘亲生病，老婆临产，哦，还有一个说家中田里淹了水得赶回去帮忙。"莫研仰头望着屋檐下滴滴答答的雨，随口道。

"那你就一个人把他们的活全顶下来了？"宁晋摇头，不满地盯着她，"丫头，你是不是被那只猫附了身？"

莫研的目光从雨滴上收了回来，转头看向他，眼中不见悲伤，微微笑了笑，好像他说了句很有趣的话。

见状，宁晋狠狠地别开脸，三年了，她还是这样，每日里在开封府忙忙碌碌，似乎是在替展昭做着他未做完的事情。

"殿下，你找我究竟有何事？"

"我家里头丢东西了。"他于前两年在京城内置了府邸，地方虽不算大，但布置得甚是舒适，也确实方便了许多。

"不知是何物？"

她问这话时，语气神态居然都像极了展昭，宁晋暗自咬牙，不耐地答道："翡翠雪兔纸镇。"

莫研略想了想，好奇道："这东西我记得好像你两个月就说丢了。"

宁晋语塞片刻，飞快道："没错，这纸镇本来是一对，两月前丢了一只，现下又丢了另一只，说不定就是同一个人偷的。"

"这贼还真不嫌麻烦。"莫研低声嘀咕了下，复把斗笠戴上，语气平缓道，"殿下放心，明日我会派人过去。"

"那些个笨手笨脚的家伙我不要，我要你过来。"宁晋干脆直截了当道，顿了顿又道，"你午后再来就是，上午还可以歇歇。"

莫研微摇摇头，淡然道："明日我有要紧事，只怕走不开。"这几年来，她便是再傻，也明白宁晋对她的用心，只是……宁晋固然很好很好，可她偏偏不喜欢，自是一点办法也没有。

“你……好歹你还叫我一声殿下，我不管这么多，你若不来，我就找包黑子去，告你开封捕头渎职。”宁晋气结，开始不讲理起来。

莫研默然片刻，抬头道：“殿下，说起来，我毕竟算是个寡妇。”

“寡妇怎么了？”

“寡妇门前是非多，我不想惹事。您……明白吗？”

闻言，宁晋狠狠地盯住她：“我不明白，我也不明白你小七何时变得开始在意这些？”

莫研苦笑不语。她自然不会在意这些，这不过是她回绝宁晋的借口罢了，她倒希望宁晋能在意名声。

吴子楚在街角处远远地候着，方才宁晋连伞都不肯打，拢了斗篷便匆匆赶上前找莫研，他也只是缄默不语，不敢出言相劝，亦不敢近前去。一来，他怕宁晋说话不便，二来，在此事上，饶是知道宁晋极中意莫研，他也终觉得不妥。

幸而他二人只在廊下站了一会，他便看见莫研向宁晋拱手告辞复踏入雨中。宁晋面带恼意地独自又在廊下站了一会，似乎瞪着她的背景，直至莫研消失在雨雾之中，他才悻悻收回目光，缓步走回来。

吴子楚忙举着伞迎上前去。

“回去后，把我那对翡翠雪兔纸镇藏起来，”有人遮雨，宁晋头都不用抬便知道是他，懒懒吩咐道，“藏妥当些，别让那丫头发现了，她明日午后应该会来。”

“是。”

宁晋顿了顿，又道：“多准备些点心，我看她近来好像又瘦了些。”

“是。”吴子楚暗自叹口气，心道，您自己何尝不是呢。

宁晋正欲上马车，忽见有一骑远远飞驰来，还未到马车前便翻身下马，朝宁晋施礼道：“宁王殿下，圣上有旨，宣您进宫。”

“皇兄找我？”

宁晋微愣了愣，心中不知何事，忙登上马车，吩咐道：“回府更衣。”

次日，莫研本极不愿意去宁王府，可又怕宁晋当真来开封府，到时越发麻烦。她巡了一夜的街，此时倦容满面，打了盆井水激了激，方才提起点精神来，懒得拖到午后，略收拾下便往宁王府而来。

这宁王府的下人似乎才刚刚起，开门时睡眼惺忪的，捕头的制牌在他鼻尖低下晃了几个来回，才如梦初醒地将莫研让进府中。

“宁王殿下还未起，莫捕头您请在这里稍候，待我前去通报。”

莫研微点下头，脱了蓑衣斗笠摆在外头墙根底下，方才在小偏厅中拣了最靠窗的椅子坐下等候。

雨仍在淅淅沥沥地下着，窗外种了一丛芭蕉，雨点落在上面，叮叮咚咚的甚是好听。在这里，周遭除了雨声，安静得出奇，莫研微垂着头，闭上双目。

不知从什么时候开始，她很喜欢静静地听着雨声，似乎只要她专注地去听，就能听见夹杂雨声中的那熟悉的呼吸声。

宁晋昨日被仁宗叫入宫中，深夜才回，心事重重，直到四更天才沉沉睡去。早间传话的内侍在门口轻唤了几声，见里面没声响，亦不敢惊动。莫研虽说是开封府的捕头，可毕竟只是个捕头，自然犯不上因她而特地惊了宁王的梦。

宁晋这一睡便到快正午才起来，慢悠悠梳洗时才听见内侍在旁禀道：

“殿下，开封府的莫捕头一早就来了，说是来查失窃的案子”

“她一早就来了！”宁晋一喜，披上外袍就朝往外走，“人呢？”

“在小偏厅候着呢。”

宁晋一路快步而行，却在将进偏厅时缓下了脚步，同时示意侍从不可出声：大概是因为等得太久，加上整夜巡街，甚是倦乏，莫研已不知不觉地蜷在椅子上睡着了，时不时有雨丝自窗外飘散入内，微微濡湿她肩头处的衣袍。

他朝窗口努努嘴，示意侍从将窗子关上，自己轻手轻脚地在莫研对面坐下，静静地看着她。依稀记得初次相见，是在姑苏的寒山寺中，那夜自己与展昭秉烛下棋，她也是这般蜷在椅子上浅浅而睡。

如果那时，自己对她好一些，不知此时可否会所有不同？宁晋怅怅然想到，不由地长叹口气。

一阵风过，卷起雨点打在窗上，噼里啪啦作响，莫研微微惊了下，睁开双眼，看见了对面的宁晋。

宁晋似笑非笑地盯着她：“梦见什么了吗？”

莫研似乎还未回过神来，呆愣了一会，又环顾下四周，这才想起自己究竟身在何处。

“失礼了，还请殿下包涵。”她起身整整衣衫，发觉肩头冰凉也没去管它，草草向宁晋施礼道。

见她施礼，宁晋只是冷冷一哼，故意不去理她。

莫研也不在意，自行坐下，然后道：“丢失翡翠雪兔镇纸的屋子，可否让我去看一下？”

“来人，带她去书房。”宁晋朝外间招了招手，一位侍从依命进来领莫研去书房。另有侍从进来朝宁晋恭敬问道：“殿下是直接用午膳还是先用早膳？”

莫研闻言，脚步一停，好奇道：“午膳？现在是什么时辰了？”

“午时二刻刚过。”

显然是大大吃了一惊，莫研顿时顾不上讲究什么礼数，瞪着宁晋不满道：“你居然睡到现在？”

“你不也是吗？”宁晋耸肩，开始睁着眼睛说瞎话，“再说，我早就起来了，是想让你多睡一会。”

莫研平静地拆穿他的谎言：“你要是早起来了，怎么会到现在都未用早膳。还有，我肩膀衣服湿了不少，显然这扇窗子是刚刚你进来时才关起来的。”

在一个捕头面前，尤其是像莫研这样的捕头面前说瞎话实在是件很糗的事情。旁边的侍从都有些替宁晋难堪，而宁晋却丝毫不以为忤，微笑着看她：“你怎么知道，我会替你关窗子？”

莫研耸耸肩，理所当然回道：“待客之道，本应如此。”说罢，她便迈步往门外走去。

“喂！你去哪里？”宁晋以为她要走。

“书房。”她头也未回。

宁晋这才放下心来，不由地笑了笑，吩咐侍从道：“准备午膳，动作快些，莫捕头同我一起吃。”

“是。”侍从领命而去。

莫研没用多少时间就把书房上上下下里里外外都转遍了，问了负责打扫书房的侍女几个问题，又问过日常在书房进出的侍从。

“怎么样，有什么线索吗？”宁晋坐在桌后，不在意地问道。

“应该是家贼所为。”

莫研此言一出，里里外外伺候的侍从听在耳中皆是不自在。

宁晋不惊不奇，笑道：“巧了，和我想的一样。”他朝莫研招招手，“站着做什么，坐下坐下，这个时辰你回去连剩饭都捞不着，就在这里把午饭吃了吧。”

确实腹中也饿了许久，莫研倒不推辞，在宁晋对面坐下。

宁晋招手让侍女盛上饭来，抬眼问莫研：“既是家贼，该怎么查？”

“家贼的话，你自个在家里头审审，说不定就能审出来了。”莫研接过侍女端上来的饭碗，也不客气，匀了鱼羹汁浇在米饭上，便大口大口吃起来。

“这怎么审，我可不懂。”

“先把能出入书房的人都……然后一个一个问，既然不是头一遭……家里头发了横财的……”莫研口中有饭，含含糊糊道。

宁晋用目光示意旁边侍从舀碗汤给她。

“你急什么，我这里你就那么不愿意待？”他语气中已有些恼意。

莫研咽下口中的饭，摇头道：“不是，我下午还得赶到米铺去看情况，守了几日，若再无状况，就好让手底下的兄弟们撤了。”

宁晋不耐地撇嘴：“什么大不了的事情，值得这样赶，慢慢吃，我还有事同你说。”

“何事？你说，我听着呢。”莫研挟了菜，低头刨着碗。

“你想不想去辽国走一趟？”他问，作随意问状。

手中筷子顿住，莫研抬眼看他，半晌，才摇了摇头，复垂头吃饭。

“为什么？”

“不为什么，就是不想去。”

“公主快要与耶律洪基举行大礼，你就不想去看看她？”

莫研愣了愣，却仍是摇了摇头，低低道：“公主她，其实一点都不喜欢耶律洪基。”

“你怎么知道？”宁晋问道。

莫研不答，神情有几分怅然，筷子也停了下来，似乎一下子没了胃口。

昨日仁宗宣宁晋进宫便是为了此事，一方面让宁晋押送今年的岁贡，一方面便是为了参加赵渝的大礼。赵渝离家三年，虽每每书信中尽是平安喜乐，仁宗却终是不甚放心。宁晋与赵渝自幼感情便好，由他这个小皇叔替自己去瞧瞧，自是再合适不过。

去辽国一行宁晋倒无意见，只是他又加上了自己的私心。

展昭死在辽国，莫研这些年这般模样就是因为展昭，她的心结不解，自己便是在她身上花尽心思也是无用。而要解开她的心结，最好的办法莫过于再带她回到辽国，正视这一切。伤口撕开固然疼痛，但不剜去腐肉，就永远也好不了。

“这次我要押送岁贡去辽国。”宁晋淡淡道，“你反正去过，不如就陪我走一趟。”

“我不想去。开封府也走不开。”

她的回答早在宁晋意料之中，此刻也不勉强于她，只微微笑道：“反正我还有月余才走，不用着急，你回去问问包黑子，好好安排下，我料开封府衙未必就忙成这样。”

莫研没接话，低着头心不在焉地扒了几口饭。

宁晋望着她，暗自长叹口气。

外间的雨下得越发急起来。

辽国，大同馆内。

赵渝倦倦地靠在软榻上看书，手中的诗集还是三年前偷溜出宫时在街市上买的。柳永的诗集在宫里见不到，她偷偷藏了起来自己竟也忘了，直到这几日让侍女整理旧衣箱才翻了出来。

“……草色烟光残照里，无言谁会凭阑意？……衣带渐宽终不悔，为伊消得人憔悴。”

读在口中，将那句“为伊消得人憔悴”在唇齿间反复回味，她竟呆呆地落下泪来。

旁边伺候的侍女见状，轻声劝道：“公主，您现下身子不好，还是莫要看这些伤神的东西。”

赵渝方觉失态，止了泪，勉强笑问道：“你怎么知道这是伤神的东西？”

“奴婢听人说过，柳耆卿的词大多都是凄切得很，虽有好的，可有的也并不甚雅，说的……”侍女脸有些微微泛红，“说的都是男女间的情爱，而且方才我听公主读的那两句，什么‘衣带渐宽’，您瞧，连宽衣解带都写上去，这不是羞死人了嘛。”

赵渝听她之言，忍不住微微一笑：“你不懂，莫要胡说。这上面说‘衣带渐宽’的意思是，因为人渐渐地瘦了，所以平日里穿得衣衫也显得越来越宽，哪里是你说的什么宽衣解带。”

侍女听了这才明白，羞涩笑道：“原来是这样，那这词公主您读来还真是对景，您瞧，您这些衣衫可不就是显得越来越宽了吗。”

赵渝闻言一怔，轻轻道：“是吗？”

“您病了这些日子，自然是会瘦一些。”侍女怕她多想，忙又安慰她，“只要您听大夫的话，好好吃药，多多歇息，肯定就能好起来了。”

赵渝却仿似没有听见，静静地想着什么，良久才道：“我是什么时候开始生病的？”

“公主您忘了吗？就是今年春天，在鸭子河的捺钵，您夜里出去时淋了场雨，回来就病倒了，直发了三日的高烧，可把奴婢们都急坏了。”

“哦，我想起来，是春天的时候。”赵渝微垂双目，怅然道，“现在都快冬天了吧，一下雨，凉气就直蹿进来。”

“已经过了寒露，这儿冷得早。”侍女答道。

“真快啊。”赵渝惨淡一笑，不知不觉自己竟然都病了大半年，“大礼是什么时候？”

“听说是准备在冬至那日。”侍女笑道，想引她开心，“公主，您可得多吃点，到时候穿上素锦红堆花绣袍才好看。”

合不合身，好不好看，赵渝浑然不在意，她剩下来要做的事情便是平平顺顺地和耶律洪基行大礼，便算是尽责了。

而那个人，他有他的事情要做，她强忍下心中酸楚，自己什么模样，自然不是他会在意的事情。

宁晋一点都不傻。

他知道要说服莫研不是件容易的事，而若以公事的名义让包拯把莫研调派过来，显然要容易得多。

“莫捕头心思缜密，这些年屡破奇案，我耳闻已久。正巧她与我私交甚好，又去过辽国。这次我押送岁贡，少不得身边得有个熟门熟路的人，包大人，您就卖个人情，让莫捕头随我走这一趟吧。”

秋日的一个午后，他笑意浅浅地坐在包拯的书房中，端的是风流俊朗，一席话侃侃说来。说罢，他自低头品茗，心中料定以他宁王的身份，不过是借用开封府的小小捕头，包拯断无回绝之理。

偏偏他语罢良久，却不见包拯开口说话。

半晌，才听见包拯缓缓道：“此事有些难处，近来开封府事情甚多……”他话才说了一半，门外有人朗声禀道：

“包大人，我有要紧案情回禀。”

宁晋听见这声音，抬眼望去，正是莫研。

“进来吧。”包拯点点头，转头朝宁晋道，“包拯失礼，请殿下稍候片刻。”

“国事要紧，国事要紧，可要我回避？”宁晋做了个手势。

包拯笑道：“那倒不必。”

莫研迈步入内，连施礼都免了，自怀中掏出个小布包递给包拯，禀道：“这是李家巷女尸头上的发钗，我看过，出自玉桂阁欧阳师傅之手。尸首我初步勘验过，胸部有尸斑，后脑曾被利器撞击，且尸身已经腐烂发臭，应是在水缸中泡了三日有余。”

听她说到此处，宁晋已连茶都喝不下去了。

包拯倒是听得非常专注，又问道：“是何种利器，你可看得出来？”

“头骨破裂粉碎，应该是锤子，而且能使出这样的力度，凶手的力气一定很大，而且惯常用锤子。”

包拯点了点头，似乎想起什么：“米铺的事情这么样了？”

“今晚就可收网，手下的弟兄都憋了好几日，”莫研微微一笑，“就等着今晚抓个现行。”

“还是要小心行事。”

“属下明白。”

几件案子都有了眉目，包拯似乎轻松了许多，朝宁晋笑道：“公事太多，怠慢殿下，还请多多包涵。”

宁晋笑道：“不妨不妨，看来，小七在你开封府衙当真是历练出来了，又是尸首，又是发臭，听得我头都晕了。”

“要是看上一眼，你会更晕。”莫研禀报完公事，也不再拘着，自行坐下倒了茶水喝，朝宁晋好奇道，“你来这儿做什么？”

“来找你们大人要人？”

“要谁？”她顺口问。

“要你。”

莫研闻言一呆，她倒未想到宁晋特地来开封府竟然是为了此事，不由得抬眼望向包拯。宁晋朝莫研微微一笑，接着道：“你就随我走一遭辽国吧。”

她尚未来得及开口回绝，已听见包拯道：

“近来开封府衙公事甚多，莫捕头又是得力之人，何况再过几日，我还得派她去趟江南查件要案，恐怕是没法随殿下去辽国，还请殿下多多体恤。”他顿了顿，又笑道，“对了，我记得近卫官孔凝曾几次随同押运岁贡，此人武功不弱，殿下若带他随行，相信应能帮上些忙。”

宁晋未料到包拯竟然连个人都不肯借，心中不愉，口中却仍笑道：“既然孔凝如此能干，不如把他调来开封府，让小七跟我走。”

“殿下玩笑了。”包拯一笑带过，并不回应，显然仍是不愿答应。

莫研见包拯已替自己回绝，倒也省得自己再费口舌，起身施了一礼，便欲告退。

“等等，我同你一起走。”宁晋急唤，她只得停住脚步。

宁晋复看向包拯，无奈道：“既然开封府连这个面子都不给，那本王也不敢勉强，就此告辞。”

“老臣惭愧，恭送殿下。”包拯带着歉意拱手。

待出了包拯书房，一路曲曲折折送宁晋来到角门，已能看见候在马车边的吴子楚。莫研正欲向宁晋告辞，他却停住脚步，直直立在石阶上。

“因为怕下了雪不好走，今年要提前出发。过了霜降之日我就要走了，你当真不去？”他问。

莫研沉默着摇摇头。

宁晋顿了顿，突又摇头苦笑起来：“没料到连包黑子都这般帮你。我倒没想到，开封府衙已到了没你不行的地步。”

听他此刻说起，莫研心中也有些疑惑。方才在书房中只顾感激包拯替自己推托，却未思及他为何要替自己推托此事。按理说，自己虽是捕头，可也没有到不可或缺的地步。以宁晋他宁王的身份，且并无恶意，要向开封府借调一个小小捕头，包拯又怎么会断然拒绝呢？

如此一想，她眉头拧紧，顿时疑心大起。

“怎么了？”宁晋看她脸色变了变，关切问道。

“你说，包大人为何不愿答应你？”

“我和包黑子还算有些交情，这些年也没有得罪他的地方，照常理，他没理由不卖这个人情。”宁晋也有些气恼，想了想道，“我想，要么就是你们开封府确实忙得不可开交，要么就是他不愿你去辽国。”

“他不愿我去辽国……”莫研喃喃自语，低下头细想，“那你说，他为何不愿我去辽国？”

“怕你去了惹事！”这点宁晋倒是毫不迟疑就答出来。

莫研断然摇头：“不对，我已经不是三年前的模样，他不会是怕我惹事。”她猛然抬起头来，双目炯炯地盯住宁晋，“他不愿我去，一定是那里有什么事不愿让我知道。”

“会是什么事？”宁晋好奇道。

“这，恐怕要去了才能知道。”莫研咬咬嘴唇。

夜阑人静，包拯的书房依然亮着灯。

公孙策叩门而入，笑道：“已经快三更天，夜里凉气伤人得很，大人还是早些歇着才是。”

包拯自案上抬起头，拧了拧眉心，眉宇间淡淡愁绪挥之不去。

“大人何事忧心，不妨说出来与学生听听。”

“先生不知，今日我考虑不周，恐怕有件事情是做错了。”

公孙策微微惊道：“不知是何事？”

包拯便将日间宁晋来访之事细细告诉了他。公孙策听罢，亦是颦起眉头，不确定道：“听大人所言，莫捕头当时似乎并未疑心。”

包拯摇头叹道：“那丫头早已不是三年前的小丫头了，现在的她简直就是个人精。她只要回去后略略一想，便会起疑心，到时候——”

“展……”公孙策只说了一个字便忙改口，“此时，还不是他们相见之日，她若去了，只怕会惹得他心绪大乱，这可是极危险的事情。”

“我也是担心这层，不知先生可有良策？”

公孙策沉吟片刻：“她会不会起疑，我们已然无法可施。为今之计，只有当真让她去出远差，只盼着公事在身，她无暇想太多。大人也不必太过忧心，即便她起疑，也决计想不到会是他，不一定会去辽国。”

包拯长叹口气，点点头道：“但愿如此吧。”

事实上，包拯与公孙策都远远低估了莫研的好奇心。他们并不是展昭，展昭不愿告诉莫研的事情，莫研甚至可以按捺住不去询问，因为她不愿使他为难。而包拯虽权高位重，对于她来说却是毫无用处，包拯越是费尽心机想瞒住她，她就越想弄个水落石出。

在包拯和公孙策都以为莫研应在江南查案时，她其实已经随宁晋在往河间府的路上。

越往北走，天气就越发见冷。这日天阴沉沉的，北风甚紧，一阵接一阵地往人身上招呼，刮在脸上冷刺刺地生疼。宁晋在马车内光听风声都觉得起寒栗，想到外间骑马随行的人定然是更加难挨。

他掀开车帘往前探了探，能看见莫研的背影随一大车物件旁，与身边其他侍卫比起来，在风中纤细瘦小得让人看不下去。

“子楚，把那丫头叫到车上来。”他缩回头来朝吴子楚道。

吴子楚有些为难：“殿下，她到您车上，只怕不妥吧。再说……那丫头倔得很，未必肯上来。”

宁晋瞪了他一眼：“有何不妥，你怎么也变得蝎蝎螯螯起来了。”

“殿下，我不是……”吴子楚向来是拿宁晋没办法的，只好点头道，“我去叫她就是，不过她若是不肯上来，我可没法子。”

“有什么难的，就说我有事找她商量，她定会来的。”

“哦。”

吴子楚只得依命去了。不一会儿，莫研果然来了，却不上马车，只在外探头问道：“殿下有何事？”

“你上来，是要紧事。”宁晋不耐道，“瞧你这模样，倒像是这车上有毒蛇猛兽一样。”

听他如此说，莫研无法，只好上车来，在他对面坐下。

“是何要事？”她平平地问。

“这个……”宁晋飞快地转了下脑子，突得想起前阵子已隐退的老国相朝他吐的苦水，便煞有介事地问道，“是这样，有这么个人，他家财殷实，声望甚高，可惜他的三个儿子都不如意。大儿子懦弱，二儿子鲁莽，三儿子偏又不求上进，他想从中挑一个来继承家业，也不知该挑哪个才好，正为此事烦愁呢。”

莫研不满地瞪他：“就这小事？”

“对他而言可是大事，你说他该挑哪个儿子？”

“他要是都不满意的话，就再生一个好了，这有什么难的。”莫研耸耸肩。

“问题是他年事已高，已是七旬老翁。”

“哦……”莫研挠挠耳根，“年纪这么大了，那是得抓紧生了。”

宁晋被哽了一下，瞪了莫研半晌，才慢吞吞道：“你的主意还真是不错。不过，你千万别告诉别人你成过亲。”

“为什么？”

“因为成了亲还能傻成这样的，估计不多。”宁晋摇头叹气。

“你……”莫研狠狠瞪了他两眼，仍是不解道，“有什么问题吗？”

“男人过七旬，要是他老婆还能生出孩子来，那肯定是他老婆红杏出墙了。”

莫研愣了一会，才似懂非懂，脸微微泛红，口中仍硬道：“这种事情，这种事情外人怎么说得准。没事的话，我出去了。”说罢，她就要掀帘下马车。

宁晋忙叫住她：“急什么，坐下。”

“还有事？”莫研没好气道，“反正我都傻成这样了，你还是别问我的好。”

“小丫头片子，脾气还挺大。”宁晋指着旁边的小风炉道，“这次我没带侍女出来，子楚煮的茶也不好吃，反正你在外头闲着也是闲着，就替我煮壶茶吧。”

莫研也不废话，捅捅炉子，就开始煮茶，想着早点煮完就早点出去。

看她果真认认真真地升起炉子来，宁晋按捺下唇边的笑意，佯作不在意地问吴子楚道：“还有多久能到河间府？”

“大概傍晚就能到，在河间府住一晚，明日便要出关去了。”

莫研闻言，猛然想起一事："明日就出关了，江南的案子包大人还得另外派人再去，我得托河间府的差役给他带封信才行。"

宁晋闻言，斜睇她，似笑非笑道："丢下要案直接走人，你打算怎么说？不如就说你同我私奔了吧。"

莫研没接他的话，接着转头问吴子楚道："出了关，明晚在何处歇脚？"

"听说是边塞上的一个小镇，叫雁什么镇，我也记不得。明日自会有辽人在那里安置妥当等我们，倒用不着我们费神。"宁晋抢在吴子楚之前先道。

"雁歇镇？"

"好像是。"宁晋仍然想不起来。

旁边的吴子楚轻轻点了点头，提醒他道："是雁歇镇没错。"

"你怎么知道？上次随公主，你们也是走这条道吗？"宁晋随口一问。

莫研摇摇头，目光有些异样，别开脸去，淡淡道："没有，只不过我在那镇上住过几日。"

宁晋却没有放过她，偏偏要追问道："你和展昭？"

那一瞬，马车内的空气仿佛静止不动，莫研沉默了许久，只微不可见地点了一下头。

宁晋虽然面上微微笑着，可却有些僵硬，声音轻柔地有些不自然："好好的，你们怎么会住到镇上去？"

"他受伤了，我们在那里养伤。"莫研低低答道，随着马车的颠簸，思绪仿佛回到那时候，"我们租了处小院，院子里还有棵树，下雨的时候，雨水打在叶子上沙沙的，特别好听，我们就是在那时成亲的。"

宁晋淡淡"哦"了一声，道："明日，你可以再去那小院看看。"

莫研低着头不语，茶壶里似乎有水溅出来，随着嗤嗤两声，风炉的炭上冒出几缕青烟。

"我不想去。"良久，她才极轻道。

宁晋恍若未闻，平静道："我可以陪你一起去。"

还未到黄昏，便到了河间府。

宁晋自然是被河间府尹李奇高请去接风洗尘，吴子楚随侍在旁。莫研虽担当侍卫一职，但并无实差，用过晚饭之后，便拢了斗篷独自在附近闲散漫步。

因已近冬，池塘边的柳树叶子早已掉光，那几块大石倒还在，她缓步走过去，仍坐在三年前坐过的地方，低头看着池水。

风吹在池面上，一圈圈的涟漪荡开来，层层叠叠，似无止尽。她目光有些迷离，仿佛在水面上看见两个模模糊糊相拥的身影。耳边似乎还能听见展昭的声音

良久，她才怅怅然地叹了口气，低低道："大哥，我一直在想，你是不是又骗了我？你说，要我好好活下去，这样才有人念着你想着你。可是，你又为何走得干干净净，只字不留，连巨阙剑都拿走了。"

"你忘了吗，那剑早就送了我，你怎么能自己带走呢？这些年，我想了又想，你到底还是骗了我，是不是？"她微微一笑，"你怕我陪着你一起死，所以故意说这话来哄着我……"

几阵寒风卷过，冷雨落下，砸得水面溅起朵朵小花。莫研恍若不觉，仍自怔怔出神，待那一道电光闪过，响雷劈下，她才悚然一惊，方察觉已是浑身湿透。

她起身裹紧斗篷，急步往府内走去。因她是女流，与随队侍卫住在一处多有不便，宁晋遂将她安排到自己所处东厢房的隔壁。

莫研进了府，正往东厢房而去，却被两个府邸侍卫拦下。那两人瞧她穿的与押送岁贡侍卫并不相同，且浑身湿透地直闯东厢房，便生了疑心，拦下她来盘问。

若在平日，莫研只要掏出开封府的制牌便可，只是此行却是不便，只得解释自己是宁晋的随身侍卫。

"殿下随身侍卫怎么会有女人？"其中一人好奇道。

另一人低低附上在他耳畔低语了几句，说罢，两人同时相视鬼祟一笑。

他们说什么，莫研不用听也猜得出来，却懒得同此等人解释，只求他们快快让开，她好回去换下这袭湿衣衫。

"你们若不信，可自去问吴子楚吴大人。"她不欲理会这二人，丢下这话，抬脚便走。

"喂！你站住！你得随我等去见吴大人才可。"那二人喝住她。

莫研不理，径自前行。只听见身后呼呼掌风袭来，她侧身躲过，却被另一人钳住肩膀，动弹不得。这几年来，莫研功夫已然长进不少，但这二人显

然还要高出她许多。他们看打扮不过是府邸普通侍卫，怎的有如此高的功夫？她心下顿时生疑。

不远处有群人影步上回廊，显然是有人听到了此处的动静，喝过来："出什么事了？"

"有个丫头片子乱闯，也不知是干什么的。"这边喊过去。

那群人愈走愈近，恰好便是李奇高陪着宁晋吴子楚一行，酒宴散了送他们回来休息的，身周围着六七个侍女，皆提着明晃晃的灯笼为他们照路。

莫研借着火光，盯了那两人几眼，奇怪的是，竟觉得有几分眼熟，只是在哪里见过却也想不起来。

"丫头，你怎么弄成这样？"宁晋看见莫研湿答答的样子就直皱眉，"还不赶紧换了去，回头激出病来。"

听宁晋这话，那二人赶紧松了手，赔笑道："原来是场误会，小的该死，还以为是想借着雨天闯空门的小贼。"

李奇高忙喝住他们："胡说八道，什么小贼，这位是殿下的爱妾，还不快赔不是。"原来莫研做妇人打扮，而宁晋也没向李奇高解释清楚，只说在将她安置在自己隔壁，也难怪李奇高想当然。

莫研仍在想究竟在何处曾见过此二人，对李奇高所言充耳不闻，皱着眉一径出神。倒是宁晋忍着笑，挥挥手道："罢了，他们也是尽忠职守。"

说罢，他扯着莫研就走了。

用热汤泡过，又换了身衣裳，莫研躺在床上翻来覆去也想不起那二人究竟在何处见过，忽又想起给包拯的书信还未写，忙又跳下床去磨墨。

执笔半晌，想来想去，她决定还是简单些好，横竖包大人聪明得很，说不说实话估计他都猜得出来，所以还是要顾全彼此脸面。故而，她通篇仅写了十六个字——"家中有事，请假数日，江南之案，另择能人。"

写罢，吹干，叠好，装入信封，她方才复躺上床去，翻了几次身，浅浅睡去。

一宿无事。

次日清早起时，莫研刚起身，便觉得头重重的，似乎果真被雨激着了，染上了风寒。从三年前生的那场病后，这还是她头一遭生病。她有些犯嘀咕，不过是淋了下雨，竟然就病了，在开封府时风里来雨里去的，倒是好端端的。

“瞧，我说什么来着！”宁晋直嚷嚷，转头又吩咐人去置着厚暖的女装。

莫研连忙摆手：“不用不用，我带的衣裳够穿了。”

宁晋瞪眼，扯扯她的衣袖，被她用力拽回去。

“就这么两套夹棉的袍子来回换，你如今也算是待在我身边的人，总得给宁王我撑撑场面吧。让不知情的人看起来，倒像是我刻薄你们一般。子楚，你说是不是？”

他顺带着把吴子楚拉下水。

吴子楚无法，只得点头，同劝道：“辽国比起京城，还要冷上许多，还是先置办一些的好。”

“我又不是没去过，自然知道。”莫研道。

宁晋斜瞥了她一眼：“你上次去，我没记错的话，是六七月份，正是夏日时节。你压根没在辽国度冬过。”

“……”

宁晋不过是吩咐了一声，连银子都未花分毫，在启程之前，李奇高便将衣物妥妥当当地送了来。

随意拿了放置最上面的一件黑狐斗篷把自己裹起来，莫研也没有打算给银子的意思，拱手道：“多谢李大人，待我归来，定会原物奉还。”

好歹李奇高也是堂堂河间府尹，她穿过的衣衫居然还好意思拿来奉还，李奇高显然未想到她会如此说，一时不知该如何应对，碍于宁晋等人，只得敷衍笑笑。

随着吴子楚的干咳，宁晋没好气地瞪了莫研一眼，随即转身谢了李奇高。

因为生病，莫研直接被安置到另一辆马车内，车内还升了暖炉。这在她看来，实在有些小题大做，她不过是觉得有些头昏鼻塞罢了，也许在外头骑马出身汗反倒还好得快些。

这风寒，却比她想象的还要重些。随着马车的颠簸，她愈加昏昏沉沉，待途中歇息时略吃了些东西，又喝下药，便沉沉睡着了。

进入辽境时，已近黄昏。

来接的辽使似乎已等了几日，见到大队人马到来，便迎他们进了雁歇镇，安置到早已布置妥当的住所之中。与其说是住所，其实仍是在小镇旁边搭建起来的牙帐，但十分厚实，内中物件一应俱全，让未住过牙帐的宁晋甚感新鲜。

“这玩意倒是有趣，又好又方便，等咱们回去了也弄一个来玩玩。”宁晋朝吴子楚笑道，突又想起，“那丫头吃过药吗？”

“已经让人煎药去了。”

宁晋点点头，探头到帐外瞧了瞧，道：“总算是到了辽境，也没出什么事，接下来岁贡就由他们辽人自己看着，咱们可松口气了。对了，这次来迎咱们的辽使叫耶律什么来着？”

“耶律菩萨奴，是辽国枢密院副使。”吴子楚答道。

“这些蛮子的名字倒真是不好记，耶律宗真、耶律重光、耶律洪基，现在还有耶律菩萨奴。”宁晋笑着摇头，他只与耶律菩萨奴打了个短暂的照面，几句寒暄过后，后者便差了个满脸堆笑啰里八唆的文官熙和安置宁晋一行休息，他自己则去忙着清点岁贡物件。故而宁晋仅记得他是个面容冷峻的青年，其余的倒无太深印象。

吴子楚赔着笑了笑，道：“属下曾听说耶律菩萨奴是辽国数一数二的高手，刀剑骑射样样精通。”

“是吗？看来辽国皇帝倒是挺心疼这些岁贡的。”宁晋不在意道，起身往外，“走，瞧瞧那丫头去。”

莫研被安置在距离宁晋近处的牙帐内，吃了粥，隔了一会又吃了药。隔了三年，复住到牙帐之中，她还真有些熟悉的感觉，轻轻抚摸着软榻上铺着的狼皮褥子，愣愣地出神。

“好些没有？”宁晋掀开帐帘进来，扬声问道。

一阵寒风借着空隙卷进来，夹带着些许雪粒子，莫研缩缩脖子，好奇道：“已经好些了。外面下雪了？”

宁晋示意吴子楚掩好厚重的帐帘，点点头道：“是啊，难怪刮了一日的北风。”

吴子楚接口笑道：“听他们说是今年辽国的初雪，正好让咱们给碰上了。昨夜里在河间府还在下雨，今儿在这里就开始下雪了，倒真是有趣。”

“咱们，这是在雁歇镇？”

莫研犹豫一下，还是问道。下马车时，她尚混混沌沌，蒙头蒙脑地就被带入帐中休息，浑然不知身在何处。

宁晋盯了她一眼，淡淡道："是啊。"

莫研低低"哦"了一声，又不作响了，半缩在袍子的皮毛中，蔫头耷脑地瞅着烛火发呆。

帐内，静得出奇。

瞧他二人都不说话，吴子楚只觉有些尴尬，干笑两声，朝宁晋道："我出去问问那位耶律大人，看咱们明日何时启程？"

见宁晋微微点下头，吴子楚忙退了出去。帐内仅余莫研宁晋二人。

"耶律大人？是哪位耶律大人？"莫研好奇道。

"耶律菩萨奴，就是这次来接岁贡的辽使。"

莫研闻言，不由地微笑道："原来是他，真巧了。"

"你认得他？"

"嗯，以前他帮过我和公主很多忙，虽然冷冰冰的，其实人还不坏。"

宁晋摇头笑道："早知道你们认得，方才就该让你们见一面。那人果真还就是冷冰冰的，子楚说他是辽国数一数二的高手，可是真的？"

"他的功夫确实好，那时我们初来辽国，他就曾与大哥比箭，结果，是大哥输了。"莫研想起那时情形，仿佛就在昨日一般清晰。

宁晋没有接话，只是静静地看着她，良久才道："记得你昨日说这里有处小院曾住过，不如我们去瞧瞧那小院还在不在？"

莫研怔住，愣了半晌，仍是摇了摇头："我不想去。"那小院或许早已破败不堪，又或许早就有他人住在里头，物是人非，去看无非是徒增伤感罢了。

"我可以陪你去，"宁晋顿了顿，"如何？"

"不。"

莫研断然回绝，别开头，突然剧烈地咳嗽起来。

宁晋看着她因为咳嗽而泛红的双颊，轻轻地叹了口气，终是不忍心去勉强她。"那你好好歇着吧。"他说罢，缓步出了帐篷。

听着帐外风雪之声，莫研软软地伏在榻上，咳一阵歇一阵，日间在马车上睡了许久，此时虽然身体仍旧不适，却是怎么也睡不着。也不知过了多少时间，只觉得风声渐小，她以为雪停了，裹紧衣袍，掀开帐帘朝外望去，雪纷纷扬扬地落下，已不似之前的雪粒子，而是片片雪花，最大的便如婴孩手掌一般大小。

从这里望去，越过牙帐，隐约能看见小镇酒坊飘的幡条，以前出来买菜时莫研次次都得从酒坊前走过。她在心中默默想着，从酒坊再往前走一炷香工夫，往东拐进小巷，再走十几步，便是那处小院。

反正也睡不着，不如出去走走，权当是散步了。犹豫半晌，莫研尚在心中劝说自己，手上却早就拿了黑狐斗篷披起，戴上兜帽，低低垂下，半遮着脸，掀帘步出。

大部分侍卫都在安置岁贡的那头，相对来说这边的侍卫少一些，也认得莫研，上前略问几句，并未为难她。

雪，漫天漫地。

路上已积了薄薄的一层，脚踩上去，吱嘎吱嘎作响。莫研缓步走着，慢吞吞地走过酒坊，走过街角，身不由己地拐进小巷，却停在了距离小院尚有几丈远的地方，并不上前。

果然是住了人，她能看见从小院中透出的光，温暖而陌生。

虽披着狐裘，雪中寒意仍是透骨而入，她就这样站着，时时禁不住轻咳几声，却不愿动弹。

良久，小院中似乎传来些许动静，嘎吱嘎吱，像是轮子碾过地面的声响。莫研犹自瞎猜，小院的门被人从内打开，一辆木制轮椅出现在门口，一名苍白清俊的青年坐在其上，正朝莫研这里望过来。

莫研也呆呆地望着他，一时不知道该说什么好。

两人对视半晌，看到莫研禁不住风又在咳嗽，青年忽然微微一笑，道："我在屋中老听见有人咳嗽，原来是你。"

莫研不语，这青年膝上虽然铺了毛毯，她仍能看见他左膝下方是空荡荡的。

"很冷吧，我刚煮了茶，要不要进来喝一口。"那青年微笑问道。

"多谢。你是谁？"她挪动脚步，迟疑问道。

青年转动轮椅，自行往里行去，口中笑道："小生姓苏，单名一个醉字。"

莫研"哦"了一声，没再吭声，双目只盯着周围，无法言语——小院中的物件、布置，竟然都和她当初住在这里时相差无几，她转头望向展昭曾住的屋子，可惜屋内黑着灯，什么都看不见。

苏醉对她的惊讶似乎无知无觉，转着轮椅驶入正屋，也就是当初公主所住的屋子。

屋子外室的炉子上果然煮着茶，茶水咕咚咕咚作响，显是沸了些时候。

“姑娘，请坐。”

“多谢苏公子。”

虽然知道不太礼貌，莫研抖掉斗篷上的雪，仍是禁不住要东张西望，打量一通下来，这屋子简陋依旧，却是十分干净，通往内室的门上挂了块洗得发白的蓝布，因此也瞧不见里头。

苏醉倒了茶水，又不知从何处找出一罐子肉桂粉，捻出一些撒在茶水中，香气顿时在室内弥漫开来。“喝吧，驱驱寒气。”他笑道，把杯子递给莫研。

接过杯子同时，莫研已看见他手中厚茧，心下起疑，只将杯子捧在手中，暂不饮茶。

“怎么，怕有毒吗？”苏醉半玩笑道，自己先喝了一口。

莫研抬眼，看他神态自若，遂问道：“你……是习武之人吧？”

“以前是，不过现在不是了。”他目光扫过自己的腿，“腿断了，功夫也都废了。”

“遇上仇家了？”

莫研问道，以她这些年办案经验，废人全身功夫再加上断人一腿，多半是寻仇的人才会这么做。

苏醉笑着摇摇头：“别瞎猜了，江湖上的事情哪里都是那么简单的。”

说得也是，莫研自嘲一笑，抿了口茶，探头望望屋顶，没头没脑问道：“这屋子还会漏雨吗？”

“早就不漏了。”他深盯了她一眼，慢吞吞问道，“听起来，姑娘好像在这里住过？”

莫研咳了几声，才轻轻道：“早几年住过一阵子，那时这屋子还漏雨，想是东家替你补好了。”

“这院子没有东家，是我买下来的。”

“你买下来了？”以他身体如此不便，竟会居住在这偏僻苦寒之地，想来是为了躲避仇家吧，莫研暗自猜度。

“东家要迁回中原去，就便宜卖了，也没花几个银子。”苏醉侃侃而谈，与她全然不像是初次相识的陌生人，“姑娘也是中原人吧，怎么会来此地？”

“我是随押送岁贡的队伍而来，正好路过小镇。”

“岁贡？”他往椅背上一靠，嗤之以鼻，“年年三十万，老百姓辛辛苦苦一年交上来的赋税就这么拱手相送，圣上倒真是大方得很。”

“花银子求太平罢了。”莫研平静道。早先的她也许会对此愤慨，而在开封府的三年，什么事情都已看尽，她早已不惊不奇了。

“那也要能真太平才好。”苏醉冷冷道。

那瞬间，他的语调语气竟然有几分熟悉，莫研悚然而惊，腾地转头盯住他。

似乎有所感觉，他又换了副笑吟吟的模样，好奇问道：“不知此番押送岁贡的是朝中哪位大人？这可是个美差啊。”

莫研迟疑片刻，反正他所问也并非什么朝廷机密，说来倒也无妨，便道：“是宁王殿下。”

“原来是他。”苏醉笑了笑，似有嘲弄之意。

“豫国公主与耶律洪基大礼在即，他此番也是来观礼的。”莫研随口替宁晋解释了一句，以尽朋友之谊。

闻言，苏醉原本带着笑意的眼眸似乎黯淡了一下，他随即转开头，瞥了眼窗外的落雪，淡淡道：“这雪越下越大，你们明日的路只怕不好走。”

莫研循他目光望去，雪确实是越发大了。

她一口饮尽茶水，起身谢道：“多谢苏公子，冒昧打扰多时，我也该告辞了。”

苏醉并不相留，坐在轮椅上，淡淡笑道：“姑娘慢走，恕我腿脚不便，就不相送了。”

莫研拢起斗篷，站在门口，看着旁边黑着灯的屋子，怔了片刻，突地回头问道：“苏公子，旁边这间屋子，不知可否让我进去看看？”

苏醉歉然一笑：“那屋子堆满杂物，连个下脚的地方都没有，只怕是不便。”

“哦。”莫研暗叹口气，笑自己太天真，怎么还会幻想那屋子与从前一般模样呢。

“多谢，告辞。”

大雪纷飞，她轻咳着，转身出小院，并替他掩好院门，缓步离去。

她虽走了，苏醉却仍坐在轮椅上慢悠悠地品茶，冷了再滚，滚了再待它凉，如此反反复复。

直至四更过，院中传来一声极轻微的声响，似乎是屋檐上积的雪落下。苏醉倦倦地伸了个懒腰，笑道："快进来吧，等得我都快睡着了。"

门被推开，一个人影闪身入内，随即又掩好门，脱下白狐大麾抖了雪，朝苏醉淡淡一笑："让大哥久等了，这雪来得突然，生怕那二十万匹绢布沾湿，又加盖了几层油布，直忙到三更。"

"得，喝口茶暖暖吧。"苏醉盯着耶律菩萨奴的脸瞧了半天，又笑道，"怎么我回回瞧你都觉得这么别扭，好像在看我自个一样。倒是我自己的模样，怎么看也看不习惯。"

耶律菩萨奴接过茶，垂目笑了笑："开始我也瞧不习惯，三年下来，倒也不觉得什么了。对了，可是有人来过？"他来时看见雪中淡淡的脚印。

苏醉似笑非笑地看着他："她来过了。"

"她？是谁？"

耶律菩萨奴不解，可瞧苏醉的神情，又似乎有些明白，不由地心狂跳起来。

"还能有谁，你心里的她。"苏醉好奇道，"怎么，你不知道她来了？她说她是随着宁王押送岁贡的队伍一起来的。"

"我不……知道。"

迎到岁贡，他只短暂地与宁王打了照面，便去忙安置岁贡的事宜。直到方才他才知她竟然也来了，就在距离自己不远的地方。一思及此，他呼吸便有些急促，只觉得胸口闷得像是被巨石所压，又像是要炸开一般，难受异常。身子微晃，他竟不由自主地单膝落地，手捂住胸口旧伤，大口大口地喘着气。

见他如此模样，苏醉急地直拍轮椅扶手，却又无法上前，怒责道："你、你不要命了！还不快盘腿坐下，意守丹田，莫让真气乱窜。"

耶律菩萨奴撑起身子，依言席地盘腿坐下，勉强摒除杂念，意守丹田，调息真气。直过了一炷香时间，他的呼吸方才慢慢平稳，不复之前的绪乱。他方缓缓起身，沉默地坐到近处椅子上。

"你……"苏醉瞧着他直摇头，却也不知该说他什么好，"光是听说她来了，你便这模样，若是见到她，你又该如何自持？"

"不会的，方才是……"耶律菩萨奴深吸口气，"是我没想到她会来这里。"

“你莫忘了，三年前我虽然替你解了毒，但你心脉皆已受损，最忌大悲大喜，稍有不慎，真气岔走，便是命在顷刻。”苏醉厉声责他。

“我知道。”耶律菩萨奴抬头，淡淡一笑，“大哥不必担心，日后我定会多加小心。”

看他这副模样，苏醉倒不好再骂下去，只得道：“你说你也是，这丫头来了便来了，你不是一直惦着她吗？她来了，你能见到她好端端的，不也是好事吗，怎的把自己折磨成这样。”

耶律菩萨奴苦笑，半晌，问道：“她，看上去还好吗？”

“比原来稳重多了，不像是早先那个没心没肺的模样。”苏醉笑了笑，“她原还想进你屋子看看，我怕她起疑心，就没让她进去。”

旁边展昭曾住过的屋子件件东西都与三年前一模一样，连那对燃过的红烛都仍在原来的地方，苏醉自然不敢让莫研进去。

展昭所易容改扮的耶律菩萨奴，闻言，长长地叹了口气：“只怕她还会再来，劳烦大哥明日就把屋子清理了吧。”

“你舍得？”

展昭不答，只道：“还是莫让她看见的好。”

苏醉点点头：“反正东西我都替你好好收着就是。”

“多谢大哥。”

展昭拢了茶杯在手中暖着，怔怔地出了会儿神，苏醉也不去打扰他，两人就这么静静地坐在风炉旁，听着内中炭火偶尔响起的噼里啪啦声。

良久，展昭才勉强自己镇定心神，拉回思绪，抬眼问道：“近来，镇上可有什么动静？”

苏醉摇摇头：“还是老样子，你那边呢？”

“上次我与你说过，我疑心耶律洪基手中也有大宋布防图。果然不错，上个月他便当着耶律重光的面，将大宋兵力布防图献给了耶律宗真，弄得耶律重光回来后气恼不已，发了几天的脾气。”

苏醉凝眉道：“耶律洪基此人素性玩猎，倒不像有入侵中原的野心。他弄这大宋兵力布防图多半是为了在耶律宗真前讨个乖。现下，耶律宗真年纪渐大，耶律洪基登基是早晚的事。但有个耶律重光在旁觊觎皇位，加上耶律宗真曾醉酒戏言要将皇位让与耶律重光，他这太子位置自然坐得不太舒服。”

展昭点头："这层我也想过，但不知道这个将大宋兵力布防图泄露给耶律洪基的人是谁？大哥，你说会不会也是同一个人？"

"有此可能，只是不知道耶律洪基是如何与她联络的。"苏醉道，"上次那个绣娘一死，耶律重光这边这条线也就断了，着实可惜。你若能想法子从耶律洪基这边找到线索就好呢。"

展昭紧抿嘴唇，眉宇深皱："我会多加留意，可惜我不随在耶律洪基身边，只怕是不易。"

"此事不宜操之过急，咱们留得青山在，不怕没柴烧。"苏醉安慰他，"现在耶律宗真又老又病，暂且不会有进犯中原之意。咱们现在一来，就是要防着耶律重光，万不能让他篡位成功，此人野心甚大，若让他当上皇帝，宋辽两国怕是没几天安生日子过。二来，还是那件事，顺藤摸瓜，当然，我知道这条藤不好摸，"他故意耸耸肩，"然后找出朝中叛国之人，拔了这眼中钉，咱们才好功成身退。"

展昭听到"功成身退"四字，只觉得遥遥无期，苦笑一下，点了点头。

"早些回去吧，免得惹人起疑。"苏醉道。

"大哥，你一人留在此地，终是太危险……"

展昭话未说完即被苏醉打断，不耐烦道："回回来都要说这话，你不烦我都烦。行了，我好得很，你不用操心。倒是你，那丫头既然来了，你少不得要和她碰面，可莫再像方才那般了。"

涩然笑笑，展昭起身，自怀中掏出一个小瓷盒放在几上。

苏醉瞥了眼，笑道："又是这药，我都吃腻味了。"

展昭微笑："大哥你双腿血行不足，又无法运功调理，这药生脉活血，你多吃些，人也会舒服一些。"

"这药是宫里头才有，你弄来不易，又不是非吃不可的药，下次别麻烦了。"

展昭笑而不答，披上大氅，朝苏醉略一拱手，转身出门而去。

雪绵绵密密地下了一夜，到了清早，将停未停，空中仍飘着稀稀疏疏的雪，地上积了一尺多厚，人和牲畜走起来都甚是不便。

莫研掀开帐帘时，猛地被白茫茫的一片晃疼双目，深闭下眼，复缓缓睁开，才适应了些。

远远近近都有侍卫在忙碌，或铲雪，或搬运东西，或给马车套缰。东南面有一人站在距离她不远的地方，身形挺拔如松，面容寒如冰雪，正指挥着一小队辽国侍卫将陷在雪堆中的马车拖出来。

莫研定睛细辨了辨，微微一笑，缓步走上前。

眼角的余光分明是看见她走过来，展昭却硬生生让自己扳过身子，故意装着没瞧见，背对着她，继续对侍卫发令。

心绪纷乱，身遭的脚步声来来往往，他甚至分辨不出她的脚步声。良久，他都未听见她开口说话，也许，她已经走开了，不然以她的性格，也许会拍拍自己的肩膀，他猜测着。

他转过身子，正对上那双明亮的眼睛。

“耶律大人，好久未见。”她微微笑道。

是啊，好久未见——那瞬，他想开口尽量自然而然地说这句话，却发觉喉咙干涩得发不出声音来，只得重重地点下头。

知他素性寡言，莫研也不在意，道：“一别就是三年，那时你替我大哥疗伤的大恩，我也一直未有机会能谢谢你。”

他仍说不出话来，只能定定地看着她。苏醉说的不完全对，她清瘦了许多，眉宇间的飞扬脱跳也敛去不少，双目流转间，轻愁几许。

“待到了中京，我当设宴酬谢，你可一定要来。”莫研继续道。

“你……”展昭艰难启齿，正待回绝，又有二人过来，是宁晋和辽使中负责招待宋人的文官熙和。

宁晋手中拿了貂皮手拢，过来先递给莫研：“快把手拢上，病还未好，就……”他再看她脚上穿的是寻常靴子，恼道，“昨儿不是放了双小羊羔靴在你帐里吗，怎么不穿？再冻着怎么办？”

“我没看见。”莫研不以为然道，“再说也没那么冷。”她话刚说毕，正巧一阵风卷过来，她缩着肩连连咳了好几下，脸咳得潮红起来。

“你病了？”展昭忍不住问道，强制按捺住自己想上前扶她欲望，双手在袖子紧紧地攥成拳。

“前日里被雨给激着了，受了点寒而已，小事情。”莫研不在意地摆手道。

“走走走，快回去穿起来。”

也不与旁人客套，宁晋拽着她就往回走。展昭尚立在原地，面无表情，纹丝不动。

误以为他是在不满宁晋失礼，那文官熙和打了圆场，朝他笑道："都说中原人多情，果然不假，连宁王对自己的姬妾都如此关怀备至。"

姬妾！

那一瞬，展昭的胸口仿佛被一把极快极薄的刀划开，鲜血涌出，却是无痛无觉。

对她而言，这是好事，自己该为她欢喜才是。他身体僵直，努力想镇定心神。

文官熙和的声音并不小，莫研与宁晋虽已走出四五步，仍然将他的话听得清清楚楚。莫研转头气恼瞪向宁晋，尚未开口，后者已耸耸肩，无辜道："我可什么都没说，全是他们自己瞎猜的。"

不欲与他理论，莫研回身朝那位信口开河的文官熙和走过来，到了面前才清清楚楚地朗声道："我夫家姓展。"

"嗯？"那文官熙和显然有些迷糊。

"我不是他的姬妾，我夫家姓展，你莫要弄错了。"她口齿清晰道。

文官熙和这才明白过来，连忙赔笑道："是是，不会再弄错了，展夫人。"

莫研这才满意，瞥了旁边的展昭一眼，微恼道："你这些手下乱说话，你明明知道，怎么也不管管？"

展昭直直地望着她，心中似有千言万语要问，却是连只言片语也不能对她说。气血上涌，胸口堵得难受异常，一股腥热直涌上喉头，他急步调头走开。

"嗯？"莫研不明就里，挠挠耳根，"他脾气怎么还是这么怪？"

文官熙和也不敢惹耶律菩萨奴，自然不敢跟上去，留在原地赔笑道："耶律大人大概还有要事在身，不知展夫人可否用过早食？我方才已命人去煮了粥，是白粥，我知道你们中原人吃得清淡，所以特地叫他们拿些江南小米熬粥，也不知对不对您的胃口……"他一径絮絮叨叨地说着，弄得莫研不堪其烦，随意敷衍了两句，便拔腿就走。

"丫头，当我的姬妾也不是什么丢人的事吧？"宁晋双手抱胸，没好气道，"你这么急匆匆地和不相干的人去解释，犯得上吗？"

莫研白他一眼，理直气壮道："是没什么丢人的，可我听着不舒服。"

“叫你展夫人，你就舒服了？”宁晋哼了一声，“我听着倒更难受。”

“叫我又不是叫你，又没人让你听。”

莫研还在恼方才的事，也不理他，自己回了帐去。剩下宁晋站在外头，亦是一肚子气，好端端的什么都没干，他招谁惹谁了。

牙帐背后，僻静无人之处，展昭无力地半跪着，双手撑住地面，头低低垂着，唇角尚留下一丝鲜血。

饶是他一夜未眠，想过千百遍见到她时，自己该如何镇定自若，可仍旧无济于事。

一直以来，他都只知道她留在开封府供职，其他的便一概不知。与包拯三个月一次的密信往来，包拯也从未提及她的其他消息。

所以，他只能自行想象，也许她已将他淡忘，也许她过得很好，也许有人会比他对她更好，也许……

“我夫家姓展。”她的声音犹在耳边。

他能看到她梳得整整齐齐的妇人发髻，却未想到是为他而梳。

虽然知道她对自己情深若许，但他总以为她在认为他已死，悲痛过后能继续过她自己的生活。毕竟，他与她虽有夫妻之名，却无夫妻之实，

这，也是他暗自庆幸的事情。

可他却不知道，她竟然一直一直一直地被困在这夫妻之名中。

雪虽已停，天仍是阴沉沉的。

因为积雪甚多，载着岁贡的马车又甚是沉重，数次陷入雪堆中，使得整个队伍的行进越发地迟缓。

行了两日，这日到了正午停下来歇息时，宁晋使吴子楚去问问，照目前的情形，还得有多少日才能到中京。

吴子楚去了半晌，回来禀道：“耶律大人说，还得四五日的光景，而且现在辽国皇上也不在中京，在广平淀的冬捺钵，咱们到了中京，将岁贡入国库之后，还得再带着礼贡转到广平淀去。”

“真是够折腾的。”宁晋摇头叹气，日日都困在马车上，着实憋闷得很，抬头又问道，“那丫头在干什么？”

“站在马车外头啃大饼，估计也是在马车里憋闷坏了。”吴子楚朝外努

努嘴。

宁晋探头出去，果然看见莫研不知何时下了马车，叼着块羊酥饼正靠在车辕上，有一口没一口地啃着，目光落在远处白雪皑皑的伏虎林。

若不是半山上的那块黑石，也许莫研还认不出那里便是伏虎林。此时看见，她有些呆愣，口中的干饼不小心呛在喉间，一阵猛咳，连眼泪都咳了出来。抓了水囊，连灌几口，她方才觉得好些，抬起头来，骤然看见耶律菩萨奴就站在面前，直直地盯着自己。

“耶律大人，”她抬手抹去腮边的饼屑，好奇道，“有事？”

“你……”展昭差点问她病可好些了，话到嘴边，终是咽了回去，“你最好在马车上待着。”

“哦。”她莫名其妙地应了，慢吞吞地爬上马车。

他伸手将车帘密密拉好，不让冷风灌进去。

“耶律大人，”文官熙和急步走过来，向他禀道，“这荒野雪地难行，他们宋人不习惯，好几名宋国侍卫的靴子进了雪，脚在雪水里泡坏了，得想个法子才好。”

“有多少人？”

“有五六个。”

展昭略想了想：“阿布利随身有药酒，可以替他们搓一搓，在火盆边多烘烘，歇歇就没事了。不过我们不能停，让他们上马车歇着去。”

“就是马车成问题，载岁贡的马车不能动，咱们这边都是骑马，剩下的六辆马车载着辎重，满满当当的，也腾不出来阿。”

“那你去问问宁王，看他那边能不能腾出辆马车，让他们上去休息。”

文官熙和有些犹豫：“这……合适吗？”

展昭不答，面无表情地走开。文官熙和无法，只得往宁晋这边过来。

所幸宁晋实在是个很好说话的人，而且腾出马车来也不是什么难事，因为本来在入辽境之前，他就从李奇高那里多要了一辆马车。

那辆马车上只有一个人，莫研。

现在经过调配，莫研因病未好而不能骑马，故而只得和宁晋挤在同一辆马车上。

“我说，丫头，你用得着躲我躲到那么远吗？”

宁晋没好气地看着缩坐在马车角落的莫研，挑眉问道。

莫研不舒服地挪挪身子，一副比他更恼的模样："你以为我愿意，你家吴大奶妈之前就再三交代了，说殿下是千金之躯，叫我千万小心，别把病过给你。"

"这个子楚……"

之前还以为是因为别的原因，倒没想到是这个理由，宁晋暗自咬牙切齿，面上若无其事地朝她招手道："过来过来，我没那么娇贵。你缩在那里，连说话都不方便。"

"那你要是病了，可不许赖到我身上。"

莫研坐得缩手缩脚，甚是不舒服，再说距离暖炉也有些远，巴不得能凑过来。

宁晋好笑道："当然不会。"

她这才挪了过来，手拢着暖炉，舒舒服服地烤起来。烤了一会，脸贴到车帘旁，向外张望，叹口气道："雪积得这么厚，这在中原，可看不见。"

"若是再早几日出发就好了，也许就碰不上这场大雪。"宁晋道。

莫研好奇道："把岁贡改成夏天送不就好了吗，为何偏偏要在冬天呢？"

"谁知道，"宁晋不在意地给自己倒了杯茶，"定的规矩就是这个时候。早间我让子楚问过了，这雪一下，咱们到中京起码还得四五日。也不知往年是不是也都这样，要不然这辽国皇帝老儿说不定还以为大宋存心拖延时间呢。"

莫研本想说"理他呢"，后来转念一想又想到赵渝，心情闷闷地，便没再开口。

宁晋不知她心中所思，还以为是她因马车憋闷而情绪低落，便存心逗她道："你也当了好几年捕头，有什么奇人奇案，倒是说几件来听听，也让本王听个新鲜。"

"有什么好说的，不是偷东西就是杀人，要不然就是些个贪官污吏。"莫研无精打采道，"平日里烦还烦不过来，好不容易得了个假，还说它做什么。"

宁晋微笑："那你们平日有什么消遣？"

"消遣？"莫研眼珠转了转，微微一亮，"有！就是赌！"

"赌？"宁晋好奇道，"赌什么？"

“有什么就赌什么啊。”莫研显然来了些精神，身子也坐直了些，“寻常些就赌骰子，若是没骰子就赌别的，什么都可以赌，也好玩得很。”这还是她在开封府时和其他捕快在办案无聊时常常用来消遣的玩意。

闻言，宁晋开始在旁边漆盒里翻翻检检，似乎在找什么。

“你找什么？”

“找到了。”他自漆盒中掏出几粒骰子，喜道，“我就记得是放在棋盘边上，果然没错。”

“你想和我赌？”莫研双手直搓，一脸坏笑。

“反正没事，闲着也是闲着。”

……

因为生怕宁晋有吩咐而自己听不见，吴子楚骑着马就挨在马车边上，此刻马车内传来的喧哗声他听得清清楚楚，也因此而如坐针毡，不时鬼鬼祟祟地东张西望，就生怕被近处的其他辽人听见。

“豹子豹子豹子！”

“幺、幺、幺！”

“豹子！豹子！”

“幺！幺！”

“你喝！”

“什么我，应该是你才对！”

听上去，马车内简直就是坐了两个烂赌鬼。吴子楚暗自叹口气，虽然知道殿下一碰上那丫头就会有失常态，可好歹也要顾着大宋皇室的颜面，这般呼呼喝喝成何体统。

忍耐着又听了半日，里头声音只大不小，他实在忍无可忍，挥手示意停下马车。他自己勒马掀帘，朝宁晋有礼道：“殿下。”

宁晋已一个决然的手势打断他的话，脸迅速转开去找漏壶：“等一下，让我看看现在什么时辰。”

“刚过申时。”莫研几乎是得意扬扬，“我赢了！我就说吴大人一定能熬过申时。”

宁晋瞪了眼吴子楚，愤愤地把杯满斟的茶水一口饮下。后者呆愣了半晌，这才明白眼前二个人不仅是在赌骰子，而且也在赌自己究竟什么时辰会忍不住来提意见。

他沉下脸来，微恼道：“事关国体，还请殿下谨慎行事。”

“知道知道知道。”宁晋嘿嘿地笑。

马车后有人走过来，人还未出现在车前，声音已经传过来：“吴大人，出什么事了吗？为何停车？”

是耶律菩萨奴的声音。

莫研灵机一动，趁着吴子楚与耶律菩萨奴说话的间隙，朝宁晋低低道：“我们赌待会耶律大人走时，先迈哪只脚。我赌右脚。”

“那我赌左脚。”宁晋同样压低声音道。

莫研点点头，隐下唇边的笑意，她以前就曾观察过耶律菩萨奴的走姿，记得他习惯先迈右脚，自然是赢定了。

说罢，两人同时探出头去。

正与吴子楚说话的展昭骤然看见两个脑袋同时自马车内伸出来，虽然面上波澜不惊，实际上心里是哭笑不得。再看莫研唇角含笑，目光灵动，活脱脱就是从前的模样，不由心中升起几分温暖。

“殿下是否还有吩咐？”

见宁晋眼神鬼祟地盯着自己的腿，展昭沉声问道。

“没事没事，就是……这个……你的靴子是虎皮的吧？真是不错。”宁晋随口瞎扯。

展昭更正他：“是鹿皮。”

“鹿皮也不错，是个好东西。”宁晋加以肯定。

“若无他事，请殿下继续前行。”

虽已经极力隐忍，展昭还是忍不住又深看了眼莫研，这才转身回去。他还未走出两步，就听见身后一声欢呼，是宁王的声音。

“左脚，是左脚！我赢了！”

他奇怪地回头，迎上吴子楚一脸尴尬而无奈的笑，不知究竟是何事，也不方便过问，只得转头离去。

马车内，莫研一脸狐疑，挠着耳根想事情。

宁晋在她面前直晃手：“丫头，输了就要认，别以为装着想事情就能逃过去。”他今日输多赢少，能赢一回不容易，自然有些兴奋。

莫研认命地接过被斟满的茶碗，却还是不解道："我明明记得他一直都是先迈右脚，怎么会迈左脚。"

宁晋这才知道她原来以前就观察过耶律菩萨奴："原来你早就知道他习惯迈右脚，居然还和我打赌，幸好老天有眼，没让你赢。"

"什么叫老天有眼。"莫研白了他一眼，仍自皱眉道，"没道理我会输啊。"

"人家把习惯改了不行吗。"宁晋不在意道，"毕竟你三年多未见过他，也许他早就改了。"

莫研还是摇头，表示不解："这个习惯，一般很少有人会在意，更不会有人专门去改这习惯了。"

"我说，你这捕头倒真是当成习惯了，连这种小事都要想半日。"

"你什么都不懂。"

莫研没再理他，颦着眉慢慢把被罚的茶水饮下去。

在雪地中艰难行了四日，这日黄昏，才总算到达了中京。

耶律菩萨奴命文官熙和将宁晋等人带去在大同馆，自己并未与他们同行，而是将岁贡送至国库所在，与交接官员对照清单，清点入库。

其实不用文官熙和带路，莫研也还记得往大同馆的路。自进了中京，一路行来，她伏在车窗边细看，发觉几乎并无变化，许多店铺还和从前一样，只是招牌更旧了些而已。

待到了大同馆，因早已侍从飞马前来通报，知晓他们即刻便到，故而赵渝不顾侍女相劝，执意站在馆前相候。

"小皇叔。"

见到宁晋下得马车，赵渝唤了一声，接下来竟是半字也说不出来，热流哽在喉头，眼中泪花闪烁，直望着宁晋笑。

"小渝儿，"宁晋眼圈也有些微微泛红，"这些年，苦了你了。"

吴子楚闻言轻咳几声示意宁晋，毕竟文官熙和就在旁边站着，言语间莫要落了辽人的口实。

"公主。"莫研上前，硬是压下哽咽，浅浅笑道。

赵渝见了她，也是十分欢喜，拉了她的手笑道："你也来了，真好。这些年我老是想，若当初你没回开封，咱们俩在一处伴着，该有多好。"

莫研眼中的赵渝比起三年前消瘦憔悴多了，初见时那个刁蛮任性的公主早已踪影全无，想来她独自一人定然是很苦闷。莫研心中怜惜之意大起，竟想也不想，冲口而出：“那我不回去了，就一直在这里陪着你，好不好？”

赵渝还未答，便已看见宁晋瞧向莫研的目光，这个向来玩世不恭的小皇叔眼中竟有几分紧张。她遂笑道：“你现下来，我就已经欢喜得很。走，咱们都站在这里做什么，里头我让他们备下酒菜，你们行了一路也该饿了，进去边吃边谈。”

莫研宁晋闻言皆暗道惭愧。来时，他俩在马车上的炉子烧了汤水，又要了块生羊肉，莫研全削成薄片，两人就这么吃了一路的涮羊肉，肚子自然饱得很。

“子楚，你也一起来。”

宁晋招呼上吴子楚，率先往里行去。

席散后，赵渝回到房中，梳洗毕便遣了侍女去睡，自己对着孤灯，想到来到辽国后的种种，独自坐了许久都未有睡意。

当真是命该如此吗？

在辽国的这三年，她与耶律洪基并不常见面，便是见了面也不过都是礼节上的往来，她已经可以想见，即便是行过大礼，自己与他真成了夫妻，也不过尔尔。按眼下萧氏一族在辽国的权势，且萧氏在辽代代为后，耶律洪基定然还要娶萧氏女子。便是再往深处想，即便自己不争什么，那么将来生下儿女，女儿倒也罢了，若是儿子，难道也让他什么都不争，庸庸碌碌仰人鼻息地过一辈子吗？

自己嫁来固然是父皇为了宋辽两国的和睦，只是这份诚意究竟能持续多久？或者在自己到达辽国之时，辽人便已经收到，接纳。而现在的自己，只不过是一份被丢弃在旁的礼物，还能做些什么？

她也曾读过汉书，汉代时与匈奴交战，每每匈奴人失利，单于便回营鞭笞远嫁而来的阏氏出气。虽想到时自己大不了还有一死，可又不甘心地要去思考，难道自己真的只有作为一份礼物的价值吗？

烛泪成行，夜渐深沉，外间的枝丫被风吹得东摇西摆，一下一下一下打在窗户上映出的孤独人影。

次日清晨，宁晋刚醒，便隐隐听见有刀剑破空之音，心中暗自抱怨：“那个没眼力见儿的小子，不知道我宁王还未起吗？”

他懒懒起身梳洗，余光瞥见吴子楚进来，便问道：“外头是哪个兔崽子在折腾？好不容易能睡踏实些，倒叫它给吵醒了。”

“是莫捕头在练剑。”吴子楚回道，“这大同馆地方小，比不得在京里。这里又是后厢房，就挨着后花园，所以没法子。”

听见是莫研，宁晋低低骂了句：“这丫头，起得倒早。”说话时，他脸上带着三分笑，全不见有恼意，连靴子都未套上，披了狐裘便迈步出门去。

后花园中，莫研仅着束腰单衣，一把银剑在她手中，蛇般灵动。

宁晋也不出声唤她，在旁静静站着，对于功夫他是门外汉，也不懂她究竟使得好不好，不过是看个热闹罢了。

“她耍得如何？”他侧头低低问旁边的吴子楚。

“这个，”吴子楚笑了笑，评价不高，“还能看吧。”

话音刚落，莫研就停了剑，朝他们这边望来，白了吴子楚一眼：“我自然比不上你，不过又不是街头卖艺，什么叫‘还能看吧’？”

“你别不服气，子楚眼界高，一般街头卖艺的，还入不了他的眼。”宁晋笑道，看她练得满脸通红，气喘吁吁，与昨日比起来自是有生气多了。“你这一大早的，就在这里折腾，还让不让人睡觉？”

“习武之人，自须日日勤练不辍，一日不练，便会倒退数日，这个道理说了你也不懂。”莫研抹抹额头上的汗，拾起旁边衣袍披起来，不在意道。

宁晋冷哼一声：“说得倒好听，在途中那几日，我也没见你拿过剑。”

莫研理直气壮道：“正因为如此，所以现在才要加紧补回来。”

“你还真是什么都有理。”

知她向来如此惯了，宁晋自然不会多费唇舌与她争辩。

两人正说着，前边有个侍女转过假山朝宁晋走来，施礼禀道：“耶律大人差人来问，说是三日后便与殿下启程往广平淀，问公主可否一起前往，他才好准备车马。”

宁晋想都不想，便回道：“公主当然与我们一同前往。”

“殿下，”吴子楚小声道，“是不是要问下公主自己的意思？”

“不必了，我的话小渝儿还不至于不听。”宁晋摆摆手，自顾走开，口中嘀咕着：“还真有些饿了，也不知这里的早食和京里比起来怎么样。”

他身后的莫研吴子楚对望片刻，心中皆有些奇怪：宁晋平素虽然也会端端架子，不过像今日如此这般霸道地替人做决定，倒是很少见，何况那人还是公主。

宁晋何尝不知道他们所想，自在中京见到赵渝独自一人，而耶律洪基等皇族都在广平淀，他心中便有些不快。故而他做此决定的其中原因，却是不便与子楚等人明说。

“小皇叔说我也得同去？！”

赵渝听了果然一脸迟疑，思量片刻，才道：“我病还未好，还是不去较好，待在这里养病怎么说也比在广平淀好些。”

“恐怕眼下耶律大人就已经备下你的马车。”莫研挠挠耳根，“我想，宁王殿下这么做也许有他的用意。”

后半句话赵渝几乎是没听见，仅仅听了前半句她就怔住了：“耶律大人？这么说，这次是他去接的岁贡？”

莫研点头。

“那他……”赵渝其实自己也不知道想问什么，话说了一半便卡在口中。

“嗯？”

自春天头鱼宴之后，算来自己已有大半年未见过他了，赵渝怅怅然想着。自三年前她自展昭口中得知耶律菩萨奴身份特殊，因怕引人怀疑，给他带来危险，有旁人时她从不与他多谈。大概是出于同样的原因，耶律菩萨奴亦是如此，永远都是冷冰冰的模样。即便是在极偶然的情形，只有他二人时，他也是仍是那样。他在替她疗伤那段日子里，看她的眼神，她再也未看过。

有时赵渝会有个错觉，她禁不住会去想，那个在雁歇镇替自己疗伤的男人也许根本就是另外一个人，一个她现在再也找不到的人。

“公主、公主。”

莫研看赵渝发呆，不明就里，好奇道：“你与耶律大人有什么事吗？”她现在仍不知道耶律菩萨奴的真实身份，看赵渝神情，还以为赵渝与他有过节，所以不愿与他同行。

赵渝听这话，愣了愣，误会了莫研的意思，脸不自觉地泛红，忙道：“连碰面的少得很，哪里有什么事。”

“哦。”莫研却想起一事，问道，“对了，耶律大人这几年来是不是腿或脚受过伤？”她对耶律菩萨奴改迈左腿一事仍是不解，想来想去大概只有因为腿受伤他才会改变习惯，因此有此一问。

赵渝摇摇头：“我也不是很清楚，应该没有吧。”

“没有。”

莫研皱皱眉头，犹自思考。

这日上午，耶律菩萨奴带着宁晋等人去观赏了皇家围场。说是围场，其实就是圈养些珍奇异兽的地方，几乎没什么人会在这里当真狩猎。平日里除了皇室女眷们偶尔来此走走，便是接待些外使，让几个侍卫陪着外使打打野鸡野鸭梅花鹿，博他们一乐，并不像真正狩猎般惊险刺激。

只是宁晋看上去没什么兴致，看着几头梅花鹿在鼻子底下晃来晃去，他就是提不起兴致，倒是对身旁陪猎的辽人侍卫很感兴趣，还借了人家的弓箭装备来细看。

“殿下若是不喜欢狩猎，稍后还安排了戏马、摔跤。”文官熙和骑在马上，随侍一旁，赔着笑脸道。

宁晋扫了他一眼，再转头看看落在后头，那位仿佛不会说话冰雕般的耶律菩萨奴，心中暗道：“这一文一武的搭配倒是妙得很。”

假装沉吟了片刻，他朝文官熙和问道：“有件事我倒想问一下，公主与耶律殿下大礼在即，可我看你们皇上和耶律殿下皆不在中京，那这大礼究竟如此操办？”

这话问得虽然温和，但显然已有辽人怠慢公主之意在其中，大冷天的，文官熙和听罢硬是出了汗。赵渝在辽国确实未受重视，皇上与殿下只管她好吃好住，别的并不相问。连行大礼，皇上也嫌回中京太麻烦，决定就在广平淀举行。可这话却是万万不能说与宁晋听。若是言语间有差池，惹得这位宁王心中不快，回去与宋国皇帝嘀咕两句，来年减了岁贡，自己可是有十个脑袋也担当不起。

这熙和还想回头问问耶律菩萨奴的意思，无奈后者实在拉得太远，只怕连他们说的是什么都没听见。

“大礼之事，皇上已下诏，大礼就在广平淀举行。”熙和故作轻松地笑道，“皇上说，我们辽人本就是游牧民族，何处水草肥美就在何处安家，成亲也是一样。让耶律殿下也不必拘于小节，就在广平淀为他举办大礼，日后定传为美谈，为他人所效仿。”

“原来是这样。”

宁晋淡淡地应了一声，脸上似笑非笑，看不出喜怒。

熙和又忙补充道：“皇上还特地在广平淀为耶律殿下和公主盖了喜帐，豪华精致，说是一定要比在宫里行大礼还气派。”

他的话，宁晋恍若没听见，朝远处张望了一番，撩着马鞭道：“这里没什么意思，你方才说还有什么来着？”

“戏马和摔跤。”熙和赶紧道。

“哦，那就先看戏马吧。”

“好好好，殿下您请这边来。”

熙和暗自抹抹汗，宁晋不再追问便是最好不过。他忙引着宁晋往东面开阔处走，与耶律菩萨奴擦过时，碰上对方闻讯的目光，他虽没好气，但仍道：“宁王殿下想先去看戏马，请耶律大人派人让他们赶紧准备好。”

耶律菩萨奴轻点下头，招手唤过名侍卫低低吩咐了几句，那侍卫便策马疾驰而去。不多时，便能看见东边几面彩旗挥舞，熙和忙赶到宁晋旁边道：“戏马开始了，请殿下往那面看。”他的手往彩旗处一指。

宁晋望去，果然有人骑了匹高头黑马，自彩旗之中穿出。马上人身穿红衣，纤腰紧束，竟是个女子。

那马奔驰不停，而红衣女子立身站在马背上，手中持杖击球，无论马儿如此颠簸，身子与球皆是稳稳当当，倒叫看得人白白替她捏一把冷汗。

宁晋虽然原本情绪不佳，但这马戏在中原难能一见，在此间看见，甚是新奇，不由为马上女子鼓起掌来，又转头朝吴子楚笑道：“这玩意小七肯定喜欢，早知道今日该把她叫来才是。”

吴子楚笑笑点头，并未接话。

倒是他们身后的耶律菩萨奴，即展昭听到此言，微垂下双目，怔怔地出了一会神。再抬眼看向戏马时，他目光中的红衣女子隐约总觉得便是莫研的模样。

此时的她，也不知在做些什么。

他禁不住要去想。

他也不知道自己究竟是怎么了。

以前三年见不到倒也忍过来了，可现下才一天时间未见着她，也不知怎的，他便想她想得心中发痛，恨不能时时都能看见她才好。

只要能看见她，便是不能相认，大概也是好的。

众人为了戏马而欢呼鼓掌喧哗，大概因为平日里的耶律菩萨奴便是冷冷淡淡诸事不惊的人，故而他虽静静僻在一旁，也无人觉得有所不妥。

喧哗声波浪般一阵高过一阵，在五个辽人女子组合成的马上舞蹈中达到了最高点。看着那些女子驾马跑了回去，宁晋显然意犹未尽，连连咂嘴，摇头叹道："厉害厉害，单足立在马上起舞，她们之间还能以彩带相戏，我当真是想也想不到这世间有如此厉害的马术。"

见宁晋模样十分愉悦，文官熙和自是松了口气，上前笑道："还有摔跤，也精彩得很，殿下看了便知。"

"摔跤？"宁晋顿了顿，挑眉问道，"是女子还是男子？"

"是男子。"

"男子，那我不看了。"

"莫非殿下想看女子？下官也许可以试试安排。"

"那我也不看。"宁晋干脆道。

熙和被这情绪反复无常的宁晋弄得有些头大："那……殿下的意思是？"

宁晋侃侃而谈："摔跤这玩意，我们中原也有，就是角抵嘛。两人皆是膀大腰圆之辈，相抵终日，欲倒而不可得，看起来实在闷得很。再说刚刚才看过这女子戏马，身影婀娜，素腰纤纤，令人回味无穷。乍然再看那些个膀大腰圆之辈，岂非倒尽胃口。"

熙和连连称是，心中却暗骂这宁王的穷讲究还真多。

"外头实在冷得很，"宁晋骑在马上，缩缩脖子，懒懒道，"再说，我也有些累了。"

"我送殿下回去。"熙和求之不得。

宁晋没吭声，歪着头瞥了眼旁边的耶律菩萨奴，附过身子，低低朝熙和问道："我听说你们这位耶律大人，是辽国顶尖的高手，是不是真的？"

“耶律大人骑射确在我国数一数二，功夫也好得很。”

宁晋哈哈一笑，拍拍旁边吴子楚的肩膀道：“我这侍从在我们中原也有些名气，这样吧，就让耶律大人送我们回去，也好和我侍从说道说道切磋切磋。”

“这个……”

熙和瞥向耶律菩萨奴，这也是个不好惹的主，他可不敢替他答应。好在耶律菩萨奴轻点了下头，他顿时松了口气。

见已无自己的事，况且宁王看上去也并不怎么待见自己，文官熙和识相地找了个借口，脚底抹油先走了。

剩下耶律菩萨奴与宁晋等人一行往中京内行去。宁晋方才还在说乏了，现下却又不紧不慢地按辔徐行，欣赏起沿路雪景来，不时与吴子楚说说笑笑，把耶律菩萨奴晾在边上。倒叫个展昭不明他究竟是何意，只得静静地随在一旁。

与吴子楚说了一路无关痛痒的事情，直到进了大同馆，展昭见宁晋浑然不提要他与吴子楚切磋之事，正犹豫着是否该离去，可心中又不由地想见莫研一面，犹自两难。

正在此时，宁晋这才貌是不在意地朝他道：“小七那丫头今晚说是要请你吃饭，谢谢你当年救展昭的事。”

展昭一怔，他倒未想到会是这事。

“是她说怕你不肯来，让我找个借口把你请来。”宁晋说这话时懒懒的，隐约有些酸味在其中。他出门前莫研便央他此事，随后又见她在灶间忙碌，才知她所谓的设宴酬谢，原来所有菜肴都是她自己亲手做来，并非仅仅是使银子差人做。

这些年来，他何尝吃过一顿她做的饭菜，哪怕是极简单的也未曾有过。倒是自己请她吃过不少次，也没见她念着这份恩。

“我……”展昭知道自己应该拒绝，他实在怀疑自己是否有足够的定力去吃这顿饭。

他话还未说出口，便听见有脚步声从堂中屏风后绕过来，侧头望去：赵渝身着白狐裘，面有病容，纤纤弱弱地走出来，看见他时，脚步一滞，目光微垂，口中却是朝他道：“原来是耶律大人来了，快请坐。”

展昭犹记得年初之事，亦不去多看赵渝，只淡淡施礼道：“多日不见。公主的病可好些了？”

“已经好多了。”

听到这句关心自己的话，赵渝又忍不住要拿眼去瞧他，只是入眼处仍旧是那张冷冷冰冰的脸，与之前毫无二致，不由地心下一凉。

宁晋见了赵渝神情，心生疑虑，暗中多看了耶律菩萨奴两眼，却又看不出任何端倪了，犹自奇怪。

展昭其实很想拔腿就走，可想到莫研，就忍不住想再看她一眼，怎么也挪不动脚步。

赵渝心中却是在自苦，见不到时想着他，其实便是如现下这般见到了，自己又能如何，还不如不见罢了。

宁晋则一面奇怪着赵渝的神情，另一面又禁不住要胡思乱想：莫研请客会不会叫自己作陪，若她请自己作陪，自己肯还是不肯？若是她不叫自己作陪，那又该想个什么法子才能蹭上饭？

三人杵在厅中，一时竟无人说话，堂上静得有几分诡异。

之前去了灶间的吴子楚回来时便是碰上这情形，尴尬地立在当地，不知出现什么状况，自己究竟该不该说话。直到宁晋奇怪地瞪了他一眼，他才连忙道：“宴席已经备下了，小七请诸位去后花园中的小花厅。”

“诸位？”宁晋挑眉，手指点了下自己。

吴子楚愣了愣，才明白宁晋的意思：“是，她也请了您和公主。”

宁晋微微哼了一声，脸上的笑意却是忍也忍不住，起身朝另二人道：“走吧，也尝尝那丫头的手艺去。”

展昭却站着不能动弹，想到莫研一番心意，待此时要说出个“不”字，却是千难万难。踌躇片刻，他终还是随着众人身后，一路曲曲折折往了后花园的小花厅而去。

此时天色已有些暗了，远远的，尚隔着树木枝条便能看见花厅那边的烛火明亮耀眼，隐约还能看见一个人影在桌椅间穿梭，似乎正在摆上碗筷。

他们迈入门时，莫研已摆好碗筷，迎上前，朝展昭笑道：“我还一直担心耶律大人你会不肯来，那这些菜可就都白白做了。”

展昭看着她在灯下笑语盈然的模样，怔了怔，片刻后才回过神来，瞧着桌上七盘八碟，极是丰富，想来她定是费了不少心思。

宁晋早已围着桌子瞅，一面啧啧叹道："丫头，想不到你这么会做菜，早知如此，当初我就不该举荐你当捕头，该让你当御厨才对。"

"御厨？"莫研显然不屑一顾，"那也得瞧我愿不愿意。耶律大人，你是客，请坐上座。"

"其实莫姑娘不必如此客气。"展昭极力平平道。他此时才得知这一桌的菜肴竟都是莫研亲手做来，心底倍觉温馨。

莫研听这话，脸色微变，不满地瞧向他："耶律大人，你是知道我已和展大哥成过亲，怎的还叫我莫姑娘？"她分明记得当年在雁歇镇，他早已改了口唤自己为展夫人。

展昭语塞，一时也不知该如何回答。

幸而宁晋在旁冷哼一声："看吧，这丫头毛病又犯了。你……"他用筷子点点展昭，"不用理她，就叫她小七好了，我们都这么叫她。"

莫研奇怪地盯了他一眼，回身拿了酒壶，除了赵渝，给各人都斟上酒，方才在展昭右侧坐下。

赵渝因还病着，本就胃口不好，略略挟了几筷子素菜在碗中，入口时觉得酸甜适口，甚是开胃，便笑道："小七你的手艺当真是不错，比咱们大同馆内的厨子做的还好吃。"

"公主你喜欢，就多吃些。"莫研笑道。

"这拌菜做得尤其好，"赵渝微微笑着，随即轻叹口气，"若是展昭还在世，也是个有福之人。"

这话说得展昭心中抽痛，夹菜的筷子几乎拿不稳，目光定定地看向莫研。

莫研倒未见有伤心之色，反而笑道："大哥以前就说过，他说我做的菜比咱们京城里醉仙楼的还好吃。耶律大人，你尝尝这个，这山药青笋炒羊肝用大火爆炒出来的，与你们这儿做法不同。"

展昭还未夹，倒是宁晋先夹了一块放入口中，尝了尝，摇头晃脑道："还不错，不过就是放的酒不对味，要是用中原的黄酒，味道会更好。"

"谁说不是，"莫研也有些懊恼，"可惜这里哪里找黄酒去。"

展昭吃了一块，轻道："我觉得味道很好。"

听他如此说，莫研自是欢喜，又连连指点几个菜请他尝。倒是赵渝在旁，觉得他比起素日似乎温和了许多，偷眼望他，却又看不出什么来。

当年在雁歇镇一事，宁晋从未听莫研说起过，其实心中极想知道当初详细情形。当下几杯酒下肚，他趁着酒兴，便问展昭道："当年你在雁歇镇是如何救下展昭？小七后来又与展昭成亲，这中间究竟是怎么回事？耶律兄不妨说来听听。"

闻言，席间几人都不约而同或暗自、或在面上微微变色，理由却是个个不同。

虽然此事对于展昭所扮的耶律菩萨奴来说，与宁晋道来并无不可，但对于展昭来说，要自他口中重提与当年之事，更何况还是当着莫研的面，叫他如何说得出口。

赵渝当年自己也是为耶律菩萨奴所救，但为保自己的清誉，此事除了展昭莫研，一直都无人知晓，旁人只道是展昭莫研救了她。便是对宁晋，她也缄口不谈，更加不会提耶律菩萨奴的特殊身份。此时宁晋让耶律菩萨奴说起当年之事，她情不自禁地想起他为自己接骨、换药，想起雨夜里他抱起自己轻放到地上，猜测着他会不会也还记得这些，不由地面上便一阵阵地泛起红来，竟随手拿了旁边的酒壶，自斟自饮了一小杯。

莫研听罢，却是心中不快。她向来不喜自己的事情成为别人茶余饭后的资谈，况且宁晋说话时语气略嫌轻浮，对于一件对自己而言如此重要的事情，她自然不喜他这么一副准备听说书的模样。

最不相干的虽是吴子楚，可他面上亦附上些许愁容，生怕宁晋酒喝多了，又开始乱说话。

席上静了一会，无人说话。

宁晋好奇道："怎么，不能说吗？"

展昭微抿着唇，仰头饮下杯酒，才淡淡道："小事而已，不值一提。"

此言一出，赵渝的心先凉了半截，怔怔地在心中想，在雁歇镇的那些日子，自己珍之重之，可原来对他而言，却不过是不值一提的小事而已。她幽幽吐口长气，不再看耶律菩萨奴，起身称自己身子不好，不能久坐，便退了席。

目送赵渝离去，莫研转头拿眼瞪宁晋，道："瞧，连公主都不想听，先回去休息了。我们习武之人运功疗伤这些事，说了你也不会懂啊。"

被她这般说，宁晋也不恼，微微笑了笑，道：“这些事，这些年……你当真以为我什么都不懂吗？”辽国的酒比起中原来，自是烈了许多，他本就不是善饮之人，此时说话便已带上了几分醉意。

吴子楚在旁，担忧地望着他，眉头皱得越发紧起来。

宁晋端起杯子，唇刚触及，冰凉一片。他叹了口气，一饮而尽，才低低道：“连酒都冷了。”

“热肠喝冷酒，点滴在心头。”展昭轻轻道，他不知怎么，就想起当初在清韵山庄时，也是像现在这般四个人坐在桌旁。

“我哪里是什么热肠，根本就是酒入愁肠愁更愁。”宁晋咕哝着。

莫研笑嘻嘻地看向展昭，好奇道：“原来你们契丹人也懂得这话。”不待展昭回答，她侧头想了想，“也对，你们契丹人整日骑马狩猎，习武练箭，便和江湖中人差不多，难怪有此江湖豪情。”

宁晋斜睇她，没好气地问道：“接下来，你是不是又想说，这种江湖豪情我是不会懂的？”

“难道你懂？”莫研好笑道。

“你若以为我不懂，我便是懂了也白懂。你若以为我懂，我懂还是不懂，又有何妨？”宁晋把一段绕口令般的话说得很顺溜。

莫研挠挠耳根，显然没听明白他究竟想说什么。

展昭却听懂了，或者说，他早已看懂了。

“莫姑娘，”他艰涩开口，也不管莫研听了这称呼如何皱眉，仍淡淡地说下去，“说起来，展昭已死了三年有余，你实在犯不上再为他守下去。”

莫研静静地侧头注视着他，良久，才开口缓缓道：“耶律大人，你救过我大哥，而且今天你是客，按理说，我不该对你有所冲撞。不过，”她顿了顿，语气微微透着寒意道，“你也管得太多了吧。”

本以为以耶律菩萨奴的性情，听到这等话，早就该拂袖而去。可他却不偏不倚地盯着她，慢慢道：“你以为你这样做，展昭就会高兴吗？”

“就是啊。”宁晋居然还在旁慢条斯理地点着头，庆幸终于有人说出了自己想说而一直不敢说的话。

莫研轻咬着嘴唇，紧盯着展昭。

“你们当日成亲，何等草率，其实也作不得数。何况，你们也未有夫妻之实，你接着做你的莫姑娘岂不快活自在。我相信，这也是展昭所愿。”展昭语气淡然，似乎说得轻轻巧巧，实则胸中如冰侵炭焚，万般苦痛难以言语。莫研来辽时日不会多，也许待她回宋之后，两人便再无相见之日。以他的身份，像今夜这般相处的机会恐再难得，故而这番话要说出口虽是千难万难，可他却不得不说。

“未有夫妻之实？”宁晋闻言愣住，瞪圆眼睛看向莫研，他还一直以为……

看上去，莫研的牙根都要咬碎了。

半晌，她才从牙缝中挤出一句话来：“你怎么知道我们未有夫妻之实？”

“当时展昭尚有伤在身，我想他并非鲁莽之人。”展昭明知此言伤她，却仍旧逼着自己淡淡道来。

此事被人这般明明白白道来，饶是莫研，也觉难堪异常。

“你太多事了，耶律大人！我与大哥之事，与你有何相干？”她腾地起身，怒容满面道，“恕我不能相陪，这桌酒菜你吃完请自离开。”她因气得头脑发涨，只想着快些离开，走路也不怎么留神，刚迈出一步，便被自己的椅子腿绊到，一个踉跄欲摔下去。

旁边的展昭眼疾手快，忙伸手扶住她。

他的手正握住她的。

那瞬，莫研身体一僵，定在当地。

这温暖的触感，她再熟悉不过。

那是一种熟悉到几乎会让她落泪的感觉。

她缓之又缓，慢之又慢地抬起双目，眼中泪光浮动，期待着能看见那张日夜思念的面容。

耶律菩萨奴注视着她。

她的手紧紧地抓住他的手，几乎深嵌进去。

她也怔怔地看着他，然后眨了下眼，眼泪唰一下涌出来，顺着脸庞滴下。

是因为契丹的酒吗？她茫茫然地想着：所以自己会有这种错觉，竟然把眼前这个男人当成了大哥。

可他的手，分明就是……

即使她现在能看见他的脸，却仍然不愿松开他的手。

“丫头，怎么了？伤在哪里？”宁晋忙跳起身来，瞧莫研神色不对，还以为她把脚扭了，估计还是很严重的，否则怎么会哭。

他这一出声，展昭率先回过神来，意识到自己的失态，忙就要抽回手来，一抽之下才发觉莫研握得极紧，只得用力再抽，却是怎么也抽不出来。

“大哥、大哥……”她低低喃喃道，改用双手紧紧拉住他的手。

那一声声的亲切之极呢喃，宛如一把把的利刃直刺入展昭心中，痛得恨不能大喊大叫，偏偏又不能表露半分。

“糟了，这丫头怕是又喝多了，像那天似的发起疯来。”

见耶律菩萨奴似乎被莫研吓呆，愣愣地只知站着不动，宁晋只得朝吴子楚使了个眼色，要他拉开莫研的手。

那手却拉得十分地紧，吴子楚拉不开来，便改为去掰手指。

一个，两个，三个，四个……

饶是吴子楚武功不弱，为了掰开莫研的十根手指头，而又不能伤着她，也着实是费了一番功夫，足足花了一炷香的工夫才总算结束。宁晋忙命人送莫研回去休息。

展昭的手上明明显显地留下几道殷红的印子，高高地肿了起来，他却无知无觉。

倒是宁晋见了他的手，抽了口凉气，拍拍他肩膀，劝慰道：“耶律大人莫怪，这丫头自来如此，疯疯癫癫惯了，前儿晚上还闹了一回呢。来来来，咱们再吃些菜。”

展昭木然坐下，目光犹留在莫研离开之处。

宁晋絮絮叨叨地招呼他吃菜。

“你既然喜欢她，这些年来为何不娶了她？”展昭突然朝宁晋怒道。

“我也想，可是，”宁晋叹口气，“这种事，还得讲究个你情我愿，不是吗？”

次日便是启程往广平淀的日子。

莫研骑在马上，她病既然已好，自然不愿再闷在马车内，况且天气虽冷，却也还算晴朗。

几朵白云悠悠闲闲地飘来荡去，与地上的雪相映成趣。远远的，还能看见成群的牛羊在积了雪的草地上慢吞吞地闲逛，间歇着传来牛鸣羊叫。

拢了拢脖颈处的皮领，莫研收回左顾右盼的目光，又瞥向眼队伍前的耶律菩萨奴。

展昭虽行在队伍，但心思全都挂在身后不远的莫研身上，直觉地，他就知道她正盯着自己在看。

这使得他犹如芒刺在背，唯恐自己露出一星半点的破绽被她看穿。他有信心瞒过所有人，但对于莫研，他没有。她本是他最不设防的人，现在却成了他最应当骗过的人，这份无奈，着实令他痛苦不堪。

看了半晌，莫研轻轻叹了口气。

也不知怎的，自昨夜后，她明明知道是自己认错了人，把耶律菩萨奴当成了大哥。可再看见他，她却仍旧无法挥去那种错觉，甚至是觉得越看越像。她愈是想看清楚他来说服自己，可看着他的背影，那身量、那体型，似乎都越发地熟悉起来，偏偏他又确实是耶律菩萨奴。

“再这么下去，我非得疯了不成。”她烦躁地挠挠耳根，所幸催动马匹，往前奔去。

展昭听见身后急促的马蹄声朝自己而来，心中一紧，自然而然想到的就是莫研。果然，不过是转念之间，莫研已经到了他旁边。

“耶律大人，我们得走几天才能到广平淀？”

莫研放缓马速，与他并辔同行，同时没话找话道。这也是她为了治自己胡思乱想症的一个方法，说来很简单，要破除幻觉，那么只有认清真相。她认为只要自己与耶律菩萨奴越熟，自然就会清清楚楚地区别出他是耶律菩萨奴，便不会再将他遐想成大哥。

“三四天吧。”

展昭连头都未转一下，不是他不想，而是他不能。

“广平淀好玩吗？”仍旧是没法找话。

展昭不答，转向另一边，沉声将文官熙和唤过来：“莫姑娘问广平淀好不好玩，你给她说说吧。”

“莫……”文官熙和策马过来，朝莫研笑道，一看她脸色，连忙改口，“不，展夫人，您想知道广平淀的事，那真是巧了，我从小就是在那里长大的。”

莫研漫应了声，斜瞪了耶律菩萨奴一眼，后者仿若没看见。

“那儿吹沙成山，大大小小的沙坨深可淹过膝盖，车马过处，不留痕迹。”熙和犹在津津乐道。

“怎的听上去像大漠？”莫研好奇道。

熙和笑道：“就知道姑娘……咳咳……展夫人会有此问。那里与大漠并不尽相同，因有大片水泽，水中有肥美鲜鱼，水泽旁草木众多，是个极好的去处。”

“这天气，水都该冻起来了吧？”

虽看上去莫研听得饶有兴趣，可她策马行进时，始终不会拉下耶律菩萨奴半个马身，一直就在他身旁。展昭能清清楚楚地听到她的声音，又是喜欢又是烦愁，只觉得她一言一行对自己而言都是弥足珍贵。

“应该是冻起来了，但结的冰层都不会厚，薄薄的一层。闲暇时，在冰面上凿个小洞，待鱼儿上来透气时，便可将它钩起来。”熙和娓娓道来，带着几分得意的神情，“皇上和殿下，连南院大王都喜欢这玩意。虽然春天在鸭子河也可以凿冰钩鱼，可与在广平淀又有所不同。”他故意顿了顿，想等着莫研问为何不同。

莫研却只是“哦”了一声，什么都不问，弄得他甚是无趣，只得由自己来问：“你知道有何不同吗？”

“那肯定是因为鸭子河上鸭子太多，把鱼都吃得差不多，所以钩也钩不到什么鱼。”顾名思义，莫研理所当然道。

如此回答，展昭听得暗自微笑，这种感觉已许久不曾有过。

文官熙和亦是哭笑不得，半日才道：“其实，鸭子河里的鸭子并不多。真实原因是因为，相传在广平淀的水泽中，生长着一种五彩神龟。”

“五彩神龟？”莫研直皱眉。

熙和连连点头：“对，传说中这五彩神龟就在这广平淀中，几乎没有人能见到它，但只要见过神龟的人，就能得以延年益寿。”

莫研的表情显然是嗤之以鼻：“我家附近有条瀑布，我小时候也老听人说瀑布底下有金色娃娃鱼，只要能摸摸那鱼，便能百病全消，要是对着鱼许愿，还能日进斗金加官晋爵。我守了小半年，才算是逮到那鱼，而且还是一对儿。结果也没什么用处，我二哥哥的眼睛还是瞎的，一点也没见好。那娃娃鱼又整日哇哇叫地烦人，后来还是给放了。我瞧那五彩神龟，多半连那鱼都及不上。”

“五彩神龟是我辽国圣物，怎能与那娃娃鱼相提并论。”熙和忙道。

“你又没见过，怎知确有？多半是编来哄人玩的。”

“我虽未见过活物，不过倒是见过龟壳。”熙和认真道，“至今宫中还留有一个五彩神龟的龟壳，可不就是真的有吗。”

莫研皱眉：“龟壳？”

展昭在旁听她语气，便知她接下来定无好话，果然便听见她呵呵笑道：

“既是龟壳，那龟定是死了，它连自己的命都保不住，如何还能为你们延年益寿。我说这话不能信吧。”

被她这么一说，熙和饶是好脾气，脸上也有些挂不住，偏又说不过她，讪讪道：“展夫人你莫要胡说，这事自然是真的。”

展昭暗叹口气，生怕莫研再胡说八道开罪辽人，遂淡淡开口道：“那神龟自然是脱去凡胎升仙去了。熙和，这些事他们宋人不懂，你不说也罢。”

“是是是。”

难得耶律菩萨奴给他解围，熙和连连应了，不留痕迹地缓下马速，慢慢落到两人之后。

听见他开口，莫研自然而然又转向他，笑盈盈问道：“耶律大人，你怎么知道那龟是升仙去了？”

这问题让他如何回答，展昭暗自苦笑，只得故作没听见，双目注视前方，不言不语。

“耶律大人，耶律大人？！”

莫研见他不答，一手松开缰绳，在他面前猛摇，身子倾斜得简直就要一头栽过来。

此情此景，要再装作看不见听不见，实在不是一件易事。展昭暗自长叹口气，格开她的手，冷冷道：“莫姑娘，请自重。”

“是展夫人。”莫研更正他，语气却比前几次柔和了许多。

他瞥她一眼，不吭声了。

距离他们不远处，马车之内，宁晋已经低着脑袋歪着脖子凑车帘旁有一会儿了，视线中莫研与耶律菩萨奴并头而行，瞧上去似乎还相谈甚欢，他的眉头便不由得愈皱愈紧起来。

“殿下，风刮人得很，仔细受凉。”吴子楚忍不住开口劝道，实则是忧心他莫要扭了脖子。

宁晋瞪了他一眼，唰地放下车帘，过不了半晌，他复撩开车帘，朝吴子楚招呼道：“子楚，你上来，我有话同你说。”

吴子楚依言上了马车：“殿下有何吩咐？”

“你说……”宁晋似乎还没想好该怎么说，犹豫了半日才道，“你说，那丫头是不是又看上那个耶律菩萨奴了？”

吴子楚倒未想到宁晋会问他这个，也不知该如何回答，又看宁晋模样，像是果真为了此事甚是烦恼。

“我想，应该不是。”他道。

宁晋显然松了口气，想了想，却又皱眉道：“可是，我瞧她好似与他在套近乎，她会不会是……把那个家伙当成了展昭的替身。子楚，你再想想昨夜，是不是？”

“昨夜，那是她喝多了才会认错。”吴子楚笑着宽慰他，“现下她又未喝酒，又是大白日的，她自然会明白过来。”

“是吗？”宁晋迟疑，又朝窗外瞄了一眼。

“您不是一直夸小七聪明吗，她当然不会再认错。”

宁晋叹口气：“那丫头，你是知道的。聪明是聪明得很，可一碰上与展昭有关的事，她就能傻到家。”

吴子楚赔着笑了笑，却暗自叹口气，心道：“您自己又何尝不是呢。”

“对了，小渝儿怎么样？她还病着，这么颠簸惯不惯？你去问问，若有什么要使，让她尽管说，她皇叔我在这儿呢，让她别什么事都缩手缩脚。”宁晋说起来，便有些气，“毕竟大礼还未行，还不算他耶律家的人，别弄得自己跟小媳妇似的。”

“是。”吴子楚领命欲下车。

“等等，”宁晋忽又想起什么，脸上似笑非笑，“公主若闷，你就把那丫头唤了去陪她聊天，莫忘了。”

吴子楚自然明白，微笑着点了点头，返身出去了。

吴子楚来唤莫研时，她尚与耶律菩萨奴说得热闹，只是这热闹，独独她一人在说小时家乡趣事，耶律菩萨奴只负责听而已，偶尔偶尔也会被逼得“嗯”一声。

“小七，”吴子楚驰到莫研身旁唤她道，“公主独自一人在马车内气闷得很，你去陪她说说话。”

“公主？”莫研愣了下，只好道，“好，我马上就去。”

展昭闻言，虽暗松口气，心下却十分眷恋她在自己身边叽叽呱呱地说话，不由又有几分怅然若失。

莫研转头，朝他遗憾道：“我得去陪我家公主，偷酒的事我先说到这里了。”

展昭刚想“嗯”一声，又听见她笑道：

“剩下的，待吃饭时我再同你说，要不然晚上到你帐里说给你听也行。”

他握缰绳的手微微一紧，暗叹口气，心道：“千万别来。”

莫研自然听不见他心语，掉转马头，转向公主的马车。

一路上颠颠簸簸，赵渝尚有病在身，加上心情郁郁，确实十分倦乏。她明明知道耶律菩萨奴就在前面距离自己不远的地方，却不与他说话，便是能说上话，也不知该说些什么，他多半对自己还是一副冷冰冰的样子，自己又何必去自讨无趣呢。

莫研爬上车来，撩帘轻唤了她一声：“公主，你可要我陪你说说话？”口中虽问着，人却已进来，微微笑着望着赵渝。

“是小皇叔叫你来的吧？”赵渝一猜便是。

莫研笑笑，低头瞥见赵渝身旁的几件绣品，皆是锦素红底，上绣戏水鸳鸯映日荷花，多半是行大礼时所要用的绣品。只是看上去，锦缎上鸳鸯不成双，荷花尚残，应是还未绣完。

赵渝循她目光望去，倦倦笑道：“我闲时绣的，虽然这些东西本来就有备下，可若不亲自绣一些，岂不让别人以为大宋的女儿家连针线活计都不会，平白让他们笑话。”

“理他们做什么！”莫研道，看赵渝露在衣袖外的手瘦得只剩一把骨头，心中又是气又是怜惜，“你病成这样，也没人来理会你，你还理他们做什么。我、我真恨不得耶律洪基立时就死了，然后把你带回咱们大宋去，何苦在此……”

“嘘，莫要胡说，当心让人听见。”赵渝忙喝住她。

莫研怏怏叹口气，取过件绣品在手中翻看，满目的喜庆颜色，生生地堵着眼睛，让人愈看愈是烦闷。

“你既是来陪我说话，便说些高兴事，莫再惹我想那些个烦心堵心的。”赵渝自她手中夺过绣品，连身畔剩下的一起拢起来，丢进清漆柳条小箱，眼不见为净。

“高兴的事……”

莫研挠挠耳根，一时倒也想不出什么高兴事来，倒是方才文官熙和说的五彩神龟的事情还记得清楚，便依葫芦画瓢地给赵渝说了一遍。她原以为赵渝听了多半也是不耐，却没想到赵渝不仅听得极认真，且还颦眉思索，好像这五彩神龟有何蹊跷玄妙一般。

“公主？公主？”看她想得出神，莫研好奇道，“难道你认得这龟不成？”

赵渝回过神来，摇摇头道：“我怎么会认得，我只是在想……”

“想什么？”

“这么稀奇的东西，我们要是能养一只就好了。”赵渝平静道。

“养这个做什么？”莫研莫名其妙地看着她，“千年王八万年龟，公主，你想养一只陪着你玩吗？那也不好玩呀。”

赵渝摇头，淡淡道：“不是。”她只说不是，却不愿说出为什么，莫研侧头望了她半日，仍是想不明白赵渝要五彩神龟做什么，难不成她也信那延年益寿的胡话。

“这东西还不知道是不是真的有呢，要真的有，那我就去抓一只来给你玩。”她嘻嘻笑道，“抓一对好了，看两只龟打架，也有趣得很。”

“好啊。对了，你方才在外面和耶律大人说什么呢，我看你们说得挺热闹。”赵渝故作不在意问道。

莫研烦恼地挥挥手：“都是瞎聊，没什么。”

岂不知她这么一说，倒让赵渝更加好奇：“耶律大人也会与人闲聊？他可不像这样的人。”

“都是我在说话，他听进去的有一两句就不错了。”莫研挠挠耳根，犹豫了半晌，凑近赵渝问道，“公主，这几年来，你与耶律大人可曾相处过？”

没料到她突然有此一问，赵渝愣住，不由自主地想起那一夜，口中却道：“我也甚少有机会见到他。”

“哦——”莫研遗憾地叹了口气。

“怎么了？”

莫研烦躁地又换了只手挠挠耳根，欲言又止好几次，才咬着嘴唇道：“公主，你觉不觉得耶律大人好像和以前不太一样了？”

赵渝呆了片刻，才缓缓问道：“什么地方不一样？”

“比方说，他原来习惯先迈右脚，现在却是先迈左脚。还有……具体我也说不上来，反正、反正就是觉得他和在雁歇镇的时候不太一样了。”莫研自己也说不清楚，越发挠头挠脑地烦躁起来。

赵渝对于左脚右脚倒是没什么反应，只是听到莫研的后半句话，不觉也深有同感。“他和那时相比，确实不一样了。”她幽幽叹了口气。

闻言，莫研腾地跳起来，正碰上马车顶棚，“哎哟”了一声，用手抚住头，朝赵渝惊道：“公主，你也觉得他不一样？那么就不是我一个人的错觉了？那你觉不觉得他有点像另外一个人？”

“谁啊？”

“展大哥。”莫研把嗓音压得很低。

赵渝被她骇了一跳，转而皱眉盯住她：“胡说八道，我知道你心中一直念着展昭，可也不能这么胡思乱想啊。他哪点像展昭了，根本一点都不像。”

“不像吗？可是，他握住我的手时，我觉得就和大哥一模一样。”莫研咬着嘴唇道。

“他握住你的手？他好端端的怎么会去握你的手？”

“就是昨夜里，我被椅子绊了一下，他伸手来扶我。那时候，我、我……真的觉得就是展大哥。”莫研现在回想起来，觉得那幕像在梦中一般，朦朦胧胧的，不真实之极。此时说来，倒连她自己都要怀疑几分。

赵渝还算冷静，问道：“昨夜里，你喝酒了吧？”

“喝了一点，倒也不算多，再说，我又没有喝醉。”

“这里的酒，烈得很。”赵渝轻笑道，“你虽觉得自己未醉，但酒劲上头，想来有些迷糊，可你自己又未察觉。”

“我觉得……应该不是。”听了她的话，莫研再说话时，已多了几分不确定。

“别多想了。经历世事，人本来就会变，耶律大人就算与三年前有所不同，也没什么好奇怪的。”赵渝犹豫再三，仍是没有把耶律菩萨奴原是大宋间人一事告诉莫研。毕竟此事多一人知道便多一分危险，“他如今也与我们疏离了许多，我想，在雁歇镇的事情，你也莫在他人面前提起，免得给彼此添麻烦。”

莫研点头：“我知道耶律大人本就不愿别人知道他救了我们，也不知道是为什么。难道因为他是耶律重光的人，所以不想让耶律重光得知他救了你，生怕耶律重光误会他是在讨好耶律洪基？”

“也许吧。”赵渝淡淡道。

车窗上的帘子时而被风吹起，耶律菩萨奴的背影在她视线中忽现忽隐，她看了一会，便别开脸去。

夜里扎营时，展昭生怕莫研当真来帐中找自己，巡营巡了五遍之后仍未敢回，独自漫步到距离营地稍远的地方，一直待到月上中天，才回营休息。

路过莫研所住帐篷时，他忍不住放缓脚步，屏气细听——里面静悄悄的，料她应已睡去。他松了口气，暗自苦笑一番，遂抬脚往自己帐中而去。

待经过赵渝所住的主帐，见里头仍旧点着烛火，想来赵渝仍然未睡。这三年来，看着赵渝所处的境地，他扪心自问：若自己当初便知她今日，还会不会领命将她寻回？他心中竟无法回答。

海东青曾告诉过他，赵渝已知耶律菩萨奴的真实身份，但他仍尽量回避赵渝。一来赵渝毕竟与展昭相熟，生怕露出破绽；二来以他的身份，亦不宜与赵渝有过密接触。就这样过了两年多，直到今年春天在鸭子河春捺钵的时候：

在一个极偶然的情况下，夜晚他在河边遇见了赵渝，她身边并未有侍女或侍卫，独自一人在夜色中站立着。他是转过一棵树时才看见的她，之前虽然有听见呼吸声，但并未想到会是公主

他只是淡淡地施了礼，便欲转身离去，心中想着另行找人唤来她的侍女。

“耶律大人。”赵渝低声唤住他，“此间就你我二人，你不用这般躲着我吧。”

他只得停住脚步，站在距离她几步远的地方。

“公主有何吩咐？”

“你还好吗？”她轻轻问道，语气温柔。

“还好，多谢公主关心。”

“今年，是第三年。我，就快和耶律洪基行大礼了。”

展昭自她语气中听出了些许异样，只道：“恭喜公主。”

听到他这句话，赵渝抬眼静静地注视着他，目光中流露出悲戚之色，竟有两行泪自脸颊缓缓流下。展昭见了，暗自心惊，不解她究竟何以伤心至此，也不知究竟该如何出言安慰。

良久良久。

她低垂下眼帘，举袖抹泪，哽咽开口：“你走吧，多多保重。”

留在此地无用，且甚是尴尬，展昭微微颔首，便转身迈步而去。才走出五六步远，便听身后赵渝的脚步声奔上前来，待要回身询问，她却已从背后搂住他的腰间。

“公主、公主……”展昭第一反应便是要挣脱，偏偏赵渝搂得极紧，他又怕伤了她。

“你别动，也别说话，让我靠一下，就一下。”赵渝伏在他背上轻轻道。

展昭顿住，浑身不适：“公主，这……不妥。”

“你和我，都是身不由己的人。”赵渝低低道，“我就快要和耶律洪基行大礼了，现在，我不敢奢望什么。可我总想着得让你知道，让你知道我、我……在雁歇镇的时候，我心里就有了你。”

听到此处，展昭心中咯噔一下，突然明白了：原来公主爱上了海东青，可她并不知道此时的耶律菩萨奴早已非彼时的耶律菩萨奴。

“我知道这没有任何意义，我们之间绝无可能，可我就是想让你知道。”赵渝紧紧地搂住他，“你……你心里可有过我？”

展昭身体僵住，他并不是海东青，无法替他回答。

许久等不到回答，赵渝缓缓松开了手。

展昭往前走开两步，才回身尴尬有礼道：“天色已晚，公主还是早些回营休息稳妥。”

“我知道。”

赵渝惨然一笑，抬头望向他：“方才的事，不必介怀，你就权当未曾有过。我，也知道你的苦处。”

展昭默然不语，点了点头，拱手离去。

次日，他便听说赵渝淋了雨受寒，这一病便一直到今日。之后他与海东青会面时，曾犹豫了许久要不要告诉他此事，想了又想，终于还是告诉了他。

他还记得，那夜的海东青喝了很多酒，话却是出奇的少。

展昭这才明白他的心意，顿时有些后悔，早知如此，他那时就应让公主了解海东青的心意，也许她也就不会这么伤心。可这么做对他俩而言究竟好不好，他却也弄不明白。

此时，看着赵渝帐中透出的微弱烛火，展昭暗叹口气，悄然走过，却听身后传来掀开厚重毡帘的声响，回头望去，正巧看见莫研自公主帐中钻出。

"耶律大人？！"看见他，莫研似乎很惊喜，"你怎么还没歇息？"

展昭不语，总不能说他就是为了躲她，才故意不回帐歇息，却没料到倒偏偏在此撞上。

见他冷着脸不作声，莫研挠挠耳根，恍然大悟道："你不会是在等我吧？想听我说早间未说完的那……"

"不是。"他打断她，淡淡道，"莫姑娘你早些歇着，我还得巡营。"

"我还不困，不如……"她快活道。

"我困了。"

他又一次打断她，然后大步走开，同时留意着身后的动静，未听见跟上来的脚步声，才暗自松了口气。

莫研立在原地，低头看着他的背影，片刻后，打了个呵欠也回帐去了。

总算一路天气还算晴好，原本预计四日的路程，只行了三日便到了鸭子河畔的春捺钵。

宁晋第一次见识辽人的牙帐行宫，虽面上不便表露，但心中也是啧啧赞叹，能将帐篷做得如此华美壮丽，连行廊回院一并皆有，倒真是令他想象不到。

各人被安置下不多时，便有人来接宁晋前去见耶律宗真，来人也特传耶律宗真的旨意，让赵渝好生歇息，并赏赐了些珍贵药材。宁晋本执意要与赵渝一同前往，但见到几日车马颠簸下来，赵渝已是憔悴不堪，终不忍再勉强她，只得独自带了吴子楚去了。

那夜宁晋喝得大醉而归，论起酒量，他无论如何也不是辽人的对手。次日又被盛邀随耶律宗真一同狩猎，一去便要数日方能回来。

耶律洪基亦尚在山中狩猎未回，听说萧观音与萧信也都一并跟着去了，赵渝闻此消息倒是觉得轻松许多。接下来几日，她也不待身体大好，便让莫研陪着她到水泽处凿洞垂钓，看看会不会钓上五彩神龟。

寒风飕飕，饶是狐裘紧裹，仍是冷得人牙齿直打战。

“公主，你身子还未好，还是……”莫研越发不明白她究竟想做什么，“你到底为什么非得抓只龟来玩呢？养只小猫小狗不是更有趣吗？”

赵渝摇摇头，轻咳了几声：“你不明白，这龟我不是为了玩。”

“那是为了什么？”

“为了送人。”

“送谁？”莫研好奇道，“莫非你想送一只给宁王带回宋国做个留念？可我觉得他不会喜欢这玩意的。”

赵渝淡淡一笑：“不是他，我是想送给耶律洪基。”

“送给他做什么？”莫研颦眉，附耳过来轻道，“想让他延年益寿，像只王八一样活千年？”

赵渝被她逗得一笑，摇头缓缓道：“不是，其实我是希望能他感激我。”

莫研愣了愣，随即便明白了：“你是怕他日后又娶了萧观音？”来辽国后，多多少少她也曾听说过一些，知道赵渝的处境并不好。

“他娶不娶萧观音，对我来说并无不同，我在意的是，我在他心中的分量。”赵渝低低道，“按这样下去，纵然是行了大礼，我仍旧是在他心中无足轻重的人。倘若有朝一日，他起了兴兵中原的念头，我又能做些什么？”

“他……不会吧。”莫研咬咬嘴唇，当真到了那时，赵渝的境地亦是不难想象。

“况且若真有那时，他们第一个要防的人便是我，一并连我底下的人。我一个弱质女流，即便有心，但能做的实在不多。”

“可，这和送乌龟给耶律洪基有什么关系呢？”

“我年前就曾听说过，耶律洪基曾经派人来找过这种五彩神龟，想送与耶律宗真做寿，但并未寻到。我猜，他是想借此讨好耶律宗真，让耶律重光断了觊觎皇位的念头。如果，我能替他找到这五彩神龟，他必定会感激我。”

“他感激你，又有何用？若两国无事倒也罢了，他朝若要兴兵中原，又岂会因为一只小小乌龟而善待你！”莫研觉得赵渝此举太傻。

赵渝摇摇头：“你以为我是为了自己吗？”

“那又是为了什么？”莫研不解。

赵渝望向冰面，脸上笼着层淡淡的忧伤，良久才道：“不说这些了，日后你自然会明白的。”

莫研也不愿勉强她，望着她道：“公主，你和以前比起来，真的不一样了。”

寒风卷过，赵渝咳了几声后本想说话，抬眼时却看见稍远处的树丛中似乎有人在动，正向这边望来。

“小七，你瞧那边是不是有人？”赵渝不由有些害怕，扯扯她衣袖。

莫研瞥了眼，索性捡了块石头丢过去，同时朗声道：“谁啊，鬼鬼祟祟的？”

树丛里的人挨了石子，痛唤了一声，竟是位老人家的声音，待他慢吞吞走出树丛，莫研与赵渝方才看清，原来是位拾柴火的老头，满面糟乱胡须，也不怎么看得清长相，衣着也甚是邋遢。看他一瘸一拐的，走路还不太方便，两人顿时大为内疚。

“没伤着你吧？”莫研奔过去，歉然道。

老头怒瞪了她一眼，也不理会她，俯身把方才掉落的柴火捡起来。莫研忙快手快脚地帮着捡。

这时，赵渝也过来了。

那老头抬头看了她两眼，什么都未说，复低头捡柴火。待柴火捡好，他扎捆起来，艰难地背到身后。

“老人家……你……”

赵渝想说什么，被老头盯了她一眼后，又咽了回去。

待老头走远，莫研才没头没脑道：“是木头的。”

“什么？”赵渝没听明白。

“那人有一条腿是木腿。”

赵渝闻言，目光落在那老头蹒跚的背影上，轻轻叹了口气。

夜幕低垂，几颗星子在寒风中忽明忽暗地闪着。

展昭刚自耶律重光处回来，也喝了不少的酒，虽说未醉，脑子却也有些昏昏沉沉。刚刚进帐，解了斗篷，拿起火石，还未及点灯，他方才觉得不对，帐中似乎有人！

“你这反应也太慢了些，连我的呼吸声都听不出来。”

黑暗中，一人自角落一瘸一拐地出来，懒洋洋地取笑他道。

展昭闻言，顿放下心来，笑道：“原来是大哥，你怎么来了？我还以为是……”

“以为是谁？”苏醉问道。

“没什么。”

展昭无奈苦笑，也不点灯了，放下火石，席地坐在狼皮褥子上，长长地吐了口气。苏醉挨着他坐下，虽看不清他的脸，只听着他的叹息声便明白这些日子他着实过得不易。

“以为我是那丫头？”他调侃道，“怎么，还希望人家投怀送抱？”

展昭涩然笑笑：“不提这些了，大哥你此番特地前来，是有要事吗？”

苏醉道：“你们从镇上走了之后，镇上又来了几个人，虽然改了装，兜头蒙脸的，不过有一人我能认出来，是耶律洪基的亲信。还有一人，”他皱了皱眉，“看身量，倒像个女子。”

“女子？”展昭一怔，立即问道：“可有看清她的模样？”

“兜帽垂得很低，看不大清楚。不过从体格上来看，应该不是辽人女子。”

“大哥，你可还记得上次我与你提过的那女子？”展昭皱眉问道。

“记得，你说耶律洪基营中来了个中原女子，相貌与当年的方夫人很有几分相似。”

“不错，虽然我身在南院，并不常见到她，但仅有的几次见面，看她步伐身形，她应是有些功夫，但使不使毒，暂且还不知道。此番耶律洪基出去狩猎，我也曾前往送行，在狩猎队伍中并未看见她。奇怪的是，之后我便未在营中见过她。”

“你觉得那女子就是她？”

“不错，只是不知道她去镇上做什么？”

“像是路过，只在客栈里要了些胡饼带走，连歇都未歇。”

良久未语，也想不出头绪，展昭凝眉：“耶律洪基去狩猎，已去了已有大半个月。近来耶律重光心情甚差，我日日都得去他跟前，在这里也动弹不得。”

“不着急，待耶律洪基狩猎回来，咱们再瞧瞧仔细。”

展昭点头，又道：“这事你飞鸽传书便是，何必自己跑这趟，天寒地冻的。”

“没事，在镇上待得有些气闷，出来走走罢了。”苏醉随口笑道。

展昭知他定还有别的事，只是他不肯说的事情，自己再问也是枉然，故而也不再追问，只道：“大哥你留在此地，咱们能彼此照应，也是好事。”

苏醉微微一笑：“那你给我找身衣裳，我虽瘸了条腿，钉钉马掌倒也还行。”

“行，明日我来安排。”展昭似乎松了口气，干脆仰面躺下，黑暗中的声音虽有些疲惫，却带着笑意，“你这里，我也安心些。”

“这些日子……那丫头有没有给你找麻烦？”

苏醉甚少看见展昭如此明显地表露倦意，淡淡笑问道。

“没有，她很好，是我……不好。”展昭声音低低的，“我当初不该和她成亲，否则也不会连累她至今。”

苏醉没作声，沉默了良久，才道：“等这事完了，也得想个法子让你脱身才行。”

“脱身？”展昭似乎愣了愣。

“难道你还想顶着这个假面具过一辈子。”苏醉哼了哼。

从他声音中听出了一丝异常，展昭翻身起来，急问道：“你是不是哪里受伤了？”

“没事，”苏醉龇牙咧嘴地把腿上的半截木头卸下来，“就是这木头顶得有些难受，还是坐轮椅的时候舒服些。”

展昭点上灯，凑近一看，见他左腿断膝上又紫又肿，想来长时间戴着木腿所致。

“我去找些消肿的药来，你且等等。”

不待苏醉说话，展昭披上斗篷，便急急掀帘出帐来，到近处的医官配了些消肿散瘀的药。他们身为武将，身上磕磕碰碰难免有伤，配药亦是家常便饭，倒也不会令人疑心。他拿着药刚出来，迎面正碰上莫研。

“耶律大人？你病了？”莫研见他从医官处出来，不由好奇道，凑过头闻了闻他手中药包，“延胡索、红花……活血散瘀，你受伤了？”

“不过是一点青肿，小事。”展昭不着痕迹地退后一步。

莫研自怀中掏出个精致的小银盒，递给他道：“使这个吧，是我们那里上好的药，擦了明日便好。”

展昭自然知道中原的药非比一般，若是他自己的伤，不用也罢，但眼下伤的是苏醉，他犹豫片刻，伸手接过：“多谢。”

“不必客气。”莫研笑了笑，也不多啰唆，自行拢着斗篷转身走了。

银盒上似乎还带着她的体温，触手微温，展昭缓缓将银盒收入怀中放好，又看了眼她背影消失的方向，方举步回帐。

“绿玉膏，你哪里弄来的，我有些年没见过这金贵玩意了。”苏醉打开盒子，一股清香溢出，他闻了闻，抬眼笑问道。

“小七给的，正好在路上遇见她。”

展昭用手取了药膏，替他涂抹在断膝紫肿处。

药膏沾到肌肤，凉意直透体内，立时缓解了之前断膝处火烧火燎般的肿痛，苏醉舒服得简直想哼哼。

“这玩意得大内才有吧，那丫头怎么弄到手的？”

“大概是公主给她的吧。”

细细抹毕，再用干净的布条裹起来，展昭复盖好盒子，递给他：“你用得着的时候多，留着吧。”

苏醉也不与他客气，径直收入怀中，随即爬上软榻上舒服躺下：“我就不与你见外了，这几日在路上都未好好睡过，这个困劲……”话未说完，他打了个呵欠便合目睡去。

展昭微微一笑，拉了被衾给他盖上，自己另行扯了条毯子，灭了灯，便在地上狼皮褥子上和衣躺下。

一夜无事。

次日，一队人马狩猎归来，捺钵内热热闹闹的，又是分狍子又是分野鹿。

赵渝不为所动，自顾寻了处僻静地方，安然钓着她的乌龟。莫研全身裹紧皮裘，陪在她身侧，有一句没一句地与她闲聊着。

到了近傍晚的时候，远远地便有香味飘过来，是辽人在营中空地上架起大锅，正煮着狍子肉，另外又生了火堆，将野鹿串在上面烤。

莫研是闻着香就觉得肚子饿的人，又不好独自走开，只得叼了根草在嘴里嚼，眼睛往香气飘来的方向张望着：“这么大张旗鼓的，多半是耶律洪基回来了吧。”

“理他呢，反正也不会有人想起我。”赵渝双目盯着冰窟窿，淡淡道。

“好像快下雪了！”

莫研仰着头看向越来越压下来的厚重云层，自言自语道。

赵渝不在意地瞥了眼天空，又低头接着看向冰窟窿，同时道：“你专心点，竿子都快入水了。”

莫研拎了拎钓竿，无奈地接着陪赵渝钓乌龟。

“对了，昨夜里我还碰见了耶律大人，”她闲聊道，“他刚从医官那里出来。”

赵渝转头看了她一眼：“他受伤了？”

“大概吧，我看他拿了些消瘀活血的药出来。”莫研接着道，“后来我就把绿玉膏给了他，怎么也比那些药强。我想，好歹他也算有恩于我，就算是还他个人情吧。”

“他伤哪里了？”赵渝声音有些异样。

“不知道，看上去与平日无异，多半是小伤，大概是哪里磕着碰着了吧。”

莫研边说着，便觉丝丝凉意落到脸颊上，抬眼处，细细密密的小雪不知何时已经漫天飞舞。本想唤赵渝回去，张口之际莫研才看见她脸颊上的湿意并不仅仅是雪水。

赵渝在飞雪中静静地立着，目光落在冰窟窿以外的不知名的某个地方，痴痴怔怔。

“公主？”她尽可能地放轻声音，似乎生怕重了，会引下她更多的泪水。

被她一唤，赵渝的钓竿落在身侧，她慢慢蹲下，蜷缩起来，头深埋在膝间，身子微微地颤抖着。

生怕她是身子不舒服所致，莫研不免有些惊慌，上上下下地打量着她：“公主，你是不是哪里不舒服？腹痛？还是脚抽筋？公主！公主！”

赵渝头也不抬，只伸出一只手紧紧揪住莫研的衣袍，低低哽咽道：“小七，怎么办？怎么办？我想他，我想他，我想他想得心里好苦……”

莫研听得摸不着头脑：“是谁啊？难道是耶律大人？公主，你说明白些，我替你将他找来就是了。”

与他，相见不如不见——赵渝只是摇头，却不肯再说只言片语，那些久久压抑在她心中的苦在这刻都化为泪水，倾泻而出。

雪愈下愈大，赵渝哭得越发大声。

莫研只能愣愣地守在她身边，不时轻轻拍拍她的背，心中暗自庆幸好在她们所住之处甚是偏僻，亦无人听见。

不远，在她们看不见的老树背后，苏醉紧紧地靠在树干上，一条腿吃力地支撑着身体。他双目虽然紧闭，却挡不住滚滚而下的泪珠。

不知过了多久，天色已完全暗了下来。

莫研收拾好钓竿，扶起赵渝，沿着来路往回走。因之前赵渝只肯让莫研陪着她，故而侍女也不敢来接，只点着灯笼等候在路口，见二人回来，忙迎上前去。

“公主，琪亲王派人送了不少新鲜鹿肉来。”

侍女虽看见赵渝双目红肿，却也不敢多问，仅细声禀道。

“他回来了？”赵渝愣了下，萧信与萧观音是随着耶律洪基一起去狩猎的，“这么说耶律殿下一行人都回来了？”

“听说只有琪亲王和睿祥郡主回来，殿下与他们又分了两路，至今尚未归来。”

赵渝颔首：“那些鹿肉你们且分了吧，我身子还病着，吃不得这个。待会端些清粥小菜进来，小七与我一起吃。”说罢，她便入了帐内，净手更衣。

侍女领命，正待离去，又被莫研揪住，在她耳边低低赔笑道：

“鹿肉烤着才好吃，记得留些给我，我晚些时候去。”莫研这些日子都陪着赵渝，几乎未沾油腥，寻常还不觉得怎样，今日营内到处都飘着肉香，她还实在有些馋了。

侍女笑着点点头，方转身离去。

莫研陪赵渝用过饭，又看着她喝过汤药，将药碗接过，颦着眉看她：“公主，明儿就歇一日，不去钓乌龟了，好吗？”

“你觉得闷？”赵渝倦倦问道，半靠在软榻上。

“闷虽闷，倒也没什么。”莫研如实道，“可你看你现在的身子，再折腾下去，这病如何好得了，何况，你大礼在即，养好身子才是正事。”

“你别说了，我自然心中有数。你若不愿去，不去便是。”赵渝淡淡说罢，翻了个身，将背心冲着莫研，显然是不愿再谈。

此时帐中也无旁人，莫研干脆伏到赵渝耳边，悄声道：“公主，你想的那个人究竟是谁啊？总不会是耶律洪基吧？”

赵渝猛地一回头，脑袋正好和她撞了个正着，痛呼之下，咬牙狠狠地盯着她：“小七，你……”

“告诉我吧！”莫研抚着额头，赔着笑瞅她道，“你既然这么想他，我把他找来，你们见上一面岂不是好。”

“你什么都不明白，罢了，这事你不用理会，权当之前是我梦魇了。”赵渝幽幽叹了口气，心中愁肠百结，却是半分都不得消解。

“公主……”莫研还想说什么。

赵渝却扯过身侧被衾，直拉过头顶，再也不肯说话了。

莫研无奈，只好起身，怏怏地走出帐外。

距离帐外不远的地方，生了火堆，上面架着滴着油吱吱作响的鹿肉。雪零零落落地飘着，七八个人围坐在火堆旁，大多皆是随赵渝往辽国来的侍卫侍女，正低声谈笑着。

莫研闻香而至，硬是挤出个位置来，乍看之下都是相熟之人，也不客气，自拿了刀便去割鹿肉。

“还得刷遍蜜，急什么。”

她身旁一人大嗓门道。

莫研愣了一下，方才只顾着吃没留神身旁的人，此时低头才发觉说话的人竟是满面胡须的老头，竟有几分似曾相识。

“你……你不是那个瘸腿老头吗？”莫研放下尖刀，回想起河边一幕，好奇道，“你怎么会在这里？”

胡须老头拿了蜜罐往肉上刷蜜，压根没理会她。

旁边的侍卫替他答道：“新来的马夫，耳背得厉害，你这么和他说话，他听不见的。”

“马夫？他腿都瘸了怎么遛马？”

“瘸归瘸，他骑马还不错。再说了，咱们这里，爹不疼娘不亲的，有个瘸腿马夫也算是对景。”侍卫倒也想得开。

“他姓什么？哪里人？家里还有谁？”当了三年捕头，莫研已成习惯。

“领他来的人管他叫老胡，哪里人不清楚，家里头就更不知道了，要不你自己问问。”

莫研疑惑地扫了眼老胡的腿，脏污的袍子下一侧空荡荡的，被风一吹，隐约便能看出木腿的形状。

“马上就能吃了。”老胡刷好蜜，转头朝莫研说道，嗓门大得近似于吼，直震她耳朵。

生怕他再吼，莫研忙连连点头，示意自己听明白了。这时一阵风卷过，她恰好坐在下风口，烟气直扑过来，呛得她不得不别开头咳嗽。

待她再回过头来时，身旁的老胡已经不见了。她起身张望，隔着薄薄的雪幕，看见他一瘸一拐地往马厩的方向去了。不知怎么，看着这个老胡，莫研心里总是觉得有些不对劲，却又说不上是什么原因，正边割着肉边思索着，突然有人附到她耳边说话，骇了她一跳，险些割到手指。

那人说的偏偏正是：“发什么呆，仔细割着手！”

莫研狠狠用力割下块肉来，才转头看向来人。身后，宁晋头上戴着个辽人冬日打猎时常戴的貂鼠皮帽，模样有几分滑稽，似笑非笑地看着她。

火堆旁的人纷纷起身施礼：“参见宁王殿下。”

“坐坐坐，忙你们的，不用理我。”宁晋随意挥了几下手，示意他们都坐下，顺便又接过莫研手中的烤肉，拉着她出来，朝她道：“丫头，过来瞧瞧，看我打到什么好东西。”

“殿下，你不是去狩猎了吗？怎么这么快就回来了？”

宁晋才走了五日而已，莫研原以为他起码得去个十天半月的。

“又冷又累，没意思得很，再说小渝儿还病着，我也放心不下。”宁晋侧头问她道，“这几日，小渝儿身子怎么样？”

莫研摇头叹气：“公主迷上了钓乌龟，天天在外头吹风，我看再这么下去，她的病不加重就谢天谢地了，要好可难得很。”

“乌龟？”宁晋不解。

莫研只得把五彩神龟的由来再细细说与他听，待说完，才发觉自己已被宁晋领到牙帐大厅之中，两旁灯火照得通明，地上赫然躺着一头黑压压的庞然大物。

“这……什么东西啊？”

眼前这玩意实在太过庞大，莫研吃了一惊，不由自主地退后几步。

宁晋得意笑道：“熊！你没想到吧，我跟着他们出去，居然能猎到熊回来！

子楚，把它翻过来给这丫头瞧瞧。”他招呼一直含笑立在旁边的吴子楚。

“不用不用，”莫研忙阻止，“我这么瞧着就够了。这个……真的是你猎的？”她狐疑地望向宁晋。比起虎豹来，熊要更加难猎，她是知道的。若是别人倒也罢了，偏偏是素日养尊处优惯了的宁晋，说他第一次狩猎就能猎头熊回来，真是叫人没法相信。

“当然。”

宁晋得意非常，用脚踢踢地上的熊：“子楚，把这熊身上的三个箭孔翻给她瞧瞧，三箭都是我射的，还能有假？”

吴子楚依言上前，莫研凑前粗略一瞧，熊身上果然有三处血洞洞，血已经干涸，周围皮毛都结了痂。

“可这几个地方都不是要害？”莫研皱眉不解。

宁晋见她还是不信，语气间不由得有些微微恼意：“中了三箭，就算不是要害，光是流血也够要他的命。”

“是吗？”

莫研还是将信将疑，不过她对熊不太懂，也说不出什么所以然来。见她模样，宁晋有些发急，他猎到熊，本就得意非凡，迫不及待地赶回来就是想在莫研面前炫耀一番，没料到却被她这般质疑，大大伤他的自尊。

“子楚，你来和她说！”他恼道，在厅中踱了几步，忽得瞥见外间不远处巡营而过的耶律菩萨奴，忙高声叫住他，“耶律大人，来来来！快过来，瞧瞧我猎的好东西。”

闻言，展昭略停住脚步，望向厅中的人，见莫研亦在其中，心中一动，便不欲进来。却不料宁晋已快步出来，不由分说地拉着他往里走。

“耶律大人。”莫研看见他进来，微笑道，“伤可好些了？上次的药用着还好吗？”

展昭点头：“多谢你的绿玉膏，已经好多了。”

宁晋听到此处，唰地转头盯住莫研：“绿玉膏？”

“嗯，就是你年初给我的那盒，你忘了？”莫研自然而然道。

“我怎么会忘，那盒是我好不容易从皇兄哪里要来的，你……”宁晋瞪她道。也难怪他气恼，当初为了要这盒绿玉膏，他还赔上几幅心爱的字画，就是怕这丫头在外面查案与人磕磕碰碰没轻没重，毕竟是姑娘家，身上若有青青紫紫未免不好看。没想到她居然随随便便就送了耶律菩萨奴，实在枉费了他的一番心思。

莫研还未说话，展昭已开口道："既是如此，我拿来还与莫姑娘就是了。"

"不打紧，你先用着吧，待伤好全了再还我不迟。"莫研只好道，回头白了眼宁晋，低低道，"你够小气的，东西都已经给了我，还这么蝎蝎螫螫的。"她以为宁晋是觉得东西金贵，舍不得让人用。

"我……"宁晋待要分辨，却又自觉失了身份，只得闭口不言。展昭却是知道他心中所想，微别开目光，故意岔开话题，朝地上道："这么大的熊，要猎到可不容易。"

"耶律大人，你也说不易吧！"宁晋立时笑道。

莫研挠挠耳根，想起什么似的："我怎么记得，熊，冬日里好像都躲洞里睡觉的吧。"

宁晋语塞，这点他倒是也听说过。

"也有饿了，出洞来觅食，而且个头这么大的熊我还是头一回见。"展昭淡淡道，替宁晋解围。其实他一看这熊便知是耶律宗真为了取悦宁晋，故意安排下服了昏药的黑熊，让他轻易射中。

"就是，你这丫头不懂就别乱说。"宁晋转向莫研，表情忽又有几分奇怪，没头没脑地问道，"这么说，那绿玉膏你原先是一直带在身上的了？"

"那当然了，这种药自然得随身带着，不然要用的时候找不到，岂不麻烦。"莫研理所当然地答道。

宁晋微抿着唇，笑意暖暖透出，又释然道："既然给都给了，就别再往回要。回去后，我再想法子给你弄一盒。"

"好啊！"莫研喜道，"我可得先谢谢你。"

见她模样，宁晋笑而不语。

展昭将这幕看在眼中，心中又酸又涩，像有什么东西哽在喉间，草草朝他们拱手道："我还得巡营，先行告辞。"说罢，便快步行出。

微雪在耳边纷飞，他尚能听见身后厅中传来莫研的声音。

"马大嫂的手常被油溅得又红又肿，我以前就想着也给她要一盒绿玉膏。"

他暗叹口气，料想此时宁晋的脸色，只怕和绿玉膏差不多。

这日，莫研起床用过早食后照例来到赵渝帐中，奇怪的是，帐中空空如也，赵渝并不像往常一般在等她一起去垂钓。

“公主呢？”她出帐来，问旁边的侍女。

“公主一早就起来了，也不让我们跟着，我以为……你会陪着公主。”侍女也有些着慌，“会不会是去找宁王殿下了？

莫研掉头就走，大略在营中查看了一遍，并未发现赵渝的踪迹。她忙急匆匆再往宁晋所住的帐中来，刚至帐前，便被吴子楚拦住。

“殿下尚未起身，有何事让我转告便是。”

“公主没来过？”

吴子楚茫然地摇摇头：“没有。”

“糟糕，那公主一个人跑哪里去了？”莫研挠挠耳根，顿时有些急了，“麻烦你禀告殿下，公主一早就独自出去，我现下得赶紧去找她，莫要出什么事才好。”

听见是这事，吴子楚也不敢耽误，立即就掀帘入帐内。莫研奔到马厩处，并未看见老胡，便胡乱牵了匹马骑上，朝水边驰去。

这日的雾比起寻常要大得多，水泽旁雾气弥漫，连续找了几处她们日里常垂钓的地方，皆不见赵渝的踪迹，莫研有些发慌，眼下水泽的冰层还薄得很，负不起人的重量，若是赵渝失足落水，那水冰凉彻骨……她没敢再往下想，下了马沿着水泽慢行，边打量四周，边大声呼喊。

不多时，宁晋与吴子楚，还有营中的部分侍卫也都骑着马出来了，呼喊声远远近近，高高低低，在雾中此起彼伏。

“怎么样？还没找到吗？”宁晋循着声音，驰到莫研旁边，焦急道，“你们平常惯去什么地方？”

“平日就在这附近啊。”

莫研蹲在地上查看脚印，半晌，也未发现线索，怏怏站起，目光落在水泽薄薄的冰层上。

宁晋被她的眼神弄得直发毛，不确定道：“小渝儿不会水，应该不会太靠着水边走才对。”

从这里展目望去，冰层和岸边的区别还是看得出来的，公主应该不会走错，莫研稍稍安心，突然又想到：公主昨日曾说过，她很想某个人，会不会是去找这个人？问题却又回到了原点，她所想的这个人究竟是谁？

“公主有没有跟你说过什么？”莫研没头没脑地问宁晋。

宁晋莫名其妙：“说什么？”

“比如，她心中想的人。”

“想我皇兄。”

莫研烦躁不安地摆摆手：“我说的不是这个，是她的心上人。

“没有，她怎么会和我说这个。”

“那她到底喜欢的人是谁呢？”莫研还在想。

宁晋打断她的思索：“现在不是谈的时候，先找到小渝儿要紧。”

“我当然知道。公主昨日还说很想他，我是在想，现下公主会不会去找这个人？”

“是谁？！”

两人面面相觑，都没有答案。

莫研费劲地挠着耳根，让自己条理分明地整理思绪，道：“第一，公主来辽国前并未有心上人，所以这个人肯定是公主到了辽国之后才认识的，那么他很可能是个辽人。第二，公主喜欢他，却又不能说出来，那就不会是耶律洪基。第三……”

“第三是什么？”宁晋在旁听得津津有味。

“能让公主动心，说明公主与他必定曾有过接触，而非泛泛之交。在辽国，公主认得的人有限，而有过近交往的人就更少了。”说到此处，莫研突然就明白了，再想起昨日对话，更加确定无疑。

“原来是他！”

“谁？”宁晋追问道。

莫研摇头：“我暂且还不能告诉你，但如果真是那个人，公主就不会去找他。”

“你！”

宁晋气极，正待说话，突然听见远处有侍卫高声嚷嚷道：“找到了，公主在这里！找到了，找到了！”

两人顿时一喜，循声过去，看见老胡牵着匹马自雾中走出来，马上正驮着赵渝，神情略有疲态。

“小渝儿，你跑到哪里去了，害得我好找，就怕你掉水里头。”宁晋上前，又气又急道。

赵渝歉然一笑：“我自己也吓到了，本是想出来走走，没想到雾越来越大，走着走着就迷了路。幸好碰见出来遛马的老胡，这才没越走越远。”

“下次再不许一个人出来了，这可是你皇叔我说的，你非听不可。”

赵渝无奈垂头微笑：“我知道了。”

“走走走，回去喝口热汤压压惊。”

想来她自己也受了惊吓，宁晋不忍苛责，亦是无奈，策缰往回行去。

莫研随在赵渝身侧，将她略打量了一番，除了衣袍上有些腐叶，倒并无其他。她也松了口气，朝赵渝道：“公主，下次千万记得叫我陪着你，这水泽地势复杂，可不是闹着玩的。这次幸好碰上老胡，要不然，这雾若是一日都不散，那可怎么办。”

“这雾确实大，若不是听见老胡的马蹄声，我已有些慌了。”赵渝心有戚戚，“多亏了他。”

莫研看向老胡，后者牵着马一径在前蹒跚地走着，对两人的话恍若未闻。

待回到营中，侍女端上熬好的燕窝粥给赵渝服下，她脸上方回复了几许血色。

“小七，咱们走吧。”赵渝朝莫研道，“说不定那龟就是喜欢趁着大雾出来。”

莫研“啊”了一声，不可置信道：“还要去钓乌龟啊？”暗中忙给宁晋使眼色，让他劝劝赵渝。

“别胡闹了，你身子还没养好，天天在外头吹风怎么行？”宁晋特地放重了语气。

赵渝淡淡笑道：“小皇叔，这事你就别管了。”

“由着你把身子拖垮吗？那我如何向皇兄交代。”

“父皇若知道我做这事，也会高兴的。”赵渝的声音有些低沉。

“你日日去钓，到底要那乌龟做什么？”宁晋好奇道。

莫研附到他耳边，飞快低声道：“公主说要把乌龟送给耶律洪基。”

“耶律洪基？”宁晋略略一想就明白这层关系，“我明白你的意图，可就算是为了送他，也可以挑件别的东西，何必非要这乌龟呢。”

“我自然有我的想头，小皇叔，你不用操心，我的身子我自己有数。再说，垂钓也不是很累。”

宁晋仍是不同意：“你既然还叫我一声皇叔，我就不能看着你糟蹋身子。咱们大宋什么东西没有，你说，你要什么奇珍异宝，我都想法子给你弄来，何必非要那劳什子乌龟呢。”

“奇珍异宝他固然能喜欢，可却打动不了人心。我想要他明白的是，我的这份心意。”

“你……”宁晋说不过她，眉头紧锁，连连叹气。日后，赵渝成为耶律洪基的妃子，要面对的重重风雨，都是他所无力帮助的。而此时，赵渝此举是为了争取耶律洪基的心，他又怎能阻拦。

“小皇叔，我能做的已经不多的，难得还有这件事可做，”赵渝顿了下，唇边笑意浅浅，引人怜惜，“你就成全我吧。”

她话说到这份上，宁晋只得长叹口气，无奈问道：“那……若是钓不到怎么办？我听说五彩神龟极罕见，你便是日日守着，也不定能钓到。”

“钓不到便是天意，我不会强求的，尽人事而已。”

“那我也帮你，再多叫些侍卫。”

赵渝打断他：“不，我不想兴师动众，也不想弄得人人皆知，就我和小七足够了。”

宁晋盯着她，半晌没说话，良久才涩然笑道：“你方才的模样，倒有几分像皇兄，做起正事来，性子一般的倔，”

闻言，赵渝微微一笑：“当然了，我是他的女儿。”

两人相视而笑。

片刻，宁晋起身，终于不再多言，只简单提醒她道：“穿和暖些。”

“我知道，小皇叔放心。”

未再说话，宁晋径自出帐去。

“公主。”莫研叹气，没想到宁晋反倒被赵渝劝服了。

赵渝瞧向她，眉峰微挑：“走吧！”她起身，转到屏风后拿狐皮斗篷。

莫研却不动，又唤了一声：“公主。”

“怎么了，你不愿意？”

她话才说了一半，却被莫研接下来的话卡在喉咙，再说不出来。

莫研的声音从屏风那头传来，很轻很平静："你心里的那个人，是耶律大人吧？"

那一瞬，伸出的手就这样停在空中，赵渝愣在当地，良久没有出声。

她不出声，莫研却已得到了答案。

"原来真的是他，那他对你……"

"别说了，我与他根本是不可能的事情。"

莫研沉默，以赵渝此时此刻的身份，加上大礼在即，确实与耶律菩萨奴绝无可能，若当真是两情相悦，那对他二人而言，也不过是雪上加霜罢了。一时间，她也不知该说什么，原以为自己思念大哥，心中已是苦闷，现在想来，赵渝心中的痛苦纠结，大概还要更甚于自己。

一日无事，到了近傍晚时，莫研与赵渝刚刚回营，便有侍卫来报，说是萧氏兄妹今晚在营中设宴，邀请宁王和公主。

赵渝直觉地便是不想去，宁晋却是饶有兴趣。

"去，当然要去，你若不去，便已输了一筹。"宁晋满心想替赵渝争口气，自然看不得她步步退缩，转头便吩咐侍女给赵渝精心装扮上，再换上赴宴的华丽衣袍。他自己亦回帐中更衣去了。

侍女替她梳着头，赵渝唤住莫研："小七，你陪我去。"

"有宁王殿下陪着你呢，就不用我杵在那里了。"莫研道，"再说，那萧氏兄妹二人，我也实在是不想看见他们。"三年前，萧信差点伤了展昭，虽说当初是误会一场，但光听见萧信这名字，她便觉得气闷。

赵渝轻叹口气，也不勉强她。

莫研看左右无事，便自行退了出来，与侍女们一起草草用过饭，便独自闲逛，想待消了食便回帐中歇息。

弥漫了整日的雾，终于在飘飘洒洒的雪中散去，她带起斗篷上的兜帽，低低地罩住脸，不去看身旁经过的人。自来了辽国之后，天气晴好的日子便难得一见，似乎连带着人的心情也跟着低落。

自知道了赵渝的心事，莫研只觉得心中越发地压抑难过。

大哥死了，她无能为力。

耶律菩萨奴就在眼前，公主却也无能为力。

人世间的不如意，竟会如此之沉重，密密地压得人透不过气来，自己究竟还能做些什么。

她颓然仰头，长长地吐了口气，望着白气在空中转瞬间消散，满腹愁绪却未能减轻半分。又想到垂钓了这么多日，连那什么乌龟都未见到影子，脚步便也越发地有气无力起来。

不知不觉间，她竟走到了马厩附近，此时已是晚间，无人用马，大概连老胡也吃饭去了，马厩周围空无一人。她信步走过时，看见旁边木柱上还挂着几个皮囊，粗粗望去，应是辽人盛酒的酒囊，一时兴起，便取下来喝了两口，辣辣的热流自喉咙直灌进去，胃烧起来般的暖和。

要是在平日，她定不会喜欢辽国这般烈性的酒，可今日心中重重郁结难解，倒觉得这酒十分对味，索性抱了酒囊，在草料堆寻了避风处，身子往里头一窝，一口接一口地喝了起来。

“荷花对水开哎哟，
香风吹满怀哎哟，
柳林树下站女裙钗，
衣喂吱隆冬，女裙钗，
手提花鞋卖哎咳咿嗬呀……
……
五花马，千金裘，
呼儿将出换美酒，
与尔同销万古愁。
……”

她用极低的声音喃喃地唱着，唱一会儿饮一大口酒，然后再唱一会儿。

“待回了开封，便去向包大人辞了差事，我要回家去，回家去……二哥哥在家里头，五哥哥也在家里头，还有师父，小七要回家，要回家……”她自言自语，语气甚是轻快，泪却止不住地流下来，双颊已然湿透。

一大口酒灌得猛了些，她被呛住，禁不住猛咳了起来，待咳完，似乎身上力气已经全部用尽，软软地往草堆上一靠，顺手拉了些草盖在身上，便合上双目。

如果，就这样醉死过去，再也不醒来，那该有多好。

最后，她蒙蒙眬眬地想着，终于不支酒力，意识陷入一片黑暗之中。

第二章

不知过了多久，昏昏沉沉之中，她感觉到有人把自己抱了起来。

“你是谁？”她含糊问道，虽然眼睛都未睁开，手指微屈，直探向抱着自己那人的双目。

展昭无奈地偏开头，避过她的手指，柔声道：“你喝多了，睡在这里会冻着，我带你回帐里头去。”

“大哥，你还记不记得那首词？”她迷迷糊糊地，口齿却很清楚，“此去经年，应是良辰美景虚设。便纵有千种风情，更与何人说……大哥，我到现在才明白这词的意思。你、你明白吗？”

说罢，她收回手，往展昭怀中窝了窝，使自己舒服了一些，再无一丝反抗。

“我自然……”展昭想回答道，却发觉她唇角含笑，睡颜叫人心生怜惜，苦笑了一下，知道她自然是听不见，遂未再说下去。

马厩距离莫研所住帐篷并不远，雪纷纷扬扬，展昭轻功甚好，不过片刻工夫，便已将她抱至帐内，且无人看见。他将她轻轻放到软榻之上，替她脱了鞋袜和斗篷，再盖上被衾。

待他做好这一切，刚欲起身，本已躺好的莫研忽觉身边人离去，慌忙胡乱抓住他，喃喃急道：“大哥，你别走，别走。”

帐中并未点灯，漆黑一片，展昭虽看不见她面上的表情，但听她软语相求，怎么也不忍用力挣脱，只得在她榻边坐下，轻声道：“我不走，你睡吧。”

莫研循着衣袍摸下来，一直摸到他的手，忙紧紧握住，两人手心相贴，放在她心口处，方才安静下来。

过了许久，展昭以为她应已睡着，遂想慢慢抽回手，殊不料，他才刚一动，莫研骤然身子一震，焦急唤道：“大哥，大哥……”

“我在这，在这！”展昭不敢再动。

听见他还在，莫研似乎松了口气，但仍是不放心，拉了拉他：“大哥，你也同我一起睡啊。”

他怔住不动。

莫研却已经开始用力拉他，在他愣神之际，不由分说地将他拉下来，且还用被衾盖住他的身子。她的头就这样亲亲热热地抵着他的，呼吸浅浅，弄得他耳根直痒痒。

展昭深闭起眼，双手紧紧地搂住她纤细的身躯，假如这是梦，他愿意再长一些。

过了半晌，莫研却又还不睡，身子扭来扭去，自行把外袍都脱了，只余下深衣，却仍不舒服道：“热，热。”

展昭暗叹口气，一口气喝了那么多烈酒，也难怪她会难受，只得柔声：“乖，睡着就好了。”

莫研扭了下身子，手不老实地伸到他脖颈处，触手处冰冰凉凉的极是舒服，头便凑了过来贴上去。手还在脖颈处摩挲，接着又摸摸耳垂，再接下干脆探入他衣袍中。

“小七！莫乱动。”他被她弄得心神大乱。

莫研迷迷糊糊的，如何听得进去，手已抚到他胸前的肌肤。展昭不由得呼吸急促，忙抓住了她的手，轻声道：“你躺好，我去倒杯水给你喝。”

“哦。”

听她应了，展昭才悄然滑出被衾中，再替她盖好，再不敢留下，急步而去。

黑暗之中，并不知道他已离去，莫研低低咕哝了几声，终是挡不住醉意，沉沉睡去。

回到自己的帐中，展昭才点起灯，便看见苏醉靠在矮几旁，也拿了个酒囊在自饮，不由地微微皱眉，伸手夺下他的酒囊，劝道：“你待回了雁歇镇再饮不迟，现下还是莫饮为好。”

“我是看那丫头喝得香，顺手拿了回来，早就让她喝得差不多了，你道还剩多少呢？”苏醉倒也不强要，微笑看着他，“那丫头醉得厉害吧？若不是我看见，只怕她今夜里就睡在草垛里了。”

“所以你留记号让我去马厩？”

刚刚从萧氏兄妹的宴席上回来，便在约定的树上看见苏醉留的记号，展昭还以为他有要事，忙赶到马厩，未看见苏醉，倒看见了草垛中的莫研。

“这么晚才回来，是不是顺道补上你们的洞房花烛夜？”苏醉笑道。

闻言，展昭无奈一笑，知他是在调侃自己，故而并不回答，只道：“我方才偷偷去了趟耶律洪基的营中。”

“可有何发现？”苏醉问道。

展昭皱眉摇摇头：“书帐内的东西没什么变化，往来的书信也都寻常得很，只可惜他的寝帐我一直都寻不着空进去。”

“莫要操之过急。对了，今晚萧氏兄妹的宴席，你可听出些什么来？”苏醉问道，他候在此间就是为了问打听此事。

“萧信说，耶律洪基追着一头豹往西南边去了，而且身边所带人手也不多，听上去应该都是亲信。我想，耶律洪基应是故意支开萧氏兄妹，否则以萧信的个性，多半是要随着他去猎豹。”展昭本已坐下，看见身上的雪才想起未脱斗篷，便又起身脱下，抖抖上面的雪。

苏醉本待再问，抬眼看向展昭，突然目光定在他脖颈处，促狭一笑：“亏我当真以为老弟你是坐怀不乱的真君子，没想到碰见那丫头，你也一点定力都没有。”

火光下，展昭脖颈处，赫然有几处殷红圆状斑点。

伸手抚向脖颈，展昭这才记起莫研曾亲密地将脸靠在上面，想来是她，羞涩之意浮上唇边。他忙拉高衣衫，又低头寻了件宽敞的衣袍罩在身上。

“你不会是真的和那丫头……”苏醉看他浑身不自在的模样，猜度道，“难怪进来时连斗篷都忘了脱，原来如此。”

“没有。”

展昭的回答简单明了，抬眼看见苏醉仍是一副似笑非笑的模样，只得又道：“真的没有，我不能。”

苏醉听见“我不能”三字，敛去嘲笑之意，苦笑了一下：“我知道。”

“其实，你今晚应该告诉的人是宁王，而不是我。”展昭在他对面席地坐下，怅然道，“他可以比我对她更好。”

“我不说，你可以去说啊，你为什么不把宁王叫去呢？”

展昭一怔：“我……我看见她之后，就忘了。”

“你不是忘了，而是你自己也舍不得。”苏醉懒懒地点破，“她是你的心爱之人，你怎么舍得把她推给别的男人。何况，你也很明白，她要的只有你。”

展昭不语，盯着烛火出神。

“你与我不一样，我才是不能。而你尚有机会，只要此事了结，你与她仍然可以在一起。三年了，她都未曾忘记你，难道你要她这样过一辈子吗？”苏醉劝他。

展昭似有所动，良久，才低低道：“假如她知道真相，她一定会恨我如此待他。”

苏醉笑叹道：“我还真想看看那丫头恨你，会是什么样子。”

展昭瞥了他一眼，突然问道：“我听说，今日公主走失了，是你找回来的？”

“碰巧而已。”苏醉淡淡的。

“碰巧？”

“嗯。”

他显然是不愿提此事，展昭虽然不相信是碰巧，却也不愿勉强他，便闭口不再追问。

苏醉静静坐着一会，断腿处传来阵阵疼痛，针扎般细密，他干脆卸下木腿，取了绿玉膏在断腿处慢慢涂抹。

随着那股冰凉沁入体内，早间的情景亦在他脑中一幕幕地浮现：

雾气弥漫的水泽，她单薄而孤单的身影，受惊彷徨的面容。

他极想上前去挽住她的手，然后告诉她，他就在她的身边。可他却不能，仅能做的，只是把自己严严实实地藏在老胡的面具之后。

然后，再用老胡的手牵着马，将她领出那片水泽。

经过昨夜，冰层上落了厚厚的一层雪，日头出来，耀眼的白。

莫研费了半天劲才找到昨日冰层上的那个洞，已被雪填满，又冻了起来。她掏出随手匕首，探出身子，一通猛刨，才算是触到冰层下的流水。

“这水真冷啊！”

雪冰凉，而冰层下的水更是冷得彻骨，她缩回手来，收起匕首，搓了搓手。

“你站进来些，当心莫要摔下去。”赵渝在她身后小心翼翼地探头看过来。

莫研正把钓线往洞里头放下去，起身拍拍手道：“行了，就是这洞比昨日又小了些。那龟要是个大块头，要拽上来的话，还真的费些劲。不过也不要紧，若当真钓到了，我跳下去，抓也替你抓上来。”

赵渝微微一笑，未再说话，静静地盯着浮标看。

莫研靠在一旁的树上，自怀中掏出了个胡饼，细嚼慢咽起来。她因昨夜喝醉，早间便起得迟了，连早食都未来得及吃便随着赵渝出来。

四周安静得出奇。

乍然间，不远处几只寒鸦扑哧着翅膀飞起，似乎被什么东西惊着了。莫研循声望去，树林枝叶间，依稀能看见一个蹒跚的身影。

“应该是老胡，他又出来遛马了。”赵渝不在意道。

莫研皱皱眉，有些奇怪道：“遛马也应该去开阔处，怎么老见他往林子里钻？”

“我昨日听侍卫说了，好像是有几匹马腹泻，所以他牵着马到林子里找草药。”

闻言，莫研方才未再言语，低头接着啃饼，又撑不住打了几个呵欠。

赵渝斜瞥了她一眼，见她精神不济，与平常不太相同，便问道：“你昨夜里做什么去了？困成这样？”

“没什么，做了个梦。”莫研笑了笑道，又补上一句，“简直就跟真的一样。”

看见她的笑容，赵渝不用想也知道：“梦见展昭了？”

“公主，你越来越神了！”

赵渝摇头叹道：“要是何时，你能梦见我小皇叔，那就好了。”

“没法子，这事可由不得我。”莫研唇角的笑意仍未消失。

看她笑得甜蜜，赵渝好奇道：“到底什么好梦，让你欢喜成这样，说与我听听如何？”

莫研干脆利落道：“我梦见，我和展大哥差一点点就洞房了。”

话音刚落，赵渝差点没站稳，摔了下去，亏得莫研在旁扶了她一把。

“你……”赵渝指着她，笑得直不起腰来，“你这个没羞没臊的丫头，做了春梦居然还好意思说，当心让人听见。”

“这有何不能说，我和展大哥本就是夫妻，我与他洞房不是天经地义的事情吗？听见了又如何，夫妻若不洞房，小娃娃从哪里来。”

听她说得理直气壮，赵渝连连点头，笑道：“你有理，不过，这种事本是闺阁之事，说出来终是不雅。”

莫研耸耸肩，自顾啃她的饼。

毕竟年轻，赵渝挡不住好奇心，禁不住又问道：“那你倒说说，怎么就差一点点呢？反正此处就你我二人，说说也无妨。”

莫研挠挠耳根，细细回想了下：“我就记得他把我抱到床上，然后替我脱衣裳……不对……衣裳到底是我自己脱的，还是大哥替我脱的，我也记不清了。”说起这些细节，她也禁不住有些脸红。

赵渝亦是听得脸红心跳，偏偏还要问：“然后呢？”

“然后，我就替他脱衣裳，这个我记得；可脱没脱掉，我也记不得了……后来，大哥说要倒水给我喝，他就下床去了……然后，就没了。”莫研无限怅然。

“没了？”

“嗯。”

赵渝不免有些失望，道：“你这不是差一点点，而是还差很多。”

“做梦嘛，要求不能太高。”莫研自我安慰，仍旧喜滋滋的，“不过，这个梦真的很像真的。起码，展大哥抱我的时候，他的胸口暖暖的，我还能听见他的心在跳，扑通扑通，和以前一模一样。”

赵渝听着，目光中流露出羡慕之情，至少莫研与展昭还曾是夫妻，曾享受过两情相悦的时光，而自己只怕今生今世都不可能品尝到这种滋味了。

悠悠回味了半晌，莫研才长长叹了口气：“要是真的就好了。”她正自惆怅无限，猛然听见身后不远处传来一阵咳嗽声，吓了她一跳，迅速回首望去，看见老胡不知何时到了近处弯腰割草，身畔还有匹枣红马。

莫研挠挠耳根，老胡并不会武功，想来是自己太入神了，所以没有差距。

“小七，你身上有银子吗？”赵渝也看见了老胡，见他衣袍邋遢，心生怜惜。

莫研自怀中摸出几锭碎银子递给她：“有，不过也不多，还不到二两。”

“替我把老胡叫过来吧，昨日多亏了他。”

“好。”

莫研本想出声喊，转瞬想到老胡耳背，估计他也听不见，只得抬腿走过去，拍拍他的背。

乍然被人拍了下背，老胡猛地直起腰来，双目圆睁瞪向莫研，嗓门大地能把她耳朵震聋："小丫头！干什么？"

莫研识趣地退开一步，用手指指赵渝，大声道："公主让你过去！"

"什么！"

莫研再退开一步，手舞足蹈地比画："公主！你！过去！"

这下老胡看上去总算是听懂了，疑惑地看了眼赵渝："你们迷路了？"

莫研摇头，但发觉解释起来话实在太长，手脚比画不过来，只简单道："你！过去！公主有话同你说。"

老胡拴好马，一瘸一拐地随着她朝赵渝走过去。

"公主，昨日你是怎么和他说话的？看我一头的汗。"莫研冲赵渝费劲地摇摇头。

赵渝笑道："他哪里有耳背得这么厉害。"她转向老胡，仍是平常的声调，"昨日的事情多谢你了，这里有些碎银子，不多，你留着打酒喝吧。"说着，便把银子朝他递去。

老胡接了银子，连声谢谢。

"你去吧。"赵渝挥了下手，老胡果然就转身往回走。

赵渝朝莫研微挑下眉："看吧，他都听得懂。"

"那是。"

莫研本想说见了银子，他当然会拿，但不见得听得懂。可话才说到一半，恰有阵轻风拂过，她隐约闻到一股熟悉非常的清香，立时刹住话语。

"你等等！"她唤住老胡，发觉对方似乎完全没听见，依旧在往前走，便快步追上，一把拉住他。

老胡回头，不满地拍掉她的手，莫名其妙地盯着她："还有事？"

莫研硬是凑近他，用力嗅了嗅，确定那股清香正是自他身上而来。

"真没想到，你又瘸又聋的，居然也会偷东西！"莫研揪着他不放，"说！你是不是偷了耶律大人的绿玉膏？快拿出来！"

看见莫研行为，赵渝赶过来不解道："小七，怎么回事？"

"他身上有绿玉膏的香味，这寻常人身上断不会有，定是偷了我送给耶律大人的药！”莫研喝道，“快快拿出来，莫装傻充愣，以为唬得了我。”

老胡连连摇头，试着甩开莫研，口中只道：“银子我不要就是了，揪着我做什么！”

赵渝看他模样，不像是假装，心软道：“小七，你会不会弄错了，我想他这般模样，不似鸡鸣狗盗之辈。”

莫研哼了一声，猛地探手揪住老胡的胡须：“你再不拿出来，我就把你胡子一根一根揪下来！”说罢，她手中微微用劲，本是想让他吃些苦头，说出实话来，殊不料居然真的把他的胡子揪了下来，而且并非一根，而是一大把，连毛带皮的几乎全都让她拽了下来。

老胡痛呼一声，捂住脸别开头去。

从未见过如此景象，赵渝倒吸口了凉气。

莫研瞠目结舌地盯着手中之物，片刻后，皱眉细细瞧了瞧，怒道：“原来你这胡子是假的！你究竟是谁？”

老胡缓缓转过来，手慢慢撕去面上剩余的易容，朝莫研薄怒道：“你这丫头，手也忒黑了些。”此时他的声音清朗柔和，已全然不是之前老胡那个苍老的嗓音。

“苏公子，怎么是你！”莫研惊道。

“他是谁？”第一次见到易容改装的人，赵渝吃惊不小，“小七，你认得他。”

“也不能算是认得，来时路过雁歇镇，我去了当初曾住过的小院，他就是住在里面的人，说自己叫苏醉。”莫研转向苏醉，“你到底是谁，为什么要扮成老胡的模样？”

“小生姓苏名醉，当初并未瞒姑娘。”苏醉微微一笑，从容不迫，“至于为何要扮成老胡的模样，这是海东青的吩咐，方便保护公主而已。”

“海东青？”

莫研茫然，却见赵渝双目似有泪光，胸脯起伏不定。

“原来是他让你来的。”赵渝轻咬下嘴唇，忍住泪水，“他还惦记着我吗？”

“他当然……”苏醉顿了顿，转而道，“海东青说了，公主身份尊贵，大礼之前，不容有失。”

“公主，海东青究竟是谁？你认得？”莫研在旁听得莫名其妙。

此事既然已经说破，便没有再瞒莫研的必要，赵渝遂将真相一五一十地告诉莫研，直把莫研听得怔住，她此时此刻才终于明白了当年展昭一直未告诉她的真相。

“原来如此，大哥真傻，他若告诉我真相，说不定我也能帮得上忙。”她低低喃喃，满腹心疼。

苏醉微微笑道：“你以为这是江湖帮派打架，人越多越好吗？”

“你……”

“这种事，知道的人越少越好，展昭不愿将你牵连进来，一来怕你添乱，二来也是生怕你有危险。”

“什么添乱，”莫研瞪他一眼，“你不必为我大哥说话，他的心思我再明白不过，用不着你多嘴多舌。对了，你身上一点功夫都没有，海东青怎么会派你来保护公主？”

“有功夫就一定有用吗？”苏醉用手指点点额头，笑容可恶，“要靠这里，小丫头片子，你倒是有一身蛮劲，昨日公主迷路的时候，你又在哪里？”

莫研被他问得噎住，只得拿眼白他，很无赖地换了个话题：“你扮个老头也就算了，何必还装什么耳背，说个话也这么费劲。”

“耳背的话，只要是我不想听见的话都可以装着听不见。”苏醉笑容可掬。

莫研无语，却又不得不承认确实是个好法子。

赵渝迟疑了半晌，又问道：“你，与海东青很熟悉吗？”

苏醉点头。

“他让你来，可曾说过别的？”赵渝一问出口随即后悔。

“没有。”

苏醉回答得甚是干脆，简直就像是早就准备好了一样。

似乎为了掩饰自己的失望和窘态，赵渝居然还勉强自己笑了笑，故作轻松道：“麻烦你替我谢谢他。”

苏醉深看她一眼，并未回答，而是道：“此地我不宜久留，且还得重新装扮上，先行告退，还请公主恕罪。”

“一切还请小心。”赵渝轻声嘱咐道。

苏醉微不可见地点了下头，转身牵马离去。

注视着他消失的方向，莫研双手抱胸，皱眉思索，乍听上去苏醉所说十分有条理，且公主也认得海东青，他的话也并无让人质疑之处。可不知为什么，她总觉得似乎有些事情他并没有说清楚。

之前他为何会住到那座小院中？

他的腿是怎么断的？

他到赵渝身旁当个马夫，究竟是为了什么？莫研还不至于傻到真的相信海东青会派一个瘸腿武功全无的人来保护赵渝。

想着回想起来，恐怕那夜耶律菩萨奴就是为了替苏醉配药，而自己一直未发觉他身上有绿玉膏的味道，是因为上一回见他，虽然距离极近，但却是在烤肉的火堆旁，又是肉香又是烟气，遮盖了这味道。还有一回，他替赵渝牵着马，自己尚在马上，也未曾闻到。

她正一径想着，突然听见赵渝道：

“小七，你觉不觉得这个人……”

“公主，你也觉得这个人不老实？”

“不是，怎么会。我是觉得他似有几分熟悉，好像以前曾经在哪里见过一般。”

莫研听她一说，顿时也想起在雁歇镇初遇时，自己也曾有过瞬间这种感觉，但却怎么也想不起他会是谁。越是想要努力想起，脑中就越是一团糨糊，突然又想起一事，顾不上与赵渝说明，便追着苏醉离去的方向飞快蹿了出去。

“小七……”

赵渝待想问她，话未说出口，她几个轻纵已然消失在树丛之间。

“喂，你等等！”莫研追上苏醉，急急道，“我还有事问你。”

苏醉停下脚步，抚摸了两下马颈上长长的鬃毛，慢悠悠道：“你又有何事？”

“昨夜你是何时回的马厩，有没有看见什么？”

听见她所问是此事，苏醉促狭一笑，拿眼角瞥了瞥她，才道，“你是想问，我有没有看见你睡在草料堆里头吧？”

“你看见了。”莫研咬咬嘴唇，“那，是你将我抱回帐中的？”她心中惶然不安，难道昨夜并非自己做梦，而是当真发生了什么，那么那个被自己错认成大哥的人，该不会就是他吧？

“不是我。”苏醉回答得很干脆利落，令莫研松了口气，但他接下来的那句话，却又让她立即紧张。“不过，我知道是谁。”他笑吟吟的。

“谁？”

“你真的想知道？”

“当然，到底是谁？”

苏醉笑得高深莫测：“可惜啊，我暂且还不能告诉你。”

莫研被他弄得火冒三丈，上前就掐住他的脖子逼他说：“快说！否则我就……”

“咳咳……就怎么样？”

苏醉扯开她的手，咳了几声，却仍是一副不慌不忙的样子。

“我就……”莫研一咬牙，恶狠狠道，“我就打折你另一条腿！”

苏醉非但一点都不怕，居然还轻笑出声：“好啊，要胳膊要腿随便你，我奉陪便是。”

“你……”莫研发觉自己拿眼前此人着实一点办法都没有，急得跺脚道，“你究竟为何不能告诉我？”

苏醉微微笑了笑：“你何必问我，你不是已经知道他是谁了吗？”

说罢，他便不再理她，径自牵了马离去，留下莫研独自一人在原地苦思不解，如堕入团团迷雾之中。

这日，刚一回营，莫研连饭都不吃，钻进营帐之中，试图找出些许蛛丝马迹，来推测出那人究竟是谁。

只可惜，她今早因嫌弃被衾上尚有酒味，见外间也已放晴，便将被衾、褥子通通都拿出去，又拍又打，在日头下一通晒。经过这么一番折腾，想再找出什么痕迹已是不易。她又沿着自己牙帐往马厩的路上找过去，偏偏侍卫才铲了雪，昨夜的脚印自然一个都未留下。

“真是个猪脑子！”她懊恼地敲了下自己的头，“怎么会以为是梦，要是一早起来就去查看清楚便好了。”

只是眼下自责已是无用，苏醉临走的最后一句话不停地在她脑中回响着——“你不是早已知道他是谁了吗？”

早已知道、早已知道……

莫研脑中一片混乱，自己究竟知道什么：她只是把那个人当成了展昭，而她又很明白，展昭的的确确已经死了。

难道是耶律大人，她心中猛地一跳，仍然记得在中京时，自己握了耶律菩萨奴的手，当时的感觉分明和大哥一样。

今日她才明白耶律菩萨奴就是海东青，如此说来，也许很有可能就是他将自己送回帐中的。然后……然后自己又一次误把他当成了大哥？

“哎呀！”莫研坐在榻上，长长地哀叫一声，把头深埋入膝盖中。

帐外，正好经过的宁晋停住脚步，疑惑地转头问吴子楚：“我好像听见有人在叫？”

吴子楚点头。

“好像是那个丫头的声音？”

吴子楚又点头。

“是为了何事？”宁晋皱眉。

吴子楚摇头。

“你去问问。”

吴子楚还想摇头，被宁晋瞪了一眼，无奈地点点头，正欲举步上前，却见莫研快步从帐中出来，几乎一头撞到他们身上。

“丫头，你干什么去？”宁晋看她急匆匆的，好奇问道。

莫研径自往前冲去，口中含含糊糊道：“有事，有事，急事！”

“什么急事？你……”

宁晋话还未说完，莫研已经一溜烟地跑了，气得他在原地踱了两个来回，对吴子楚道：“你说她眼里还有没有我？你说，说……”

吴子楚自然不敢回答，只得赔着笑。

莫研急急地跑出来，其实也没想明白自己到底要干什么去，连去什么地方都没想好，只是觉得继续待在帐篷里自己肯定是要疯掉，非得出来不可。

也许她应该去找耶律菩萨奴问清楚。可怎么去问，她烦恼地挠挠耳根，脑子仍然未想明白。

不知不觉间她已经在耶律菩萨奴所住的营地附近转悠了好几个来回，直到发现附近侍卫对她已有些留意，她才慢吞吞地上前问道：“请问副使大人在吗？”

“不在！”辽人侍卫对宋人的态度并不是太好，回答冷冰冰的。

莫研心不在焉，也不去计较侍卫的态度，扭头就走。

辽人侍卫看她已走远，遂不再注意，没料到莫研远远地兜了一个圈，便趁着夜幕低下来，又绕了回来，悄悄潜了回来，神不知鬼不觉地挨近耶律菩萨奴的帐篷。

自帐背伏着听了一瞬，里头确实没有动静，眼看着不远处有巡逻的侍卫举着火把将要过来，莫研咬咬嘴唇，干脆掏出匕首，在帐篷上划开一条口子，飞快转了进去，然后自内把破口拢住，静等着巡逻侍卫走过去。

外间，脚步声过，她暗松口气，转头借着从帐顶天窗透入的微弱月光打量帐内。

空气中弥漫着淡淡的清香，她闻得出是绿玉膏的味道，想来绿玉膏就在帐中。原来苏醉上次擦过后，却忘记带走，展昭只得先替他收起来。

帐内的物件十分整齐洁净，乍看上去并不符合耶律菩萨奴的风格，莫研生怕在地上褥子上留下泥点，便脱下靴子，仅着罗袜在上面行走。虽然做了三年多的捕头，但做贼的技巧她倒是丝毫未忘。

“海东青，耶律大人。”

她微微颦眉，细细地查看身遭物件，倒不是存了心想找什么，只是一直以来她都觉得耶律菩萨奴有些古怪，只是也说不出他究竟古怪在何处。今日反正都进来了，横竖左右无人，借此机会探查一番，正是天赐良机。

以她的身手，只要不拿东西，有把握做到不留痕迹。

略略查看了几样，尽是些辽人日常用的东西，倒也没什么异状，莫研虽不情愿，但也不得不承认海东青这个间人做得甚是隐秘，不留痕迹。顺手之余，她循着香味打开角落的矮柜，想看看绿玉膏已用了多少。

矮柜打开，内中放着几件日常衣袍，她探手一摸，便摸到了摆在衣袍之上的银盒，待要拿出来时，手似乎又碰到旁边的某个物件。她好奇心起，放下银盒，探手拿起旁边之物，取了出来。

看清此物的那瞬，她整个人如遭到五雷轰顶，呆如木鸡，身子竟动也动不了。

淡淡的月光下，一柄温润的碧玉小梳静静地躺在她的手中，从左向右的第三齿微有残破，是她幼年时不慎所磕。

若在旁人看来，这只不过是一柄再普通不过的玉梳，并无任何奇怪之处。但对于莫研来说，除了巨阙，这世上已再无一件东西可以让她如此惊骇。

这柄小梳是莫研自小的随身之物，三年前自展昭孤身离去后，她失魂落魄，便未找到它，还一直以为是自己不小心遗失在大漠之中。

她却怎么也想不到会在耶律菩萨奴的帐中看见它。

它如何会在此地？

耶律菩萨奴是海东青，可这海东青究竟是谁？

苏醉可以易容，耶律菩萨奴自然也可以易容，那么背后的那张脸会是谁？

莫研就这样呆呆地坐在地上，一个念头挡也挡不住地直直地转入她的脑中——也许展大哥并没有死，而是易容成了耶律菩萨奴！

会吗？

会是这样吗？

那么大哥为什么不认她？

倘若他真的还活着，为何不告诉她？

还有，原来的耶律菩萨奴又去了哪里？

越想脑子越乱，整件事情就这样乱七八糟地摊开在她的面前，让她头疼欲裂。

外面哗地起了一阵很大的喧哗声，原来是耶律重光差人送了些新鲜的野袍子肉给这边的辽人侍卫们打牙祭，他们正生了火堆，吼吼地唱歌。

莫研回过神来，知道此地不能久留，因暂时不愿让耶律菩萨奴有所察觉，她特地弄乱室内物件，取了些值钱的物件，甚至还用匕首将腰带和靴子上镶嵌的金饰剜下来，弄成好似有贼入帐偷窃一般。

做完这一切，她悄悄自破口处退出来，趁着无人留意，悄悄遁走。

在夜幕中一路疾行，她到了日间赵渝垂钓之处，冰层上的洞自然还在，遂把其他顺手偷来杂七杂八的东西都丢入洞中，仅留下玉梳和银盒收在怀中，才复回去。

往回走时，因心乱如麻，脚步便慢了许多，不算长的路程，她足足走了一个多时辰才回到营中。

她只想回帐中歇息，迎头却被一名侍女拦住。

“宁王吩咐，请你回来之后过去东面帐厅。”

“什么事？”莫研微微颦眉，打听道。

侍女笑着摇摇头：“不知道。”

想来也不会是什么要事，似乎宁晋身遭就没有什么了不得的大事，莫研挠挠耳根，无奈点头道：“好，我过去便是。”

待来到帐厅之外，还未进去，便听见里头传来宁晋的声音：“这貂皮还不错，耶律老兄，你说做帽子如何？”

耶律菩萨奴也在里面？莫研怔住，她尚未做好准备，根本不知道见了他该怎么办？

也许这个人就是大哥？

大哥……

她烦躁不安地想着，因为太过慌乱，脑中已是一片空白，脚已经完全不知道该往那边挪才好了。

“小七，怎么不进来？”

宁晋朝外张望时瞥见了她，看莫研立在外头，忙高声唤她。

“哦。”

莫研慢吞吞地往里蹭去，刚进门就看来耶律菩萨奴立在一旁，视线刚与他对上，她便急急别开头，看着桌上堆得山般高的皮货。

原来是耶律重光为了和宁晋套关系，特地让耶律菩萨奴弄了好些珍贵的皮货来送给宁晋，且还请了宁晋明晚赴宴。

“丫头，反正多得用不完，你也来挑挑。”宁晋拎出件通体雪白毛色光亮的狐皮朝她道，“这件就不错，你拿去做个皮袍。包黑子小家子气，弄得你们开封府的那身行头也怪寒碜人的。”

莫研脑中仍是乱七八糟，无心与他斗嘴，伸手拿了狐皮，含含糊糊道：“多谢好意，就这件吧。”

她这么一答，宁晋反倒愣了愣，疑惑地扫了她一眼，另一只手又拎起件狼皮，试探问道：“这个你要吗？”

“好啊，多谢。”莫研茫茫然地接过，与狐皮一起搂在怀中，此时她全部注意力都在眼角余光里的耶律菩萨奴身上，根本没留意自己拿的是什么。

看她一副呆呆傻傻的模样，宁晋皱皱眉，伸出手在莫研眼前晃了晃："丫头，丫头！你失心疯了？"

莫研还以为宁晋又拿了件皮毛过来，伸手就待接过，却不想正好握住宁晋温热的手，吓了一跳，方回过神来。

看莫研缩回手去，宁晋微微一笑，倒不以为忤，慢慢合拢手掌，缩回袖中。

"无事的话，我先行告辞，明晚之邀，还请宁王届时光临。"耶律菩萨奴在旁拱手道。

"一定一定。"宁晋笑道。

耶律重光作为辽国南院大王，对宋朝而言是个潜在威胁，宁晋还想多多试探他，当然不会错过这个机会。

耶律菩萨奴再无一句多余的话，转身即出。莫研呆愣了一下，目光怔怔地看着他步出帐厅，极想唤住他，可试着张了张口，却什么声音都发不出来。

为什么，此时此刻，她觉得连他的背影看起来都如此熟悉亲切。

他会是大哥吗？

她迫不及待地想知道，却又胆战心惊地不敢去碰触这个答案。

"丫头，你到底怎么了？"宁晋转过头来，在桌旁坐下，挥手让侍女将皮货都收下去，再端点心上来。

耶律菩萨奴背影已然消失，莫研摇头淡淡道："没事。"她一低头看见自己怀中抱的皮货，莫名其妙问道，"这些东西哪来的？"

宁晋翻了个白眼，正色道："说吧，你方才脑子想什么呢？怎么看见耶律副使就失魂落魄的？"

"我哪有！"

莫研也不知怎么就想到昨夜，脸腾地红起来。

是大哥的话，该有多好。可若不是大哥，那可就——

是吗？不是吗？是吗？不是吗？

她脑子立时又回到糨糊状态。

宁晋凑近她，可疑地盯住她的眼睛："你该不会是真的看上那个辽人了吧？"

莫研不想回答，也不知该怎么回答，将怀中皮货往桌上一放："无事的话，我也走了。"

“走什么你，才来了半盏茶工夫都不到。”宁晋有些恼了，“我看你眼里是一点都没有我宁王。”

他并不是一个喜欢端架子的人，现下把身份抬了出来，可见是真恼了。莫研只得停了脚步，无可奈何地望着他：“有事请尽管吩咐。”

宁晋盯了她片刻，恼意渐消，叹口气道：“罢了，我知道你心里眼里都没有我。你若当真是喜欢那辽人，我也没法子。”他停了半晌，才又接下去道，“只要你心中欢喜就好。”

莫研静默良久，宁晋对她的心意，她不是不知道，可情之所至，又岂是她所能掌控。

“殿下，这些年来多谢你的照顾，只是我，大哥死了也好、活着也罢，我心里终是只有他，再容不下别人。我……”她轻咬嘴唇，“总之我多谢你，在我心里，你一直都是极好极好的人。他日你有用得着我的地方，刀山火海，我绝不推辞。”

这话说罢，她草草拱手，快步而出。

宁晋苦笑半晌，低低叹道：“真是个傻丫头，真有刀山火海，我也就自己去了。”

吴子楚在旁听得酸楚，忍不住劝道：“殿下……”

“把这些皮货收起来，做好了衣袍再给她送去。”宁晋独自回帐，徐徐慢行，柔和的月光将他的影子照得分外清冷。

展昭牵着马正慢慢走在回南院大营的路上，莫研的怪异神态虽然让他有些奇怪，但此时他心中所思所想的，却是另外一件大事：今日，在距离耶律洪基营地不远的地方，他见到那名相貌酷似方夫人的女子。

她是刚回来？还是根本没有出去过？

展昭直觉地察觉到：此女子便是极重要的线索，只是要查清她的底细，以他的身份并不易。当年苏醉虽身在耶律重光身旁，但查起方夫人这条线，亦是花了许久功夫与时间，恐怕对自己而言，还是要按捺住性子慢慢来。

莫研……他深吸口气，不得不承认，自见了她之后，他确实有些不耐与焦躁了，恨不得立时立刻就能将叛国之人揪出来。

他正想着，突听见身后有急促的脚步声，回首望去，正看见莫研一路小跑着朝自己过来。

“耶律大人……”莫研在他身边停住脚步，微微喘着气，然后道，“好巧啊！”

展昭有些好笑，明明是她追上来，怎的说是好巧。饶是如此，他还是微点下头，面上波澜不惊，淡淡道：“好巧。”

“你……赏月？”莫研笑容带着几分勉强。

展昭摇头，没接话，仍举步往前不紧不慢地走着。

莫研讪讪地随在他身旁，时而偷眼望下他，一阵寒风卷过，她缩缩脖子，没话找话道：“这风真凉快啊，是吧？”

展昭瞥了她一眼，觉得她今夜确实很古怪，遂开口问道：“夜已深了，你这是还要去哪里？”

“我、我……”莫研张了张口，心中其实极想问他，却又不知道该怎么问，只得道，“月色很好，我出来走走。”

“天气寒冷，还是早些回去吧。”展昭道。

这几句话听在莫研耳中，甚是温柔，仿佛就是展昭在同她说话一般，她柔顺地点点头：“好。”

虽然不舍，但两人如此终是不妥，何况他还想夜探耶律洪基大营，不宜在此地久留。展昭跨上马背，提缰拱手道：“告辞！”说罢，策马而去，转瞬便消失在夜幕之中。

莫研怔怔立在原地，半晌，长叹口气，也回身慢吞吞往回走。

这夜，莫研一夜未眠，在软榻上辗转反侧，手中攥着碧玉小梳，想着展昭，想着耶律菩萨奴，想着苏醉，心乱如麻，直到天蒙蒙亮时才打了个小盹。

待起身后，她终是不耐自己想下去，决定去找苏醉问个清楚，遂急匆匆去了马厩，偏偏又找不到苏醉。问了旁人老胡的去处，只听说是一大早就给马找药草去了，也无人知晓他究竟去了什么地方。

莫研无法，只得怏怏回来，用过早食，虽然精神不济，但仍照例拎了钓具陪赵渝去钓乌龟。

这日天气甚好，水层上的雪化了，又结成了冰，厚厚地冻在水面上。莫研费劲地替赵渝将洞又刨大些，把钓钩放进去。

看莫研眼圈发青，赵渝摇头叹气道：“你昨夜又做了什么好梦，怎的把眼睛熬成这样？”

“我要说我做贼去了，你信吗？”

赵渝怔了下，突然惊道：“真的是你，我今日一早就听说耶律副使那边营地失了窃，好几队铁骑营的侍卫都出去抓贼了，弄得沸沸扬扬的，原来是你干的？”

莫研起得迟，倒真不知道，皱眉道：“不过就是偷了些小物件，用得着这么大张旗鼓吗？”

“你到底偷什么了？”赵渝听她话语，原来真是她做的，不由有些恼怒，“昨日你不是已经知道耶律大人的身份，你怎么能去偷他的东西？”

“此事一言难尽，”莫研烦恼地挠挠耳根，“我自己也还没想明白，公主，你就别问了。”

“我怎能不问，听说他怒责侍卫守备不严，想来定是丢了极重要的东西。你到底偷什么了？”赵渝责问道。

闻言，莫研情不自禁地探手入怀，抚了下碧玉小梳——

他如此生气，会是为了这把梳子吗？

那么这把梳子对他而言一定很重要。

莫研的心猛然抽痛了一下，只有大哥，才会有理由如此看重这柄寻常的玉梳。

“小七！你偷了什么快些去还给他。”赵渝看她犹在怔怔发呆，急道。

“我……”

莫研心乱如麻，一想到耶律菩萨奴可能就是展昭便心跳如鼓，可若不是、不是……

赵渝待还要催促她，突然觉得手中钓竿有些许晃动，忙看向冰洞上的浮标，浮标果然晃动不停，她惊喜道：“咬钩了咬钩了！小七，你快来！”

“多半是鱼。”莫研靠过来，冷静道，“公主，你往上拎就是了，拎出来不就知道是什么了吗？”

“拎不动，好像特别沉。”

“啊！”

这下莫研有些紧张了，试着踩到冰面上，扒着洞往里瞧，可惜底下黑沉沉的，也看不清究竟钓到什么东西。

“公主，你再用点劲！用力往上抬，我看看究竟是不是！”她回头喊。

赵渝依言，使劲往上一提，仍是没有拎起来，并且感觉到冰层下的那东西挣扎得更厉害了。

“小七，不好，它要跑！”

莫研一急，徒手抓住鱼线，在掌上缠了一道，吃住劲往上拽，这时也感觉到了那东西的重量，果然是沉得很。

“说不定真是乌龟，而且还是个大家伙，这么沉！”鱼线绷得紧紧的，深深地勒进肉中，有血丝渗出来，钻心地疼，莫研却不撒手。赵渝苦苦等了这么多日，无论如何，她说什么不能让它跑了。

冰上冰下，相持许久，竟不相上下。莫研咬牙切齿道：“想不到这畜生力气还真不小，公主，咱们一起用劲，成不成就看这次了！”

“好！”

两人同时猛地用劲，冰下之物果然被拽得近了些，两人心中皆是一喜，再待发力，却发觉鱼线一松，顿时着了慌。

“断了？”赵渝颤声问道。

莫研也不知道，顾不上扯掉手上鱼线，便探头往洞里看。几乎就在那一瞬，冰层下一个黑影直向她撞过来，只听砰的一声，那巨大的力道将原本不大的冰洞撞碎，赵渝吓得钓竿脱手，莫研身子剧烈晃动，还来不及看清来物，她便随着碎冰落入水中。

彻骨的寒冷，她这辈子都不曾经历过的，水缓缓漫过全身，然后再灌入耳鼻口中，手脚像被千百把刀子同时割着，冻到麻木。那刻，她重得像个秤砣一般直直往下沉去，完全忘了自己还会水。

突然，手被扯了一下，是被勒在上面的鱼线扯动。

借着从冰层上透下来的微弱日光，她终于看清了这个大家伙，果然是只极大的乌龟，正拽着她往前游去。

“老兄，你到底要去哪里？”

莫研暗暗叫苦，这乌龟似乎受了惊，扯着她游得极快，那鱼线紧紧陷在肉中，她根本无法取下来。

那乌龟带着她在冰层下的水里熟悉地左转右绕，莫研本欲伸手取匕首割断鱼线，却在被它带着撞来撞去，不慎将匕首掉落。

被带着游出很长一段路，她已渐渐感觉胸中气闷，若再不上岸透气，只怕此命休矣。

“没想到我居然会死在一只乌龟手上，说出去也太丢人了。”她无力地想，继而又想到，“不知道我死了之后，耶律菩萨奴是不是会很伤心？若他伤心落泪，那他定然是大哥了。可惜那时我都已经死了，也瞧不见他的模样……”

也不知是因为窒息或是因为寒冷，她的意识在逐渐地减弱，只能尽力睁着双目，木然地看着周遭一切。

乌龟还在游，不过速度已慢了许多，她能感觉到似乎进了一处窄小的水道。

说是水道，实在是太牵强了，实际上她是被拖到了一处小浅湾，此处的水并未结冰，只要她翻过身子，口鼻便能露出水面。

莫研却不知道，她的意识已非常非常模糊，眼睁睁地看着乌龟在前扒拉扒拉地划动四只小短脚，径直进了前面的一处石洞，鱼线在石洞边缘上被割得吱吱作响，手掌上传入钻心的疼痛在最后一刻点燃莫研的意识，随着鱼线被割断，莫研痛呼一声，翻过身子。

大量清冷的空气涌入肺中，她眼前一黑，昏了过去。

再次醒来时，她人已在帐中，整个人就泡在温热的水中，两个侍女一左一右正在分别为她用酒搓双手手心，一阵阵的温热传来，她的意识也一点点地回来了。

嗓子干渴得厉害，她想唤人，张了张嘴，却说不出话来，只有低低的嘶哑声。

侍女听见，抬头看见她醒了，喜得叫道：“她醒了醒了！”

屏风外，一直在不安地踱来踱去、已焦急守了大半日的宁晋闻言，顿时心中一松，长呼出口气。

“殿下，这下可放心了。”吴子楚在旁也是替他宽慰一笑，又道，“既然醒了就不会再有事，殿下不如先去用些饭，现在都已经是酉时，你连中饭都还未用过呢。”

宁晋没理他，朝屏风内高声问道：“她是不是真的醒了，怎么听不见她说话？”

一名侍女转出来回道："禀殿下，她才刚醒，喉咙干哑，且还虚弱得很。"

"快拿水给她。"宁晋急道。

"是，奴婢就是出来拿水的。"

侍女端了带小嘴的茶壶进去，一点一点地慢慢滴到莫研口中。莫研却渴得慌，迫不及待地含住壶嘴大口大口喝起来，没几口，便因喝得太急而呛到，咳嗽起来。

宁晋在外间听得心疼，恨不得能冲进来替她顺顺气，手撑在屏风上，弄得屏风摇摇欲坠，吴子楚忙伸手扶牢。

"你们慢点喂她！"宁晋只恨侍女粗手粗脚，"慢点！……"

侍女明知自己是冤枉的，却还得恭顺应了，小心翼翼地扶起莫研，替她拍背顺气。

宁晋听见手拍在裸背上的声响甚大，直觉地便认为侍女用劲太大，定会弄痛莫研，又急唤道："你们轻点拍，这是顺气，又不是让你们打她，轻点轻点！"

莫研虽发不出声音，但声音都听得见，只觉得外间的人嗓门太大，且又聒噪，着实烦人得很，恨不得他快快出去，给自己留个清净。

宁晋径自着急，又见赵渝掀帘进来，急问道：

"小七怎样？"

"醒了。"宁晋朝她喜答道。

赵渝也是顿时松口气，双手合十，合目微笑道："阿弥陀佛，感谢佛祖保佑。"

"我就说这丫头命大得很，不会有事的。"此时宁晋倒又是一副成竹在胸的模样，全然忘记自己之前担心焦急的样子。

"真把我吓坏了。"

赵渝长长地呼出口气，又问道："醒了应该就不会再有事了吧？"

"当然了。"宁晋轻拍她肩膀，安慰道，"只是她身子弱些是难免的，好好调理就是。"

回想起今晨那一幕，赵渝仍旧心有余悸，她眼睁睁地看着莫研被拖下水中，转瞬间踪影全无，还以为再也看不见她了呢。幸而后来不光是自己这边的侍卫在找，宁晋又去找了耶律宗真，连铁骑营的人都出动了，才在靠近山岩的水泽浅滩处找到了她。

那时，莫研全身泡在冰凉彻骨的水里，意识全无，幸而一息尚存。救回来之后用温水为她泡澡，水中还加入了活血的药材，从中午到现在，足足近两个时辰，水不停地烧，不停地换，终于是等到她醒过来了。

“公……烛烛……”莫研听见赵渝的声音低低唤道，侍女凑得极近，才听明白她唤的是赵渝。

“公主，她好像有话想同你说。”侍女出来禀道。

赵渝忙转入屏风后，见莫研面上血色已恢复了几分，遂更加放心，挨近她道：“今日你还真是捡了一条命，以后可得小心了。”

莫研润润嘴唇，艰难启齿道：“……雾……鬼……”

“你是想说乌龟？”赵渝听明白了，安慰她道，“这次是跑了，下次肯定还有法子的，你莫操心这些了，先把身子养好才对。”

“不……动、动……”莫研声音发不出来，口齿不清。

这下赵渝也没听懂，但看莫研吃力的模样，劝道：“有什么事也不急在这刻，你先安心调养。”

莫研待要再说，却已无力，喉咙中嘶嘶哑哑的，只得颓然闭上嘴。

赵渝转出屏风。吴子楚暗中给她使了个眼色，示意让她劝宁晋去休息。

赵渝会意，拉了宁晋，柔声劝道：“小皇叔，你已在这里待了大半日，现下小七无碍，你就去休息吧，有我在这里呢。”

宁晋不动：“我不累。”

“毕竟是女儿家的住处，待会她从水里出来，你杵在这里，多有不便。侍女动作稍慢些，又冻着她怎么办？”

闻言，宁晋愣了片刻，无奈点点头：“那……若有事快些告诉我。”

赵渝微笑着答应。

宁晋这才出帐而去，吴子楚紧随其后，忙着去安排宁晋的吃食。帐内赵渝暗暗叹口气，可怜了小皇叔这番深情，也不知要到何年何月才能打动小七。

这日直到入夜，莫研的四肢百骸都渐渐和暖了起来，帐中又升了火盆，她被裹得密密实实的，躺在软榻上。

赵渝已回帐歇息，宁晋又来过几番，盯着她吃了汤水，又见手足处紫青已褪，也放心了许多，让吴子楚劝着回去了。

此时的帐中静悄悄的，一并连外间也是静悄悄的，她想，现在应该是午夜了吧，也不知道过了三更天没有。因宁晋生怕再冻着她，特地把炭盆挨得特别近，结果炭气升腾，直薰着她，弄得头昏昏沉沉的，极不舒服。

炭盆里的炭火偶尔便会噼里啪啦作响，爆出几朵小花，莫研横竖不能动，就这么茫然地盯着帐内这唯一的微弱暗红亮光。此时她倒是已能发出些低微的声音，只要说得小声些，倒也还算勉强。只不过此时帐中无人，便是她想聊天也找不到人说话。不知过了多久，在她困意涌上，眼皮刚刚搁上时，突然感觉到有一丝风抚过脸颊，想睁开眼睛，眼皮却已是沉得千斤重一般，弄得人懒得再看。

蒙蒙眬眬中，似乎有人来到她的身边，她能感觉到他轻柔而熟悉的气息。

"大哥……"她紧闭双眼，低低喃喃道。

大概以为她在说梦话，那人的手轻抚上她的脸，低低道："傻丫头，怎么那么不小心。"

这句话，真真切切是展昭的声音，莫研曾在梦中听过千百回的声音。她的睫毛微微颤抖了一下，双目仍未睁开，却有豆大的泪珠自眼角渗出，沿着脸颊滑下，落到那人的手上。

泪水凉凉的，湿湿的。

那人的手微微一紧，继而轻柔替她擦去泪痕，微不可闻地叹了口气。忽明忽暗的微弱红光中，仅能听见呼吸浅浅，两人静静相守。

许久，隐约能听见外间远远地传来人语声，似乎是有巡夜的侍卫经过。

那人知不宜久留，不舍地收回手来。

"大哥，别走！"

莫研的手突然自被衾中伸出来，紧紧抓住他的，双目骤然睁开，雪亮透彻。由于帐内过于昏暗，莫研身体尚还虚弱，但她虽看不清他的脸，却早已认定他便是展昭，

那人未料到她还醒着，匆忙回身，殊不料莫研抓得甚紧，他这一转身甚猛，竟连带着把莫研自榻上拖着摔到地上。

莫研还未及痛呼，他已心疼不已，忙返身抱起她，轻柔地放到榻上。她双手搂住他的脖颈，脸颊密密地贴着他的，气息就在他耳边萦绕。

“大哥，你可愿认我了？”

她的声音极轻，听在他耳中，如炸雷一般，心中纵有千言万语，却是一字也说不出来。

半晌，他才迟缓出声：“小七……”

话才刚刚出口，肩胛处便传来一阵剧痛，是莫研正用力咬下去，狠狠地，用劲全身力气地咬了下去，两排贝齿直透过衣袍。

她紧咬着不松，泪水倾泻而下，湿透他的衣衫。

泪水灼伤他的肌肤，疼痛直透入他的心中。

他如何能不愿认她——他只能紧紧地搂住她，由着她咬，由着她哭……

良久，莫研才松了口，趴在他肩头哽咽道：“大哥，你不好。”

“是。”展昭轻声应道。

“你不该丢下我一个人。”

“是。”

“你不该不告诉我你还活着。”

“是。”

“你不该不认我。”

“是。”

“你……你若再这样对我，看我饶不饶你！”

展昭搂紧她，泪水滑落，涩然微笑：“你还是莫要饶我的好。”

莫研闻言，忍不住破涕为笑，自他肩膀上抬起头来，扳着他的脸对着微弱的炭火瞧。展昭也看着她，不须像往日顾忌甚多，也不需掩饰感情，尽可这样肆无忌惮地直直地望着她。

半晌，莫研悠悠叹道：“我真笨，就算易了容，这样的眼神自然是大哥你才有，我怎么就认不出来。”

展昭微笑，问道：“你究竟是怎么认出我的？”

“往中京的时候，我和宁王在车上打赌，你走路会先出右脚还是先出左脚。那时候，我以为我赢定了，因为我明明记得原来的耶律菩萨奴是惯常出右脚，可那日你却是先迈左脚，那时我就有些奇怪。”

闻言，展昭摇头苦笑，纵他将自己百般隐藏，但这等小小细节，却是很难留意，也难怪莫研会发觉不对。

“后来就是在大同馆的那夜，我握着你的手，就觉得是你。”莫研扁扁嘴，想起那时展昭所说的那些话，恼怒地瞪他道，“大哥，你那时说的那些话，当真伤人得很。”

展昭沉默，当时所语，复回响在耳边——“你们当日成亲，何等草率，其实也作不得数。何况，你们也未有夫妻之实，你接着做你的莫姑娘岂不快活自在。我相信，这也是展昭所愿。”

这些话伤她甚深，于他却是加倍的伤痛。

“我只是想你能活得快活些，何必为了我……”

他话未说完，莫研又在他脖颈上咬了一口，只是这下相较起之前所咬，已轻了许多。

“以后，再不许你说这种话。”她低低道。

“好。”不忍她伤心，展昭只得应了，岔开话题又问道，“后来，我又在何处露出破绽？”

莫研不答，默默自被衾中掏摸了半日，摸出那柄碧玉小梳，放到他手中。

展昭这才明白，原来这梳子是被她拿了去，那偷东西的贼自然就是她了。想来此事自己也是迟钝，怎么就没想到是她，难怪那夜给宁晋送皮货时就觉得她神色有些不对，却未往这处想。

“你让他们抓贼，若真抓到我，你怎么办？”莫研偏着头，笑问道。

展昭笑而不答，只问道：“你拿这梳子也就罢了，又拿那么多东西做什么，不嫌累赘吗？”

“我若只拿梳子，你自然要起疑心。那时，我脑子里乱糟糟的，还没把事情想明白，当然不能让你疑心到我身上。”

“看来你这几年的捕头，倒还真是没白当。”展昭微微一笑。

“你当日带走这梳子，我竟一点也没发觉，只道是丢了。”莫研靠在他怀中徐徐问道，“大哥，你那时候去了哪里？既然有解毒的法子，为何不告诉我？”

“那日……”

展昭长叹口气，待要一一说给她听，却又听见了帐外巡夜侍卫的脚步声，只得道：“我不能久留，改日有空，再说与你听吧。”

“明明是夫妻，却不能睡在一起。”莫研懊恼道，听得展昭又是无奈又是歉然。

幸而她只懊恼了一瞬，转而便展颜笑道：“不过咱们来日方长，也不急在这刻。大哥，你多加小心。”

“你也是，莫再出岔子了。这里冬日的水，掉下去饶是命大，也会落下一身病，千万当心。”他今日着实被她吓得不轻。

“好，我知道。”

“我走了。”

“嗯。”

展昭站起，终是不舍，又俯身在她脸上亲了亲，才快步离去。

莫研一人在帐中，对着黑洞洞的帐快活地直傻笑，若非嗓子不中用，只怕连歌都唱起来了，直到天亮时方才抵不住困意，含笑浅浅睡去。

另一边，展昭在帐内也是睡意全无，他虽然不知此事是对是错，是好是坏，但心中的那份喜乐却是挡也挡不住地涌上来。宽衣时，摸到莫研在脖颈处所咬的伤，再顺着摸到肩胛处的伤，一阵疼痛传来。他侧头望去，伤口虽不大，却咬得甚深，能看见有血丝渗出。

“这个傻丫头……”

与莫研相见，他曾想过许多次，她究竟会如何恨他，会如何待他。对她隐瞒如此之久，他深知伤她甚深。

这口，便是咬得再重些，他也甘之如饴。

赵渝第二日来探视莫研时，着实吃了一惊。

莫研，这个昨日里还奄奄一息气若游丝的人，今日不仅精神抖擞，而且春风满面。

“是不是我小皇叔搜罗了什么灵丹妙药给你吃了？”

侍女搬了凳子再铺上毛皮垫给赵渝坐下，赵渝看莫研笑得眉眼俱开，不由好奇问道。

莫研摇摇头，仍旧在笑。

“那你是遇上什么好事了？”

这下，莫研笑嘻嘻地点着头。

“究竟是什么事？”赵渝好奇心起。

莫研心情甚好地摇头晃脑，曼声吟道："佛曰，不可说，也不能说。"

"你……"

若不是看着她尚是个病人，赵渝一定上前和她没完。

"对了，公主，昨日是在何处找到我的？"莫研欢喜归欢喜，倒还没忘记另一件事。

赵渝摇头："这我倒不知，不过是耶律副使手下的人找到你的，把你用厚皮毛裹了，快马送回来，当时你脸是青的，嘴唇是紫。"

听她说到此处，莫研挠挠耳根，沮丧道："那一定很丑。"

"丑不丑，我说不上，反正是不太像个活人。"

"唉，要是他看见就糟了。"

莫研径自叹气，这话听得赵渝莫名其妙："谁看见就糟了？"

"没有啊。"莫研忙岔开话题，"对了，公主，其实我想说的是，昨日乌龟虽然跑掉，可却让我找到那个乌龟洞。"

"乌龟洞？"

"是啊，我看得很清楚，那只大乌龟慢吞吞地爬到洞里去了。下次我们就不用站在水边挨冻傻等，现下我们知道了它的老窝，可以直接到哪里去守着他。"

"真的？"赵渝一喜，"那个乌龟洞在哪里？"

莫研摇头："我不知道。"

赵渝颦眉瞪她。

"我虽然不知道，可找到我的那个人肯定知道。"莫研慢条斯理地补充道，"我记得我就是在距离乌龟洞不远的地方昏过去的。"

赵渝又是一喜，转念间，便已有了主意："此事不宜走漏风声，我们就说你想找到恩人亲自谢恩，然后还要到水边拜神，让那人领着我们去就行了。"

"好。"莫研笑眯眯，完全同意。

"反正你也病着，这事就由我来办，谢礼我也替你准备妥当，只是到时候该说什么话你可得心里有数。"

"公主，你放心便是。"

赵渝起身便欲去操办此事，正碰上宁晋顶头进来，他身后自然还跟着吴子楚。

“丫头，可好些了？”

顾不得赵渝，他先越过她看向莫研，见莫研气色神情都较昨日好了许多，方才放下心来，又挥挥手，示意吴子楚将手中东西放下。

“这些都是殿下一早便去找耶律宗真，让他拿出些宫里头上好滋补药材。”吴子楚放下来，边笑道。

“多谢殿下，其实我已经差不多都好了。”莫研笑着谢道。

宁晋近前又仔细看了她的气色，摇头道：“你当掉水里好玩的，你这回是命大，还不赶紧补补，否则日后落下什么病了，让你有得受了。”他瞥了眼旁边的药材，鄙夷道，“这地方实在没什么好东西，可惜咱们这次也没带什么好的补品来，就先这耶律老儿的东西吃着凑合吧，待回去后我再想法子给你慢慢调养。”

“不用，我自己难道还不知道嘛，已经好得差不多了。”莫研笑嘻嘻地指着那些补品，“殿下还是自己拿回去吃吧。”

早就被她拒绝地习惯了，宁晋压根没拿她的话当回事，倒是留意到了她眉梢眼角浓得化不开的笑意。

“丫头，你掉水里是不是捡到什么宝了？”他好奇道，“欢喜成这样？”

赵渝在旁搭腔道：“快问问她吧，从我进来就看见她这么笑，直笑到现在，再这么笑下去，就该成傻子了。”

宁晋看莫研这么欢喜，这副模样他已是许久许久未曾见过了，虽然尚不明白缘由，他却也不由自主地欢喜起来。

“究竟是什么好事？”

“不能说，不能说。”

莫研摇头晃脑，看宁晋与赵渝皆咬牙切齿，又忙改口道：“反正日后你们自然会知道的。”

闻言，宁晋又是好气又是好笑，却也不能拿她怎样。

“小皇叔，你出来下，我有事同你说。”赵渝想着那事还是让宁晋出面比较方便稳妥。

宁晋嘱咐了莫研好好休息，又让侍女去将补药煎给她喝，才随着赵渝出来。到了帐外，尚边笑边摇头道：“这丫头，我都不记得上次她笑成这副模样，是什么时候的事了。”

赵渝亦叹道：“除了展昭，我还真想不出能有什么事情让她欢喜成这样。”

宁晋闻言一怔：“展昭？”

“可展昭都已经不在了，罢了，不提这些，能让她欢喜的自然是好事。”赵渝朝宁晋道，“小皇叔，你可否将昨日找到小七之人寻来，我有事想问他，而且也可当面酬谢。”

“是何事？”

赵渝把方才莫研说的话告诉他，宁晋点头笑道：“没想到这丫头运气倒还不错，若当真找到这个窝，可就省了事了。行，这事就交给我吧，天黑前就能把人给你找来。”

“不用这么急，再等两日便是，小七现下还下不了床，总得等她身子略好些。”

想到莫研，宁晋微微笑了笑，道：“也好。你也去歇着吧，这些日子下来，脸又青又瘦，哪里像个快要成亲的人啊。”

赵渝淡淡一笑，未再说话，依言回帐去。

目送她进了帐，宁晋立在原地，不言不语，似乎在思考着什么，良久才轻声道：“子楚。”

“属下在。”

“你听没听见方才小渝儿说的那句话？”

“哪句？”

“她说：‘除了展昭，我还真想不出能有什么事情让她欢喜成这样。’”宁晋缓缓道。

“是，我听见了。”

宁晋转向他，神情思虑：“既然展昭已死，那么，你说会是谁？”

“属下不知。”

宁晋长叹口气，摇头道：“我真是不明白，那丫头的眼里怎么就看不到我？连个辽人蛮子都能把我比下去。”

吴子楚不知该说什么，只得不语，静静陪在他身侧。

连续晴好了几日，这日却是阴风阵阵，扑人脸面。展目望去，长空中黑云翻滚，眼看一场风雪将至。

吴子楚刚欲劝宁晋回帐，便听见不远处传来欢呼声：

“殿下回来了！殿下回来了！”

“耶律洪基回来了。”吴子楚怔了怔，低低道。

如此大的喧哗，刚刚回到自己帐中的赵渝自然也听见了。她缓缓在凳子上坐下来，在镜中凝视了自己许久，方打开旁边的首饰箱，挑出一支凤型金步摇，吩咐侍女：“替我梳妆。”

“是。”

“头也要重新梳过，要云罗鬟。”

“是。”

“再把那件堆纱掐金素锦袍备出来整平，薰百合香。”

“是。”

虽不知道赵渝打扮如此隆重是为了何事，但见她神情凝重，侍女们不敢有半句疑问，纷纷忙乱起来。

不是为了爱，不是为了情，只是为了责任，所以她更应该加倍地将自己打扮起来。赵渝分外仔细地看着铜镜，病了许久加上连日劳累，确实太苍白憔悴了些。

“把宁王殿下此番送来的胭脂拿出来，挑一点用水化开，在脸上打均匀了。”她又吩咐道。

“是。”

此番宁晋送来的自然是宫里头上好的胭脂水粉，经过侍女的精心打扮，赵渝之前的病态一扫而空，脸上淡淡地浮现出一层红晕，娇羞万状，甚是迷人。再换上堆纱掐金素锦袍，袖口摆动之际，身遭散发着淡淡的百合花香，与平日简直判若两人。

“公主，您梳了高鬟不能戴帽，不妨将这个围在额际，又好看又挡风。”一名侍女捧着白狐毛抹额笑道。

赵渝点点头，让侍女替她围在额上，柔柔软软的白狐毛轻轻撩动着眉梢，更添几分动人神韵。她旋身原地转了几圈，听着金步摇丁当作响，自己也甚是满意。

“公主，当真如仙女下凡尘。”侍女们候在旁边，由衷地赞叹。

赵渝闻言，涩然苦笑，暗自心道：“自己这番用心装扮，却是不能为自己心爱之人，这其中的苦楚，又有多少人知道。”

待再想下去，越发心伤，她微摇下头，不让自己陷进去，取了手拢，款款走出帐去。

帐外阵阵寒风卷来，她站定片刻，深吸口气，袍角翻飞，衬得她越发纤细可人。苏醉正好遛马归来，一瘸一拐地牵着马匹停在营帐偏僻角落处，目光穿过寒风路人，定定地落在她身上。

他与她，自是云泥之别，今生今世都不会有结果。

赵渝似有所感，回首望来，只看见半个马身踢踢踏踏地隐入营帐之后，却未看见人影。

宁晋自帐中转出，正好看见盛装打扮的赵渝，好奇道：“小渝儿，怎么不好生歇着，打扮成这样为何事？”

“听说耶律殿下回来了，我想去迎迎他。”赵渝微微笑道。

宁晋闻言一愣，又从头到脚细细打量了她一番，知她是精心打扮过，赞许笑道：“也好，我陪着你去。”

他转向吴子楚还未吩咐，后者已回帐中拿了大麾出来替他披上，一行人遂往捺钵主帐那边而去。

他们到了主帐时，那里早已是沸腾一片。

不仅萧观音在，萧信在，连耶律重光，耶律菩萨奴等等均都在主帐之中。耶律洪基就在众人之中，身上猎装尚未脱下，只顾着谈笑风生。

萧观音一眼就看见赵渝同宁晋过来，再看赵渝的模样，不由得暗生妒意。她自己一得知查刺哥哥回来便匆匆赶了来，也顾不上细细装扮，竟是被这汉家女子比了下去。

赵渝第一眼看的不是萧观音，也不是耶律洪基，而且静静立在耶律重光背后的耶律菩萨奴。后者似乎在专心听耶律洪基说话，连头都没有往这里转一下。

身为大宋来使，又是宁王，宁晋的到来自是得到耶律宗真的礼遇，他忙吩咐人给宁晋看座。当着宁晋的面，自然也不敢怠慢赵渝，命耶律洪基迎了赵渝入座。

耶律洪基已有多时未曾见过赵渝，平心而论，说不定再过些时日，他连赵渝怎生模样都记不得了。此时初初归来，乍然一见，美人香风在侧，不禁有些心旌摇曳，忙牵了赵渝的手，让她落座在自己身侧。

往日，赵渝甚少出席这些人多的场合，便是出席也未如此盛装打扮，很多人对她并无太深印象。今日一见，皆有惊艳之感，帐中倒有一半以上男人的目光久久徘徊在赵渝身上，对耶律洪基羡慕不已。

耶律洪基打回来不少猎物，原本庆功的宴席是要等到晚间才开始，但见诸人竟都闻风而至，越性便提前到中午开始，开席前，便先上酒庆贺。

像辽人这般，菜还未上，空腹便开始饮酒，宁晋还真是有些不习惯，但别人上前敬的酒却又不得不喝，幸而还有个吴子楚在旁，常常替着喝几杯，否则只怕席未开，他便已倒。

赵渝尽管暗觉身体不适，却仍一直巧笑倩兮地陪在耶律洪基身侧。耶律洪基也绝非不懂怜香惜玉之人，着实替赵渝喝了不少杯。看得萧观音银牙暗咬，恨不得把赵渝从查剌哥哥身边赶开，但当着耶律宗真等人，她只得忍耐着闷闷喝酒。

一场宴席下来，宁晋是被吴子楚半扶半抱着回去的，赵渝是扶着额角让侍女送回来的，他们退席之后，耶律重光尚与耶律洪基对饮，大有不醉不归的架势。

赵渝一直撑到进了帐，才无力靠倒，捂着嘴就要吐，侍女们手忙脚乱地给她拍背顺胸，折腾了好一阵赵渝才算将席间所吃的酒食悉数吐出。

侍女又打来热水给她净面，容妆洗去后，她的面色白得吓人。

“公主，你、你要不要紧，不如我去请太医来？”被她的脸色骇到，侍女小心翼翼问道。

原本无力靠在榻上的赵渝，也不知哪里来的力气，一把抓住她：“不行，万万不行，谁都不许说出去。”

“可是您……”

“我歇歇就好了。”赵渝语气加重，“你们谁都不许说出去，否则我绝不轻饶。”

侍女们再不敢出声，只得张罗着再煮些燕窝粥让她服下。

待一切停当，赵渝遣开侍女，吩咐她们若有人来便说自己已醉倒睡着，任何人都一概不见。帐外风雪之声不绝于耳，她独自卧在榻上，忍受着身体的不适，猜测着自己恐怕时日不多。

她静静地想着，该做的事情要快些做才是。

便是自己即将不久于人世，也不能白白来这趟契丹，总是要替父皇做些什么。

不知怎么，心底却总有一处不甘不舍，一思及此，便禁不住要留下两行清泪。她却仍忍不住要去想：不知我死了，他可会有半分念及我的好处，可会伤心？

这边，展昭一直随在耶律重光的身边，看着他们觥筹交错，从满面红光到最后的烂醉如泥。

他自然也陪着饮了不少，只不过酒对他而言，便如水一般，倒不觉得有如何醉意，但表面上也装出踉踉跄跄的步态，随着耶律重光出了主帐。

背后，耶律洪基尚在帐中与耶律宗真在一起，父子二人把酒谈心。

帐外风雪扑面而来，耶律重光不挡不避，露出一脸愠色，不满道："瞧他那得意样，这小子，也不想想他小时候是谁教他的骑射，大了大了反倒……"

展昭眼看见不远处几名耶律洪基近身侍卫往这里过来，看样子是来接耶律洪基的，忙轻咳了几声，提醒耶律重光莫再说下去。

耶律重光双目已有些迷离，立在原地挑眉望去，忽得喝住那行人："小兔崽子，懂不懂规矩，见着我连声好都不问，这是哪个教出来的规矩？"

为首的侍卫忙赔着笑，又行了个全礼道："卑职该死，雪太大，没看清是您。"跟在他身后的其他人纷纷施礼。

耶律重光一拳头打在棉花上，也拿他们无法，只得道："瞎跑乱撞什么，太子殿下还在和皇上说话，你们几个就站着等……一点眼力见儿都没有。"

"是是是，我们就在这里等。"

那侍卫又忙道，他们皆得过耶律洪基的吩咐，除非万不得已，不得与耶律重光起冲突。故而，皆不敢造次。

展昭立在耶律重光身后，不动声色地打量这几人，之前他连日巡营都未曾见过，显然这几人是刚刚跟着耶律洪基狩猎回来的人。他目光扫到站在最后的一人，那人身量较小，不同于其他侍卫虎背熊腰，不由得多看几眼，这一看之下，心中骇住——那人竟是个女子。

那女子亦留意到展昭在看她，往内缩了缩，其他侍卫亦将她掩在身后。

耶律重光是何等人，若说之前并未留意，但此时侍卫不自然的动作倒引起了他的疑心，本欲迈步的脚又停了下来，手指头往里一点："你，就是你，出来！"

侍卫们彼此间交换了下眼色，那领头的赔着笑还欲上前同耶律重光周旋，却被耶律重光一把推搡到旁边："滚，少跟老子在这啰唆。什么人鬼鬼祟祟的，滚出来！"

那女子无法，只好缓步上前，垂着眉眼给耶律重光行了个礼："小女子参见南院大王。"

一听见是女声，耶律重光嘿嘿笑了两声："我当是什么呢，原来这小子还好这口。得，得……"他不耐烦地挥了挥手，不再理会他们，拔腿走了。

待回了南院大营，耶律重光在帐厅中坐定，展昭转头命侍女沏上醇醇的茶解酒，方也在旁落座。

耶律重光面上笑意未敛，看展昭仍是一副面无表情的模样，不由朝他笑道："你可知道，我为何如此欢喜？"

"属下不知。"

"我原本以为耶律洪基虽然嫩了些，但也不能算是个没出息的小子，可是，你看他今日……哈哈哈……"他已忍不住纵声大笑，"居然让个女子扮成侍卫，来取悦于他。像他这般在女子身上花心思，已难再有所作为。

展昭点头称是，心中想的却是别的事。

"你想，耶律洪基本已素性好猎，如此再迷恋上温柔乡，这江山他还如何坐得稳。"耶律重光笑着摇头叹气，"这事要让我皇兄看看才好玩。"

耶律菩萨奴着实不是个好的谈天对象，耶律重光自己说了半日，除了见他点头，亦得不到回应。虽然因他是个闷葫芦，嘴也严实得很，故而自己越发信任他，但对着他谈天着实无趣。耶律重光说了一阵便乏了，饮了茶，又交代了展昭几件要办的事情便让他回去。

展昭出来后，并未回自己帐中，而是留了记号给苏醉。

这日的雪颇大，入了夜便甚少人走动。巡了趟营回来后，虽有侍卫邀他一同烤肉，展昭只推说午时喝得多，头疼得厉害。早早便灭了灯，独自坐在黑暗中等待着，他的思绪一直在日间见到的那女子身上打转。

不想倒还罢了，越想越觉得她像方夫人，耶律洪基身畔虽本也有些姬妾，可也都是辽人，那女子一看便知不是辽人，也不知耶律洪基是何时将她寻了来。

直到午夜时分，苏醉才姗姗来迟。

“你那记号刻得像蚊子咬的那么小，谁看得清？”他先开口抱怨道，在黑暗中坐到炭盆边上，炭火的微光映在他脸上，一明一暗。

展昭无暇与他闲扯，正色道：“今日宴席，耶律洪基的随身侍卫里，竟然就有那女子。真不知道耶律洪基是何用意。”

“你是说，他将那女子扮成侍卫陪在他身边？”苏醉好奇道。

“嗯。”

苏醉淡淡一笑：“如此看来，那女子恐怕是耶律洪基的宠姬了。”

“我看有这可能。”展昭点点头，“可既然是宠姬，他狩猎的时候为何不带上她呢？”

苏醉想了想：“耶律洪基出发狩猎时是同萧观音一起去的，带着其他女子的话，大概是怕萧观音吃醋。”

“也许吧，又或者他派这女子另去办要事，所以无法带着她。我会再想法子查明她的身份和来历。”

“一定要当心，她长得与方夫人如此相似，多半是有血缘关系，就算不是用毒高手，但大概也会使毒，你千万当心。”

“我知道。”展昭想的却并非个人安危，“我想，她若当真与方夫人有亲，便极有可能是那边将她送来的，起码，我们要查此事也算是有了线索。”

“你莫要高兴得太早。”苏醉道，“此事也说不定是凑巧了，总之一切小心行事，万不可打草惊蛇。另外你的身份，要打听耶律洪基那边的事并不易，切不可露了马脚。”

展昭微微一笑，黑暗中的声音沉稳无比：“我明白，大哥放心。”

莫研傻笑了一天，到了第二日终于消停多了。大概是宁晋送来那些补药的效验，她已开始下地，先是在帐中溜达了几圈，还是觉得气闷，干脆溜出帐去。

虽然心中极想见的是展昭，但她也知道是万万不能去找他，本又想去找苏醉问些事情，但想来想去也觉不妥，只得独自披着斗篷在营中慢吞吞地转悠。

走了一会，正好迎面碰上服侍赵渝的侍女提着壶热水走过来，她忙拦住问道：“公主可还睡着？若醒了，我进去可还方便？”

“你随我来吧。”侍女似乎面有忧色。

莫研不甚明白，遂举步随在她身后，往赵渝所住大帐而去。

进了帐，绕过屏风，看见赵渝时，莫研也禁不住低叫道：“公主，你脸色怎么这么差？夜里受了凉了吗？”

“喊什么，大惊小怪的。”

赵渝轻责了她一句，撑起身子，侍女忙扶起她，在她身下塞了几个软垫，让她半靠着。

“公主，你病又重了？”莫研关切地凑上前来。

“没事，昨日吃了些重荤，又喝了些酒，有些日子没这么吃过，想是脾胃吃不消。”赵渝淡淡道，抬头瞥了眼莫研，好奇道，“你今天怎么不傻笑了？笑够了？”

莫研笑着连连点头：“笑够了，笑够了。”

“到底是什么喜事？”

“公主，当下的要事，还是赶紧去找乌龟吧。”莫研笑嘻嘻地岔开话题，看赵渝病恹恹的样子，又皱眉道，“可你还走得动吗？”

“今天是出不去。”赵渝倒还算有自知之明，“不过我托了小皇叔去帮我找那个人，也不知他找到了没有。”

两人正说着，外间便有人通报宁晋来了，赵渝忙吩咐快请。

“找到了，找到了，你猜猜是谁，压根就在咱们眼皮底下。”宁晋咋咋呼呼地快步进来，见赵渝在屏风内，并无不便，便扬声道，“子楚，把他叫进来。”

莫研探了个头，看了一眼来人，随即笑脸如花地缩了回来。

“是谁？”赵渝好奇道。

莫研不答，努努嘴，示意她听，果然响起一个异常响亮的苍老嗓音：“老仆拜见公主！”

是他！

赵渝与莫研相视一笑，两人均心道：“怎的早未想到是他！还白白费事去找人。”

“他是咱们这里的马夫，耳朵背得厉害，你们要想问他话，只怕还得费些工夫。”宁晋在外间又道。

赵渝让侍女伺候着穿起外衫来，又命撤去屏风，才朝宁晋道：“小皇叔，多谢你了，我慢慢盘问他就是。”

宁晋此时方看见赵渝面色苍白，摇头叹道：“听说你昨日回来也吐了，也是酒喝多了吧，这些个辽人，当真是拿酒当水来喝，我算是见识够了，到现在还觉得昏头昏脑的。”

赵渝微微笑了笑：“那小皇叔你就先回去歇着吧，有小七陪着我问他就是。”

闻言，宁晋瞥了眼莫研：“能下地了就好，送去的那些药她们可有熬给你吃？”

“实在难吃得很，不过效验倒是不错。”莫研笑道，“多谢殿下。”

“那就好。”

宁晋点点头，又嘱咐了句赵渝莫太劳神，这才出了帐。

独留下莫研，赵渝遣退左右其他侍女，方才朝苏醉道：“你快起来吧，腿又不好，莫要久跪着。”

其实她话未说完，莫研便已上前搬了圆凳给苏醉，扶他坐下，又张罗着给他倒茶。

“多谢公主。”

苏醉接过茶碗，不谢莫研，反倒朝赵渝道。这是他进帐后第一次抬眼看赵渝，见她面容憔悴，与昨日大相径庭，不由地心中猛地抽痛一下，面上却是不动声色。

“原来是你救了小七，”赵渝温颜道，“我还一直以为是铁骑营的人呢。”

“说是铁骑营的人也对，当时我带着她，又走不快，幸好碰上铁骑营的几个弟兄，快马把她送了回来。她当时可是一点都耽搁不得。”

“那你是在何处找到的我？”莫研问道。

苏醉微颦起眉：“什么地方，这个……那个地方还真不好说，就是在靠着山壁的一处浅浅的水泽。”

“旁边有个洞是不是？”

她这么一问，苏醉的眉头皱得更紧了：“我倒不记得有什么洞。”

莫研挠挠耳根：“那么大的洞你都未看见？”

苏醉白了她一眼：“你看见了？昏过去以后？”

“当然是昏过去之前，我亲眼看着那只乌龟爬进洞里头去了。”莫研急道，“你带我去，我肯定能把那个洞找出来给你看。”

苏醉没搭理她，望向赵渝。

“小七，你急什么，若真的有洞，自然跑不了。今日我是动不了了，你也该多歇歇，再说拜神的香烛祭品也都未准备，咱们明日再去不迟。”赵渝劝下莫研。

“你们……到底要抓那乌龟做什么？”苏醉不解问道，之前他以为她们垂钓只是闲暇打发时间的玩意罢了，没想到她们对那乌龟如此不弃不舍，还弄得差点把命搭进去。

赵渝尚在犹豫能不能告诉他时，莫研已经顺口答道：“公主要送只五彩神龟给耶律洪基。”

“原来如此。”

苏醉迟缓地点了点头，之前他并未想到她如此尽心尽力竟然是为了耶律洪基。

“所以，只要你带我们找到那个乌龟洞，就可抓到了五彩神龟，也算你大功一件。”莫研又笑嘻嘻地补充道。

苏醉斜睇了她一眼，见她虽然尚有病容，却是眉飞色舞，满面春色。他何等聪明，立即便已想到了，不由得打趣她道：“姑娘这几日似有喜事临门？”

莫研笑盈盈地拱手作揖：“此事说来，还得多谢公子！”

“与我有何相干，”苏醉袖手撇一干净，又叮嘱道，“你可千万莫在他面前提起，否则他必定要怪罪于我。”

“明白明白。”莫研笑道。

赵渝听得一头雾水，扯过莫研问道：“你们说的是何事？”

“没什么。”莫研试图打马虎眼，岔开话题道，“明日我们什么时候去好呢？上午还是下午？”

被她一再地搪塞遮掩，连苏醉都知道的事情莫研却不肯告诉自己，这下赵渝不禁有些恼了，板下脸来：“既然不能让我知道，那我的事也不敢再劳动你们，二位还是请便吧。”

“公主……”

莫研未料到她当真恼了，遂凑上前赔着笑道：“不是我不肯告诉你，可这事，总之是知道的人越少越好。”

“这么说，在你眼中，我就是个靠不住的人。”赵渝恼道，“你快请出去，千万莫在我这里说了什么不该说的话。”

“我自然不是这意思。”莫研咕哝道，“当初海东青的事情，你不是也瞒了我许久吗？好好，我告诉你便是了。”她附到赵渝耳边，低低道，“展大哥没有死，耶律菩萨奴就是他易容改扮的。”

此话在赵渝耳边便如炸雷一般，她怔住许久都没有反应过来。“公主，公主。”看赵渝呆若木鸡，莫研犹豫着要不要给她掐人中。

苏醉只顾垂目低头饮茶，神情郁郁，似乎也想起了什么心事。

良久，赵渝才转向莫研，低低问道：“那、那原来的那位耶律菩萨奴呢？他去了哪里？”

“这个……”莫研挠挠耳根，歉疚道，“这个我还没来得及问。”

“他死了。”

此时，苏醉仍端着茶碗，静静道。

赵渝身子摇摇欲坠，用手撑在榻上稳住身形，她双唇微微颤抖着，想问些什么，却是一个字都说不出来。

“死了！”莫研一骇，惊道，“怎么会死了？”

苏醉淡淡道：“他为了给展昭解毒，把毒都引到了自己身上，毒发身亡。要不然，也不用让展昭替他假扮耶律菩萨奴。”

合情合理，毫无破绽，由不得人不信。

赵渝深闭下眼，情再难禁，双目泪如倾。

“公主。”

莫研手忙脚乱地要找帕子给她拭泪，一时却找不到。倒是旁边苏醉先找到搭在矮柜上的一方绢帕，递了给她。

赵渝接过帕子，哽咽问道：“他是何时死的？”

苏醉愣了一下，顺口胡诌道：“三年前，霜降那日咽的气。”

“葬在何处？”她又问道。

“因要遮人耳目，就葬在荒野之中，没有立碑，没有堆坟，只怕是找不到了。”

莫研伤心道：“没想到这般草率，连去拜谢都找不到地方。”

赵渝再无话要问，茫茫然地坐着，一时竟不知身在何处。莫研想扶她歇下，朝苏醉打了个手势，示意他先出去。

苏醉静静地深看一眼赵渝，然后深垂下头，起身蹒跚着走了出去。

赵渝柔顺地让莫研脱去外袍，扶着躺下。她不言语，也不睡觉，只是双目茫茫然地注视着帐顶，一动不动。

对她此时的心境，莫研再明白不过，料劝什么都是无用，遂只是替她盖好被衾，便搬了凳子在旁边坐下，安安静静地守着她。

马厩处，苏醉拿着马刷用力地给马擦洗着，一匹又一匹，因站得太久，手中每用力一下，断腿处钻心的疼直传上来，痛得他牙根紧咬，却一下又一下更加卖力地刷洗下去。

天色将黑，帐内未点灯，一点一点地暗了下了，赵渝终于回过了神，缓缓坐起身来。旁边，莫研支着肘，打着瞌睡。

“小七，你身子还未痊愈，还是回去休息吧，不用陪我了。”赵渝推推她，柔声道。

莫研揉揉眼睛，抬起头来：“公主，你、你没事了？”

“我没事，你回去吧。”

赵渝微微一笑，神态间风轻云淡，果然已看不出之前的哀伤之色。

莫研疑惑地盯着她多看了两眼，不放心道：“公主，你真的没事了？”

“没事，你记得去告诉老胡一声，我们明日午后就去找那个洞，让他备好马。对别人莫要透了口风，只能说是你想去谢神。”

“哦，好。”

“我也有些饿了，你出去让她们去灶帐看看有没有莲子，熬碗莲子羹来，突然想吃得很。”

“公主，你想吃莲子羹了。”

莫研喜道，赵渝已有很长一阵子对食物都厌厌的，提不起兴致，没想到今日却有胃口了，倒真是好事。她抬脚就往帐外走，走到一半，忍不住回头问道："你不伤心了？"

赵渝平和道："便是再伤心，可饭也还是要吃，该做的事情还是要做。"

闻言，莫研笑了笑，释然出帐。

次日午后，苏醉果然备好马匹等着她们。

赵渝强打起精神，翻身上马，苏醉便牵着马往前走。身后，莫研将侍女准备好的香烛祭品等物放置好，也随即上马跟上他们。

"你怎么好像瘸得更厉害些了？"

莫研看苏醉走路的模样，比起昨日又吃力了几分，不由奇怪问道。

苏醉似乎在想着什么心事，恍若未闻。莫研只得提高嗓门又问了一遍，这时他才回首，淡淡答道："没什么，天气转凉，总会疼一点。"

赵渝坐在马上，因体弱畏寒，裹紧了斗篷，无意识地看着身遭雪景，半晌才轻轻问了句："还有多久才到？"

"那地方偏，还得有阵子。"苏醉头也不回。

莫研颦眉看了苏醉背部几次，总觉得他今日郁郁沉沉不同往日，后来又想大概是因为腿疼得厉害所以不愿说话吧。

"你怎么不骑马？骑马的话，腿会好些吧？"她问道。

苏醉扫了她一眼，连话都难得答了。赵渝体弱，如何能让她独自骑马，万一摔下来如何是好。莫研自己也是大病初愈，总不能让她来牵马。

何况，能这样替她牵着马，他心中也会好过一些。

见他不答，莫研只得不再问。

三人便这般沉默着，一路到了莫研昏迷的水泽旁。

"就是这里了。"

苏醉先将赵渝扶下马，才走了几步上前，指着浅水的一处地方朝莫研道："你当时就是昏倒在这里。"

赵渝上前几步，看这处浅水并未结冰，旁边的山壁上残雪稀稀落落地，从面上看并没有什么莫研所说的洞。

“洞呢？”她问。

莫研也正满肚疑惑地找着，她记得清晰，分明记得那日的大乌龟确实是在眼前爬进了一个洞里，可从这里望去，怎么也找不到岩洞的痕迹。

“小七，可是你当时糊里糊涂，看错了？”赵渝有些失望道。

“应该不会，我记得很清楚。”莫研举起手，指着上面包扎的伤口道，“瞧，我记得缠在手上的鱼线就是那只乌龟进洞时，在洞壁上崩断的，当时那下疼得不行，再不会记错。”

苏醉听了她的话，一瘸一拐地走到挨着水面的岩壁边，用手在岩壁上慢慢地摸索着，看是否有什么缝隙。

岩壁凹凸不平，从这一侧看不清全貌，莫研索性脱了靴子，涉着冰冷的水慢慢往中间走去，试着从自己那日躺的地方来看向岩壁。

“小七，你身子还未好，能不能下水啊？”赵渝看莫研边哆嗦边找的模样，不由在岸上叫道。

“没事没事，就快找到了。”

莫研冻得牙齿直打战，目光反反复复搜寻，却也找不到那个洞，暗自气恼。忽得，脚下不慎踩了块滑溜溜的石头，她低唤一声，仰面摔倒在水中。

“当心！”赵渝在岸上叫，已然迟了。

外袍尽湿，莫研懊丧不已，手脚并用地想爬起来，抬眼之际，那日所见的岩洞赫然就在眼前，顿时喜道：“找到了找到了，在这里！”

因岩壁凹凸层叠，那岩洞位置十分隐蔽，饶是莫研用手指着洞在叫，苏醉与赵渝望去，却仍旧是看不到岩洞，仅能看见一处凸出岩块，想是那洞便在岩块之下。

莫研此时心喜，也顾不得身上湿冷，大步上前，便伸手到洞中去掏摸。

“小心被乌龟把手指头咬了！”瞧她模样有几分滑稽，苏醉忍着笑，朝她喊道。

掏摸了半晌，莫研怏怏地抽出手来：“洞好像挺深的，什么都摸不到。”

“这有何难，用烟熏就是，不愁它不出来。”苏醉答道，“你还是先上来吧。”

莫研高一脚低一脚地上来，苏醉除下自己外袍命她穿上：“脏是脏了点，也比病了强。”

好在莫研也不嫌弃，加上确实冻得发抖，遂脱了自己的外袍，穿上他的。

三人到周围转了一小圈，收集了些干枝枯叶。因是说出来祭拜，连小火盆也都一并带着，眼下倒是正好合用。将那些干枝枯叶都拢到火盆中，取了火石点燃。苏醉让莫研端着火盆在洞口，自己则扇风，将烟气往洞里头赶。

果然，不出多时，里面啪啦啪啦地出来了几只小乌龟。莫研笑道："原来还是一窝子，这下可有得抓了。"

赵渝颦眉细看那些小乌龟，龟壳都是寻常，并非五彩神龟，不由有些失望。

那些乌龟仍在往外跑，身量倒是越来越大起来，连带着龟壳亦有些闪闪发亮。

"真是五彩神龟啊！"莫研捧着火盆，四下张望，啧啧咂舌。

苏醉扯过之前莫研脱下的外袍，拿在手上，就准备着包只乌龟："公主，你要哪只？"

赵渝因不能下水，站得稍远，只得道："你看着办吧！"

"挑大个的，挑大个的！"莫研手动不了，直努嘴，"那个，那个大！"

"哪个？"苏醉看着都差不多。

两人正说着，此时洞里慢吞吞地爬了出一只比之前出来乌龟都要大的龟，龟壳约莫有四个巴掌大小，日头下缤纷闪耀，煞是好看。

莫研见了直叫："就它了，就它了！公主，你看！真是五彩神龟！"

赵渝也看见了，喜道："好，那就抓这只吧。"

"要是待会出来一只更大的怎么办？"苏醉笑问道。

"更大的也搬不动了，就这只！"赵渝笑喊回来。

"行！"

苏醉将莫研外袍抖了抖，朝那大乌龟抄底一捞，就将它裹到了衣袍中。

"松开点，别那么紧，把头给它露出来，当心它会气闷。"莫研在旁端着火盆又插不上手，急道。

苏醉涉水上岸，略松了松手中衣袍，试着找出乌龟头来，殊不料那大乌龟突遭奇变，早已将头缩至壳中，就剩下个光溜溜的五彩龟壳。

三人见了，忍俊不禁，皆哈哈大笑。

莫研放下火盆，好奇地摸了摸龟壳，不解道："这龟壳也不知是怎么长的，当真奇怪？"

这么个稀奇玩意，其他二人也皆都是头一遭见，也都蹲下身子细细端详。

三个人轮番在龟壳上摩挲了一会，苏醉想起方才摸岩壁之时，日头照在岩壁上，隐隐光芒闪动，突然笑道："我明白了。这龟定是常年生活在岩壁之间，背上蹭沾了岩粉，天长日久，岩粉也就与龟壳融在了一起，在日头底下看，自然就是五彩的了。"

莫研看了看龟壳，再看看方才的洞，深觉他说得有理："难怪小乌龟身上都没有，想来是火候未到。"

赵渝担心地摸摸道："若是如此，那我们把它带回去，会不会掉色？"

"不会的，放心吧。"苏醉道，"它常在水中游，都未掉色，想来是不会了。"

赵渝想想也对，遂放下心来："那把它带回去吧。"

莫研看着乌龟就直想笑，笑道："公主，我们费了这么大的心思，你把这乌龟送给耶律洪基，他当真会感动吗？怎么我看着它就觉得逗呢？"

听她这么一问，赵渝原先脸上的笑意立时敛去不少，道："我也不知道他是否会感动，我不过是尽力而已。"

苏醉闻言，侧头望了她一瞬，起身淡淡道："其实真正能打动人心的，并不是东西有多贵重，而是在于这个人为他做了些什么，或者说为他付出了什么。"

赵渝尚未开口，莫研就点头赞同道："他说得有理。"她偏头朝苏醉笑道，"我发现你说的话总是挺有理的。"

苏醉微微一笑，不置可否。

莫研又朝赵渝道："公主，既然你的目的是为了让耶律洪基感动，反正眼下乌龟也到手了，我们不妨再演一场戏让他看看。"

"你是说演一场千辛万苦的戏？"赵渝自然明白她的意思。

"对。"

莫研笑眯眯道："我们之前那么辛苦，可耶律洪基都没看见，太可惜了。现下他正好回来了，正是大好时机。"

赵渝不用多思量，便点头同意："只是怎样让他看见，又要像真的一样，我们还得好好筹划下。"

莫研扭头看向苏醉："你有没有什么好主意？"

苏醉俯身将乌龟包起，看也不看她们道："你们女人家争宠的事，我可不懂。"

闻言，赵渝心头一涩，还未开口，便听莫研怒道："你说什么呢，公主要不是为了大宋，用得着嫁给那个耶律洪基吗！"

"小七！"赵渝喝住她，淡淡道，"我所做之事，不必对别人解释。我们出来也久了，回去吧。"

苏醉说出口后，已然深悔于心，暗恨自己明知她身不由己，又何必要说出这种话来讥讽于她。可他不知道为何，看着她为了耶律洪基忙来忙去，就是忍不住。

"这只乌龟就先藏到我帐中，到时候再拿出来。"莫研还是气恼，自苏醉手中将乌龟拿到自己马鞍上放置好。

赵渝微微笑了笑："也好，你好生养着。"

苏醉再无多话，扶了赵渝上马，便一路沉默着回了营。

这日晚，榻上莫研翻来覆去睡不着，榻下被圈起来的乌龟亦不安分地爬来爬去，时而还挠着地毯沙沙作响。

直过了三更天，外头已是寂静无声，这时才有个人影悄然无息地闪进来。

"大哥。"

莫研低低地欢喜唤道，笑颜如花，纵体入怀。

软语温香满怀，纵然本想责她怎能如此大意，万一来者不是自己又怎么办，展昭却也说不出口，搂紧她柔声问道："身子可好些了？"

"已经好多了，今天还和公主……"莫研才说到一半，即被展昭打断。

"榻下有人？"他听见那乌龟挠地毯的动静，心下一紧。

莫研忙道："不是不是，是我养了头乌龟在底下，你可别说出去。"

展昭闻言哭笑不得，好奇道："你养乌龟做什么？"

"是替公主养的，此事说来话长，大哥你坐下我慢慢同你说。"莫研拉了展昭在榻上坐了，果然把事情原委慢慢说给他听。

展昭听罢，沉吟良久，问道："耶律洪基甚少单独出行，身边总会跟着不少侍卫。你方才所说要做戏之事，定要思量妥当，不着痕迹才行，否则就算他看不出，他身边的人看了出去，岂非前功尽弃。"

莫研自信满满："公主是真的有病在身，又不是装的，只要让耶律洪基觉得公主是为了他而病得就成了。只要公主演得像，这事，任谁也瞧不出破绽来。”

“你们还是得小心，耶律洪基……”展昭犹豫了下，不知道该不该把耶律洪基身边那个女子的事情告诉她，转念又想到莫研也见过方夫人，以她的记性，到时肯定一眼就觉得诧异。他思前想后，稳妥起见，还是得先告诉她为好。

因不敢点灯，且今夜无星无月，帐内几乎是漆黑一片，展昭不说话的这会儿，莫研瞧不清他的模样，也不敢碰他易容过的脸，只得把脸贴到他颈窝处，蹭了又蹭，蹭了又蹭。

“小七。”

她的发梢就在他鼻端轻扫，弄得他直痒痒，忍不住笑唤道。

“大哥，你身上真暖和。”她索性把手也探了进去，触到温暖结实的胸膛，满足地叹了口气。

知她怕冷，展昭拉起旁边的锦衾，将她密密盖上，也一并盖到自己身上。

莫研舒服地缩了缩身子，贴他贴得更紧了些，倦意一阵阵袭来，忍不住打起了呵欠。

“小七，你先别睡着，我有件要紧事得告诉你。”展昭在她耳边道。

“大哥，你说便是，我听着。”

“好，你千万要记清楚了。”

“嗯。”

“耶律洪基身边的侍卫中有一名女子，她的长相和你三年前见过的绣庄老板娘方夫人非常相似。这个人的来路我还未查清楚，但很可疑，她可能也会用毒，你一定要小心。”

他说完后，许久都未听见莫研出声，还以为她当真睡着了，便轻轻摇了摇她：“小七，醒醒。”

“大哥，”莫研这才开口，声音冷静，清醒无比，“三年前，你中毒就是被她害的吗？”

“不是，你莫要自己瞎想。”展昭道。

“三年前，你什么都不肯告诉我，结果……”莫研咬咬嘴唇，“现在，你还是不预备要告诉我吗？难道，你就那么看不起我，觉得我帮不上你一点忙？”

“不是。只是我不愿你卷入这事里。”

莫研低低叹了口气：“大哥，水里也好，火里也好，我只想和你在一起，你怎么就不明白呢？这三年，我为何要留在开封府，因为我觉得那里处处都有你的痕迹。包大人、公孙先生，他们是日日与你说话的人。我与他们说话时，常常会想，大哥你也是这般同他们说话。王朝、马汉、张龙、赵虎，他们是日日与你办差的人，我与他们办差时，常常会想，大哥你也是这般同他们一起办差。”

听着她静静地叙述，展昭心中酸楚，喉头哽咽道：“小七，莫再说下去，我懂了。”

莫研停了口：“真的？”

“嗯。”他的头抵着她的，“以后，生生死死，死死生生，咱们都在一起，谁也莫去受那份苦。”

“你可莫再要骗我。”莫研咕哝道。

展昭微微一笑：“这次没有。”

莫研微微仰头，亲了亲他，才又问道：“方才你说的那个女子，你不方便查她的话，我可以帮你。”

“你……”展昭本能想说“你千万莫要掺和”，话到嘴边，突想起自己刚刚才说过的话，便转而搂紧她，交代道，“你要去查也行，只是自己当心，莫露了痕迹。”

“我这三年捕头是白当的吗？”莫研轻轻笑道。

展昭亦低低笑了笑，又告诉她道：“这女子，苏醉曾在雁歇镇见过她，想来才入关不久。你可多留意下，是否有与她往来过密的人。”

“好。”

莫研听到他说雁歇镇，不由想起三年前的事，问道：“大哥，你还记不记得三年前，我也曾在雁歇镇上看见改扮的官差？”

“自然记得，当时你还说那些人脚步迟滞，像是功夫不高的人，可你说错了。后来海东青曾与他们交过手，那些人个个是武功好手，他们当时不仅改了装，连功夫都隐藏起来。”

闻言，莫研咬牙切齿：“连我都敢骗！这些浑蛋！”

展昭微微一笑，接着道：“后来海东青也曾到边界官府查过，却也查不到这些人的踪迹。当初若能查出他们来历，便能牵出那个幕后主使之人。”

莫研听了他的话，怔了怔，一些极零星的片段自脑中掠过。片刻之后，她低低唤了一声，猛然抬头望向展昭：“大哥，我记起来了，记起来了。”

“记起什么？”展昭莫名其妙。

“记起那些人是谁。”莫研急切道，“大哥，你听我说：我来的路上曾经在河间府尹李奇高的府上住了一宿。那夜因为一场误会，我与两个府中侍卫还打了一架，那两个侍卫的功夫便高得很。当时我瞅着他们就觉得有几分眼熟，可怎么也想不起在那里见过。你方才一说，我才想起来，他们就是那日改装出现在雁歇镇上的人。”

展昭微微一惊：“你肯定不会认错？”

“没错，就是他们。”莫研肯定道。

展昭深吸口气：“他们若是李奇高的内院侍卫，也难怪海东青查不到。李奇高区区河间府尹，他还拿不到大宋兵力布防全图，可他的夫人是庞胧，庞太师之女，只怕这事庞太师才是幕后主使。”

“庞太师？”莫研直皱眉，“他在朝里可吃香得很，自从那个三司使被贬了之后，就数他最霸道了，他还有个女儿是皇上的爱妃吧？”

展昭沉默半晌，苦笑：“我早知道这事的幕后主使官职一定小不了，可也想不到居然会是他。他究竟为何要出卖大宋呢？”

莫研抚抚他的脸，安慰道：“肯定是他的脑袋被驴踢过。大哥，这种事你就别想了。我们就好好想想如何能早日把证据找出来交给包大人。”

“此事不可操之过急，”展昭沉声道，“眼下，我们还是留心耶律洪基身边那女子，我猜想，她多半是庞太师送与耶律洪基的。两边的联络，不知道会不会也是她？”

“此事交给我便是！”莫研笑道。

“一定要小心。”

“嗯。”

次日，莫研刚进赵渝帐中，遣退了左右侍女，赵渝劈头就是一句：“他还好吗？”

莫研呆了一瞬，还以为公主问得是展昭，便答道：“挺好。”

“肯吃东西吗？”

“嗯？哦……”她这才反应过来，原来公主问的是“它”，忙笑道，“吃了我半个面饼，还算不错。我想着晚上拿点包子喂它，就是不知道它喜欢吃素的还是荤的。”

赵渝轻舒口气：“能吃就好，我还担心它不肯吃，若饿坏了就糟糕了。”

莫研嘻嘻一笑：“公主你就放心吧，我担保把它养得白白胖胖的。”

“它就全靠你了。”

赵渝款款起身，头上钗铛微微作响。莫研偏头瞧着，笑问道：“公主，你这般打扮是要上哪去？”

“耶律洪基今日会到冰上钩鱼，他邀了我。”

“哦。”莫研恍然大悟，打量了下赵渝，皱眉道，“好看是挺好看的，可穿得实在少了点，冻着怎么办？”

为免身形臃肿，赵渝内中未着贴身夹袍，而是只在外罩了翻毛的狐皮袍，走动时冷风自袖口缝隙直灌进去，冷得她直起鸡皮疙瘩。

“没法子，凡事若要求两全，也太难了。”赵渝咬咬牙根，为了婀娜多姿，再冷她也忍了，“走吧。”

莫研摇头叹气跟上。

耶律洪基凿洞钩鱼的地方是处极大的开阔水泽，与赵渝垂钓之处不同，这里的冰早已冻得硬邦邦的，便是马车在上面走也无碍。

她们到时，已有不少人都在此地了。其中很多是耶律宗真的嫔妃，穿着华丽的皮袍，笑语喧哗，或钩鱼、或垂钓，皆在冰上玩乐。莫研扫了一眼，暗自抽气，发觉比起这些嫔妃来，公主穿得着实不算少的。殊不知辽人女子自幼在北国长大，原就比起南国女子要耐寒些，这些人穿得少早就习惯了，对于赵渝却着实是折磨事一件。

赵渝对那些嫔妃皆极有礼，很有耐心地一个个见礼过去。莫研粗略算了算，待她们来到耶律洪基旁边的时候，起码与二十几位嫔妃问了安。

“你来了。”耶律洪基笑着朝赵渝道。

赵渝含笑行了礼：“不知道殿下这么早就来了，我原该也早些来才是。”

“不妨，现在来得正好。”耶律洪基拉了她过去，指了几个冰上的洞给她看，兴致勃勃道，“你仔细瞧着，待会就会有鱼儿上来透气，你一看见有泡泡冒出来的时候，就把手中的钩子扔出去。”

“我以前也曾试着钩过，可不知怎么的，总是让鱼儿溜掉。”赵渝盈盈笑道。

“是吗？大概是你气力太小，准头又不够。”耶律洪基自旁边侍卫手中拿了个雪亮的鱼钩递到她手中，“来，你试试，不行我来教你。”

“多谢殿下。”

赵渝果然拿了鱼钩握在掌中，耶律洪基自身后握着她的手，佳人在怀，隐隐有暗香浮动在鼻端，不由得使他心猿意马起来。

这幕映入莫研眼中，看上去耶律洪基简直就是拥着赵渝在钩鱼，她深知赵渝是刻意迎合，不由地暗叹口气，转而又想，起码这样赵渝也暖和一点，还不算是太糟。她百无聊赖地候在一旁，貌似不在意地打量着耶律洪基身边的侍卫。

侍卫群里扫了几个来回，她都未发现展昭所说的酷似方夫人的女子。她转而将目光投向侍女群中。

“那个女子……就是她了。”

生怕被她疑心，莫研的目光总是一扫而过，不敢在她身上多作停留，心里却已然有了数。那女子身量较小，站在一群辽人侍女中甚是显眼，容貌神态确实如展昭所说，与三年前的方夫人极为相似，但相较起来又年轻许多。

时而扮成侍卫，时而扮成侍女，就是为了跟在耶律洪基身边，莫研颦眉。这女子如此明目张胆地跟随，耶律洪基自然不会不知道，定是他安排的。

正自想着，一个火红人影远远地过来了，莫研挑眉一望，果然是萧观音，旁边还跟着萧信。

这下，当真是热闹了。

“查剌哥哥！”

萧观音一过来便娇声唤耶律洪基，看见他身前的赵渝时，似笑非笑道：“没想到宋国公主也有此雅兴，我记得前几年，公主好像都不愿来钩鱼，我还以为你是看不上我们这些北方蛮夷的余兴之乐呢。”

对她嘲讽口气浑然不在意，赵渝依次向萧氏兄妹二人见过礼，才柔柔笑道：“我怎么会看不上呢，只因我气力小，准头又不够，老是钩不到鱼，所以才玩得少。”

“准头只要多练练就成。”耶律洪基笑道。

看他双手轻搂赵渝，有模有样地教着她钩鱼，浑然不在意旁人的目光。莫研忍不住又想叹气，如此左拥右抱的日子，他怎么就不嫌麻烦呢。

见耶律洪基护着赵渝，萧观音怏怏不乐地走到了一旁，拿了鱼钩在手上玩。萧信倒是玩性不小，侍卫挖好的洞都瞧不上眼，自己蹲到冰上砰砰砰凿得起劲。这种玩意，他们辽人自小玩到大，自是熟练得很，也不以为是难事。

他洞凿好时，这边的赵渝和耶律洪基也正好停下手，旁边的木桶里装了几条鲜鱼，坐到旁边早已备好铺了狼皮褥子的椅子上休息。侍女们流水般奉上热茶与果点。

侍女们上前时，莫研着意留心看了下，果然那女子端上糕点时，目光有意无意地睇了耶律洪基一眼，耶律洪基伸手取了糕点，含入口中，亦笑着瞥她。若说她与耶律洪基没有私情，那才当真是奇怪。

那边萧观音见他们歇息，遂也准备过来，大概是心中有气，将鱼钩放回时未加留神，划到了手腕上，血唰的一下涌出来。

早有侍女惊叫起来："郡主，你的手！"

耶律洪基听见叫喊声，再看见萧观音的殷红，忙急步上前，拉了她的手过来，又连声唤侍女拿药来。

“怎么也不小心点。”他责备道。

萧观音扁扁嘴，委屈地不作声。

“小七！”

赵渝也扭头唤莫研，莫研应声上前。

“快去把父皇给我的白玉止血膏拿来给郡主。”赵渝吩咐道。

虽不甚明了为何要对萧观音这么好，莫研仍是依命行事，为求快捷，还特地找旁边侍卫借了马疾驰而去。

这边萧观音却不领赵渝的情，道："公主，你的好意我心领了，我这等小伤，用寻常药即可，还用不着你父皇给你的贵重东西。”

赵渝温柔笑道："这虽是小伤，可伤在手上，若是留了疤可就不好了。我的药倒也不是什么贵重东西，但有个好处，抹在伤口上不会留疤痕。”

天下女子皆爱美，萧观音自然也不例外，听说不会留疤痕，便已有些动心，偏偏又抹不开面子用赵渝的东西。

“还请萧妹妹莫要嫌弃。”赵渝放低姿态，软语相劝，又掏出自己的丝绢，也不嫌血腥，替她先按住伤口。

萧观音果然心中一软，未再说什么，显是愿意了。

耶律洪基笑着望了二人，深觉赵渝秉性温柔大度且识大体，对她的好感又多了一层。

不多时，莫研飞马过来，将白玉止血膏交与赵渝。赵渝亲自挑了药膏给萧观音抹上，又替她包扎好，柔声嘱咐道：“药你收着，早晚各抹一次，记着这几日莫要沾水。”

萧观音点点头，收下药来。

旁边，萧信也不知何时凑了过来，笑道：“这玩意好，省得每回出去狩猎时你都小心翼翼的，生怕伤着哪里。”

“哥，你又胡说什么。”

萧观音嗔了他一句，转而朝耶律洪基笑道：“查剌哥哥，你还记不记得前几年你送我的那匹马？”

耶律洪基其实早已记不清了，但自然不能说不记得，只笑着点了点头，

“现下，它也生了一只小马驹，你替我相相，看它好不好。”

“好啊！”

辽人爱酒爱马，仿佛是自血液中而来，耶律洪基对马匹自是十分喜爱，当下便想去看。转头见到赵渝犹在身畔，本是自己邀了她来钩鱼，似乎又不便丢下她，正自有些迟疑，便听见赵渝柔声道：

“殿下尽去无妨，我玩了这半日，也有些累了，正想回去歇着，暖暖身子呢，”

“公主，”耶律洪基感激她温柔体贴，“那公主好些歇息，迟些时候我再去探望。”

盈盈辞过众人，赵渝便与莫研一同回了帐。

“冻煞人了！冻煞人了！”

赵渝一回帐中，连头上钗妆都未来得及卸，便和衣缩上软榻，又命侍女赶紧将汤婆子灌了热水放入被衾中。

莫研看着直摇头："我方才摸你的手，都冻成冰了。"

"是吗？"赵渝裹紧被衾，哆嗦道，"我都冻得没知觉了。给萧观音上药的时候，费了好大力气才没让手抖起来。"

"你这样可不行，我看耶律洪基那家伙摸了你好几次手，他占没占便宜，咱们倒可以不计较，可他和你挨这么久，你总会有撑不住让他发觉的时候。今日还是摸摸小手，手冷些也没什么，明日若是让他听见你牙齿打架，那声音可不太好听。"

"什么叫作占没占便宜，咱们不计较，你……行了。"赵渝捧着侍女端上的热茶，慢慢地饮着，方觉得冰成冰坨的身子又慢慢回来了，"你不说我也知道，便是他发觉不了，我也受不住了，实在太冷，下次还是得多穿点。"

莫研手拢在火盆上方，慢悠悠地烘着，忽又笑道："耶律洪基缩还会来探望，也不知他什么时候来，我们好给他下一帖猛药。"

"也许他也只是说说罢了，不见得真的会来。"赵渝并未抱太大希望，三年来，耶律洪基从未独身来探望过她，她估摸着他转个头也就将此事忘了。

"那也不难，公主你自己不便出面，咱们可以叫宁王殿下请他来，他肯定会来，而且也不会有萧观音在旁碍事。"莫研挠挠耳根，陷入思考之中，"只是他来了之后，咱们怎生安排，倒是得好好琢磨琢磨。公主，公主……"

她抬眼看赵渝时，赵渝已经歪在枕上，双目微合，显然是倦极而眠。莫研只得悄悄起身，蹑手蹑脚地出帐去，再吩咐侍女莫要进去惊扰。

回了自己的帐中，先看了乌龟无恙，莫研才安心。此刻在她脑中转来转去的都是耶律洪基身边那长得像方夫人的女子。

看她走路，确实是会些功夫。可大哥说过，她曾经扮成侍卫，那么耶律洪基也许是知道她会功夫才让她这么扮。如果真如大哥所说，她可能会用毒，那么耶律洪基又知道不知道呢？

这些事，她坐在帐中想是想不出眉目，只怕还是得到耶律洪基的营中走一趟才能找到些许线索。

贸贸然闯了去自然不行，还是得找个由头。莫研脑子转了转，边跳起身出帐，一路顺拐着到了灶帐，在那里翻来翻去，找出瓶色泽鲜亮的豆酱汁来，寻了个小瓶子倒满，塞好，便往耶律洪基大营过来。

她本就是侍女打扮，除了身量矮小些，并无引人注目之处。说明自己是赵渝处的侍女，奉命送些蒸鱼的调料过来，把守的侍卫并未为难她，指明灶帐的位置，便让她进去了。

因此时距离吃饭还有阵子，故而灶帐也不忙，不过是剥些坚果这些烦琐的活计，只有三两个的侍女在内中。

“我家公主今日与殿下钩上不少鲜鱼，所以公主特命我将这瓶蒸鱼的酱汁送来，蒸鱼时只要浇在鱼身上便可。”进了灶间，莫研赔着笑把瓶子交给其中一位侍女，“这是我们南国的做法，你们不妨尝尝，若觉得好，我下次再送来。”

侍女点头收了，抬眼看了眼莫研：“你就是今日跟在宋国公主身旁的侍女吧？”她正好之前捧着点心盒子候在旁边，故而认得出莫研。

“对，姐姐还记得我？”莫研笑道。

听说是她，旁边几个侍女都围了上来，倒把莫研唬了一跳，以为自己无意间得罪了什么人，却听见她们皆笑道：“你来得正好，我们正有事想请教你呢。”

“请教可不敢当，姐姐们问便是了。”

“你家公主衣衫上薰的是什么香，怎的那么好闻，把我们殿下都迷得神魂颠倒的。”

“对对对，还有，你家公主用得什么胭脂……”

“……梳的发式……”

……

莫研几乎要被这一大堆的问题淹没，虽然有些不耐，但怎么也不能扫她们的心，遂一一道来，更附加讲解了一番养生调理之道，听得她们皆是连连点头。

到了适当之时，她轻轻巧巧将话题一转，道：“我还以为姐姐们中也有我们宋人，所以这些应该早就知道才是。难道她就没和你们聊起过这些？”

“我们之间的宋人？”其中一侍女愣了愣，似乎不知道她说的是谁。

另一侍女捅了捅她：“她说的肯定是唐苓。”

“唐苓？”莫研心中一惊，笑道，“她可就是今天也同姐姐们站在一起的，我瞧她生得瘦小，并不像北方人，应该也是宋国人吧。”

"谁知道她是哪里人，殿下年前出去狩猎，转了一圈就把她带了回来，她的来路谁也不知道。"侍女们对唐苓似乎不太待见。

莫研故作吃惊状，道："这么说她不是侍女？"

"当然不是，我们也不认得她，以前还知道收敛些，现下成天就知道黏在殿下身边，一会儿扮成侍卫，一会儿扮成侍女来讨殿下欢心。"说话的侍女显然看不惯唐苓所为。

"这两夜，我看她一直留在殿下帐中，未曾出来。"

莫研干笑："她能扮成侍卫，想来是身上会些功夫吧？"

"她会功夫吗？这倒看不出来。"几名侍女均摇了摇头。

看再问下去，除了争风吃醋之事，恐怕也说不出什么名堂来，莫研便找了借口要走，临走又对那几名侍女好言好语，请她们若还有梳妆打扮上的事尽管来找自己，自己必会细细说与她们听。

此时外间传来个女子声音，不大，有些高："送盘茶果到殿下帐中！要快些！"说完，便听见脚步声走远。

侍女撇撇嘴，朝莫研道："瞧，就是那位唐苓！还真把自己当主子，差遣起我们来了。"

"这是唐苓的声音。"

莫研似有所思，转瞬回过神来，正好怀中荷包里还有几星散香，这些在京城虽不值多少钱，但到了此处赫然身价百倍起来，她拿出来送与她们，才被侍女们千恩万谢地送着走了。

回营的路上，她因脑中想事，走得慢了许多，慢悠悠地往前踱。

唐苓，她竟讲得一口川蜀口音，若是再加上会用毒……难道这女子竟然是四川唐门的人？唐门虽是江湖大派，但与朝廷向来并无牵扯，如何会参与到这叛国之事中，这却是她怎么想也不明白的。

行了一段路，身后有马蹄声过来，她忙往路边躲闪，想让马匹过去。

来人却缓下速度，唤她道："丫头，怎么一个人在这里晃荡？"

莫研回头，见是宁晋，身后还跟着吴子楚，再往后是大队侍卫，马鞍上还挂着些野鹅野鸡，看样子，似乎是刚去水边射猎归来。

"公主与耶律殿下钩了好些鱼，我送些豆酱汁过去让她们蒸鱼。"莫研朝宁晋道。

“大冷的天，”宁晋皱眉，“你才养好病，这不是出来受罪吗，还这么慢吞吞地走着。快上来，我带着你回去！”

“不要。”莫研飞快拒绝，“又没多远，我溜达两步就到了，骑马风大，走着还和暖些呢。”

这丫头总有一套套道理，宁晋纵然有些恼，却是拿她一点办法也没有，扭头看了眼吴子楚，自己翻身下马：“子楚，你替我把马牵回去。我也走走，和暖些。”

“属下遵命。”

待一行人走远，莫研才莫名其妙地看向宁晋：“你怎么不早说你想走路，那马不就可以让给我骑了吗？”

“你方才不是还说骑马风大，走路和暖些吗？”

“随便说说而已。”她苦着脸道。

宁晋气结。

莫研已浑不在意地径自往前走，他撇撇嘴，只得跟上。

此时正值严冬，两旁尽是萧条景象，凄凄冷冷的，宁晋怅然叹口气，道：“这几日，我看小渝儿心情像是比原来好多了，你劝她多吃些东西，把身子养好是正事。否则，我回去也不知该怎么向皇兄交代。”

“哦。”莫研心不在焉地漫应着，脑中所想的还是唐苓的事。

“这些日子看下来，耶律洪基对她倒还算可以。”宁晋犹在道。

莫研听见耶律洪基四字，再看看宁晋，略略一想，遂朝宁晋道：“今日耶律洪基邀公主去钓鱼，我看见耶律洪基的侍女中居然有位像是宋国女子，后来问了其他侍女，才知道那女子竟是耶律洪基特地带在身边的。”

宁晋“哦”了一声，没说话。

“你怎么不说话啊！”莫研好奇道，“这对公主难道不是威胁吗？”

“这种事，就算眼下没有，将来也一定会有。”宁晋淡淡道，“小渝儿迟早地学会面对这些。现在不过是个宠姬而已，对她而言并无太大威胁。”

“可是……”

宁晋笑着睇她：“你想我怎样，难道我能找耶律洪基兴师问罪吗？再说，我又不能在辽国陪着她一辈子，顶多点拨一二，让他不可怠慢小渝儿。”

“就这些？”

“那我还能怎么样，事不能过，否则我走了，受罪的人是小渝儿。”

莫研烦恼地瞪了他一样，她不能将实情告之宁晋，自然也不能再说什么，只得罢了。

宁晋侧头看了半晌，突然道：“小七，你知不知道你近来有些不一样了？”

“嗯？”莫研愣了下，停下脚步，伸手搓搓脸，笑道，“你是说脸被冻得又红又糙的吧，塞外的风还真是厉害。”

“不是。”

宁晋笑着摇了摇头，自顾往前走去。

“那有什么不一样？”莫研好奇地追着问。

宁晋回首，看了她半晌，才道：“你笑起来的样子有些不一样，倒像是回到了几年前，我刚认识你时的样子。”

“是吗？”

莫研怔了怔，这些年当捕头办案，她早已形成了许多习惯，包括自然而然地对人的话做出判断。

宁晋说的这句话，听起来寻常得很。可她却知道，若不是对一个人极深的关心，定然不会留意到她笑起来样子有何不同。比起他曾为她做的许多事，他淡淡的一句话，却更令她感动。

她很想向宁晋说些什么，想了半日，发觉无论说什么都是多余，索性跺跺脚跟上去。

“看你们猎了不少野鸡野鹅，晚上可以好好吃上一顿。”她顺口扯些别的话题，“做几只叫花鸡倒是不错。”

“你弄？”宁晋挑眉。

“可以啊，你想吃什么样的，烤的，酱的，炖的，还是烧的？全不在话下。要不各来一只也行。”莫研大言不惭。

宁晋忍不住一笑：“你还是歇着吧，病才好，还吃那么荤腥。我们自吃野味，你还是随小渝儿喝粥吧。”

两人说说谈谈，不知不觉一路回到了营地。

赵渝一直以为耶律洪基说回来探望自己不过是客套话，可却未料到，次日下午耶律洪基竟然果真来了。

在帐内听到通报时，赵渝便吃了一惊，他来得实在突然，此刻要再细细妆容肯定是来不及了，略略修饰又无法遮掩病容。

“这要如何才好……”她紧张地想着，耶律洪基此时就在帐厅中同小皇叔闲聊，自己定然不能让他久候，得快些想出法子才好。

“快去把小七找来。”

让人去唤莫研，赵渝先让侍女替自己更衣，待莫研急急忙忙地进帐来，她便已想好了，遂让莫研附耳过来，如此如此这番向她讲了一通。

“你可都记清楚了？到时候可别说错话。”她叮嘱道。

莫研自信满满地点头：“放心。”

赵渝方才深吸口气，临镜自览，双颊淡淡扑了层胭脂，但眉目间仍可看出些许憔悴，透出几分病容。

“怎样？”

待侍女插好珠钗，她回首问莫研。

莫研颦眉看了她片刻，才道：“反正就是要让他知道你病了，这样也就可以了。走路时再歪着点，估计更像。”

赵渝白了她一眼，起身让侍女替自己披上外袍，拢紧衣领：“走吧。”

两人穿过帐廊，往帐厅而去。还未到时，莫研便已在帐厅之外看见耶律洪基的几位随身侍卫，打量了一下，并不见唐芩，想是此行耶律洪基未带她来。

早已有侍女候在帐厅外打着帘，见赵渝过来，遂行礼亦同时朝内宣道：“公主驾到。”

赵渝深吸口气，嫣然一笑，方举步进帐。

帐内，耶律洪基正与宁晋闲话笑谈，见赵渝到来，耶律洪基忙起身相迎。

“殿下。”

见赵渝盈盈行礼，耶律洪基伸手将她扶起，细看她眉目，不由诧异道：“公主可是身体有恙？”

赵渝摇头笑道：“有劳殿下关心，大概是昨夜里睡觉时汤婆子太热，我又贪凉蹬了被，受了些寒，不碍事的。”

“这么大人了，怎么还像个娃儿一样贪凉蹬被。”宁晋素是看惯了这种场面的，何等机敏，在旁配合着取笑她道。

赵渝羞涩一笑，更添风情，惹得耶律洪基又是好笑又是怜惜。

“小渝儿，你猜猜，耶律殿下给你送了什么来？”宁晋又笑道。

“送我？”赵渝好奇道，转向耶律洪基，“殿下，是什么？”

耶律洪基得意一笑，显然对自己的礼物很是满意，挽了赵渝的手出帐，用手一指：“你看喜不喜欢？”

他所指之处，一匹活蹦乱跳的小马驹正站在雪地之中，通体雪白，让人看了煞是喜爱。

“好漂亮的马！”赵渝叹道，忍不住上前去抚摸它，手下的皮毛光洁，柔顺得很，“殿下，这……真的是送给我的？！”

“当然。”

“多谢殿下！”赵渝笑吟吟地又朝他施了一礼，复回身爱不释手地抚摸小马。

见赵渝如此喜欢这马，耶律洪基自然甚是欢喜，亦上前摸着马儿道：“你喜欢就好，好好养着，他日你便可骑着它，随我一同骑射狩猎，可好？”

“殿下，这也是我心中所愿。”

赵渝微笑道。

眼看见公主如此曲意奉承，莫研心中不是滋味，自问若是自己，断然做不到这般，因而也对赵渝愈加钦佩。

帐外风大，宁晋正欲请他二人进帐，却听马蹄声响，又有一小队人马进了营。

“殿下。”耶律菩萨奴翻身下马，先朝耶律洪基施礼道。

耶律洪基略点点头，瞥一眼耶律菩萨奴身后的侍卫手中所捧之物，朝宁晋笑道：“看来，是我叔叔给你送好酒来了。”

耶律菩萨奴朝宁晋施礼道：“在下奉南院大王之命，特送陈年美酒十坛，给宁王殿下小酌。”

“多谢多谢。”宁晋笑道。

这边，莫研看见展昭所扮的耶律菩萨奴，心里顿时有说不出的美滋滋，虽知万不可露出破绽，却怎么也忍不住想多看他两眼。展昭却是始终目不斜视，神情淡然。

宁晋挥手叫人接过酒，又朝他让道：“副使大人既然来了，就请进来坐坐。”

“多谢美意，在下尚有公务在身，不能久留。”

展昭淡淡回绝，拱手欲走，却听见耶律洪基似笑非笑地哼了一声，道："耶律副使不愿留下，莫非是因为我在这里？"

此言即出，展昭不得不停下脚步："殿下多虑了，并无此事，在下确有……"

"那就留下来坐坐，"耶律洪基打断他的话，突又轻松一笑，上前拍拍他肩膀道，"我叔叔年纪大了，有些事我不会同他老人家一般见识。何况，他是他，你是你，你也犯不着见了我跟见猫似的就躲。"

"走走走，都进来说话，"宁晋招呼道，"都站着外头吹着风，倒是我这主人的不是了。"

耶律洪基再不多言，径自进帐去。展昭犹豫一瞬，自方才话中，他亦听出耶律洪基有拉拢之意，遂举步跟上。落在最后的，是莫研和赵渝，两人相视一眼，彼此各是一肚子的心事。

宁晋方才掉头已吩咐备下酒菜，朝众人笑道："好酒已有，诸位今日就留在这里用饭，让我这远来的客人做一回东，也尝尝我们这里厨子的手艺。"

耶律洪基自然合意，笑道："宋国菜肴精致讲究，看来我今日是有口福了。耶律副使，你这酒送得恰是时候啊。"

展昭淡淡一笑，道："有美酒佳肴，若再有歌舞助兴，岂不更妙。"他深知耶律洪基性情，宴席上最喜看女子歌舞，又或男子角斗。

此言一出，耶律洪基连连点头："说得对，不过也不妨。"他连声将自己的侍卫唤入，吩咐道："去，把我营中跳舞角斗之人都带过来，给宁王好好表演一番。"

侍卫领命而去。

展昭带来的十坛子酒先开了四坛，每人案前皆各一坛。

"公主，喝酒亦能驱寒，你不妨多喝些，到了明日一觉醒来病定会好了。"耶律洪基朝赵渝笑道。

赵渝暗自叫苦不迭，但不想扫耶律洪基的兴，遂命莫研替自己斟上酒。莫研也是烦恼不已，酒坛子都摆在眼跟前，有心做手脚却是无从下手，只得替她斟了。

看案上所摆都是酒杯，耶律洪基忙朝侍女道："这小小杯子喝起来如何能尽兴，快换大碗来。"

何必拿碗，直接拿酒坛子倒着喝，你岂不更尽兴，宁晋暗自心道，面上却丝毫不露：“对对对，都换大碗，都换！”

喝多喝少，对于展昭来说并无分别，故而并未说什么。

一时热气腾腾的菜肴端上，酒已斟满，众人觥筹交错，谈谈笑笑。

赵渝勉强着自己陪耶律洪基喝下几碗，已觉得酒气上行，头昏沉沉的，赶紧吃了好些菜，想压住酒劲。

莫研换不了酒，便到外头拿了解酒丸来，悄悄塞与赵渝，让她含在口中。之后她便一直立在赵渝身后，目光时而落在对面的展昭身上，再若无其事地漠然移开，不敢有任何表情上的变化。

不多时，耶律洪基之前所唤的歌舞角斗之人都已到了。

鼓鸣，舞起。

莫研眼尖，一下便看见舞者之中赫然有唐苓，不由地心中一紧，飞快地看向展昭，后者不动声色地欣赏着舞蹈，神态淡然。莫研立时暗悔自己沉不住气，忙定定心神，复看向舞者。

一曲舞毕，几位舞者上前为众人斟酒。

上前为耶律洪基斟酒的便是唐苓，对耶律洪基娇柔媚笑，柔情万状，均看在莫研眼中。倒是耶律洪基，大概因为赵渝在侧，故而并不与唐苓过分亲密，而是朝宁晋笑道：“不知我大辽女子的姿色，可还看得入宁王的眼？”

宁晋正被另一舞者缠住，他喝了几大碗酒下肚，酒行百骸，言行已微有狂态，当下哈哈一笑道：“宋国女子似柳树下的燕子，辽国女子却似长空中的大雁，各具风姿。”

“说得好，说得好。”耶律洪基笑道，“不瞒你们说，公主是宋国金枝玉叶，而我大辽位处北方，比起宋国自然算得上是苦寒之地。我一直担心公主会对我多有嫌弃呢？”

饶是赵渝头晕，听见此话，酒也醒了一半，忙道：“殿下是北方的雄健苍鹰，殿下有所不知，担心的人是我。”

此言一出，耶律洪基大悦，朝赵渝笑道：“看来倒是你我二人都不该担心才对。”

赵渝柔柔一笑，举碗敬他，两人皆是满饮，空碗放下。

今日，耶律洪基显然兴致不错，与宁晋闲话了一会风土人情，又转向展昭，见任凭身畔舞者如何使出百般解数讨好，展昭始终淡淡的，并不见有动心轻狂之举。耶律菩萨奴不好女色，因此耶律重光越发信任他，这点耶律洪基是早就知道的，眼下见了，倒也不以为怪。

倒是立在赵渝身后的莫研，不敢正眼看展昭，但眼角余光亦能看见那女子对着展昭上下其手，她虽面上不动声色，双手却在袖中紧紧攥住，恨得几乎能攥出水来。

宁晋拥着舞者，目光好几次落在耶律洪基身畔的唐苓身上，想起之前莫研所言，心中略想片刻，遂装作不经意朝宁晋笑道："殿下身畔的那女子，若我没看错的话，应该不是辽国女子吧？"

耶律洪基面色有些不自然，继而笑着点点头："她确实不是辽人，而是你们宋国女子，是我专门寻来教习舞蹈，为了是来日给公主解闷。"耶律洪基此次来本就不想带着唐苓，却不料遣人回府时被唐苓听见，她因自认为得宠，便自作聪明扮成舞者前来。

此事着实是出耶律洪基的意料，只是她来了，自己又不能当真众人的面再将她赶了回去。唐苓的来历，他自然是不能说，遂编了个借口，顺便讨赵渝的欢心。

"原来如此，"宁晋也不拆穿，顺水推舟地朝赵渝笑道，"小渝儿，瞧瞧殿下对你多有心，你还真是有福之人。"

赵渝朝耶律洪基感激笑道："殿下想得如此周全，倒叫我不知该如何回报才好。"

正巧有侍女捧菜肴进来，寒风卷入，赵渝本就已是头昏脑涨，被风一吹，顿觉更加不适，身体微晃，差点栽倒。亏得莫研眼疾手快，自后伸手扶住她。

"公主怎么了？"耶律洪基忙紧张问道。

赵渝不敢开口，只怕一开口就要吐出来，只能摆摆手，示意自己无事。莫研抚着她的后背，一下一下地替她顺着，朝耶律洪基道："殿下有所不知，公主来捺钵之时得知此地有五彩神龟，又知前些年殿下曾特地派人来此，欲抓此神龟敬献皇上，却不可得。公主说殿下是一片孝心，说什么也得替殿下抓到神龟。故而，公主来此之后，日日往水泽旁垂钓。而且公主还说神龟既是神兽，必不可轻得，须得诚感动天，还不让我等插手，她自己风雪无阻地守着。这段日子下来，人也瘦了一大圈，身子也落下病来。公主说她是为了替殿下抓到神龟，让殿下可尽孝道罢了，故而也不让我们乱说。可今日，我看着公主这番模样，殿下若还不知，岂非是白白辜负了公主的一番苦心。”

这话说来半真半假，之前赵渝日日垂钓之事耶律洪基也曾有所闻，却怎么也想不到她竟然是为了自己，此时听来，再看见她柔弱之躯伏在案上，不由得大为怜惜：“我竟不知公主这般为我……”

“那神龟到现在都未可得，殿下莫再说这话，岂不叫我羞愧。再说，我们大礼在即，在我心中，早就不分什么你我。既是殿下想办的事，我自是尽心尽力，这原就是自然而然之事。”赵渝勉力撑起身子柔柔道。

这话更是听得耶律洪基感动异常，索性起身至赵渝旁边，将她扶起：“眼下你最要紧的就是养好身子，你还是快回去歇着吧。来，我扶你回去。”

说罢，他便扶着赵渝往外走。莫研愣了下，忙快步随出去。

在莫研引领下，耶律洪基半扶半抱地将赵渝送回寝帐之中，一路上的侍卫侍女施礼之际亦纷纷侧目。

一直扶着赵渝在软榻上靠好，耶律洪基才在她身畔坐下，拉的她的手柔声道：“往日是我疏忽了，我竟不知道你的心意这般。”他似乎也不知道该如何说下去，“总之咱们来日方长，你养好身子才是。”

“好。”

赵渝点点头。

“那你歇着吧，我明日再来看你。”

“殿下公事繁忙，不必挂心于我，”赵渝温柔笑着，“闲时再来便是。”

耶律洪基笑着点点头，又取过被衾替她盖上，这才不舍地离去。

帐中寂静了片刻，莫研眼看着耶律洪基走远，这才掩好帐帘，绕到屏风后。赵渝正双目怔怔看着帐顶…。

“公主，我瞧着他好像真的喜欢上你了。”莫研轻声道。

赵渝回过神来，长叹口气：“他这不过是一时感动罢了，过个几日也就抛诸脑后了。所以，我一定得想个法子，让他永远都记着我的好。”

“永远都记着？”莫研挠挠耳根，不在意道，“这可不容易，除非是有人为了他缺胳膊断腿送了性命，那他说不定会记着呢。”

“说得也是。”

“公主，来日方长这句话倒没说错，咱们眼下替他抓了乌龟，也够他感动好一阵子的了，以后再慢慢想别的事便是了。”

“来日方长……”赵渝慢慢咀嚼着这四字，似笑非笑。

莫研瞧着她有些不对劲，不由唤道：“公主，你想什么呢？”

赵渝淡然一笑：“没事，酒有些上头。你唤她们进来给我梳洗，我想早点歇着了。”

“哦。”

看她模样可怜，为了让她早些睡下，莫研应声出来，又唤了侍女进去。

此时正好帐厅那边宴席散了，莫研远远地看着宁晋送耶律洪基出来，展昭也在一旁，似乎在话别。

似乎感觉到她的存在，展昭的目光往这边不着痕迹地扫了眼，莫研半隐在一根廊柱后面，周遭并无灯火。她明知他大概根本看不见自己，却还是怔怔地站着，百般眷恋地看着他，仿佛在与他对视一般。

她分明知道赵渝心中的那个人是耶律菩萨奴。

可那个耶律菩萨奴却死了，赵渝伤心的模样她亦是看在眼中的。

故而，再看着赵渝对耶律洪基的曲意奉承，想着赵渝内心的痛苦，着实令她不舒服。

眼前的这一切一切都让她觉得厌倦烦闷，只想和展昭两人静静地在一起，再也不分开。

这夜，她比任何时候都想见展昭，想和他说说话。可她却不能，她不能因自己的任性而将展昭置身在危险之中。说来也怪，不知道耶律菩萨奴就是展昭之前，若说夜探营帐而要不被人觉察，她未必不行。可知道他就是大哥之后，她便是无论如何也不敢试。

待看着他们都已出营去，展昭的身影任是自己再望也望不见了。莫研才怏怏收回目光，因一直陪着赵渝，她自己尚未用饭，便到灶帐，自行寻了些吃食，拎在漆盒之中，欲回帐再吃。

走到一半，又觉得帐中憋闷，不欲回去，索性拎着食盒漫步到营外，心中想见的人是展昭，却不能去寻他，不知不觉便走到了寻常与赵渝垂钓之处。此时天色已黑，此处再无别人，她寻了块石头，颓然坐下，长舒口气。

正想翻东西吃，突听见身后不远似乎有人咳了一声，骇得她跳起身来，定睛望去，果然有个黑乎乎的人影背靠树。

“你……是人是鬼？”她不由地有些慌。

那人笑道：“胆子这么小，大晚上的就别出来。”

是苏醉，莫研这才松了口气，拎着食盒踱过去，看见苏醉手中拿着一酒囊，正靠坐在树上慢慢地饮着，看上去他的心境似乎也不太好。

“有东西吃不吃？”莫研把盒子往他旁边一放，人也在旁坐了下来。

苏醉瞥了她一眼，目中似有郁郁之气，也不说话，径自翻开盒子，抄起野鸭腿就大口大口地啃将起来。

“看来今日你的心情也不好，巧了。”

莫研拿了他放下的酒囊，也仰口饮了几口，此间入夜后几乎无人会来，倒真是清净得很。

酒火辣辣地自喉咙灌下去，她连连咂嘴，撕下鸭肉忙塞嘴里。

“不会喝就别糟蹋酒。”苏醉这才开口，横她一眼，把酒抢了过去，话带嘲笑，“免得待会喝醉了我还得喊人来背你。”

莫研笑嘻嘻斜睇他：“上次是你？”

“不是我，难道是你？”苏醉虽然笑着，却微露狂态，接着饮了一大口酒，沉默半晌才没头没脑地问道，“她怎么样了？”

“谁啊？”

“是不是又喝多了？几乎全营里的人都看见她在耶律洪基怀里。”

莫研这才明白他所指的是公主，而且他的语气不善，似乎对赵渝颇有微词。“她的苦衷，你们怎么会知道。”她替赵渝抱不平，“她这么做都是为了宋辽两国。”

苏醉不语，又灌了口酒，接着啃鸭腿。

“你……”莫研怒瞪他一眼，“难道你以为她只是在争宠吗？”

“难道不是吗？”苏醉淡淡笑道，“不过她这么做是对的，很对，很对。”

“可你却瞧不起她！”

“我没有，我只是……”苏醉怅然摇了摇头，却说不出个所以然来。

莫研愣了半晌，才试探道：“难道你是在吃醋？”

他愣了下，随即大笑出声：“莫胡说八道。”

“你，也喜欢她？”莫研挠挠耳根，不解道，“你才见她几次而已，是何时开始喜欢上她的？”

“叫你莫再胡说了！”苏醉褪去笑意，提高嗓门，

“那你就是承认了。”

以莫研的办案经验，情绪激动成这样的人，多半是由于心虚所至。

苏醉斜睇她，眼睛里里带着说不清道不明的复杂情绪，加上他胡子邋遢的模样还真有些吓人，可惜莫研正低头在食盒里翻东西吃，压根没看见。

取出碟鹅油酥卷，莫研咬了一口，才侧头瞧他，此时苏醉已然复垂下头去，手重重地地捏着酒囊。

莫研闲闲问道：“你是何时认得她的？”

苏醉不响，莫研好心将手中鹅油酥卷的碟子递过去，被他挡开，几个酥卷差点滚落地上，亏得她眼疾手快，忙抢了起来。

“不吃也不要糟蹋。”莫研低低嘀咕着。

“哼……大概是九年前了吧。”

“啊？”莫研怔了怔，“九年前你就见过她，那时她才多大啊？”

“才十一二岁吧。”

想起初见时皇宫中那个眼睛大大的女娃娃，苏醉忍不住就想笑。

“十一二岁？”莫研匪夷所思地地颦眉望向他，“你那时候就喜欢上她了？”

“怎么可能。”

“说得也是，不然也太……”

被苏醉适时地白一眼，莫研识趣地没再说下去，笑嘻嘻道：“公主生得那样美，你会喜欢她自是再寻常不过。不过，只可惜……”她本想说只可惜公主始终是要嫁给耶律洪基，想想觉得替赵渝郁闷，便未再说下去。

苏醉却误会了她的意思，冷笑道：“你是想说，只可惜我是个天残之人，根本不配。”

莫研莫名其妙地斜他：“我哪里是这个意思，瘸了条腿有什么关系？我二哥哥双目失明，我们家里头就他最神气，莫说是我们，连我师父都得乖乖听他的话。”

苏醉微微一笑，没作声。

见他不答话，莫研遂换了个话题问道：“你的腿是什么时候断的？”

苏醉仍是不答，自顾喝酒。

莫研自觉无趣，也只得不吭声，有一口没一口地吃着东西，脑中飘来荡去的是之前赵渝苍白的面容。

——“来日方长……”

——“让他永远都记着我的好。”

——她淡淡的神情，古怪的笑容。

“啊！”莫研突然惊叫一声，把苏醉吓一跳。

“怎么了？”

没理会他，莫研阴沉着脸，紧张地思索着什么，口中絮絮道：“我明白了，一定是这样，难怪她……”

直过了半晌，她才猛地抬头望向苏醉，神色焦急道：“怎么办？这该怎么办才好？”

甚少见她如此模样，苏醉被她弄得也有些紧张：“出什么事了？”

“我想，她一定是，一定是不想活了。”

“谁？”

“除了她，还会有谁。”

这下苏醉明白过来，却仍是不解道：“无缘无故的，你怎么说她不想活了？”

“你不明白的，”莫研想了想，反而怒瞪了他一眼，“都是你不好！”

苏醉不作声。

莫研咬牙切齿：“你不该告诉她那人死了。自那日后，我就觉得她有些怪，现在想来，她定是下了决心，要随他而去。”

这下，苏醉是根本说不出话来了，良久，才惨然一笑，艰涩道：“你、你怎么知道她是要随他而去。”

“我不知道。”莫研摇头。

苏醉盯着她。

“我只知道，她肯定是不想活了，她心里的滋味我也曾有过，自然再清楚不过。”莫研接着轻轻道。

“可你并没有寻死。”苏醉道。

“因为我曾答应过大哥，要好好活下去，好好记着他，念着他。可她与我不同，她孤身在此，无亲无故，心里是一点念想也没有。”

听到此处，苏醉腾地站起来，莫研急忙拉住他：“你要去哪里？”

“去拦着她！”

“急什么，三日五日内她还不会有事。”莫研用力把他扯回来，“你这个人，平常脑子挺好使的，这会儿倒傻了。”

她这下用力过大，苏醉一个不稳，仰面重重摔倒在地上，断腿处的剧痛闪电般传达全身，他紧咬着牙，哼都未哼一声。

“啊……你没事吧。”

莫研忙要去扶他，却被他用力挡开，只得讪讪坐了回去。

腿疼得根本站不起来，可他也不想起来，就这么躺在冰凉刺骨的雪地上，看着头顶沉沉压下的暗黑云层，脑中一片混乱，几乎完全无法思考。

他以为应该让她死了这份心，因为两人之间绝无可能。

他以为，让她得知真相，不过是彼此间再多增一份痛苦而已。

难道他竟然做错了？

“你是不是撞到头了？”莫研看他躺着不动，不由有些担心，凑上前问道。

苏醉再笑不出来，不耐烦地冷冷道：“走开，别烦我！”

莫研愣在当地，倒不是被他态度所吓，而是觉得此时此刻他的声音耳熟之至，简直就在口中，呼之欲出。为了让自己快些想起这个声音，她又伸手在他眼前晃了晃。

因对莫研并无戒心，苏醉正自烦乱，一把拨开她的手，复道：“走开！”

这简简单单的两个字终于唤起了莫研的记忆，她不但不恼，反而得意一笑，道：“原来是你！”

苏醉听不明白她说什么，故而也不答话，却又听见莫研叹了口气：

“你既然还活着，又何苦骗她。”

闻言，苏醉猛然坐起，正与莫研对视。

“你不该骗她。”莫研缓缓重复道。

“你是怎么认出我来的？”

莫研哼了一声，站起身来：“莫忘了，我是开封府的捕头，你以为我在开封府里头天天绣花吗？”

苏醉摇头叹气，枉为海东青，居然两次栽在这小麻雀手上，还真够冤的。

“她对你一往情深，你怎么忍心这般对她？”莫研想起自己亦是被展昭瞒得好苦，忍不住愤然责问道。

“那又如何，”苏醉苦笑道，“我与她绝无可能，还不如让她觉得我已死了，倒还了断得干净些。”

“是啊，等她死了，你就干净了。”

莫研恶狠狠骂道，又着实想不出什么话能让他回心转意，跺跺脚气呼呼走了，连食盒都不拿。

苏醉无言，独自垂着头，静静坐着，不知在想些什么。

接下来，连着几日，苏醉都过得提心吊胆的。每日遛马都故意多兜一个大圈，从赵渝的帐前走，想看看她是否安好。

即使他心中明明知道，赵渝还未将乌龟献给耶律洪基，事情未做，她应是安好无恙。可不知为何，自那夜听了莫研的言语，他便总觉得不安。

难道要去告诉她，自己还活着，只是瘸了？

那又能如何，让她伤心，让她怜悯，然后终将还是要嫁给耶律洪基。

他着实是不知自己究竟该如何是好了。

而这些日子，莫研面对赵渝时，心中亦是百般纠结。

每次都想告诉她，那个人没有死，不仅没有死，而且他就在你的身畔，在你触目可及之处。

可是，每次话将出口之际，她都犹豫了。

“小七，你又怎么了？”赵渝看着莫研又在发愣，这几日老见她这模样。

莫研咬咬嘴唇，迟疑道：“没、没什么。”

赵渝淡淡一笑，也不追问，此时左右无人，她柔声朝莫研道：“是在担心展昭的事吧？”

不知该怎么说，莫研不点头也不摇头，愣愣的。

赵渝叹口气道：“我也真希望他们能快些查出来，你二人分别如此之久，也是苦了你们了。现下，有线索了吗？”

“线索倒是有，不过……”

“不过什么？”

“不过蛇未出洞，所以还得等。”被她一问，莫研想到此事所涉及唐门的人，心里发凉，“也不知究竟能不能顺利。”

“需要我帮忙吗？”赵渝问道。

莫研忙摇摇头：“那倒不用，公主你自己的事就够心烦的了。”

赵渝微笑，用手指了指旁边矮柜上这些日子耶律洪基送来的林林总总的东西：“瞧瞧这些，我想也差不多该是拿出乌龟的时候了。明日一早，你就偷偷把乌龟送到我这里来。”

“好。”

“那你就回去歇着吧，出去时让她们准备热汤送进来，我要沐浴。”

莫研应了，心不在焉地步出帐外，唤了侍女给赵渝准备洗澡水，方才慢吞吞地回了自己帐中。

此日清早，她便裹了乌龟悄悄地送到赵渝处。

进去时赵渝似乎犹在睡梦之中，莫研只得轻轻唤她：“公主、公主，我把乌龟给你送来了。”

赵渝的脸半遮在被衾中，莫研见她还是未醒，便伸手去拨被衾，手碰触到她的脸颊，方觉滚烫，她竟是发着高热。

这下莫研急了，把乌龟往地上一放，寻出几条锦帕，在铜盆中浸了浸，赶忙敷在她额头上。又连声唤了侍女进来，让她们准备温水给赵渝擦身。

侍女们见不过一夜之间，赵渝骤然发起如此高热，不知是究竟哪里出了纰漏，都有些慌了。这边又有人赶着通报了宁晋，宁晋也急忙赶过来，看赵渝额头烫手，嘴唇开裂，显是病得不轻，不由又急又气，把底下跟着的人都骂了个遍。

正乱成一团，赵渝昏昏沉沉地醒来，先是唤退众人，只留下莫研。还有个宁晋杵在帐中，因身份高她一辈，她也拿他无法。

“小七……”她微弱道，“你记着，等耶律洪基来了，就说为了抓这乌龟，我掉入冰水之中，所以才会发此高热，千万记清楚了，莫忘了说。”

莫研听了这话，心中不自觉地升起几分寒意：“公主，你是存心让自己生病的？”

赵渝不答，勉强笑了笑。

宁晋听罢，也是怒道：“小渝儿，你究竟在想什么，想争宠的话，装装样子也就罢了，你居然这样……”他恨恨地说不下去。

莫研立起身，看见屏风后露出半个边的大浴桶，急步过去一探，果然满满的一桶冷水未倒，她顿时明白了。

“公主，这么冷的天，你……你居然去泡冷水，你到底还要不要命！”她急道。

“泡冷水！”

宁晋也是一骇，不可置信地盯住赵渝：“小渝儿，你是不是疯了？”

赵渝被他们嚷得头昏，半闭了眼不作声。她昨夜先是将自己裹在被衾中，又命侍女升了火盆，将自己烤得暖烘烘的，然后再遣开侍女，将自己骤然泡入早已冰凉的水中。严冬中如此一冷一热，便是寻常人也受不了，更不用说她本就是病弱之躯。

“公主！这些日子我就怕你做傻事，可是没想得你……”莫研怎么也想不到赵渝是用这个法子。

“这不是傻事。”赵渝低低道。

“你拿自己的性命往上搭，这难道还不是傻事！都是因为他，是不是？”

闻言，赵渝怔了怔，继而深深注视着莫研，一言不发。

宁晋却有些听不懂，转向莫研，不解道：“为了谁？耶律洪基？”

“公主，我没说错，是不是？”莫研顾不上和他解释，只朝赵渝急道，“自那日你听说那人死了，所以你自己也不想再活下去了，是不是？”

赵渝不答，目光抚过垫上的软毛，一遍又一遍，良久才道：“小七，你是经历过大悲大痛的，我也不想瞒你。这三年来，纵然以为他还活着，可我的心里还是很苦，因为我们之间根本没有半星可能。现下知道他死了，而我却还得对着另一个男人曲意承欢，你知道那种感觉吗？”

莫研说不出话来。

宁晋亦是。

赵渝长吸口气：“接下去还会行大礼，我就得和耶律洪基成为真正的夫妻，这种日子我还得去过一辈子，你能想见得到我以后的日子吗？”

两人无言以对。

“饶是他现下喜欢我，可究竟能持续多久？我在此地无依无靠，断断是斗不过萧观音的，保不定何时他便会对我相看生厌，到了那时，我今日辛辛苦苦所做一切便会付诸东流，他断然不会再记得我的好。那时的我即便留在他身边，对宋辽两国却是无半点益处。”

莫研不知她竟想得如此深远，本来想了几句劝解的话也都说不出口。

“可是，公主，倘若那人还活着，你就不会这么想了是不是？”

赵渝摇了摇头：“正是因为他的死，才让我找到了最正确的路，其实我早就该如此做了。你也不必劝我，我既然远嫁到此，也该做些事才对。”

宁晋拽过莫研，沉声道：“那人到底是谁，你们还有什么事情在瞒着我？”

莫研见再瞒也瞒不住，只得将事情原原本本告之宁晋。

宁晋听罢，震惊过甚，以至久久无法言语。

“你是说，那个人其实是以前的耶律菩萨奴，而现在的耶律菩萨奴就是展昭。”

莫研点头：“我也是前些日子才刚刚得知此事。”

“难怪你……”

宁晋终于明白了莫研的转变是为何事，不由暗自深叹，果不其然，只有展昭才能如此牵动她的一颦一笑。

莫研眼下着急的只有赵渝的事，并不知他在想什么，凑身附耳过来：“现在怎么办？我看公主给自己找了一堆的理由，都是不想活下去，该怎么劝她才好？”

赵渝所说，句句占理，宁晋一时竟也想不出什么由头才能劝得了她。

“水，小七。”赵渝唤道。

莫研忙给她倒了水，扶起她喂水。

赵渝却不甚想喝，只湿润下了嘴唇，转头看向莫研和宁晋：“我只求你们一件事情，这场戏必要演好，否则我就白白受这罪了。”

“公主……”莫研咬着嘴唇，忍不住想要哭。

倒是宁晋已镇定下来，点头沉声道：“放心吧，小渝儿，我们知道该怎么做。可待会端上来的汤药，你不能不吃。”

赵渝虚弱笑着点点头，方闭目休息，等待着耶律洪基的到来。

耶律洪基来时，基本上这边都已是一切就绪，严阵以待。

“公主，你……”耶律洪基不明白怎么才几日不见，赵渝竟然病重如此，

“我给你送来的药材有没有煎着吃，怎么会这般？”

“殿下，你莫着急，我没事。”

赵渝努力撑起身子，忙安慰他，还伸出一只手轻轻拍了拍他的手背：“殿下，你听我说，我有个好消息要告诉你，我昨日……昨日终于钓到了只龟，壳也是五彩的，但不知道是不是殿下你们所说的五彩神龟。小七，快把它拿给殿下瞅瞅！”

莫研抱着乌龟，应声过来。

一看之下，耶律洪基大喜过望，也顾不得赵渝，双手接过那只龟，再三地抚摩着龟壳，激动道：“果然是它，果然是它，真想不到，你居然真的能找到五彩神龟。”

“是啊，我自己也没想到，一定是殿下洪福齐天，上苍知道我是为了殿下来找寻，所以保佑我终于找到了它。”

耶律洪基捧着乌龟，左右端详，爱不释手，又转头看向赵渝，满面感动道：“你是不是就是为了找它，所以病才加重的？”

赵渝柔柔一笑，摇了摇头。

莫研适时在旁插口道：“可不就是嘛，这乌龟实在太大，气力也大，差点把钓竿折断，公主怕它跑了，居然自己跳到冰水里把它捞了上来。回来的时候全身冻得像冰块，当真是把我们都给吓坏了。”

“你……”

耶律洪基想不到赵渝为了给他寻这只乌龟居然如此拼命，感动地看着她：“这也太危险了，万一出了什么事如何是好？下次万不可再这样了！”

闻言，莫研暗自白了耶律洪基一眼，心道：“还想有下次，做你的春秋大梦去吧！”

赵渝柔顺地点点头：“殿下不必担心，我……对了，这五彩神龟，若殿下要献给皇上的话，千万别说是我寻来的，就说是殿下自己寻来的。这样皇上感念着殿下的一片孝心，定然更加欢喜，岂不是更好。我这边的人都不会乱说，殿下放心……”话未说完，她便低头猛咳起来，莫研忙要上前替她抚背，却被耶律洪基挡开，他亲自坐到榻边替赵渝轻轻拍背。莫研知趣地退到一旁，并挪动屏风，将二人半遮半挡起来。

耶律洪基半扶着赵渝，赵渝顺势轻靠在他怀中，气息浅浅，暗香萦绕。

此时外间不知何人抚琴，琴音清丽而静，和润而远，静静沁人心底。

“你这般为我，叫我如何感激你才好呢？”耶律洪基轻搂住赵湍，轻柔地低低问道。

“殿下，”赵湍微微仰起头，看向他道，“我可从未想过要殿下感激我，我人小力微，能帮得上殿下的事实在太少，所以也只能做这些力所能及的事情。”

“你啊。”见她故意轻描淡写，耶律洪基听了更是感动不已，“我也曾派人来寻过这乌龟，却怎么也寻不到。你虽不肯说，可我知道你定是花了许多气力。你说，你想要什么，我也想法子给你弄来。”

“殿下，只要你福寿安康，我别无所求。”赵湍轻声答道。

耶律洪基拥紧她，笑道：“你不要，我也得给你。我赏赐你五千头牛，五千头羊。”

赵湍扑哧一笑：“我要那么多牛羊做什么，吃一辈子也吃不完，殿下还是自己留着吧。”

“那你想要什么？”耶律洪基想了想，“我登基后，册封你为皇后？”

赵湍忙道：“万万不可，殿下，此举万万不可。辽国历来是萧氏为后，殿下万不可因我而得罪萧氏，我是万万不会答应的。”

听她连用了几个“万万不可”，知她并无争后之心，如此这般不图名利，耶律洪基更是相信了她确实一心只为自己，不由得更加怜爱起来。

“那你说，我该赏你什么你才欢喜？”

赵湍静默一瞬，直起身子，正视耶律洪基：“殿下也知，我嫁来辽国便是为了宋辽两国永结盟好。若殿下真要赏我，我只求殿下答应我一事。”

耶律洪基已有些明白：“你要我答应你，将来绝不兴兵中原？”

“不！”赵湍摇头。

此举弄得耶律洪基又是一愣。连屏风外的莫研也有些奇怪，话都已经说到这份上了，公主为何还要否认。

赵湍再抬眼时，眼底隐隐泪光浮动，缓缓道：“我自知人微言轻，不足以左右此等大事。我只有一小小心愿，他日若是有人劝殿下兴兵中原，殿下思量之时，有一时片刻能想到我，那我便心满意足了。”

万料不到她竟是如此请求，耶律洪基心潮随着琴音而起伏激荡，只觉得豪情万丈，搂紧她道：“你的心意我明白，你放心，只要是我在位之时，断然不会入侵中原。”

得此承诺，赵渝喜极而泣，泪终于滑落，迅速渗入被衾：“多谢殿下。”

莫研亦是深闭下眼，终于是听见耶律洪基做出这个承诺，公主这招以退为进使得还真是妙啊。

嘱咐了赵渝好好养病后，耶律洪基也裹了神龟，志满意得地走了。莫研送他出了帐，又看着他骑马出了营，方才长松口气，转头望向不远帐厅。

宁晋显然也看见耶律洪基走了，按弦的手缓缓松开，琴音此时方停。他起身，出了帐，朝莫研走来。

“如何？”到了跟前，他问道。

莫研重重点了点头：“她做到了。耶律洪基亲口答应公主，他在位之时，绝不会入侵中原。”

宁晋深闭下眼，虽面上看不出太大情绪起伏，但待他再睁开时，却隐隐可见内中泪光：“小渝儿，她不逊于当世豪杰，与她相比起来，我着实惭愧之极。”

莫研微笑，既不反驳也不称是。

“走吧，瞧瞧小渝儿去。”

宁晋转身往赵渝帐中走去，莫研也随着他往回走。

进了帐，才转过屏风，见到眼前景象，两人皆是骇然——赵渝半倾在榻上，榻下雪白的羊羔垫上赫然已被血所染红。

“公主！公主！”

莫研疾步上前，扶起赵渝躺好，后者嘴角尚有血痕，已然昏迷不行。原来赵渝本就是强撑着演完这场戏，待耶律洪基出帐后，赵渝再无力支持住，心力交瘁地呕出一大口血，昏死了过去。

传太医，煎药，清洗……一时间赵渝帐中忙成一团。待太医诊治过后，宁晋上前问可有大碍，太医踌躇良久，才为难道：“公主久病多时，已是油尽灯枯，又逢此大病，只怕是时日无多了。”

“什么！”宁晋怒道，“她才多大，你就说什么油尽灯枯，你到底会不会看病？”

太医只得不语。

上灯时分，莫研用过饭后去了趟马厩，却不见苏醉的踪影，只得复回到赵渝帐中，寻了借口遣开侍女，只说由自己来守夜。侍女们素知赵渝与莫研亲厚，便都依言退了出去。赵渝一直在昏睡之中，莫研也无事可做，便熄了灯，在旁候着打瞌睡。直至三更时分，帐帘轻摆，便见二人闪身进来。

来人进来之时，本欲先点她的昏穴，待借着帐顶天窗透下的月光看清是她，忙又停了手。

“大哥！你也来了！”莫研见不光是苏醉，连展昭也来了，不由又惊又喜。

“嗯，我听说公主重病，怎么样？”

因生怕露出破绽，展昭与莫研相见次数寥寥无几，故而莫研并未来得及告诉他赵渝有寻死之心。他也是直到今日与苏醉见面后才得知的此事。

“公主她，还不都是因为他！”

莫研瞪了眼苏醉。后者已慢慢走至赵渝身畔，在榻边蹲下，手轻轻替她抚起几缕发丝，掠至耳边。

赵渝仍在昏睡之中，睡颜憔悴，他的手不由微微有些颤抖。

莫研看在眼中，知道苏醉定也是心疼之极，方才放缓语气，轻声道：“今日，公主着实是了不起，竟能让耶律洪基答应她，在位之时绝不会入侵中原。我心中，实在有说不出地佩服她。”

展昭听罢，深吸口气：“当真是了不起。”

苏醉本是心痛，听了这话，倒微微笑了笑，轻道：“她本就如此，往日，是你们看轻她了。”

展昭低头问莫研：“可看过太医了，怎么说？”

“太医说她久病，已是油尽灯枯，再也撑不了多少时日。”莫研说着，鼻子发酸，伏到展昭怀中，低低道，“大哥，怎么办？我们得救救公主才行！”

展昭轻轻拍着她的背，柔声安慰道：“我知道，你先莫急。”

“我有法子，可是……”

莫研欲言又止，展昭会不会同意这个法子，她实在没有把握。

展昭沉默良久，才道：“你说的法子，我也想过。”

“大哥，”莫研不可置信地盯着他，“你，知道我说的是什么法子？”

“我自然知道。”展昭微微一笑，莫研的性格他再清楚不过，自然知道她会如何想。

“那你也赞成这么做？”莫研喜道。

展昭却摇了摇头：“此事万万不行。”

莫研脸色微变，退开一步，微仰着头盯住他，目光陌生地瞧着他。

望了眼旁边的半跪着的苏醉，展昭何尝不愿让他们远走天涯，可是此事实在非同一般，除非能瞒过所有人，否则便是走漏一星半点，后果也是不堪设想。而眼下，但凭他们几人之力，是绝对做不到的。

“此事你千万不可鲁莽。”展昭狠下心来，沉声对莫研道。此事不同于白盈玉之事，而是关系到宋辽两国盟好，莫研性子冲动，他生怕她一时意气用事，反而惹下滔天大祸。

“难道就这么看着她死吗？”莫研咬着嘴唇道，狠狠瞪着他。

展昭侧开脸，沉默不语。

“大哥，你的心怎的那么硬？”

莫研的声音很轻，说的话却很重。

苏醉闻言，转过头来，淡淡道：“丫头，这事便是我也是不能答应的。”

“你们……”莫研气道，“是，你们是大英雄大豪杰，都以大局为重，以天下为己任，自然不会考虑我们女人的生死。”

“小七！我们不是这个意思，只是此事……”

展昭上前，试着想安抚她，却被莫研气恼地躲开。

“这几年来，你二人都身在辽国，公主的处境你们应该比我要清楚。她病了那么久，你们做了什么；现下她都快死了，你们还是什么都不肯为她做！”莫研越说越恼，“大哥，枉江湖中人称你为南侠，可你竟然眼睁睁地看着她死。”

展昭静静听着，什么都不反驳。这些话若是由别人说来，他不会放在心上，但由莫研口中说来，字字句句都像是刀割一般。

“丫头，够了！”喝住莫研的是苏醉，“展昭已经够难的了，你莫再说他。”

“我……”

因见赵渝奄奄一息，莫研正在焦心的时候，想都不想便说了那些话，本还待反驳，抬眼时看见展昭不言不语静静而立，不由得心中一软，怒气也消了一半。

“总之，我不能看着公主就这么死，你们快想法子！”她只得道。

苏醉浅浅一笑，并不回答，低头握了赵渝的手，默默地将自己暖意传过去：“她若真的走了，我自然会陪着她。”

听了这话，莫研气得跺脚：“这又何苦，现下她不是还活着吗！能一块儿活着多好，何苦非得一起死了。”

她说话间，赵渝忽得咳了几声，自昏睡中醒来，悠悠睁开了眼睛。莫研本要上前，却被展昭拉住。

“渴不渴，想喝水吗？”苏醉朝她轻声道。

“你是？”月光微弱，赵渝看得并不很分明。

“我？”苏醉低低笑了笑，“你想我是谁呢？”

赵渝恍若置身梦境之中，微微笑了笑道：“你是父皇吗？”

苏醉扶她起来，递了水到她唇边，摇头笑道：“不对。”

“那是……他，”赵渝喝了几口水，无力地靠下去，“可我连他的真名叫什么都不知道。”

“他姓苏，单名一个醉字。”苏醉笑着轻声道。

“苏醉……不对，我不是说老胡，我说的是他。”

“我知道我知道。”苏醉在她耳边低低喃喃道，“他就是那个在伏虎林找到了你，替你接骨的人；在雁歇镇上，漏雨的屋子里，把你抱到地上的人替你换药的人；那个老是对你很凶，其实心里很喜欢你的人。”

赵渝虚弱笑了笑：“是啊，就是他。”

旁边的莫研听了心中替她伤心，不由自主地将头埋到展昭身后，不忍看他们。

苏醉接着轻声道：“他就是苏醉，其实他没死，却骗你说他死了。现下，他心里后悔得很。”

“他真的没死？”

赵渝惊喜道，努力要直起身来，想转头看他。

“真的。”苏醉柔声道。

借着月光，两人四目交投，赵渝凝视他许久，缓缓伸手摸了摸他的脸，迟疑问道：“这是你本来的模样。”

“嗯。”

赵渝笑道：“和我原本想的还要好看些。”

“是吗？”苏醉笑问道，“你想我是什么模样？”

“我也忘了。”

两人皆笑得十分欢喜，过了半晌，赵渝毕竟病重，已然撑不住精神，有些累了，眼皮渐沉，朝他道：“你莫再要走了，好吗？”

“好，我就在这里。”

赵渝放心，靠在苏醉怀中又昏沉沉地睡去。

苏醉轻柔地拥着她，不声不响。

帐内静得出奇，莫研扯扯展昭的衣袍，低低哀求道：“大哥，难道真的没有法子吗？我们再想想，好不好？”

见了苏醉赵渝二人模样，心中也是不忍之至，展昭皱眉良久，却仍是摇了摇头：“此事绝不可行。”

“你……”莫研气恼，“难道你能就这么看着他们死？”

展昭喉头哽咽了一下，薄唇紧抿，不作声。

莫研待要再说话，苏醉已截口道：“不用说了，展昭说得对，此事绝不可行，事有轻重，我们都该清楚。”

“你……亏得公主又睡着了，要是她醒着，也会被你气晕过去！”莫研着急，眼见这二人脑袋硬得如岩石一般，“你二人远走天涯，岂不是好，你为何不肯？”

“丫头，你莫再说了，家事国事，孰轻孰重，便是她醒着，她也不会答应的。”苏醉平静道。

“你怎么知道她不会？”

“她若会答应，便不会将自己弄到这步境地了。”苏醉淡淡道。

莫研待还要再说，却又想不出什么话才能说服他们，干脆气恼道：“既然如此，你们也不必在此处假惺惺了，走走走，都走。”

“小七！”展昭沉声低喝了她一句，欲上前拉她。莫研心中气恼，他自然明白，可赶他倒也罢了，苏醉与赵渝可以说是见一时便少一时，她怎能连苏醉也一并赶走呢。

莫研甩开他的手，怒气冲冲地瞪了他一眼，径自避到帐角去，赶人走的话倒也不再说了。

展昭见她模样，何尝不知她对自己气恼异常，只得暗自叹气。当初白盈玉之事他尚可通融，可此事着实关系太大，他断不能拿两国盟好之事来冒险，一旦败露，宋辽之间必定会掀起狂澜，兵戎相见亦有可能，到时受苦的便不仅仅是几个人，而是天下百姓。

他知道莫研必定也懂这个道理，可她心地柔软，看不得眼前之事，故而才会恼他。

莫研待在帐角虽然不语，可心中又有了另一层盘算。

她知道有一个人，若这主意是他出的，那么大家多半就会听了。

苏醉一直静静地陪在赵渝身边，直到将要天亮之时，展昭不得不催他，他这才起身，目光眷恋地深看了几眼赵渝，方随展昭自原路退了出去。他们走后，莫研只稍稍打了个盹，天一放亮，便急匆匆地往宁晋帐中去。

因为挂心的赵渝的病，宁晋夜间也未睡好，听了通报，便忙让莫研进来。

"怎么，是不是小渝儿她？"

见莫研一大早就神色凝重地过来，宁晋还以为赵渝病情有变，焦切问道。

"公主还在昏睡之中。"莫研答道。

闻言，宁晋方才松了口气，旁边侍女绞了面巾捧上，他取过来随便抹了抹脸便又丢了回去。侍女替他披上外袍，本还欲替他束腰带，宁晋不耐地挥挥手，示意她们都退下去。

此间，莫研静静立在一旁，不言不语，脸色凝重得化也化不开。

甚少见到莫研这副模样，宁晋知她定是有要事想说，故而也不用她说，便先遣开了旁人。

待人都退走，莫研才朝宁晋低低道："殿下，你是希望公主活，还是希望公主死？"

闻言，宁晋被噎了一下，怒瞪她："你……说的这是什么话！我当然希望她能好端端地活下去。"

"我有个法子，也许公主就能活下来。"

"什么法子？"宁晋问道。

莫研盯着他道："可这法子，我怕你不会答应。"

"有什么比小渝儿性命更重要，只要能救她，我怎么会不答应。"宁晋急道，"你快说！"

“好，那我问你，如果公主能活下来，但不能留在辽国嫁给耶律洪基，你可会答应？”

“她病成这样，你如何有法子让她好起来？”

“我是没法子，可是我相信，有一个人能做到。”莫研道，“公主一直以为死了的那个人，他其实没死，而且就在营中。”

宁晋微微一惊。

“如果能让他带着公主走，或许公主还能有转机。”莫研静静道。

“他们能去哪里？”

“天大地大，只要没有人去找，他们何处都能去。”

宁晋怔住，莫研所说的意思他并非不懂，只是这个想法实在太过惊人，他甚至连想都不敢去想。

“那个人究竟在哪里？是谁？”

莫研犹豫半晌，还是道：“就是营里的马夫，老胡，他的本名叫苏醉。”

闻言，宁晋不禁结舌：“那么老……”

“他易容了。”莫研忙解释。

“瘸腿也是装的？”

“那倒不是，腿是真的断了。”

宁晋沉吟良久，却仍无法下决定：“此事、此事……此事非同一般，我得好好想想。”

莫研直直望着他，声音平板：“时候不多了。”

“我知道。”宁晋心乱如麻，深吸口气，转头看莫研眼圈发青，显是一夜未睡，便道，“你也去歇着吧，熬得眼睛都凹了。”

“嗯。”莫研应了，却不抬脚出去，又盯着他叮嘱道，“时候不多了。”

本来就心烦，被她这么一弄得更烦了，宁晋不耐地挥手道：“我知道我知道！你去吧。”

莫研这才慢吞吞地出帐去。

这丫头！宁晋长吐口气，正待坐下来喝口茶，突然帐帘被人揭开条小缝，莫研的声音传进来：“殿下，时候不多了。”

宁晋气结：“你快给我走！子楚，今天别让我再看见她！”

莫研蔫头耷脑地回到赵渝帐中转了一圈，赵渝仍在昏睡，横竖有侍女们服侍着，并不缺她一个。接下来的一日里，除了用饭，莫研就蹲在赵渝帐外，手中的枝丫无意识地划来划去，眼睛怔怔地看着残雪中来来往往的脚印，时不时抬头望向宁晋所住的寝帐。

若是从前的她，遇到此事必定会不管不顾地想法子带赵渝离开这个鬼地方，让那些两国盟好等等的事情统统见鬼去，活下来才是最重要的。可是，而今的她，却犹豫了。

因为，虽然心中恼他，可她知道展昭的顾虑是对的。

在开封府的三年，来了辽国之后看见公主的所为，展大哥的隐忍，从这些她身边的人中，她知道在此事上，自己不能再像从前那么轻率，便是要做，也必须先考虑周详，再不能不管不顾的，否则后果不堪设想。

所以，这也是她为什么一定要先寻得宁晋的首肯。

只有宁晋同意，才有可能说服其他人，此事方才能无声无息地进行。

整整一日，除了来看几次赵渝，宁晋的其他时候都一直待在自己的帐中，便是经过帐前，看见莫研时也装着没看见。倒是吴子楚来来去去进出过几次，每次都看见莫研，每次都是摇头叹气。

一直到了上灯时分，莫研颓然站起身来，到帐内瞧了瞧赵渝，她的病况毫无起色，看上去根本就是在拖时候了。莫研实在是看不下去，一整日的时间宁晋都未想好，看来是没有指望了，但起码她还是得问个清楚明白。

掀帘而出，她大步朝宁晋寝帐走去，刚走到一半，便看见吴子楚自内出来。

“你来得正好，殿下正要我寻你来。”吴子楚迎着她道。

莫研欢喜道：“他想明白了？”

吴子楚不答，只道：“你进去便是了。”

莫研喜得快步进去，看见宁晋，怕惹他心烦，不敢先说话，只是充满期盼地紧瞅着他，直把宁晋看得浑身发毛。

“你去把那个老胡叫来，我有话要问他。”

他不自在地退开两步，吩咐莫研道。

“殿下，这么说，你是愿意成全他们了？”莫研喜不自禁。

“这话现在说得还太早了，你先把他叫来吧，我有些事想问问他。”宁晋不动声色地淡淡道。

他有事想问苏醉，自是个好兆头，不管这么说，此事是有一线希望了。莫研心中想着，欢欣鼓舞地走了。不多时，她便一阵风似的又回来，把苏醉也给带来了。

“参见殿下。”苏醉朝宁晋行礼。

宁晋凝视了苏醉片刻，此时苏醉仍是老胡的一身打扮，胡子拉碴，衣袍邋遢，看得宁晋直皱眉头。

“小七说你这模样是易容改扮的，那你原来的模样是……你多大了？”

苏醉见宁晋与吴子楚都是可信之人，便干脆把易容抹了，露出他本来模样。

先是吴子楚“啊”了一声，接着宁晋方才后知后觉地“啊”了一声。

“原来是你！”宁晋微微吃惊道。

吴子楚上前，拍了苏醉肩膀，又惊又喜道：“我说你小子怎么突然不当大内侍卫了，原来是跑到这里来了！你的腿怎么？”

吴子楚与苏醉虽然年纪有差，但当年在大内侍卫中两人都属顶尖的高手，加上苏醉生性豪爽不拘小节，故而常常与吴子楚在一处切磋武艺，两人关系甚好。只是后来，苏醉乍然被调职兵部，两人再未相见，却未料到今日会在此地相见，而苏醉已废了条腿，再无当年风采。吴子楚不由地在心中替他惋惜。

宁晋也曾在大内见过苏醉，但一来当时他年纪尚小，记不甚清，二来他与苏醉也并无像吴子楚一般的交情，故而还得想了想才忆了起来。

“腿是怎么断的？”宁晋也问，他尚还记得那时他非要苏醉练剑给自己瞧，怎么也想不到他今日会落得这副模样。

苏醉淡淡一笑：“多谢殿下关心，此事说来话长，还是改日再说吧。殿下特地寻我来，想必是有要事？”

宁晋深看他一眼，没头没脑道：“我记得以前小渝儿就很喜欢缠着你，让你教她练剑。你可还记得？”

苏醉不避不躲地直视宁晋：“记得。”

“她可认是认出你了？”

“没有。”苏醉笑得无奈，“只怕她现下都不知道我究竟是谁。”

宁晋点了点头，沉默未语，过了良久，才又道：“你们的事，小七都和我说了。不过我听得不怎么明白，小渝儿的身份地位，加上她又没有认出你，你们怎么会……嗯？”

苏醉愣了愣，道：“我不知道，我也不明白。大概是老天故意想这么折磨我们吧。”

“现下，小渝儿病成这样，有一半是因为你，你可知道？”宁晋语气放重。

“我知道。”

“那你有法子救她吗？”

苏醉闻言，半晌未语。赵渝不愿再活，归根结底是因为她自身的处境，可这正是他一点忙都帮不上的地方，纵然他再想，却是一星半点法子都没有。

宁晋语气平平，貌似若无其事地问道：“若是，我是说若是小渝儿不是大宋公主，她也不用和亲，你可有法子救她？”

苏醉仍旧未语，却已听出了宁晋的话中之意，他瞥了眼旁边的莫研，便更加确定宁晋的用意。

“殿下，此事不可。”

苏醉缓缓摇了摇头。

“若我说可以呢？”宁晋道。

苏醉仍是摇头，轻声道：“她也不会答应的。”

“这你不用管，好歹我是她的小皇叔，我说话她还得听些。”

“可是殿下……”此事干系太大，苏醉终觉不妥，但因此事是宁晋所提，语气间却有了些许动摇。

“别可是了，”宁晋打断他，“我是为了小渝儿，不是为了你。”

苏醉紧盯着宁晋，说不出话来。

宁晋这一日来着实被人盯得浑身难受，别开脸，叹口气道：“罢了罢了，我知道此事是冒天下之大不韪，而且你这模样我也不甚满意，他日你若带着她风餐露宿，吃苦受罪的，我也管不着了。”

“殿下……”

不让他说话，宁晋接着飞快道：“可你得让她活下来，明白吗？不管怎么样，不能让她这么死了，你明白吗？”

“我明白。”苏醉颦眉道，“可是这事得瞒过所有人，不易。何况若稍有闪失，便会招致大祸。”

“这我比你清楚，此事绝不能走漏半点风声。”宁晋叨叨别开脸道，心情似乎未平复，“就算是我冒一次险吧，小渝儿她不该，不该是这样的下场，是我们皇家欠了她的！”

“多谢殿下！”

莫研在旁喜得直咬嘴唇，为的是不让自己笑出声来。

宁晋没好气地睇了她一眼，方正色道：“此事须得细细筹划，除了此间我们四人，再不能让第五人知道。”

莫研插口，好奇道：“连公主也不告诉她？”

宁晋只得改口：“那就不能让第六人知道！”

“那……展大哥呢？能告诉他吗？”莫研犹豫插口。

“你当是我们眼下是在列寿宴宾客名单？！”宁晋恼道，瞪了她一眼，方又道，“展昭那边说不定用得上，所以必要时也可告诉他。”

“还是殿下想得周全。”

莫研赔着笑，不失时机地夸了他一句。

对此，宁晋根本置若罔闻。

“此事，我已想过好几次，要让小渝儿消失，只能让所有人都以为她死了。”宁晋继续道，“所以小渝儿先得假死，瞒过辽国诸人。因她尚未和耶律洪基行大礼，所以还不能算是耶律家的人，她死后灵柩还得回宋，正好就由我来送灵柩回大宋。待离开这里，我们便可动手脚了。回了大宋，灵柩在路途多日，皇兄不会想要开棺，定然择日葬入皇陵，到那时一切便可算是尘埃落定。”

“听着好像挺容易的。”莫研听罢，挠挠耳根道。

宁晋白了她一眼：“那你来说说，如何才能让小渝儿假死，瞒过所有人？”

“我知道有一种药，吃了之后人就会像死了一样。”莫研眼睛亮晶晶的。

“你有吗？”

莫研摇头。

“你觉得我会有吗？”

莫研只能再摇头，无奈问道：“大概附近也没什么地方能买。要不怎么说，还是在中原更方便些呢。”

苏醉亦是紧皱眉头：“除非是教她闭气功，可她虽会些功夫，但功力太差，何况眼下她的身子也撑不住那么久。”

“闭气功？”吴子楚好奇道，“这功夫我还只是听说过，连我都不会。”

“我曾学过些皮毛，重在心法口诀，便是初学之人，只要掌握诀窍，撑一炷香工夫不成问题。”苏醉解释道。

“那你教我便是了。”莫研在旁理所当然道，“你不是还会易容吗？把我易容成公主的模样，我来替她装死人不就成了吗？”

此言一出，其余三人齐齐转头望向她。

“此法确实可行。你虽比她略矮些，不过到时你是躺着，别人未必瞧得出来。”苏醉上上下下地打量她道。

“可若别人伸手来摸，她的身子是暖的，那怎么办？”吴子楚又提出一个新的问题。

闻言，莫研嫌弃地直皱眉：“谁会伸手来摸我啊？”

宁晋亦皱眉思索道：“到时把你放入棺木之中，便是有人来拜祭，也应该不至于探手入棺中。”

“到时，为防万一，我们可以在她周身放置冰块，对别人便只说因要运棺回宋，放冰块可将尸身保持得久些。”苏醉提议道。

宁晋点了点头：“这也可以，就是……”他转向莫研，“就是你得吃些苦头了。”

莫研不在意地耸耸肩，笑道：“小事一桩。”

这夜，宁晋和苏醉一直守在赵渝榻边，在等到赵渝醒来之后，便将筹划的此事告之于她。

“小皇叔。”

赵渝不敢相信这会是真的，转头看向苏醉，手朝他伸过去：“昨夜里我就做了个梦，梦见你还活着。”

苏醉接了她的手，合握在掌中，笑道：“那不是梦。”

赵渝喜得笑开，手拉着他的，又复看向宁晋，心中终是不安：“小皇叔，你当真要让我走？如果被父皇知道了怎么办？”

宁晋淡淡笑了笑：“皇兄其实心软得很，只是他是皇上，很多时候不得不做些违背心意的事情。这事我必是要瞒着他，他只会知道你死在了辽国，只怕会自责得很。便是将来，他当真得知真相，我猜，他心中也只会宽慰。”

赵渝听罢黯然："是我对不起父皇的期望。"

"傻丫头，你已经做得够好的了。"宁晋笑道。

"我知道此事不易，小皇叔，你当真能布置妥当？不会走漏风声吗？"赵渝咬唇不放心道，"若是勉强，我……我瞧还是算了，"她拉着苏醉的手有些颤抖，"我不能因为自己而……"

宁晋摸摸她的头，打断她："放心吧，我是你的皇叔，难道这点事情都办不了吗？你只管听我的安排便成。"

赵渝含泪笑着点头。

"傻丫头，你快点好起来，养好了身子，以后才能跟着他吃苦受罪。"不惯被人这般感激地盯着，宁晋转而取笑她道，"他可是个瘸子，你当真不嫌弃？"

"只要是他就行了。"

赵渝紧紧拉着苏醉的手，语气中的心满意足任是谁也听得出来。

宁晋微微笑了笑，这种心境，他何尝会不明白呢。

过了两日，赵渝果然好了许多，端来的汤药全都喝了，醒着的时候也渐渐多了起来，只是有人在旁时，她亦都佯装昏睡，借此养神。与此同时，莫研开始装病，整日懒懒散散地躲在帐中，又佯作寒火上升，喉咙干哑发不出声来。这期间，她也正好练习闭气功。

如此过了几日，宁晋眼看着她身子渐渐复原，应可以经受住路上颠簸，莫研临时抱佛脚学的闭气功也勉强可以撑近一炷香工夫，加上大礼将近，不宜再拖，便决定开始实行计划。

首先，便是把赵渝和莫研二人换过来。苏醉先将她二人的面貌易容，莫研成了赵渝的模样，而赵渝则成了莫研的模样，然后各自换上衣衫，莫研便躺到了赵渝的榻上。

"是不是明日我就得死？"在榻上舒服地躺好后，莫研笑嘻嘻问道。

"嗯。"

宁晋点点头，吩咐道："明日一早，自侍女端药进来，你就得装得有气无力，然后……你自己看着办吧，吐口血，反正吐完就死。"

莫研听得直皱眉："你以为随随便便就能吐口血出来，你现下倒是吐血给我瞧瞧。”

“那就把药吐出来，再打翻个药碗之类的也行。”

“这样？”

莫研摆了个断气的模样。

“行！”宁晋拍板，接着道，“侍女见此情形，肯定会去向我禀报，到时我必会赶过来，你只要接着装死就行了，别的事你都不用理会。”

“你可记清楚了，我闭气只能撑一炷香的工夫，你不能让旁人在我旁边待超过一炷香，否则便要露馅。”

宁晋点头：“这点我自然明白。”

“小七！辛苦你了。”赵渝朝莫研真挚道。

“小事小事。”莫研看了半晌赵渝，又低低自言自语嘀咕了句，“原来我看起来就是这模样，倒也挺顺眼的。”

一时大家各就各位，赵渝则到了莫研的帐中，继续等待着次日的大戏开锣。

这夜，宁晋几乎是一宿未睡，反复想着次日可能发生的所有状况，尽管早在之前几日他就已翻来覆去想了好几次，但临近事情，他面上虽未显露，但心中着实是有些担忧的。

万一出纰漏，可就是翻天覆地的大事了。他长长地吸口气，不管怎样，既然豁出去了，就只许成功不许失败。

在他的辗转反侧中，天放亮了，他也不起来，静静地躺在榻上等待着。

终于，能听见急促的脚步声往这边冲过来，侍女的声音在帐外响起：“殿下！殿下！不好了，公主她……”

宁晋起身，深吸口气，披上外袍，一副刚刚起身的模样快步出帐去。

前半段的事情都还算顺利。

宁晋当众证实了赵渝确实已登仙境之后，哀痛之余，不忘便命人用屏风将尸身挡起来，好让莫研喘口气，然后再命人分别快马到耶律洪基与耶律宗真处报丧。

布置妥当之后，宁晋回帐换了素白袍子，喘了口气，报丧的人已走了一会，相信不多时便会有人过来。旁人倒也罢了，他最担心的就是耶律洪基，因为耶律洪基是可能会在赵渝尸身旁待最久的人，一炷香内倒还好，若是超过一炷香，那可就麻烦了。

“子楚！”他低低唤道。

吴子楚上前，知他心意，答道：“殿下放心，我会在外面候着，若超过一炷香，便弄些事端，将耶律洪基引出来。”

宁晋点点头：“到时耶律洪基肯定会带侍卫前来，那些侍卫侯在外头，你须得当心着他们的面，必须不着痕迹。”

“子楚明白。”

宁晋点头，转而又叹了口气：“看那丫头扮死人，装得还挺像。看着，真让人心里不好受。”

吴子楚笑了笑，出言宽慰他道：“做戏罢了，就是要装得像才好。”

宁晋淡淡一笑，笑意未退，便听帐外传来了密集的马蹄声，似有不少人急匆匆地朝这而来。

“来了。”他沉声道，“走！”

迈出帐时，宁晋已换上一副哀容，脚步也是慢慢的，沉重之极。

外间寒风呼啸，飞沙卷尘，他在帐廊下举目望去，之前在帐中听见的马蹄声已进了营中，为首之人正是耶律洪基。

宁晋走到赵渝帐边，也不迎上前，只是站着一动不动，倒是耶律洪基近前之后翻身下马，快步朝他走来，满面的不可置信。

“公主她……她怎么会……”耶律洪基语气微微颤抖着，他虽然知道赵渝病得不轻，但总觉得好生养着就会好，却怎么也没料到她竟然会熬不过去。

宁晋头微垂着，悲恸地直摇头：“昨日她还和我说了一会儿话，我瞧她精神好些了，还以为她的病有了起色，哪里想得到，竟然是……是回光返照。”

耶律洪基见宁晋如此悲恸，再环顾四周，营中早已是哀声一片，原先的悲伤心境便被不安所替代。他本能地想到赵渝死在辽国，不知宋国皇帝会不会迁怒，虽说不至于大动干戈，但若在岁贡上找起麻烦来也难办得很。

“都是我的错，我应该日日陪着她才对，连她最后一面都未能见上。”耶律洪基做痛心状，“我们大礼在即，我早就盼着了，却万万没料到竟会天人永隔。”

宁晋哽咽着安慰他道："是小渝儿她没福，殿下节哀。"

"我能进去看看她吗？"

"殿下请进。"

宁晋估计着和耶律洪基在外面说了这么半晌，莫研应该已经准备好了，遂朝里让去。

进了帐，又绕过屏风，耶律洪基方才看见躺在榻上的赵渝，死气沉沉，面白如纸，不复旧日里的笑语嫣然，着实心痛……

"小渝儿都同我说了，"宁晋跟上前站到他身畔，先迅速扫了眼莫研，见并无破绽，才接着道："她说殿下曾答应她，在位之时绝不会与大宋兵戎相见，殿下的胸襟气概，我甚是钦佩！回去后必会告之圣上，想来圣上定会十分感动。"

他巧妙地将耶律洪基所说的"定不会兴兵中原"改成了"绝不会与大宋兵戎相见"，乍听上去都差不多，意思上却更和缓。

耶律洪基怔了怔，随即反应过来，也不计较，点头道："这本来便是理所当然的事情，咱们两国应世世代代盟好才对。"

"殿下说得是。"宁晋悲戚地望向榻上，"若小渝儿还活着，能陪在殿下身边该有多好，这也是她一直以来的愿望。"

耶律洪基深看了眼榻上的赵渝，不禁动情道："我知道，她对我，实在是极好。"赵渝替他寻到了五彩神龟，却毫不居功，现下他已将五彩神龟敬献给父皇，父皇欢喜异常，赏了他好些东西倒是其次，最重要的是，大大增加了父皇对他的信任。

此事他确实心底非常感激赵渝，本想着婚后再好好谢她，倒未料到却已没有这个机会了。

他静静立在榻边，看着这个女子，一时心绪起伏。旁边的宁晋面上悲悲戚戚，实则心中已有些火烧火燎，已经过了半炷香，这耶律洪基怎的还没有要走的意思。

"殿下节哀，不如先到帐厅中用些茶水吧。"宁晋轻声开口道。

岂料，耶律洪基却摇了摇头，道："我想再陪陪她。"他一面是因为确实对赵渝心怀歉疚，另一面也是想在宁晋面前表现下自己对赵渝的情深义重。

岂不料，宁晋压根就不想看他这套，巴不得他快些走才好。可耶律洪基这般说，他又不好硬把他拽了走，只好又劝道：“小渝儿若在天有灵，必会保佑殿下福寿安康。殿下虽然伤心，可也千万要保重身体。”

“我不要紧。”

耶律洪基婉拒，愈是这种时候他越发要推托一下，方显其诚意。

见状，宁晋心里这个气啊，再折腾下去就快要一炷香了，偏偏还不能对他来硬的。他眉头皱了皱，身体微晃，连忙伸手扶在屏风上，一副摇摇欲坠的模样。

“你怎么了？”耶律洪基忙扶住他，关切问道。

“无事。”宁晋口中说着，头深垂着，身子却站也站不稳，直要栽倒。

耶律洪基忙用力撑住他，往外行去，想带他到帐外透口气。他也知道宁晋与赵渝自小亲厚，自然而然认为宁晋是哀伤过度。

“宁王，你也要节哀顺变，保重身体才是。”耶律洪基劝慰他道。

见出了帐，宁晋立时松了口气，抬头故作勉强笑意：“是我失礼了，让殿下见笑。”

不远处的吴子楚见到他们出帐，松开了本已扣在手中蓄势待发的小石粒，复缩回袖中。若再迟得片刻出来，他便预备将石粒弹向旁边的马匹，马匹受惊，定会引起一场骚乱，籍时他再借势大喊，将帐中之人引出来。

耶律洪基随着宁晋到帐厅休息，还未进去，远远又有人来，待近前来，原来是耶律宗真派来的人。宁晋只得又忙着迎上前去。

来人是奉了耶律宗真之命前来的，先是几句客套话劝慰了宁晋，又极力地夸赞了一番赵渝，最后终于转入正题，谈到丧礼事宜。

“圣上的意思是，豫国公主与殿下虽未行大礼，但丧礼一切都仍将按辽国皇族规格，你们若有其他的要求，也尽可提出。”

宁晋喝了口茶，苦涩笑了笑：“要求倒不敢说，只是毕竟小渝儿与殿下未行大礼，还算不得是夫妻，她一人孤零零地留在这里，我这心里头不好受。”

“宁王的意思是？”来人忙问。

宁晋却不答，为难地皱着眉，欲言又止。

“你的心思我明白，”耶律洪基倒猜着了几分，“你们宋人与我们辽人不同，你们讲究落叶归根，是不是？”

“还是殿下通晓汉家文化。”来人奉承了耶律洪基一句，方才转向宁晋，

“宁王的意思是，丧礼要回大宋举行？”

“不、不、不……丧礼还是在此办，只是我想将小渝儿的灵柩送回大宋，不知你们皇上可否准许。”

“这个……”来人自然是做不了这个主，

耶律洪基在旁沉声道：“这是他们宋人的习俗，咱们自然要尊重，哪里会有不依之礼。”他转向宁晋，话锋一转，却又道：“只是我担心，宋皇见了公主灵柩，不知会不会对我大辽有所误会。”

原来他是生怕仁宗误以为辽国亏待了赵渝，且不让赵渝入辽国皇陵，宁晋立时明白他的意思，连声道：“不会不会，我自然会告之皇兄，你们对小渝儿着实是好，是她自己没福。况且扶棺回宋是我提出来，断然不会有误会，你们尽可放心。”

“那就有劳宁王了。”耶律洪基起身朝他道，“扶棺回宋一事，我自会告之父皇，宁王放心，父皇素来仁厚，断无不许之理。”

“如此甚好，多谢殿下。”

“至于丧礼事宜，我也会派人过来料理，你不要太过操劳了。”

“多谢。”

如此一番，宁晋方才送走了耶律洪基。他走后，未过多时，果然派了许多人来料理，布置灵堂诸如此类的事情。香烛白练，底下人该穿的孝衣，也都一并送了来，还送来了上好的棺木。

这日，莫研足足饿了一天，到了入夜宁晋才遣开旁人，给她塞了两个馍。

“你小声点吃，还有，千万别掉屑屑下来。”他提醒道。

莫研实在是饿坏了，狼吞虎咽，没几口就把馍吞了下去：“水，水。”

宁晋只好亲自给她倒水。

莫研一口气喝了，期盼地看着他：“还有馍吗？”

“没了。”宁晋耸耸肩。

“这么着可不行，起码一日得让我吃两顿吧。”莫研愁眉苦脸，她之前倒未想到最难挨的居然是饿，“实在是饿……”

“你且忍忍。”

“可万一肚子饿得叫起来怎么办？”

宁晋只好道：“我尽量便是了。对了，棺木已经送来，明日一早就收殓，到时有人给你换衣衫时，你可千万别动弹。”

“那我痒痒怎么办？我怕自己忍不住。”莫研愁眉，想到有人给自己换衣衫就浑身不自在，眼珠转了转，笑道，“你叫公主过来不就行了。”

“她病恹恹的，怎么给你换？”

莫研用看呆子的眼神看他：“把其他人都遣出去，她歇着就成，我自己换不就行了吗？”

宁晋听罢苦笑，自言自语道：“我还真是有些傻了。”

此时外头传来动静，莫研慌忙复躺好，便听见有人在外通报。

“殿下，是耶律副使大人奉南院大王之命送了两匹白骆驼过来。”

莫研眼睛一亮：“是大哥！”

自那夜之后，她还未有机会与展昭碰面，虽然料想苏醉定然已把计划告诉了他，可她仍不知大哥是何反应。展昭定然想得到是她去求宁晋，也不知会不会因此而恼她不顾大局。

“反正做都做了，只要万无一失，他大概也只会气恼一时，来日自己再慢慢哄他，自然就无事了。”她心中如是所想。

宁晋瞪她一眼，低喝道：“躺好了，老实点。”

莫研怏怏地看着他快步出去，也知道展昭是以耶律菩萨奴的身份而来，自是不会入内来，心中怅怅，加上饥肠辘辘，只得又闭目养神，试着睡去，方能忘记些饥饿。

次日清早，宁晋果然把扮成莫研的赵渝叫了过来，只说莫研与赵渝亲厚，让她来替赵渝净身更衣再合适不过。

侍女们捧了热水和做工讲究的冥衣进来后便都退了出去，宁晋自是不便留在帐内，遂也出帐去，就在帐前不远处徘徊着。

此时，赵渝方才朝莫研笑道：“没人了，起来吧。”

莫研这才敢睁开眼睛，伸了个懒腰坐起来，头一句话便是：“有吃的没有？可把我饿坏了！”

赵渝笑盈盈地自袖中掏出个油纸包，解开来，内中躺着个羊酥饼：“这是我昨日用晚饭时特地留下来的，我就猜你肯定饿坏了。”

莫研接过来，三口两口吃完，抹抹嘴，方才朝赵渝笑道：“扮成我，你可还习惯？”

“反正大半日都在帐中，也不用出去，没什么不习惯的。”赵渝微笑道，“便是出去，也觉得自在得很，可比当公主强。”

莫研呵呵一笑，点头道：“那是自然。”因时辰有限，她也不敢耽搁，自己对镜梳好头，又取了托盘上的冥衣便到屏风后面换上，待换好出来，不得不再躺回榻上去，赵渝又替她整理了一番。

“接下来你便得在棺木中躺上好几天，真是辛苦你了。”赵渝歉疚道。

“就是饿了点，别的也没什么。”

衣衫都已经整理好，生怕弄褶皱，莫研身子不敢再动，眉头微颦：“我就是担心大哥还在恼我，他定是不同意我这么做的。”

“展昭那样的人，他便是当真恼你，也不长久，你又何必担心。”赵渝笑道。

“想到他会恼我，我心里就是不舒服，可现下又不能和他说上话。公主，你若有机会同他见面，替我描画几句，可好？”

“那是自然，你都是为了我。”

“其实此事说来，还真是该谢谢你小皇叔，若不是他拍板，这事谁也不敢做。”莫研觉得宁晋倒还真有几分魄力。

赵渝点头，叹道：“这样的事情，也只有他敢做，他真是为我顶下了天大的祸事。若出了纰漏，纵然他是宁王，父皇也绝饶不了他的。”

“不会有纰漏！有我呢。”

莫研言之凿凿，信心有加。

外间传来宁晋的两声咳嗽，赵渝不敢久留，又打量了下莫研，将鬓角几缕发丝抿好，道：“我得走了，你多加小心。”

莫研点点头，赵渝又朝她笑笑，才出帐去。

到日上中天时，灵堂之上，莫研躺在棺木中，头枕着玉枕，嘴里被塞了只玉蝉，脸上还被罩了个金丝面罩，一动也不能动，着实痛苦不堪。

“要是有一日我真死了，千万别有人这么折腾我。”她心中暗暗道。

因她呼吸时呼出热气附在面罩上，隐约间可见霜气，宁晋只得多点香烛，弄得整个灵堂烟雾缭绕，阴阴森森，当真如地府一般。置身其中，莫说要看见面罩上的霜气，便是要看清莫研整个人都不易。

待宁晋一切安排就绪，自己颇为满意的时候，前来祭奠的人便开始络绎不绝地来了。

出于某种说不清的心思，赵渝特地待在距离灵堂帐外不远处的地方，想看看都来祭奠她的人有谁。

耶律洪基是最先过来的人，拜祭后也没有离去，而是留在灵堂内，替赵渝烧起纸钱来。赵渝远远地看着纸钱的灰烬飘出来，心里隐隐浮上些许愧疚，但亦是无可奈何。想来，若自己当真死了，他也不过就是心中伤感烧些纸钱，过个几日，大概也就把这伤感忘得一干二净了。

接下来，前来的人还真是不少，有的人赵渝甚至还是头一回见，她猜想多半都是看着耶律洪基的面子上才来的，来此也不过就是为了露一面罢了，当真伤心的，却是一个都没有。

到了快正午时分，耶律宗真居然也亲自来了，与宁晋说了不少的话，又是劝慰又是惋惜，啰啰唆唆一大通之后方才走了。宁晋心中冷笑，知他是生怕仁宗对此事有所误会，所以特地来做个样子，以示他对赵渝是非常珍重的。

之后又陆陆续续来了些辽国官员，直到近黄昏时，耶律洪基已走，萧信与萧观音才一起来了。

萧观音穿得极素雅，面无表情，赵渝原本觉得最开心的人应该是她，可此时看她模样，却又觉得是错怪她了。而萧信的眼圈居然真的有些红，似乎之前便已经哭过了一场。

只是在这来来往往的人之中，他二人却是最不像来做样子的，而是真心实意来拜祭赵渝的。

萧观音不似别人，也不和宁晋说那些个虚的客套话，拜祭过后，便缓步走到棺木旁，凝视着棺中人。

烟雾缭绕之中，尚有金丝面罩遮脸，宁晋虽知她看不清莫研，但因不知她此举用意何在，心下也有些紧张。他不知莫研此时闭气了没有，若是让萧观音看出她胸口轻微的起伏就大大地糟糕了。

“郡主，这边请，喝口茶吧。”他上前有礼道。

萧观音摇摇头，目光仍投在棺材之内，眼中竟缓缓流出泪水，低低道：“我原该叫她姐姐才对，没想到……”她并非心思复杂之人，以前不喜赵渝，全因耶律洪基之故，现在见赵渝竟死了，想起之前不和之事，心中甚是后悔。

从前的争来抢去，此时看来，原是可笑之极。

宁晋稍一侧身，巧妙地挡住她的视线，口中道："郡主，你节哀。"

轻抹泪水，萧观音点点头，转身欲走，正在此时，棺材里莫研的肚子很不合时宜地叫了一声，声音不大，却足以让萧观音听见。

宁晋脸色立变。

萧观音怔了一下，疑惑地回首，看了看宁晋。

"这日还未用过饭，"宁晋反应极快，手抚下了腰腹，苦笑道，"失礼之处，还请郡主见谅。"

萧观音轻声道："节哀顺变。"

"多谢郡主关心。"宁晋颔首，同时拱手相让，面上平静如水，实则巴不得她赶紧走，万一莫研肚子再咕噜一声，可就要出大事了！

这下萧观音总算没有再摇头，举步往帐外走去，宁晋稍松口气，礼节性地送她出帐。他身后，萧信走到棺木边来。

这萧信眼中也没什么忌讳，手抚上棺木边缘，身子直探进去，脸与莫研距离仅剩下一尺有余。宁晋一回头，着实未料到这个愣头青居然会这样，顾不得许多，忙疾步回来，什么都来不及说，先把萧信揪出来。

将萧信揪出来后，见他双目微红，宁晋方才压下怒气，缓声道："莫要惊扰逝者。"

"我……我只是心里难受，没想到她突然就这么去了。"萧信说话时还有些哽咽。目光恋恋不舍地看着棺内，似乎想穿透烟雾和面罩，再看一眼赵渝的容貌。

这么大冷的天，宁晋觉得背上直冒汗。

"琪亲王，小渝儿生前曾说过你对她便如同哥哥一般，甚是照顾，她对你极为感激。"宁晋试着转移萧信的注意力，心中直念佛，只愿莫研在这当口上可千万撑住了，别出什么乱子才好。

烟雾缭绕之中，莫研一动不动地躺着，与死人无异，应该是闭气了。

听了宁晋的话，萧信伤心更甚，摇头道："她居然还这么说，我知道她病了许久，总想着要看看她，可家父不喜，所以一直也未能来。早知道她病得这么厉害，我就不该……"萧信是个实在人，说话也不会遮遮掩掩。

对于萧氏兄妹二人，宁晋往来甚少，并不了解其为人，此时听了面上虽不露声色，心中却暗自冷笑，暗道："今日才知何为兔死狐悲。小渝儿死了，萧氏一族的人高兴尚且来不及，这兄妹二人却又偏偏要跑到此处来掉眼泪，真当他是傻子不成。"

想归想，当下的戏还是得唱下去，宁晋一边做倾听状一边不着痕迹地将萧信往外让，不知不觉间便已将他自棺边引开，接着向外行去。

外间，萧观音牵着马怔怔站着等萧信，她的目光落在不远处的一匹雪白小马驹身上。那匹小马驹便是耶律洪基送给赵渝的那匹，当时她为了这事着实恼了许久，而现在……

赵渝也在看着萧观音，也知道她在看着马匹，心中百味杂陈，最后浮上心头的是久违了的轻松感激。无论如何，这里的一切，这些荣华富贵、高墙深宫、恩怨情仇，她终是要摆脱它们了。

风打着旋卷过来，她不觉得冷，倒觉得神清气爽。就这样，实在是不能再好了，她唇边泛出微笑。

似有所感，她回首展望，不远处僻静帐篷一角，苏醉牵着马也正看着她，唇边同样的笑意浅浅。

一日的奠基过去，有惊无险，众人皆是松了口气。

宁晋又特地去见了一趟耶律宗真，以尸身不易停留过久之由向他提出两日后便启程回宋。出了这么大的事，虽说怪不到任何人身上，可人终归是死在辽国，耶律宗真难免有些心虚，宁晋说什么他都答应。

"我会多派人护送。"耶律宗真还很殷勤。

宁晋连连摆手道："多谢皇上，我来时，耶律副使大人照顾得甚是妥当，如不麻烦的话，仍让他护送我们即可。"宁晋打的是如意算盘，耶律菩萨奴便是展昭，到时一路上都是自己人，岂不方便。

"当然可以。"耶律宗真满口应承。

宁晋满心欢喜，连声道谢，岂不料耶律宗真接下来的一句话却浇了他盆冷水。

"除了耶律副使，我还会让小儿与你们同行，一直护送你们至边境。"

"皇上，这……岂敢让殿下亲自扶灵。"

耶律宗真道："公主与小儿只差一步便成了夫妻，理应如此才对，你们宋人不是也讲情义二字吗？我们辽人可不逊于你们呀。”

这话堵得宁晋哑口无言，推辞的话也不敢再说出口，道了谢便回来了。

所以，接下来他们面临的问题很严重，严重到已然饿了一天的莫研连啃肉夹馍的胃口都没有了。这夜宁晋借口要单独守夜，遣了吴子楚在帐口守着，灵堂中则集中了展昭、苏醉和赵渝。

“把我钉、钉在棺材里，直到入宋境才让我出来？”莫研说话时有些结巴，很显然，这已经不是肚子会不会饿的问题，而是能不能喘气的问题了。

无人说话。

“在棺木中放沙袋不行吗？反正钉起来，又没人知道里面是人死鬼。”

宁晋在旁许久未语，此时方才颦眉道：“今日耶律洪基就已说了，明日盖棺他是一定会来的，否则的话，我也不用这么发愁了。”耶律洪基这话，也就意味着莫研必须当着他的面被钉入棺中，想用假人糊弄，是糊弄不了了。

“我会不会憋死？”莫研咽了下口水，她必须问这件最关心的事。

苏醉摸摸了棺木，不愧上等棺木，又厚又硬，但他还是道：“可以预先留出一个小眼，这样你就不会憋气。”

“真的要在棺木里待那么久，饿了怎么办？”从这里到边境，加上扶灵定然不会快，少说也要走七八日，莫研心中直冒凉气。

众人商议之后的结果是：事先带干粮在棺木中，水装在小皮囊中，万一不够时则通过小孔用芦苇竿子送进去。

“大哥。”

莫研三口两口把夹馍吞下去，拉着展昭的手不肯放，展昭反握住她的，小手冰冷，也知道她害怕，可事情进行到这步，却已是骑虎难下了。

“要不，还是我躺里面吧。”赵渝看得出莫研心中恐惧，毕竟是为了自己，她不忍道。

不待旁人说话，莫研即道：“不行不行，你身子还未好，哪里受得了这个罪，当然我比较合适。”她转头对上展昭的双目，不放心问道：“大哥，你确实会和我们一起走的吧？”

“会，我就在你边上，你什么都不用怕。”展昭安慰她道，“只要睡个几觉就好了。”

“是啊。”苏醉在旁笑道，“我再教你一套可以躺着练的内功心法，你在里面正好心无旁骛，专心练功，等出来的时候必定功力大增。”

莫研愁眉苦脸道：“听上去倒是不错。到时你们可别忘了我，把棺材往地底下一埋……”

展昭柔声道：“不会有这种事，你就放心吧。”

“总之你放心便是，一路上除了耶律洪基，其他都是自己人，应该不会出什么岔子。”宁晋也安慰她道，“要与你说话之前我会敲四下棺木，两长两短。”

莫研深吸口气，叮嘱道：“你可得记得，还有，别让人把小眼堵起来，那我可就得憋死了。”

“你身上不是带有小银钗吗，便是有沙砾堵了起来，你也完全可以自己捅开来，不用担心。”展昭朝她笑道。

“说得也是。”莫研挠挠耳根，不好意思笑道，“我都傻了。”

“那就这么定了！”宁晋拍板，“明日盖棺，后日出发。对了，你怎么办？你又不能和我们一起走？”他转头问苏醉。

苏醉早已想好，答道：“我今夜便先行，到雁歇镇等你们。”

闻言，赵渝轻轻“啊”了一声，抬眼看他，想说什么却又说不出口，半晌才道：“你要小心。”

“我知道，你们也是。”苏醉朝她道，笑如清风。

与他相比，莫研的笑容着实惨不忍睹，她可怜兮兮地看着展昭，想到接下来暗无天日的日子，她笑得比哭还难看。

因有旁人在场，展昭虽然极想抱抱她，或是亲亲她，却只能紧握下她的手，以示安慰。

“大哥，我什么时候才能看见你本来的模样？”莫研扁扁嘴，“你还是本来的样子好看。”

展昭微微一笑：“等你出来，那时候也许我会有歇下易容的间歇。”

“好，那我们说好了。”莫研欢喜笑道。

展昭笑着点头。

宁晋在旁，微别开脸，俯身拿了纸包递给莫研：“这里头是二十个面饼，你可得藏好，省着点吃。”

“可千万别放馊了。”莫研小心翼翼地接过来，这些可就是她今后几日赖以生存的宝贝。

众人皆同情地看着她。

盖棺时，耶律洪基果然来了，除了他，另外耶律宗真还派来了不少人，估计着是来撑场面的。

长长的钉子一锤一锤被钉入棺木中，众人齐声悲哭，场面还颇有几分壮观。可惜莫研瞧不见，也几乎听不见，因为她被钉棺木刺耳的声音吓得心怦怦乱跳，从来没想到躺在棺材里听钉棺竟然如此吓人。

展昭因要调配明日启程的事宜，今日也来到营中，正好遇上钉棺，出于礼节也静静站着一旁观礼。只是这么站着，一想到棺木之中所躺的那个人，那一声声的锤声便似乎直刺入他心底般。

若然、若然……他不敢想下去，深吸口气，目光淡淡在来客中扫了扫，又转向不远站的侍卫。东南角的那群显然是耶律洪基带来的侍卫，其中并未看见唐苓，想来也对，这种场合，若是耶律洪基还将一女子带在身畔，未免招人话柄。

如此看来，送灵柩回宋，耶律洪基应该也不会带上她才对。

展昭是这么想的。

次日，他就知道自己想错了。

大概是打算自边境回来之后顺道去狩猎，耶律洪基的身后带了呼啦啦的一大帮人，不仅带了侍卫，还带了侍女，而在侍女之中，他看见了唐苓。

这，对于他们来说，意味着这一路上都要万分地谨慎和小心。

耶律宗真亲自来送行，几番依依惜别的客套之后，他又叮嘱了耶律洪基一些话，诸人方才上路。

灵柩安置在白骆驼车上，那两匹白骆驼说来还是耶律重光的人情，依照辽国风俗，到了下葬之时就要连同白骆驼一起杀掉。

展昭领头走在最前面，灵柩就在他身后不远，然后是宁晋乘坐的马车，最后才是耶律洪基等人。驼车走得甚慢，因而整个队伍也是慢吞吞的。

赵渝仍是扮成莫研的模样，与宁晋在同一辆车上，虽在归途之中，可两人的心情皆不轻松，均无闲聊之意。耶律洪基会带这么多人来，着实出乎他们的意料。人越多，眼线便越多，行事也更加不易。

宁晋担心着棺中的莫研。

赵渝不仅担心莫研，还担心着已孤身前往雁歇镇的苏醉。

除了这二人，展昭心中顾虑比起他们来，却又多了一层。

他想的是，唐苓随着队伍往边境，不知会不会与庞胧接头。若是她与庞胧会面，那么必定身上会带有耶律洪基的密信，而这信便是重要证据。他须得想个法子拿到这信才行。

众人心思各自，最轻松的人倒是耶律洪基了。

如此日间慢慢而行，夜间支帐安营，行了好几日，都未出什么纰漏。最可怜的是莫研，面饼虽还剩了几个，可皮囊中的水早已喝光，啃面饼的时候是渴得要命，偏偏每次自苇竿中送的水实在太少，还常常一整日都喝不上一口。

不过好歹，虽然惨了点，但活着没问题。

对于她的窘境，其他人何尝不知。只是灵柩总是单独停放，周遭还有耶律洪基的是侍卫巡逻站岗，要寻到时机实在不易。几次都是展昭先借口调开侍卫，然后宁晋借口检查棺木路途有无损伤，才寻机给莫研送水。

将至雁歇镇的前一夜，唐苓自耶律洪基帐中出来时，正好遇上了宁晋从灵柩旁回来。身为侍女，她向宁晋垂目行礼，宁晋神色淡然地越她而过，不经意间衣袖擦过，她只觉得湿湿冷冷的，很不舒服。

原来宁晋在给莫研送水时，不慎将水倾到了自己衣袖上，天黑也看不出来，故而他自己也并不在意。

“殿下的衣裳湿了？”唐苓笑问道，“快些进帐脱下来烘一烘吧？”

宁晋此时方觉，脸色微变，瞥了她一眼，并不加理会，甩袖自行进帐。

唐苓并不是个心细如发的人，故而只是皱了皱眉头，奇怪地盯了一眼宁晋背影，然后也往停放灵柩的地方过来。

还未近前，展昭并身后的两名侍卫将她拦下。

“公主灵柩，不得滋扰。”展昭淡淡道。

素知耶律菩萨奴不好说话，唐苓讪讪一笑，只得转身走了。

展昭暗自皱眉不解，想不明白她到此处想做何事。

幸而接下来一夜无事，次日下午他们便到了雁歇镇，在此安营下来。展昭还到镇上巡了一遍，苏醉就侯在小巷拐角，见到展昭，上前佯作不经意地撞了他一下，将一封信塞入了他手中。展昭随即掩到袖中，待回营后才在帐中细看。

由于次日宁晋便要扶棺入宋，耶律洪基也只能送到此处了，虽不便大摆送别宴席，但依辽人的习惯，酒还是要喝的。

这夜，宁晋与展昭都被请到了耶律洪基帐中，喝送别酒，歌舞未兴，耶律洪基的酒兴却是很浓，再三地向宁晋劝酒，他自己亦喝了许多。

看得出，对于赵渝，耶律洪基确实心存歉疚的。酒劲微酣时，他便朝宁晋说了许多赵渝的好处，自己则又是摇头又是叹息，一杯接一杯地喝。

宁晋只得应了，饶是他已然喝了不少，却仍把持得住，听耶律洪基说到动情处，他还懂得陪着掉眼泪。毕竟酒量有限，他到最后终是撑不住，醉倒在案边。

耶律洪基又转向展昭，后者并不是个好的闲谈对象，不过听听还凑合，加上他本来就有意拉拢展昭，遂又左一杯右一杯地与他对饮起来。

此时的外间，乌云黑沉沉地压下来，雪粒子已然下起来，被风卷着打在面颊上生疼。因为到了雁歇镇，倒有不少侍卫跑到镇上喝酒去了，营内所剩的人并不多。

灵柩停放的地方是在营地的那一边的僻静处。莫研在棺中昏昏欲睡，之前赵渝冒险给她送了些水，总算缓解了几分口渴。赵渝告诉她，队伍此时已在雁歇镇，明日便可入宋境。她听罢心中甚喜，这憋屈日子总算是要到头了。

正要复睡去之时，突得听见有脚步声靠近棺木，声音甚轻，她愣了下，还以为是赵渝又回来了。

来人轻轻叩了两下棺木。

莫研腾地竖起耳朵，这两下并非事先约定好的暗号，而且所叩部位也不对，如果是自己人，会在棺木侧面靠近她头部的位置叩响，而来人则是随意在棺木盖上叩了两声。

这个人会是谁？

莫名其妙的，莫研一阵阵地紧张起来，不祥的预感笼罩着她。

接下来是哗的一声，似乎来人将盖棺木的布掀开了，莫研能听见指甲从棺木上刮过的声音，沙沙的摩擦声。

他、她想做什么？其他人在哪里？大哥呢？

黑暗之中，莫研的心已经提到了嗓子眼。

棺木外的人，正是唐苓。

趁着今夜耶律洪基等人都在喝酒，侍卫也溜出去一大半，剩下的人多半都缩在帐中取暖躲雪，她偷偷摸摸溜到这里来。

而她来这里，并不是因为宁晋等人露出破绽惹她起了疑心，而是她另外有所图谋。展昭等人所料并不错，她确实是庞太师派到此处的人，之所以留在耶律洪基身边，不仅仅是为了作一个联络人，而是还要寻机挑拨宋辽两国关系。

唐苓来到棺木边，正是要做一件事——对尸首下毒。

听上去十分可笑，人已然死去，下毒又有何用，岂非是多此一举。然而，事情是远远不是这么简单，因为唐苓手中的毒药是蚀骨散。

寻常人中了蚀骨散，毒便随血脉游走全身，慢慢全身起脓，溃烂而死，而死后连骨头都会被毒慢慢侵蚀融化，故而起名曰蚀骨散。而这毒下在尸首身上，因尸首血脉不行，故而发作起来会比活人慢些，但也会将尸首慢慢溶掉。

唐苓要的正是这个“慢”字。

待棺木运到京城之时，尸水由棺木缝隙之中渗出，宋主定会大惊，下令开棺查看。而尸首面目全非，宋人自然会认定是辽人下毒害死赵渝，届时，宋辽之间必起狂澜。

此时她便是要往棺内下毒。

虽然棺木是钉好的，但对于她来说，并非难事。她自怀中掏出一个小木瓶，拔开塞子，对准棺木上的钉眼，小心翼翼地自瓶中滴了一滴水进去。

莫研听见了一声毛骨悚然的“滋”，并不知道发生了什么事，然后又接连听见几声，心中越发诧异，不知道外间的人在搞什么鬼。

待所有的钉眼都滴过之后，唐苓满意一笑，收好木瓶，手推向棺盖。那钉子在被瓶中水滴了之后，竟然都化为了铁水，棺盖轻而易举地被推开。

棺盖缓缓移开的那瞬，尽管还没想好该不该继续装死，莫研还是本能地闭上了眼睛。

唐苓取下金丝面罩，伸手在她脸上草草摸了几下，原本打算把蚀骨散直接倒在她脸上，想想不妥，要是脸先化了，到时候开棺验尸，看不出是赵渝也是个麻烦事。没法子，只好自己麻烦些了。蚀骨散必须要直接接触到肌肤，唐苓开始动手剥开尸首的衣衫。

剥开外衫，莫研忍着。

剥到深衣，莫研咬牙。

居然开始解她的衾衣，这下，莫研是无论如何也没法再装死了。

她猛然出手扣住唐苓手上的脉门，这才睁开眼睛，低低喝道："你想干什么？"

诈尸！！！

这是唐苓的第一个反应，腿都有些软了，说话也不连贯起来："你、你、你……"

毕竟是唐门中人，虽然脉门被扣住，虽然吓得手软脚软，本能尚在，未被莫研扣住的另一只手轻扬，一枚菱形镖闪电般朝莫研打去。

棺材内空间狭小，莫研几乎是避无可避，加上躺得太久，身子久未活动早已僵硬不堪，躲闪的动作甚是迟缓，镖正打在她肩胛处，殷红的血一下子涌出来。

"血是红的，原来你是假死！"唐苓顿松口气，胆气立壮。

莫研身中毒镖，脑子却十分清楚，知道唐苓若此刻嚷嚷起来，引得人来，此事定然败露无疑。为今之计，只有先稳住她，脑子急转之下，她说了一句话：

"绣庄的方夫人，她有话留给我，你可要听？"

只这一句话，唐苓果然怔住，迟疑问道："你怎么会识得她？"

"这个你莫管。"

莫研捂着伤口，艰难自棺中出来，道："此地不宜，咱们换个地方说话。"说罢，她把冥衣脱回棺中放好，吃力得把棺盖复盖好，又覆上布，让人看不出痕迹来。

唐苓狐疑地盯着她，并不动弹："她要你说什么？"

"她要我只能告诉唐门的人。"莫研冷冷道，"你可是唐门中人？"

唐苓既不承认也不否认。

"若是的话，咱们换个地方说话。"莫研瞧她尚存疑心，遂又道，"我都中了你的毒镖，莫非你还怕我不成？”

唐苓冷哼一声：“也行，你若是骗我，那你这条命也别想要了。”

帐外几乎无人，雪铺天盖地地下着，丈外便已看不清人。两人一前一后，踏入雪地时，莫研毕竟受伤，踉跄了一下差点摔倒，惹得唐苓满面不耐之色，索性拎起她，几下腾挪，两人便已到了镇外。

莫研寻了树，无力地靠上去，伤口上的血还在往外渗。

“你究竟想说什么？”对莫研的伤视而不见，唐苓重重问道。

“你可知道方夫人是如何死的？”

唐苓相貌与方夫人甚是相似，加上她对方夫人所说的话甚是关心，莫研猜想她定然也会想知道方夫人的死因。她之所以引唐苓到无人之处，便是不愿唐苓有机会告知其他人赵渝假死之事，既然到了此处，就得想法子杀了她才行。只是莫研现在自己身负重伤，自身难保，靠单打独斗想杀了唐苓谈何容易。遂她只得东拉西扯，先拖着唐苓，再寻机突袭。

“家姐是被展昭害死的！”唐苓斩钉截铁道，冷冷望着她，“这我早就知道了。”

“原来她是你姐姐，我说你们长得颇有相似之处。”莫研叹口气，摇头道，“可你还是被人骗了，她并非为展昭所杀。”

唐苓愣了一下，却也不相信她，口中：“你莫要耍花招！什么被人骗，是我亲眼所见。”

莫研复摇头：“你何必嘴硬，你非但没有亲眼所见，而且只怕连你姐姐的尸首都未见到。”

“你……你凭什么这么说！”

“很简单，你姐姐是因中了淬了毒的暴雨梨花针身亡。而展昭从不用毒，天下皆知，何况展昭用剑。如果你看过你姐姐的尸首，就断然不会相信是展昭杀了她这种谎话。”

“暴雨梨花针！不可能，此物是家姐随身所带，她怎么会将此物给了别人，让别人来杀她呢。”

“这就要问你了。”莫研淡淡一笑，“你应该清楚，什么人能让你姐姐心甘情愿把暴雨梨花针交给她，而且对她毫无防备。”

闻言，唐苓目光中透出些许惊骇，显然已是有些相信莫研的话。

“可她……为什么要杀家姐？”

莫研又摇头：“她想要杀的并不是你姐姐，而是展昭。可偏偏当时展昭和你姐姐在缠斗，她为了杀掉展昭，所以就顾不上你姐姐的命了。”此事她说来半真半假，合情合理，倒由不得唐苓不信，“可怜你姐姐本是为了去救她，却赔上了自己的性命。”

“你究竟是什么人，你怎么会知道这些？”

“我……我与方夫人也算是故交。”莫研心道，这也不能完全算是假话，不过这后半截话倒全是瞎编乱造，“若非那针上淬的毒无药可解，我一定会救她。”

姐姐暴雨梨花针上所淬的毒确实是无解药，听到此处，唐苓已然是信了莫研一大半。

莫研见状，知她已放松了对自己的防备，微垂下双目，觉得已到了动手的最佳时机。“你姐姐临死前留了样东西给我，让我替她转交给唐门中人。”她低低道，手吃力地探入腰际，做出掏摸东西的模样。

唐苓等了一会，见她仍未拿出来，不由不耐烦地上前蹲下身子，探头问道：“究竟是什么……”

话音未落，只见一道银光乍现，疾电般向她直刺过来，唐苓来不及退后，只得就地一滚，脖子上仍是被莫研划出道血痕来。

一击未中，莫研咬着牙揉身扑上，并不给她任何喘息的机会。

然而，最好的时机已然错过。

唐苓素手轻扬，数枚菱形镖激射而出，分打向她几处要穴。

岂料，莫研不避不让，剑势丝毫不缓，竟是一副拼命的架势。以莫研的性格，本不是会拼命之人，但一来赵渝假死此事着实太过重大，绝不能留唐苓的活口，二来她本已受伤，绝不是唐苓的对手，就算不拼命，到头来唐苓也会杀了她，倒不如放手一搏。

银剑刺中唐苓的腹部，而那几枚菱形镖也打入了莫研体内。

莫研扑倒在地，她身上的几处要害均被打中，连看唐苓死了没有的力气，只能无力地喘息，血在她身下静静地流淌着，染红了一大片雪。

然而唐苓并未死，尽管莫研拼尽了全力刺中了她，但这剑并不足以致命。她捂着腹部伤口，跪在雪地上。

银剑落在雪中，唐苓缓缓拾起它，慢慢起身走到莫研身旁，一剑狠狠刺下。

就在剑尖距离莫研仅余一寸之时，突然被一股大力挡开，有人凌空旋腿踢开银剑，落下时出指如电疾点了她的穴道，随即抱起地上的莫研，为她点穴止血。

因毒性蔓延，莫研神志已有些迷糊，看见他，张了张口，说不出话来。

在唐苓眼中，还道是耶律菩萨奴误会了，高声道："副使大人！原来公主是假死，她还差点杀了我！"

展昭顾不上理她，略略查看了下莫研的伤口，知她中的是毒镖，这才转向唐苓，疾声问道："解药呢？"

"你……"唐苓有点不解。

此时莫研艰难唤道："大哥，棺……"

"我知道，已经布置妥当，你不用担心。"展昭知她想说的是什么，柔声安慰道。

展昭确实没有骗她。

这夜他与耶律洪基在帐中喝酒。喝到最后，耶律洪基自己亦醉倒，直接在帐中睡着了。宁晋是被吴子楚抬回帐去的，能走着出来的只剩展昭了。

雪很大，展昭迟疑了一下，终是不放心，便佯作巡营状慢慢往停放灵柩的位置走过去。

还未进去，在外面的雪地上他的脚碰触到某样东西，不经意地低头望去，骤然一惊——莫研那把小玉梳静静躺在雪地上。

他拾起来，快步走到棺木旁边，初看之下并无破绽，但他仍是看见了幔布垂下的地方有一滴让人心惊的血迹。再不迟疑，他掀开幔布，推开棺盖，内中只剩下那件冥衣，再细看冥衣上亦有血迹，他越发心惊。

他知道莫研一定受了伤，可伤得多重、她在何处，他都不知道。尽管心急如焚，但他知道眼下最重要的是不能露出任何痕迹，所以他不得不按捺心情，先去找了赵渝，让赵渝换上冥衣躺入棺中，再复把棺木盖好。

将这一切都布置妥当之后，他才一路找着痕迹去寻莫研。

还是迟了一步！看着莫研的样子，展昭不由重重自责，要是能再快一步找到她，也许她就不会受此重伤。

"解药呢？"展昭厉声问道。

唐苓似乎有些明白，冷笑一声：“原来你同她是一伙的！无药可解。”穴道被点，不能动弹，她却仍冷冷道。

话音刚落，展昭拾起银剑，疾指向她面门：“你不拿出来的话，我就废了你！”莫研命在顷刻，他已没有时间再耽搁下去，这话并不仅仅是威胁。

剑尖就在眼睛跟前，唐苓费劲地咽了口水，就算他没有废了自己，在脸上划一道，也着实糟糕得很。犹豫片刻，她不情愿地道：“你点了我的穴，我怎么拿？”

这女子既然是唐门中人，只怕花招还多得很。若在素日，展昭自然会解了她的穴道，让她拿出解药，但此时非比寻常，解了她的穴道，另生枝节的话，只怕莫研耽误不起。

“你告诉我在何处。”

“在我腰间的荷包里。”

展昭取了她的荷包下来，从中倒出好几粒颜色各异的药丸，问道：“那一粒才是解药？”

“先让她吃下半粒赤红色的，再把褐色的那粒碾碎了涂在她伤口上。”唐苓答道。

拿起药丸的时候，展昭的手微微顿了一下，目光利刃般扫向唐苓：“你若说谎，可知道自己会怎样吗？”

唐苓被他看得不寒而栗，咬咬嘴唇道：“让她吃暗红的，褐色照旧。”

这下，展昭才将暗红色的药丸喂入莫研口中，让她咽下，再将褐色的药丸揉碎。莫研中镖部分，皆在胸前，要涂药，便须得先除去她衣裳。两人成亲虽久，但仅有夫妻之名，并无夫妻之实。展昭略略踌躇，却知莫研定然不会怪罪于她，遂飞快脱下她衣衫，帮她拔去毒镖，又抹好药才将衣衫复替她穿起来。

生怕她伤重畏寒，展昭又将自己的狐皮外袍脱下来密密地裹住她。

唐苓将这一切收在眼底，自以为不用问也明白一切，讥笑道：“原来是你与公主有私情。”

“大哥……她，她是方夫人的妹妹。”莫研在展昭怀中虚弱道，“那些人竟然骗她，说方夫人是你杀的。我方才告诉了她真相，可她多半还是不信。”

唐苓听到此处，不可置信地紧盯住展昭：“你是展昭？！”

展昭不答，反问道：“那位方夫人当真是你姐姐？”

唐苓冷哼：“怎么，你也要像她一样，想再骗我一次不成？”

“我此时若要杀你易如反掌，又何须要骗你呢。”展昭冷然道，轻轻放莫研靠在树上，然后卷起自己的衣袖，几处暗红色的小点在他胳膊上显而易见，“你可认得这种伤口？”

见红点的颜色与分布，唐苓骇然而惊：“暴雨梨花针？那你怎么可能还活着？”

“因为大部分的针都打在了你姐姐身上。”展昭淡淡道，“事发突然，我二人事先并无串供。难道你还不相信吗？”扫了眼唐苓苍白的脸色，他决定下一记重药，“庞家位高权重，竟然也做出挟恩图报这种事来，当真为人所不齿。”

“你姐姐嫁的是方以中，他本是户部侍郎，庆历四年，因库银失窃而被下狱，后来因为庞太师求情而豁免死罪，官降三级，往边塞守城，后来陷害你姐夫之中也被正法。而你姐夫却不幸在回京路上染病身亡。听起来，庞太师确实对你姐姐有恩，但你们可知，当年库银失窃，背后主使之人正是庞太师。”展昭言之凿凿，由不得人不信。

这就是今日他自苏醉手中接过来的密信中所写内容。自他从莫研口中得知此事与庞太师有关，便密信请包拯查出庞太师与唐门中人有何牵连。苏醉一到镇上就收到了包拯的回信，知此事耽搁不得，见扶灵队伍一进镇子，便忙给展昭送去。

他的这番话，听得唐苓目瞪口呆：“你是如何知道的？”

展昭不答，放下衣袖，继续道：“此时我要杀你，本也容易。但你姐姐已是冤死，现在你又不明真相，继续为虎作伥。你们唐门也在江湖中也算是有地位，如今却被人玩弄于股掌之中，难道你们就甘心如此吗？此时你可以不信我，但你大可回京城，彻查当年看守库房的人，看真正的事实究竟是怎样。”

唐苓呆了片刻，又问道：“他们告诉我，是展昭杀了我姐姐，而且他们已杀了展昭替我报仇。”

展昭淡淡道：“他们在骗你，不仅我未死，而且你姐姐也不是我杀的。”

“你就是展昭？”

“不错。”

“可是你……”

“我也不瞒你，我易容改装就是为了拿到庞太师私通辽国的证据。”展昭沉声道。

唐苓想了许久：“我明日就要去问她！看你说的究竟是真是假。”

“你是说庞胧？”

“不错，这一切都是她告诉我的，我须得向她问个清楚。”

“我可以与你同去，当面对质。”事实上，展昭怕她见了庞胧便没命回来，唐苓可是此事的重要人证。

“行！”

此时展昭方才解了她的穴道。

唐苓伤得倒不重，瞥了昏厥的莫研一眼，似笑非笑道：“这公主的事，我可以暂且不说，你们好自为之。明日咱们在宋境内的五里亭会合。”说罢，她蹒跚离去，今夜自是不会再回营去了。

展昭俯身抱起莫研，又是心痛又是怜惜，快步往回走。

次日，重伤的莫研被藏在了宁晋的马车上。

在边境处，耶律洪基送走宁晋等人，亦松了口气，兴致勃勃地便准备到就近的山林狩猎去。展昭则借口想等两日后镇上的大集买些东西，还要在镇上多住两日，故而不与他同行。

耶律洪基兴冲冲地率领大队人马走了。而展昭潜到小院中，换下耶律菩萨奴的扮相，重新做回了展昭。

苏醉拎起耶律菩萨奴的衣服，微微笑了笑，道：“如今找到唐苓做证人，总算是到了可以丢了它的时候了。”

展昭对那身行头亦是厌烦，不愿多看，只道：“此事尚未最后尘埃落定，还是先留着吧。我现在须得去与唐苓会合，大哥你等我消息。”

“嗯，万事小心。”

苏醉叮嘱，见展昭离去，看着那身南院副使的行头，他已另有打算。无论如何，就算是此事不成，他也不愿展昭再留在辽国。

马车中，莫研昏昏沉沉，一直未醒。她虽然身上的毒解了，但毕竟伤的都是要害，便是没有毒也够要她本条命的。此时又发起了高烧，口中叨叨喃喃直念着“大哥、大哥……”。

宁晋急得不行，却又毫无办法，恼恨展昭为何不快点追上来。

“大哥、大哥……”莫研额头滚烫，又低低道。

无法可施，宁晋长叹口气，只得伸出自己的手握住她的，口中道：“我在这里，我在这里……”

莫研顿时紧紧抓住他的，牢牢不放，虽在昏迷之中，却似乎安心了许多，嘴角弯弯地睡过去。

“这傻丫头！”

纵然知道自己只能充当替身，宁晋亦无可奈何，看着她没那么难受便宽心多了。

这一路上，莫研便拉着他的手不放，宁晋连用饭都是仅仅用一只手进食。

直到接近黄昏时分，展昭才追上了他们，自后面跃上马车。

他乍然进来，宁晋始料不及，手尚还被莫研握着。

“她把我当成你了。”宁晋不自在道。

展昭未有任何恼意，反而朝他感激道：“多谢殿下！”他语出真诚，并无半点虚假。

宁晋淡淡道：“你来了就好。”

他抽出自己的手，眼见着展昭接替自己复握住莫研的手，心中不是滋味，微别开脸，又问道：“事情如何？”

展昭叹口气道：“唐苓死了。不过，她将耶律洪基与庞太师往来的书信交给了我。”

他今日与唐苓一路快马往河间府寻庞胧。他知府中有高手，便欲想法子将庞胧引出来，可唐苓却不听劝告，直闯府邸，要与庞胧当面对质。他无法，只得随她同往。几句话后，庞胧果然答不上来，露了破绽。唐苓大怒，欲对庞胧出手，两人被府中侍卫围住。唐苓自知不是对手，遂先将密信交与展昭。展昭左突右挡，始终无法带唐苓一同离开，直到唐苓身中数剑而死，他才孤身冲出。

“这么说，此案终于是算破了。”宁晋也替他高兴，替莫研高兴。这意味着，展昭不必在辽国卧底，可以与莫研相伴。

“是啊。”

展昭微微一笑，心中如是所想，低头看向莫研，眉目间满是暖意。

“她怎么样？”

“不好，烧得烫手。”宁晋轻叹口气，“恐怕是伤口发炎了。走得急，车上也没有药，所以要尽快赶到前面镇上。”

展昭看莫研烧得双颊通红，手探向她的额头，莫研似有所感，缓缓睁开眼睛：“大哥……”

“你醒了？”展昭柔声道。

莫研看着展昭的脸，她已经许久未曾看过展昭的本来面目了，不由得目不转睛，许久许久，才梦幻般笑道：“大哥，我刚刚还梦见你了。”

“是吗？在哪里？”

“咱们初见面的时候，你穿着一袭蓝衫，站着开封府的角门外头。你可还记得？”

“我自然记得。”展昭扶她起身，问道，“你身上难受吗？喝些水可好？”

莫研点着头，眼睛却又倦极地闭了起来，展昭接过宁晋倒来的水，靠到她唇边，正好马车碰上了大石子，猛地跳了一下，水溅了些许出来，落在莫研脸颊上。

“下雨了，又下雨了……”莫研满足地轻轻叹息着。

两人皆意识到她神志已然模糊不清。

展昭手忙脚乱地替她抹去水珠，此时裹在她身上的被衾滑落，胸前几处大块殷红，是伤口处的血渗出来。宁晋骇然，他并无照顾人的经验，一路上竟然都没有发觉她还在出血。

展昭再探她脉搏，已是十分微弱。

“你一定要撑住！你不能有事！”他在她耳边低低唤道，泪已禁不住落下。

而宁晋则大声朝外面喊道：“快点，再快点！”喊了两嗓子，他终是按捺不住，干脆自己爬到车外，亲自拿起马鞭，用力赶车。

马车远远地抛开扶棺的队伍，一路疾驰着，夕阳斜斜照下来，扬起尘土漫天。

尾声

开封府，西角门外。

展昭风尘仆仆地下马，将马交给看角门的官差，遂直往包拯书房而去。

“大人，这是黄忠思临时前最后写的一封折子，被夹在书中。”展昭呈上此次案件的证据。

包拯接过，赞许地点点头：“几百里路，三日内便行了来回，辛苦你了。”

展昭微微一笑。

“快去歇歇吧。”包拯挥手让他快回去，“定是累坏了。”

“属下告退。”

展昭施礼，退出书房，往东南角他所居住的小院而去。此时正是午后，四处静悄悄的，蝉鸣在耳边嘈杂着。

推开院门，进去，再推开房门，房中空无一人，静得让人心悸。桌上摆着一封信，用茶杯压着。

他缓缓放下包袱和剑，拿起信来，笔迹甚是眼熟。拆开来，薄薄的一页纸，只有寥寥数语，他很快就看完了，唇边笑意浅浅，复把信收入怀中，又略想了想，连衣衫也不换，随即又转身出门去。东角门就在出小院拐角的地方，他走过去，守门的官差的看见他便笑道：“展大人，回来了！”

展昭含笑点点头，欲问：“她……”

“她往后街去了。”不待他说完，守卫便笑着往街面上遥遥一指。

“多谢。”

展昭颔首，略略拱手谢过他，即往后街行去。

后街紧挨着开封府，众多店家与开封府中人自是十分相熟。展昭一路行去，不停间地便有人招呼他。

“展大人！回来了……”

“展大人，不在这里，还得再往前面去……”

“展大人，像是在旧书铺那里……”

……

展昭一一含笑谢过，一直行到旧书铺前，他才停住脚步，看着里面正捧本书认真看着的纤细人影，目光中满是笑意。

“展大人！”先看见他的是店家。

此时，那人影才猛然抬头望过来，看见果真是他，忙放下书，朝他奔过来:“大哥！你回来了！”

话音落下时，她便已在他眼前了，笑靥如花地望着他，看见他额头上汗珠，忍不住用举袖替他抹了抹，笑道：“我还以为你得明日才能回来，你又是星夜兼程往回赶吗？”

展昭笑而不语，挽了她的手往回走：“回家去吧。”

莫研微恼道：“果然是，我不是与你说过了吗，现下我身子好了，你不用那么担心地急急赶回来。”

展昭不答，反问道：“桌上的信，你看了吗？”

“没有，”莫研摇头，“我看是写给你的，又不知是不是案子的事，也没敢拆。”

“是苏大哥写来的信。”

一听这话，莫研喜得跳起来，紧紧抓住他胳膊：“她……不，他们现在在哪里？好不好？”

“信上写得很简单，说已经离开了蜀中，接下来会往南边去，寻一处四季如春的地方住下来，让我们勿念。”

莫研笑逐颜开：“等我们有空了，就去寻他们。大哥，你说好不好？”

“自然好，只是也不知什么时候才能得空。”展昭实话实说。

“不打紧，到时候我去和包大人说，不怕他不准。”

莫研跨入小院，自信满满道。

展昭微笑着，无奈摇摇头。

院门被展昭从内掩上，清风过处，笑语隐隐可闻。

番外卷　开封逸事

开封逸事

事情得从马汉得了一部奇书说起。

书页发黄，封皮残破，书名已不可知，摆在任何一户人家，多半都要拿去垫桌底，或者烧柴时撕下几页作引火之用。可这本书到了马汉手中，略略翻看之后，顿时如获至宝，其珍视程度恨不得斋戒沐浴三天方才捧书细阅。

这日，天气晴好，马大嫂坐在院中剥花生，待一大篮子花生剥完要起身时，才发觉腿麻了，根本动不了。

“哎呀！”她轻唤了，也无法，只得坐着等麻劲过去。

正巧马汉自屋中出来，见她模样，便问道：“怎么了？”

“腿麻了。”

说时迟那时快，几乎是在马大嫂话音刚落的瞬即，马汉以迅雷不及掩耳之势冲了过来，蹲到她身前，左手呈剑式指向她的腿，口中急急道：“还我木瓜钱，急急如律令！”一口气念了七遍，方罢。

“如何，这条腿还麻吗？”他问道。

马大嫂被他弄得莫名其妙，迟疑道：“这条腿本来就不麻，麻的是这边的。”她指了指自己右腿。

“哦……”

马汉点头，身子稳稳不动，左手剑式方向略转，指向她的右腿，仍道：“还我木瓜钱，急急如律令！”仍是一口气七遍。

“如何？”

马大嫂动了动，喜道：“果然不麻了。”

马汉得意道：“那是当然，这是书上的仙方，还会有错吗？”

“什么仙方？”马大嫂好奇道。

“自然是高人写的仙方。”马汉喜滋滋地回屋，“果然有效验，看来我得再多读几遍。”

身后，马大嫂揉揉自己的腿，隐隐又觉得似乎自己男人没念那什么咒，过了这么一会工夫，麻劲大概也应该退了。

马汉经过此事，对于书中所记载的各式各样仙方，更是深信不疑，摩拳擦掌，恨不得日日都有机会可以让他一展身手。

“大哥，除了三鲜的，你还想吃别的什么吗？”

莫研站在热气蒸腾的笼屉前，偏着头瞧展昭。

“都可以。”

“那好。”莫研朝卖包子的叫道，“要一屉三鲜的，再一屉肉馅的。”

卖包子的从笼屉后探出头来，好奇道：“两屉？十六个包子呢，你们两个人怕是吃不了这么多吧？”

莫研皱眉：“你管我！”

展昭忙上前拉着莫研坐下来，朝店主笑道：“内子经不得饿，麻烦包子快些端上来，然后再来两碗豆汁。”

“哦，好好好。”店家方看见他是展昭，忙点了头，忙不迭地将吃食送到桌上来，又偷眼瞧了下莫研，不由暗叹口气。京城内人人皆知展大人已娶了亲，但大多不知道其妻究竟是何人，今日看来，这女子平凡之至，他还真是着实替展大人有些抱屈。

“看什么看！”

莫研何等机敏，立时瞧见店家目光不安分，挑眉瞪了他一眼，吓得店家忙抽身走了。

“肯定又是觉得我吃得多！”她懊恼道。

展昭微笑着将一屉包子推到她跟前，取了一个递到她手中：“你现在是有身子的人，自然要多吃些。”

莫研接过包子，狠狠咬了一口：“大哥，我真的吃得很多吗？”

“不多不多，还可以再多吃些。”

展昭自取了个包子，慢慢嚼着，目光落在莫研身上，笑意浅浅。

此时莫研怀孕已有三个多月，胃口好得出奇，她无公务时便整日拉着他在京城里找好吃的。因昨日听人说城西有家包子做得极好，特别是三鲜大包，味美香甜，她一听说便馋得很，一大早就拖着他来此尝尝。

“味道如何？”

看莫研连吃了三个，他笑问道。

费劲地将口中包子咽下去，莫研才答道：“其实，也一般得很。”说归说，她却又伸手去拿第四个包子。

展昭笑了笑，接着低头喝起豆汁来。

一时二人吃罢，付了账自走了，那店家收拾桌子时看见两笼屉的包子吃得干干净净，一个不剩，不由又叹了口气：“那女子无才无貌也就罢了，怎的还这么贪吃，定然是个不会持家之人。展大人娶了这种女子，还真是可怜。”

这边，展昭和莫研在往回走。

十个大包子吞下去，莫研着实有些饱，走路也比平常慢了几分。展昭今日横竖无事，故而也不着急，随她慢悠悠地走着。

“咦！那不是王头和马头吗？他们在干吗？”莫研指着街角不远处的两个人。

展昭循指望去，果然是王朝和马汉，两人正说着什么，马汉的神情极其严肃。

“马头怎么这副模样？出什么事了吗？”莫研口中好奇道，脚下不自觉已加快了步伐。

展昭知她好奇，但又怕那二人是在谈论案情，现下莫研有孕在身，他不愿她劳神想案情，只得快步跟上。

待近了前，才听见马汉极认真地在和王朝说：

“……赤虫子，故来食我齿，钉在梁上……”

王朝勉强跟着念：“……什么虫子，我齿，钉在梁上……”

莫研放缓脚步，疑虑地和展昭对视一眼，心中皆是不解。

“不对不对，你得记清楚了！”马汉打断王朝，极有耐心地又念了一遍，这下展昭和莫研听得分明。

“南方赤虫子，故来食我齿，钉在梁上，永处千年纸。”

“这是什么符咒？听起来真怪？”莫研自言自语道。

听见符咒二字，展昭不自觉地把莫研往身后拉了拉，才朝王朝、马汉拱手笑道：“两位早，我正好路过。”

展昭话未说完，王朝看见他如蒙大赦，连忙拉住他道：“展兄，你来得正好，马汉近来研究了仙方，你不妨听听，极有益处。”

“什么仙方？”莫研好奇问道。

“据说是治牙疼的仙方。”

“治牙疼的？”莫研挠挠耳根，“这仙方还有治牙疼的？这仙家想得还真够细致的。”

马汉闻言，显然把莫研的话当成恭维之语，连忙道：“何止啊，还有驱一切病痛，驱蛇驱蚊等等方子，总之是多得很。”

莫研想笑，又怕马汉不满，半个脸躲在展昭胳膊后头，接着问道：“这治牙疼，怎么治？”

见她问，马汉立时肃容，又把欲偷偷溜走的王朝也唤住，认真道：“你不是牙疼吗？我再说一遍，你可仔细记好了。先用一张纸，随大小方圆，折作七层，然后再取三寸钉一枚，放到梁上，当纸中心钉下去。钉之时候，先吸南方气一口，就是朝南面吸口气，心中默默念咒曰：‘南方赤虫子，故来食我齿，钉在梁上，永处千年纸。’每念咒一遍，你就咳一声，并且要吸气一口，拿钉锤捶打钉子一下。就像这样念咒七遍，即七吸气，锤七次钉子，立刻就可以见效。”

他这洋洋洒洒的一番话说完，面前三人面面相觑，竟是无人明白。

等了半晌，莫研才试探问道：“这真是治牙疼的？”

“是啊，昨日王兄说牙疼，我特地回去看了好几遍，不会有错。”

“光治个牙疼，也太能折腾了吧？”莫研连连摇头，忽想到自己长智齿时的苦楚，又觉得便是再麻烦些也能将就了，遂朝王朝笑道，“王头，你快试试，看这方子好不好使！”

“我……”王朝对这些个玩意向来敬而远之，迟疑片刻便道，“其实今早起来，我的牙就不疼了。”

马汉愕然：“你怎么不早说？”

“你也没问。我还得盯着那帮兔崽子去，你们慢聊，我先行一步。”他朝展昭草草拱了拱手，脚不沾地地走了。

莫研朝马汉笑道：“你方才说的什么书？借我看看如何？”

马汉毕竟忠厚，还未来得及看见展昭的眼色，便已点头笑道：“那可真是一本奇书，你拿去看便是，不过可当心别弄坏了。”

“那是自然。”

莫研满口应承。

“晚饭时你过来拿便是，展兄，你也正好过来一起吃饭。”

展昭只得微笑着点点头。

“我还得上马行街去，先行一步，咱们晚上见。”马汉朝他们拱拱手，这才转头走了。

莫研晃晃脑袋，一副快活的模样，往前踱了几步，突得回头望向展昭：“大哥，你牙疼吗？要不咱们回去先试试？”

“我的牙好得很，多谢你了。”

展昭无奈地轻摇着头，越过她往前走去。

“大哥。”

莫研欲快步赶上，展昭一听见她的脚步声便忙停下，轻责道：“慢慢走，莫忘了你现在是有身子的人了。”说罢，见莫研一脸不以为然的模样，终是不放心，挽了她的手慢慢走。

“大哥……”莫研还想说话。

展昭还未听，便道：“先说好了，不管你看那书上有什么好方子，都不许用在我身上。”

莫研话未出口便被他堵了回来，沮丧了片刻，随即又振奋起来，心中暗想：横竖开封府那么多人，不愁找不到人。

“包大人和公孙先生，你也不可去打扰他们。”似乎对她心中所想一清二楚，展昭补充道。

“大哥，那万一是他们来求教于我呢？”

展昭瞥她一眼，淡淡道：“放心，我不会让这种事发生。”

这晚，在马汉的千叮万嘱下，莫研果然把那本破破烂烂的书拿了回来。缩在床上，拥着被衾，就着烛火便细细地一页一页翻起来。

因莫研自小便是由萧辰教导，萧辰目盲，凡是他所看之书，都会诵记下来。而对于莫研，他也不管有没有必要，同样是要求她必须如此。故而莫研打从识字开始，便是这般看书，边看边背。

念到有趣之时，她不由地轻笑出声，朝在桌边写案宗的展昭笑道："大哥，这里头居然还有生男孩的方子呢，你听——妇人怀娠欲成男者，以斧密置床下，以刀口向下，必生男。也不知是不是真的，你去寻把斧子，咱们也试试。"

展昭搁下笔，理好案宗，才起身道："平平安安生下来才要紧，是男孩还是女孩有什么要紧。"

莫研侧头一笑："说得也是，那我们就不用试了。"她接着看书。

展昭走过来，见她看这书时，口中念念有词，不由叹道："连这种书你也要背下来？"

"习惯了，没法子。"莫研耸肩，"要是不背下来，就觉得这书跟没看过一样。"

"这样子看书也太伤神了。"

展昭将手覆在书上，皱眉看向她。自从那次重伤之后，莫研身子一直都没有恢复过来，此刻她又有了身孕，他着实是希望她能好好休息。

"我再看一页，一页就好。"

莫研嬉皮笑脸地看他，却又禁不住打了个呵欠。

"都已经过了二更天了，你看你困成这样还不睡。"展昭干脆把书自她手中抽出来，放到旁边桌上。

莫研也吃了一惊："都二更天了，难怪我这么困。"她伸展下身子，本想躺下睡觉，突又想起一事，忙道，"大哥，你上来，我来替你捏腰。"

"不用，你休息吧。"展昭柔声道。

莫研坚持道："不行，这手艺我才跟西街的跌打大夫学来的，不练练，手生了怎么办？再说，现在天气渐渐冷了，这两日我瞧你醒了以后又躺了好一会才起身，定是疼得厉害。你以为你不说，我就不知道吗？"

"今儿太晚了，你也困了，明日再说吧。"

"不行不行，"莫研探出身子去拉他，"大哥，你快躺上来。"

见她探出身子，生怕她闪到，展昭只得过去，躺到床上。

莫研果然似模似样地替他推拿起来，她的手劲比起推拿大夫来要轻些，也不会觉得疼，软软的很是舒服。

只一会儿，展昭就喊停，莫研好奇道：“怎么了，不舒服吗？”

“不是，是我也困了。”

展昭坐起来，手抚过莫研的脸颊，替她捋了捋头发，催促道：“眼睛都熬红了，快睡吧。”

“嗯。”

莫研依言躺下，待展昭熄灯了，也脱去外袍躺下时，她才窝到他怀中。寂静漆黑的夜里，听着他平稳的心跳，她长长呼出口气，用轻得不能再轻的声音问道：“我不是在做梦吧？”

这间屋子，她曾经独自一人住过三年多，午夜梦回之际，始终是孤孤单单一人。所以现在的她，不知怎的，常常还会有恐慌，生怕展昭只是出现在梦境中，生怕他会突然消失。

展昭握了她的手，柔声道：“睡吧，我就在这里。”

莫研头靠着他的，眼睛尚还睁着，似乎极力想在黑暗中看清他的模样，不多时，终抵不住睡意，合目沉沉睡去。

听见她均匀的呼吸声，展昭微不可闻地叹口气，轻轻亲了亲她，也才入睡。

他的手，始终握着她的。

过了四五日，莫研虽然常常看那本书，不过也不见有异常举止，展昭遂也渐渐放下心来。

这日包拯唤了他去，又有要紧的公务要他去趟江宁府取证，因案情较为复杂，只怕得去五六日。他回家后对莫研一说，后者立马手脚麻利地替他收拾起行装来。

“对了，我再拿两条腊肠来，你给江宁婆婆带去。”莫研口中说着，脚下已经一溜烟地跑了，不多时，便抱着好几串腊肠回来，用油布细细裹好，也给他装进包袱里。

展昭无奈一笑，道：“这么香的味道，只怕一路上都会被野猫盯上。”

“大哥，你是御猫，难道还怕几只野猫不成。”莫研笑吟吟地扎紧包袱，用力拍拍，“这样就行了。”

展昭提了剑，拿过包袱：“这几日你莫又要看书看得太晚。”

“嗯。”

“那我走了。”

莫研送他至角门口，又替他把包袱在鞍袋中放好，笑道：“你莫再连夜赶路急着回来，我好得很，不用担心。”

展昭微笑着点点头，翻身上马，策动马匹而去，到拐角处仍旧勒马回头望了一眼莫研，才真的走了。

守角门的官差看莫研仍站着不动，笑唤道：“小七，展大人都没影了你还看？”

莫研晃晃脑袋，慢吞吞地转过身子，这才抱怨道：“包大人也真是的，老是让大哥跑来跑去的，这个月都出门第三趟了，人都瘦了。”

官差笑了笑：“自从展大人成家后，大人已经体恤他许多，我记得以往，展大人一个多月不见他人影，也是常事。”

莫研皱眉道：“其实包大人他自己整日坐在府里头，他才最应该出去走走。再说了，当官若不下去体察民情，怎么能当个好官呢……”

她说得来劲，官差却听得背后直冒汗，暗自心道：这不就是变相地在说包大人不是好官吗？

“还有公孙先生，我瞧他也该出去走走了，天天在府里头转悠，光把弄他院子里那两盆花，怎么能心怀天下呢？你说是吧？”莫研问道。

这下官差反应十分强烈，猛摇头同时斩钉截铁道：“当然不是。”

莫研怔了一下：“怎么不是？当然是！”

她身后有人轻轻咳了两声，语气有些无奈：“我院子的那两盆君子兰一直也未开花，我自然要多摆弄摆弄，这不算什么错吧。”

“公孙先生……”

莫研后知后觉地转过头，先盯着公孙策的鞋子看：“你穿的什么鞋子，怎的一点声音都没有？”

“布底丝履。”公孙策微笑道，“新鞋，头遭穿。”

“我说呢，走路像猫一样，吓我一跳。”

莫研挠挠耳根，暗自懊恼：自重伤复原后，一直没怎么练功。她的功夫着实一日不如一日，竟然连公孙策这个丝毫不会功夫的人，她都听不出来他的脚步声，以前所学所练算是废了。

“公孙大人，可是有事？”官差赔着笑，问道。

公孙策点点头：“最近天气热，我院中里像是来了些不速之客，我想差人去买些雄黄回来。”

“雄黄？”莫研眼角一亮，可算等到这机会了，“你院子里有蛇？”

“嗯，好像有好几天，今儿早上刚起时我还看见两条窜草里头去了。”

莫研眼睛亮晶晶：“我有法子能驱蛇，你想听吗？”

公孙策不明就里，自然而然点头道：“当然，有什么好法子。”

大哥，这可是公孙先生自己问我的，你可不能怪我，莫研在心中暗道，随即便引着公孙策往里走，边走边道：“有个上好的方子，而且一点都不费事，只费些笔墨而已。走，咱们去你院中说话。”

莫研走得飞快，公孙策想问究竟是什么方子时，已见她超出一大截子路去了，只得快步追上。

公孙策所居在开封府后面的一处独立宅院，院中小桥流水，甚是古朴雅致。此时正值初夏，花草繁茂，清风阵阵。莫研背着手，在院中略转了转，公孙策指了几处蛇曾经出没的地方给她看，她胸有成竹地点了点头，便直接步入书房之中。

“小事情，待我给你写几张方子，你往各处墙角一贴，保管不会在蛇出没。”

书房中，笔墨纸砚都是现成的，石砚中尚有未用完的墨。莫研随手取了纸笔，蘸墨，挥毫泼墨，口中尚念念有词。

公孙策越发好奇，凑探头一观，看见她写的是——“多求致怨憎，少求人不爱，梵智求龙珠，水不复相见。”

“这是什么？”他不禁问道。

莫研语气神秘：“上古秘方，你别多问，总之我替你多写几张，你把它们贴在各处墙角，便有驱蛇效验。”

她边写边说，下笔间行云流水，因写的是草书，故而飞快，不多时，便已写了一沓纸在旁。

“我看差不多了吧。”看她犹在奋笔疾书，公孙策不得不开口，倒不是不好意思，而是他着实心疼那沓子上好的宣纸。

莫研这才停了笔，看看旁边写好的符咒，皱眉道：“应该是差不多了，不过多写一点总是没错。”说罢，她又埋头写了七八张，砚中的墨差不多用完，才搁下笔来。

“好了！把这些全都贴到墙角去。”

她拿着纸就往外走，公孙策忙拦住她，连声道：“别别别，你现下可不能弯腰，还是留待我自己慢慢贴吧。”公孙策生性讲究，见这么一大沓白花花的纸，要贴到各处墙角去，整个院子岂非被弄得不伦不类，此时心底已是有些后悔，不过见莫研一番好意，又是他不小心招惹来的，不好意思当面回绝。

莫研迟疑了一下，笑道：“也好，不过我猜你大概也干不惯这活，还是唤个下人替你贴吧。”

说来也巧，正好有下人见来了客，煮了茶送过来，莫研就把那沓纸往他手中一塞。

“这是？”

下人不明白，目光投向公孙策，后者有苦说不出，只是笑笑。

“去灶间找些吃剩的米粒来，得把这些纸贴到各处的墙角去。”莫研解释道。

“大人。”下人仍看着公孙策。

“这个……小七，天气热，你还是先回去歇着吧。接下来的事，我会盯着他们做的。”

“不行，我得帮你看着，万一贴得不对，不起效验怎么办。”莫研对此事极负责任心，虽然对公孙策说得信誓旦旦，但实际上她自己心里也没底，故而更加关系。

公孙策毕竟是老实人，心想：罢了罢了，贴就贴吧，大不了等她走了之后再命人撕掉便是。

接下来，直忙了小半个时辰，才总算把所有墙角都贴满了。其间，符咒不够用，莫研又不辞辛苦地写了十几张。

公孙策看着满院墙角白花花，与花草无半分相称，心中不禁暗自叹气。

“应该是可以了。”莫研满意点头。

“多谢你了，我让人送你回去。”公孙策准备莫研前脚走，后脚就把这堆碍眼的东西全撕了。

“我自己回去行了，”莫研施施然地往外行去，声音飘过来，“明日我再来看！”

“你不……”

公孙策忙要拒绝，而莫研已然走了，压根没听见他说什么。

次日清晨，刚用过早食，莫研就乐颠颠地过来了。

“怎么样？是不是有效验？”

看到满院白花花的符咒，她笑眯眯地问公孙策。

“好像没什么用，昨夜里头还有人看见在草里头蹿呢。”蛇还在，公孙策心里还是挺高兴的，说明这符咒没用，纸便可尽撕了去。

莫研眉头皱起来：“怎么会这样？”

“我看，大概这方子……”公孙策微笑道，“不过还是多谢你的好意。其实这也不是什么大事，买些雄黄撒撒就妥当了。”

“方子应该没错。”莫研不甘心，绕着院子走了一圈，挠挠耳根，突然想到一点，“我知道了！我写的是草体，应该是太草了，所以那些蛇都不认得。咱们重新写一遍，公孙先生，你字写得好，那些蛇又天天和你一个屋檐底下待着，肯定认得你的字。”

公孙策呆了呆，说不出话来，半晌才为难道：“我看，还是算了吧，太麻烦了。”他其实是想说太浪费纸张了。

“不麻烦，总得再试一试啊。”莫研抬脚往书房走，“我给您研墨，保证快得很。”

“你……”公孙策忙追上去，拦着她道，“还是我自己来吧，你照顾好自己个就成了。”莫研毕竟怀有身孕，他可不敢让她太劳累了。

“没事。”

“不行不行，你还是先歇着吧。”

公孙策拿她无法，自己忙绕到书桌前开始研墨，提起笔，满怀期盼问了一句：“展护卫什么时候回来？”

“得五六日吧。”

“这次去这么久啊。”公孙策的语气掩不住地失望。

“很久吗？”莫研好奇道，“听说以前大哥出公差，三五月也不算稀奇。”

公孙策苦笑，只得点头：“说得也是。”无法可施，他只得埋头写字，草草写了数张，便停了笔。

莫研凑过来，赞赏道：“这隶书一波三折，写得真是好。公孙先生，你的字都可以拿出去卖钱了。”

公孙策微微一笑：“我是个师爷，若连字都写不好，便该归乡种田了。”

“种田？”莫研扑哧一笑，打量他文质彬彬的模样，“只怕锄头你也拿不动，当个郎中还差不多，不过包大人肯定不会放你走的。”她拿起纸张来，数了数，颦眉道，“只写了这么几张，不够吧？”

“先试试，还不知究竟是不是这字体的问题呢。”

“倒也是。”

两人遂又差人将昨日贴的都撕下来，又将今日写的贴上。下人们也不知他们究竟在折腾什么，心中暗嫌麻烦，却也不得不照做。

莫研巡视一番，方才离去，照旧说她明日再来。公孙策回屋，暗自叫苦不迭，盼着展昭早日回来。

说来也怪，接下来这一整日，公孙策还嘱咐下人多留意，却无人再看见有蛇出没。到了夜里头，公孙策在廊下站了许久，虽对旁人说是赏月，他的眼睛却根本不看天上圆月，只盯着草丛里瞧。

月光下，院子很安静，安静得让他心里有些发毛。

贴在墙角的纸张被夜风吹得哗哗地响，他不可思议地想，难道真是小七的符咒起效验了？

“蛇真的没有了？”莫研抑制不住语气中的兴奋。

公孙策是老实人，自然点了点头，但还是保留道：“不过，说不定是恰好没看到而已，我也不能完全肯定。”

“我明白，我明白。”莫研忙道，“那就再多贴几日，若还未发现有蛇，那就一定是符咒的关系了。”

“还要多贴几日？”公孙策暗叹口气。

“再试两日，”莫研兴致颇高，“证实了当真是符咒的效验，我日后再与别人说时，心里也才有底啊。”

回想起她与自己说时那副胸有成竹的模样，闹了半天，原来自己院子倒成了她的试炼地，公孙策还真是说不出话来。

这次，因收集证据遇到不少麻烦，展昭回来得较迟，比起预计的五六日，足足又超出了三四日才回来。

策马进城时，他敏锐地感觉到了京城的不同。

因为，满大街都有人在叫卖纸符，红纸、黄纸、白纸、上面写了些不知所谓何物的字。更让他吃惊的是，叫卖者挂在口中的话是：“开封府公孙先生亲身试过，效验非凡，不可不信，不可错过！”

公孙先生……展昭微颦起眉，缓下马速，却又听见另外一句：“想生男娃的快看过来，独家上古秘方，保证生男娃……”

此时，展昭已隐隐有些不好的预感，翻身下马，走近一家摊子，自取了张黄纸，看见上书几个大字：“欠我青州木瓜钱”。

“展大人！是您啊！”店家热情招呼道，“您拿的这条是驱蚊秘方，眼下正值酷暑，蚊虫又多，您买一张回去，往床脚一贴，或是放在床褥子底下，保管不被蚊子叮咬。您可别不信，这方子，你们开封府里头公孙先生是试过的，不然小的也不敢拿出来卖。”

展昭只觉得符咒上这些话十分耳熟，一时也不能确定到底是不是莫研那本书上所写，遂问道：“那个……生男娃的方子，给我看看。”

“原来您想要这个。”

看店家笑得暧昧，弄得展昭也有几分不好意思，微别开脸，伸手抚了抚马儿。

店家低头找了一张红纸递给他，口中犹道：“展大人，这方子你算是找对人了，拿回去照着做，保管来年抱个大胖小子，乐得您合不拢嘴。”

顾不上听他说什么，展昭低头看向手中红纸，上书——妇人怀娠欲成男者，以斧密置床下，以刀口向下，必生男。

没错了，这正是那夜莫研曾念给他的话。展昭暗叹口气，真是怕什么来什么，自己才不过出去几日光景，莫研怎么会将整本书传遍大街，还让大家深信不疑，更荒谬的是，她居然还把公孙先生拖下了水。

将红纸还给店家，展昭不再迟疑，拍马朝开封府而去。

“展护卫！你可算回来了。”

还未进包拯书房，公孙策听见展昭的脚步声，远远地便迎了出来。

“公孙先生……”不明事情缘由，展昭也不知该说什么。

公孙策欲言又止，迟疑半晌道：“此次公务可还顺利？”

“虽有些麻烦，不过还好，都办妥当了。”展昭答道。

“公务要紧，你先进去吧，出来后我有事找你。”公孙策愁眉苦脸，朝包拯书房指了指。

展昭亦有许多话想问他，拱了拱手，快步进去。

向包大人详细禀报过公务，展昭又把此行所获证物呈递给他。包拯细看了看，点头微笑道：“辛苦你了！对了，你进城时可有留意到什么？”

展昭怔了怔，迟疑道：“大人说的可是满街所卖的那些符咒？”

“对，你也看见了。”包拯无奈叹气，“不过短短几日间，京城纸贵，大街小巷都传遍了，连公孙先生也被无辜牵累，实在……”

“大人可知此事源于何处？”展昭不抱希望地问。

“具体我还未查证，不过听坊间传闻，据说是咱们开封府里头的人，好像就是小七。”

包拯语气平和，可展昭还是红了脸。

“我回去问问她，若真是她，我……自会将此事处理妥当。”这事，他还真不知道该拿莫研怎么办才好。

包拯笑了笑：“别的倒也罢了，就是把公孙先生牵扯进去，他实在有些冤枉。”

展昭暗叹口气：“我明白，大人放心，此事我会妥善处理。”

“嗯。”

包拯点点头：“那你先去歇着吧，小七她现在是有身子的人，还是应该多静养。”

“我明白。”

对于“静养”二字的意思，展昭心领神会，随即告退，出了院子没走两步，便看见公孙策正立在廊下等他。

展昭硬着头皮迎上前，拱手施礼道：“先生。”

“展护卫，”公孙策眉宇间愁绪未减，却又有些难以启齿，“我……”

“是不是小七做了什么冒犯先生的事情？”展昭暗叹口气，直截了当问道。

“不，不，不，她也是好意，并非存心。”公孙策连忙道，“你莫要去怪她。”

“先生，究竟是怎么回事？”

“此事说来……”公孙策尽量简单地将莫研替他院子除蛇一事告知展昭，“蛇没了，我自然也很欢喜，小七好像也很欢喜，所以她就将这事告诉了别人。这事一传十，十传百，就这么传开了。大概也有口误的关系，便传成了所有的方子，我公孙策都试过。别的倒也罢了，那生男娃的方子，我怎么可能试过呢。现下……”他欲言又止，干脆附到展昭耳边，低低告诉他。

听罢，展昭又是尴尬又是好笑，遂问道：“小七究竟告诉了谁，怎的会传得全城皆知？”

“我估摸着她是见一个告诉一个。”公孙策叹气道。

展昭无语，半晌才安慰他道：“我这就回家去，先生放心，此事既然是小七惹出来的，我必会让她处理妥当。”

公孙策笑得艰涩：“你既然已经回来，我就放心多了。你也莫要怪她，她毕竟是有身子的人。”

展昭只得点头，然后看着公孙策离去，长叹口气，朝家走去。

“大哥！你回来了！”

他才推开院门，莫研一听见声响便从屋中奔出来，扑到他身畔，口中连珠般地说个不停：“你这次迟了好几日，是不是碰上什么麻烦事了？有没有受伤？”她略嫌紧张地上上下下打量他，看不出任何受伤的迹象，又细瞅他的脸，担忧道，“没受伤，也没中毒吧？”

“没有，我很好。”展昭挽了她的手，朝屋内走去，“只不过是取证时遇上了点麻烦，所以多耽搁了几日，并未与人动手。”

“当真？”

莫研取下他的包袱放到桌上，却仍是不放心，手脚不停，捏捏他的胳膊和腿，提心吊胆地，生怕碰到他的伤处。

展昭握了她的手放下，微笑道：“我真的没事。”

“可你脸色不太好看。”

小别重逢，展昭总不能一开口就责备她，何况莫研还担心着自己。

莫研皱眉盯着他，终是不能完全相信，索性道，“你先洗个澡，好不好？我替你擦背！”说着，她就挽起袖子准备烧水去。

“你先别忙，”展昭拉她在身边坐下，柔声问道，“这些天，你可还好？”

“挺好的。”

展昭暗叹口气，轻轻揽了揽她：“那这些日子，你都做什么了？”

听他这么问，莫研立时眉飞色舞起来，搂着他脖颈笑道：“大哥，可惜你不在，这些天实在好玩得很。你知道吗，你还记不记得你走之前我在看的那本书，那上面的方子居然都是真的。公孙先生院子里闹蛇，我就按书上所说，贴了符咒在他家墙角，那些蛇就真的不见了！你说，好不好玩？后来，我又告诉了好多人，他们都回去试，居然还真的有效验……”

展昭打断她：“公孙先生这几日气色不好，你知道吗？”

莫研摇头，好奇道：“不知道，他病了吗？要不我再找找，看有什么方子能给他用。”

“他没有生病，只是你给他惹了麻烦。”

莫研莫名其妙地看着他：“我什么都没干啊！”

“你告诉别人的时候，是不是说，这些方子公孙先生也曾试过，包管有效验？”

莫研挠挠耳根，咬着嘴唇，想了半日：“好像差不多是这话吧。”

“可事实上，公孙先生只试过驱蛇的一个方子。其他方子有没有效验，你不知道，公孙先生就更不知道了。你这般告诉别人，一传十，十传百，人人都会当这些方子出自公孙先生。倘若并不是所有方子都有此效验，那么传了出去，无事便罢，出了事岂非要怪到公孙先生头上。”展昭语气渐沉。

“我会替他解释的。”莫研忙道。

展昭却不理会，继续道：“况且，眼下虽还未出事，但却已经给公孙先生惹了麻烦。”

“什么麻烦？”

“那些方子里头，有个生男娃的方子是不是？”

“嗯。”莫研笑道，“这方子好多人抢着要，就是一时半会没法知道效验。”

“公孙夫人听说方子公孙先生都曾试过，误以为他在外有另置了外室，生了男娃。”

莫研呆愣，这倒是她未想到的事。

“我去向公孙夫人解释？”

展昭反问道：“然后呢？”

“然后……”莫研发愣，“然后还要做什么？”

“那些个符咒你是不是都试过？”

莫研摇头：“那倒没有，不过试过几个，好像很灵的样子！”她眼睛发亮，“大哥，你有没有哪里不舒服？我有个方子给你试试。”

展昭不作声，只盯着她看。

半晌，莫研败下阵来，口中嘀咕道：“好吧好吧，我以后不在你身上弄这些就是了。”

展昭叹口气：“我回来时，见开封大街小巷都有人在卖这符咒，这事你想想怎么收场？”

“卖就卖，也是个生财之道，为何要阻止？”莫研好奇道。

展昭仍旧不吭声，接着看她。

莫研无法，只得道：“好吧，这事不难，只要跟别人说，这方子你展大人试过，一点都不灵，估计不出五日，就没人再买。”

“我？”

“你要是不愿意，那就说包大人也行。”莫研脑子倒是很快，“在京城里，你们俩都是无人不知无人不晓，名声又好，

展昭无奈：“算了，还是我吧。”

“行。”

莫研嘻嘻一笑，起身道：“你想吃什么，我给你做去。”

“今日就别做了，出去吃可好？你想吃什么？”展昭笑看着她，莫研自怀孕之后胃口刁钻古怪，他难得在家，这些小处，也想尽量顺着她。

“出去吃？”她眼睛亮晶晶的，“那我要吃马行街刘家的水晶蹄髈，汤汁浇在饭里，香得不得了。”

“行，我换身衣衫我们就去。”展昭点头，顺口又道，“回来的时候，正好去公孙先生家里，给人赔个不是。”

“啊？……哦。”

特地点了水晶蹄髈，偏偏莫研只拣汤汁浇在饭中，把肉全剩着，自己吃得甚是香甜。展昭只得去吃她不吃的蹄髈肉，饶是再好吃，一个人独吃这么一盘，还是太多了。

足吃了三碗饭，莫研才满足地停了筷，付过银两，拉着展昭出了店门，慢慢在街上溜达着。

可惜，她走得再慢，还是终于走到了公孙策的门口。

“大哥，说不定公孙先生已经睡下了，我看还是明日再来吧。”赔礼道歉是实在不在行，莫研深以为此事为苦役。

“才是点灯时分，还早。”

“可是我困了！”

展昭一步不让：“那就快点进去，早去早回。”

莫研还在想借口的当儿，展昭已经伸手叩门。

“大哥，你……”来不及阻止，只得认命，她紧紧拽住展昭，“你不许跑，得同我一块儿进去。”

展昭微微一笑，其实他本就打算陪着她。

“公孙夫人，这些方子其实公孙先生一个都没试过，是我拿了驱蛇的方子硬贴在你们府上，想看看效验。外头的传言，是我口无遮拦瞎说的。”莫研神情萎靡，垂目自顾自己说，“您大人有大量，别跟我一般计较，就原谅我这回，下辈子，结草衔环，做牛做马……”

展昭越听越想叹气，却又不便打断她。

倒是公孙夫人识大体，忙扶着莫研道：“展夫人，什么大不了的事情，哪里有那么严重。你现下是有身子的人，可得当心保养。”

莫研抬眼：“您不恼公孙先生了？”

公孙夫人扑哧一笑：“既然是没有的事，我自然不恼。”

这下莫研才放下心来，欢喜一笑：“就是嘛，其实你放心，我原先当捕头，在街面上认得的人多，三教九流都有。要是公孙先生当真敢瞒着你在外头另置个家，我肯定能打听出来。”

“咳咳……”展昭咳了两声。

莫研没敢再说下去，只得干笑。

公孙策已是哭笑不得，为岔开话题，遂道：“小七，你如今也将近四个月，胎心大概能听出来，我替你把把脉如何？”

“好啊。”

展昭也极是关切，拉着莫研坐下，静候公孙策诊脉。

手悬在脉上，良久，公孙策都未缩回来，面上神色越发凝重。

展昭素来稳重，此时脸色却不免发白，几欲张口询问，又不敢出声打扰。

莫研不明其意，也有些紧张，另一只手揪着展昭衣袖不放。

好不容易等到公孙策收回手，展昭随即问道：“先生，如何？”

公孙策此时方绽出笑意：“恭喜恭喜，实在是大喜，就是小七只怕要吃点苦头了！”

展昭、莫研均不解。

“是对双棒！”

展昭呆住，又是喜又是忧地望向莫研。